雪落天未寒

于德北——著

时代文艺出版社

SHIDAI WENYI CHUBANSHE

图书在版编目（CIP）数据

雪落天未寒 / 于德北著. -- 长春：时代文艺出版
社, 2023.5
  ISBN 978-7-5387-6320-1

  Ⅰ.①雪… Ⅱ.①于… Ⅲ.①长篇小说－中国－当代
Ⅳ.①I247.5

中国版本图书馆CIP数据核字(2022)第112969号

雪落天未寒
XUELUO TIAN WEIHAN

于德北　著

出 品 人：吴　刚
责任编辑：王金弋
插　　图：于德北
装帧设计：王金弋
排版制作：隋淑凤

出版发行：时代文艺出版社
地　　址：长春市福祉大路5788号　龙腾国际大厦A座15层　（130118）
电　　话：0431-81629751（总编办）　　0431-81629758（发行部）
官方微博：weibo.com/tlapress
开　　本：710mm×1000mm　1/16
字　　数：355千字
印　　张：24.75
印　　刷：三河市万龙印装有限公司
版　　次：2023年5月第1版
印　　次：2023年5月第1次印刷
定　　价：56.00元

图书如有印装错误　请寄回印厂调换

目 录

第 一 部

第 二 部

第 三 部

尾 声

第　一　部

　　从半夜开始，北风就不停呼啸，吹得窗户
呼啦啦地直响，窗帘在动，隐约透入一点儿光
亮——那是风雪迷离间的路灯的叹息和挣扎。

第一章　大风雪

这是松城十几年来最大的一场暴风雪。

从半夜开始，北风就不停呼啸，吹得窗户呼啦啦地直响，窗帘在动，隐约透入一点儿光亮——那是风雪迷离间的路灯的叹息和挣扎。雪花与灯光交错、纠缠、撕打、噬咬，最后无奈地混为一体，晕头转向地一并融入这个世界，向天、地、人、树、楼房、车辆、街道等等一切物体证明自己的存在。可是这存在又被恶劣的自然环境暂时地封锁，不能畅通，更不能后退或抵达，前进无路，撤退无门，就这么冷冰冰地呈现着、凝结着，最后随着树枝的"咔咔"断裂而落地，静静地躺在雪地上，终于得到一丝丝喘息的机会。鹅毛般的雪片翻卷着，一会儿上扬，一会儿下坠，时而聚成一团，时而四下分散，这六角的精灵仿佛中了巫师的魔法，张牙舞爪，含肩拔背，沉臂坠肘，上下腾挪，是表演、是发泄、是狂笑、更是号叫，一眨眼的工夫就堆满窗台，用力地挤压着窗玻璃，如果不加制止，它们就会破窗而入。

可如何制止，制止又意味着什么？

一种势不可挡的恐惧突袭到滕大阁的胸口，让他透不过气来——他还只是拉开窗帘的一角，用半个眼眸向外窥视，那是怎样的一片天地，这天地又将发生怎样的变化？突然，他好像要撕去这恐惧的恶魔般的如影随形，猛地拉开窗帘，把一张脸紧紧地贴在窗户上，额头和鼻尖都被压扁了，嘴角也有些变形。他大张着嘴巴，牙齿"嗒嗒"作响，他知道，他是想破窗而出——这愿望，如果它还算是个愿望的话，早在几个小时之前，也就是昨天晚上已经生成了。他希望自己重重地跌落在这雪白的大地上，在风里，在雪里，在夜晚与黎明的交集中。这样，他或许可以获得解脱。"呼"——一股劲风吹来，窗台上的雪"腾"的一声向一个方向冲击，又旋转而上，紧接着用力地打在滕大阁的脸上。滕大阁下意识地后仰，这一下差一点儿坐回到床上。直到这时，他才发现，他的身子已经被冻透了，那种寒冷不在肌肤上，而是已经深深地浸入灵魂。

他叹了一口气，在心里问自己：有这个必要吗？

没有。

看看表，是凌晨的两点半，睡意退潮一般一泻千里，大脑变得异常清醒。女儿五点要吃早饭，现在准备是过早了一点儿，但是除了给女儿准备早饭，滕大阁似乎无任何事情可做，更无法抗拒这天气对他内心的暗示和影响。他不再犹豫，匆匆地穿上衣服，轻手轻脚地推开再关上卧室的门，点亮厨房的节能灯，第一时间把水烧上。女儿晨起有喝一杯温开水的习惯，这习惯从小就养成了，十几年了从未更改过。想到女儿，滕大阁的心底涌上缕缕暖意，他的体温有所回升，四肢也变得灵活起来，早饭的思路也瞬间打开。荷兰豆掐尖去丝，昨夜临睡前发的木耳择洗干净，两根小腊肠，葱花，姜片，花椒，大料——女儿不喜欢吃料粉，所以，花椒和大料都是整粒儿的；主料、佐料应制备用，滕大阁又把十枚鹌鹑蛋一枚一枚地洗好，放到小锅里，加水待火，两袋牛奶也配备整齐，最后从冰箱里找出花卷和馒头放入笼屉，之后，坐在小板凳上点燃了一支香烟。

是"白红梅"，香烟里最便宜的一种。

其实，在他的口袋里还有一盒"长白神韵"，是大先生头一天晚上下班时，在走廊里遇见他随手丢给他的，他舍不得抽，一直那么安静地存着——十几个小时了，他没动过那盒烟的心思，他甚至不知道自己什么时候会动它，也许是白天再遇到大先生时，又或是他有什么格外高兴的事，再有，就是和连魁还有蒋哥小聚的时候。

"白红梅"的烟味有点儿苦，他探起半个身子，轻轻地按动了抽油烟机的开关。

抽油烟机发出轻微的"呜呜"声，仿佛要抽走滕大阁心中的郁闷和烦恼，可是，这"呜呜"的声音和滕大阁的脑海里的另一个声音不自觉地交融在一起，使他想逃脱又自然而然地把另一个声音剥离出来，一点点放大，直到压过了抽油烟机潜在的"好意"。滕大阁心中再清晰不过，那声音来自一个人，她的名字叫吴明丽。就在昨天晚上，这个声音尖厉地填充了他们这只有几十平方米的两居室的小家的每一个角落。

吴明丽说："说一千道一万，你就是一个窝囊废！"

吴明丽骂这话的起因是女儿的数学老师退款不教了，不教的原因是"教不明白"。这个老师是滕大阁通过二先生给介绍的，据二先生说是个补习高手。老师在松城理工大学工作，副教授，调往松城理工之前，担任松城实验高中数学教研组组长。他在松城实验高中的时候，能把数学讲得像诗歌，所以，只要是他的课，学生无不欢迎。找到这样的一位有名气、有实力的老师，吴明丽初听自然高兴，何况，看在二先生的面子上，还减免了一百元补课费。谁知三次课后，老师明确表态，这个学生自己带不了。当时，吴明丽在场，她连问了老师三遍为什么。开始，老师闭口不答，把三节课的补习费悉数点好，递到吴明丽的手中，吴明丽不接钱，还问为什么。老师无奈，看孩子没在跟前，态度真诚口气急切地说："这孩子不是学数学的料，脑子一点儿没开窍，她很用功，自己也很着急，可是……"就在这时，卫生间传来冲水的声音，老师连连摆手，不说了。此时的吴明丽已经气血上涌，怒目圆睁了，她向老师逼近了一步，问："可是什么呀？"她一定是没听见女儿开卫生间门的声响，接着问："可是什么呀？什么叫'不是料'？什么叫'不开窍'？你今天必须把话说清楚！"老师连连后退，脸上是无奈的苦笑。女儿不知道发生了什么事情，她被眼前的情景吓呆了。她听到了妈妈的问话，但一时间弄不明白其中的含意，她现在唯一能做的，就是下意识地拉着妈妈的胳膊，一个劲儿地向后拽，"妈妈，你怎么啦？你怎么啦？"吴明丽用力地打开女儿的手，但同时也意识到了女儿的存在，她使劲儿地吞咽着唾沫，眼泪已经急速地向眼眶奔涌。她的胸口连续地起伏，又一次伏下去的时候，出现了片刻的间断，趁着这当口，她上前一步，劈手夺下老师手中的一沓钱，数也不数，拉着女儿撞出了老师家的门。

那门本是半掩着的，给她这么一撞，早已和走廊的墙壁极不情愿地接了一个吻，发出一声压抑人心的巨大的声响。

老师家在四楼，吴明丽拉着女儿下到三楼半的时候，恰好又一个家长领着孩子上楼——显然，是按点来找老师补习的，她见到吴明丽客气地笑了一下，似乎还要和她交流两句，可是，吴明丽回过头，用尽全身力气一般，大喊了一声："什么补习高手，自己都弄不明白！趁早别教！"她没看见，也不知道，此时，女儿的脸上已经全都是泪水。刚来的那位家长不明就里，但还是礼貌地又笑了一下，带着孩子快步上楼去了。

来到大门外，走出一百米，吴明丽才长吁了一口气，回头看女儿，发现她在哭，不由得波涛再起，"哭什么哭？你还有脸哭！你如果能学明白点儿，我何苦给你花钱遭这罪！"说完，自己也哭了起来。

回到家里，见滕大阁炒菜忘了开油烟机，吴明丽气不打一处来，把兜子撇到沙发上，径直进厨房，单指用力把抽油烟机的开关捅开。滕大阁炒菜注意力太过集中，根本没注意到吴明丽的表情和态度，一边表演似的翻了一下勺，一边笑盈盈地问了一句："回来了？"

"回来，不回来还死外面！"

只这一句话，滕大阁的心里就一下子全明白了，暗叫一声：完了。脸上的笑迅速抽紧，悄悄地平复下去，换上一副谦卑和小心的模样。谦卑是表面，小心是本质。在近二十年的夫妻生活里，滕大阁已经习惯了这谦卑和小心，他也万分地为这份谦卑和小心感到委屈和别扭，常常在喝闷酒的时候骂自己是个窝囊废——就像吴明丽常骂的那样。吴明丽骂是解气，而他自己骂，实实在在是有一分顾影自怜。

知道吴明丽在生气，而且大约猜到吴明丽为什么生气，所以他不能像每日那样往补习班上讲，只能侧开半个身子，虚拟似的冲着房厅喊："闺女，洗手吃饭！"

女儿应了一声，小跑着去卫生间，因为卫生间和厨房比邻，所以，她能看见爸爸和妈妈的身影。她夸张地撒娇似的问了一声："爸爸，做了什么好吃的？"

滕大阁也高声回答："圆葱炒牛肉，芹菜炒香干。"

如此气氛下，吴明丽也不好再发作，默默地收拾上碗筷，把三碗红豆白米饭盛好。

其实，早在今天中午的时候，老师就给滕大阁发了一条微信，委婉地表明了自己的决定。当时，滕大阁正在食堂吃饭，老师的微信让他有点儿不知所措。大先生不在身边，不然，他可以向大先生讨个主意。大先生和大学同学出去吃饭了，临出门时还喊了他一声，问他要不要一同去，他犹豫了一下，拒绝了。他和大先生的那几个同学一同吃过几次饭，大家对他也客气，只是，他们在一起吃饭，他根本搭不上言，觉得自己像个木偶似的，坐在那里除了尴尬就是尴尬，人家递烟他接烟，人家布菜他吃菜，人家敬酒他喝酒，仅此，再无别的"功用"。渐渐地，他就自觉地很少参加了。虽然，他和大先生的感情很近。另外，今天不去，还有一个原因，这个原因更主要一点儿，他要去桂林路市场，买一斤牛肉，顺带买几棵芹菜，四块香干——女儿今天有补习，提前就告诉他，想吃炒牛肉，想吃香干。女儿的要求对他来说是最大的事，甚至比天大，所以，当大先生喊他时，他微笑着摇摇头。那大先生也不多言，随意地挥挥手，大步流星地走了。至于晚上下班丢给他的那盒"长白神韵"，应该就是中午饭局的"遗物"。大先生就是这样，干什么都有点儿"随意"，这"随意"是他骨子里更改不了的特性，放在滕大阁这里，就是百分之二百的温暖。

他知道，大先生的"随意"是一种对生活本质的隐藏，他不喜欢别人感激甚至感恩他对别人的好。

　　当然，他更不希望给别人造成任何心理负担。

　　吃完饭，滕大阁去桂林路市场买菜。他没有骑电动车，而是选择步行。前段时间，单位组织体检，他被查出来血糖有点儿超标，虽不能定性为糖尿病，但大夫再三嘱咐要控制酒，注意饮食，平时加强锻炼——最好的锻炼方式就是走路，饭后四十分钟到一个小时，尽量户外匀速行半个小时，这样一来，不但可以控制血糖，同时，对身体的其他器官也能起到保健作用。桂林路市场离单位并不是很远，加之滕大阁走路速度快，十几分钟，他人已经进入市场了。桂林路是松城的商业圈，许多松城的大买卖人家都是在这里起步的，市场初建时，条件有限，房子没有精心装修，摊位也是杂七杂八，人们都称这里为大棚，但生意就是好，好得买卖双方都认为自己占了大便宜。这"桂林路大棚"几个字，叫起来也不生疏，门槛儿低，价钱也好争讲，卖货的全都赔着笑脸，买货的更是理直气壮，半真半假地吵闹半天，最后是皆大欢喜。就冲这一点，滕大阁愿意来这里买菜，他从心理上接受这个大市场，觉得自己适合这样的场合。

　　买完菜，滕大阁给二先生打了一个电话，不知为什么，二先生没有接，这种情况在二先生身上时有发生，不只是滕大阁的电话，有时候大先生打也是一样。他不接一般有两种原因，一是在喝酒，一是在睡觉。二先生喝酒有意思，不热闹的店不去，哪怕是大食堂，只要热闹，他就能坐安稳，二两白酒，两瓶啤酒，喝完就走，绝不多耽搁一分钟。喝完酒就睡觉，这一觉睡到什么时候，他自己不知道，别人就更难以替他计算。睡醒了，如果天色还早，便又找个热闹的地方——最常去的是街边摊，卖酱骨头、毛豆、豆腐串的那种，二两白酒，两瓶啤酒，有人搭讪，就说笑一番，无人说话，便一个人看风景。有时，他也会给大先生打电话，问他在干什么，如果大先生能出来，他就再多加两瓶啤酒，大先生出不来，他起身结账，付钱回家，一歪一歪地行走，任路灯把身影缩短再拉长。

滕大阁愿意和二先生在一起喝酒，就像他愿意来桂林路大棚一样——当然，现在名字叫得规范，是桂林路市场。叫大棚也好，叫市场也罢，恰似他爱交往的这位二先生，你是叫他葛明海还是叫他二先生，这在滕大阁心里，是最无所谓的。二先生不接电话，他就在微信上留了言，想约数学老师一起吃个饭，看看事情还有无商量的余地。二先生看到微信一定会回复的，这一点他有足够的信心。正是这份自信让他陷入了意料之中同时也是意料之外的烦恼，他后悔不已，自己的单位离二先生的家也不算远，在桂林路买完菜，为什么不去一趟二先生家呢？如果去了，如果见面了，如果把事情说开了，办妥了，又何必受眼前这份没深没浅的抢白。

事后，滕大阁想，和数学老师交流不及时，他还有话可以解释，毕竟给二先生发过微信。这个积极的态度是不可争辩的事实。他心里更明白，女儿表面上乖巧的背后，承受着多大的压力和痛苦。作为父亲，他总觉得自己是一个局外人，尤其在女儿的教育问题上，吴明丽是绝对不允许他及他的家人插手的。上什么学校，找什么老师，补什么功课，学什么乐器，跳什么舞蹈，一切均由吴明丽说了算。吴明丽所说的一切都是对的，滕大阁所提议的一切都是不合理的，是欠考虑的，是有缺憾的，有时更是一派酒后胡言。如果滕大阁争执多了，吴明丽一定会有一句话在等着他："你又喝高了？"滕大阁无话可说，更无计可施，他只能在女儿的身体健康上尽心尽力，饭菜尽量及时可口，接送绝不误点，从小学到初中再到高中，他像一个忠诚的厨师和司机，在自己应尽的能尽的父职上，堪称模范。

昨天晚上，因为女儿的努力，因为自己的三缄其口，吴明丽已经按下了心头的怒火，他们可以共度一个相对平静的夜晚，至少可以在冷战状态下，为女儿争取一点儿安安静静做功课的时间。自己为什么就这么没脸呢？为什么非要喝那一口酒呢？本来，吴明丽已经把饭盛上桌了，消消停停地坐下来不行吗？吃完饭收拾厨房，如果吴明丽愿意和他交流，那便洗耳恭听，如果不愿意交流，自己一个人在房厅里看书玩玩手机，如是，这场风暴就过去了。

滕大阁是没有脸。

他泡酒的玻璃罐子放在厨房的窗台上，就在他的身侧。那酒是用人参、鹿茸、灵芝、不老草泡的，色泽淡绿，观之诱人，甘洌之中有一种特殊的苦香。滕大阁没有经得住诱惑，他探起半个身子——他总是探起半个身子——一手拿杯，一手去取提溜，提溜碰到玻璃罐子上，发出一声脆响，正是这一声脆响，引出了吴明丽的燎原之火。她一巴掌打掉了滕大阁手中的杯子——那杯子也真是争气，落到吴明丽的脚背上没有碎，翻身滚到地板上去了，杯口碰到橱柜打一个转儿，杯底碰到桌腿打了一个旋儿，竟稳稳地停在原地一动不动。女儿见状，弯腰去捡，不想吴明丽早抬起一脚，将杯子踢飞到房厅里去。这一回，杯子没有那么幸运，一头撞向鞋架，不待发出一点儿响动，就已经粉身碎骨了。杯子碎了，鞋架这才闷闷地"哼"了一声，紧了紧身子，复贴到墙壁上去。

吴明丽开口骂道："喝！喝！一天到晚你就知道喝！除了喝酒你还能干点儿什么？这个家你管过什么？管过我吗？管过滕雅维吗？你看看这个家，有什么？有房吗？有车吗？有……"她骂不下去了，把筷子一丢，回房间哭去了。女儿跟过去劝她，她也不理，再劝，引来的也是一顿数落："滕雅维，你能不能让我省省心，我拼死拼活挣点儿钱，吃没吃上，喝没喝上，穿没穿上，全都交给补课老师了。补一次课，二百、三百、四百，我认，可你也得给我长长脸，争口气呀。"

女儿也哭了，口中喃喃道："妈，我会好好学的，你放心，我一定会考上大学的。"

女儿滕雅维，已经是高中二年级的学生了。

娘俩在屋子里流泪，全不知滕大阁的脸上也滑下了一行清冷的泪水。

这一夜就这么过去了。

女儿晚饭注定是没吃好的，所以，夜宵的时候，除了牛奶和面包，滕大阁还特意煮了三枚鹌鹑蛋。看着女儿吃光这些东西，滕大阁心中略感安稳，他催促女儿快点儿休息，自己也草草地脱了衣服，静静地平卧在床上，什么时候睡着的，他并无知觉，只知道不长的一段梦中，一股冷气从头到脚把自己给冻住了。接着就睁了眼，听见了窗外传来的风雪的声音。他下意识地看了一眼背对着他侧身而卧的吴明丽，更是下意识地帮她抻了一抻被角，之后，整个注意力被外边的世界吸引了。

"白红梅"的味道有点儿苦，回味几个小时前所发生的一切，那种感觉也有点儿苦，滕大阁想极力从这种感觉中拔出来，拔萝卜一样除泥去土。他想清清爽爽地给女儿做一顿早饭，让女儿胃肠的温暖、舒适，极为有力地抵御心肺的寒冷和憋屈，他太能理解那是怎样的一种感受，即使女儿不说，他也会从自己的体会中一丝丝、一条条、一缕缕、一块块地分割这种痛苦，把它们明晰地置放在不愿示人的角落。没办法，女儿太像自己，遇事不愿多讲，更不会分庭抗礼，习惯自责，习惯让自己退避三舍。有时候，滕大阁会莫名其妙地感到害怕，她毕竟是一个女孩子呀，她的抗阻能力、抗压能力是不能跟男孩子比的，万一有一天……他不敢想下去，因为每次只要想到这里，胸口就会出现梦魇一般的抖动。他不敢和吴明丽坦白自己的这种担忧，他深信这种坦白不会得到吴明丽的理解，相反，很可能换来的是吴明丽一连串带着怒气的反问，至少也是一场有始无终的揶揄和嘲讽。

他曾和大先生讲述自己的恐慌，大先生深表同情。

大先生离过一次婚，目前的婚姻状况也不能十分地令人满意。很明显，在日常生活中，大先生很受女性的欢迎和喜爱，可实际上，他已经患上了严重的"异性恐慌"。当然，这是他自己给自己定的性。他在心理上排斥异性，这并不代表他的性取向出现了问题，他只是感觉女人是"不可理喻"的完完整整、不可替换的代名词，许多事情只要有女人掺和进来，那就意味着无边无际的麻烦。

大先生对滕大阁说："我虽然对女人，不是所有的，是绝大多数女人有成见，但我并不希望你和吴明丽的矛盾加深。吴明丽的所作所为，她自己认为是完全的英明、完全的正确，所以才会把你放置在一个尚未成熟的婴孩儿的地位来看待，在她眼里，你的未成熟甚至比滕雅维有过之而无不及，原因在于滕雅维的所谓不成熟只在于学业，而你的不成熟却占据了生活的方方面面。"

滕大阁觉得大先生分析得有道理，他虚心地向大先生寻找解脱之法，大先生摆手苦笑，说："哪有什么解脱之法。"想了一想又说："所谓解脱之法，无外乎宽容、理解，不要拿别人的错误惩罚自己。往正能量上讲，如果你还爱她，爱孩子，爱这个家，就得学会做出让步和牺牲。"说罢笑一笑，"不说了，越说越像电视剧台词。我自己尚如此狼狈，哪有什么资格教育你呢？"

关于大先生的两次婚姻，滕大阁是少数知情者之一。

第二次婚姻自不必说，滕大阁是伴着大先生的欢乐和痛苦一路走过的；这第一场婚姻，大先生很少向人提及，包括一起共事多年的同事，都只知道他离了婚，有一个女儿，至于前妻叫什么名，长什么样，在哪儿上班，从事什么职业，概无人明晓。他不说，别人也不好打听。所以，在松城科技报刊社，大先生的"身世"颇似一个谜团，他有点儿像《早春二月》里的男主人公肖剑秋，属于"芙蓉芙蓉二月开，一个教师外乡来"的那种。父亲是松城科技报刊社的前总编，现已退休回家，正是因为这层关系，大先生才有可能在停薪留职几年之后，把自己的工作关系落在这里。原总编的公子，离过婚的男人，或者说再婚的男人，第一任妻子生了一个女儿，第二任妻子也生了一个女儿，只是这两个女儿之间的年龄差距太大，一个已经上了大学，另一个呢，刚刚步入小学校园。这样的经历，算得上是男人中的奇葩，难怪女同事在一起议论他的时候，都自觉不自觉地首先接纳他的魅力所在。

滕大阁无法评价大先生的第一场婚姻是否幸福，他多次见过那个女人，那个女人也来过单位两次，来的原因很简单，她曾一度想和大先生复婚，希望大先生的领导可以从中做一点儿积极的工作。当然，大先生对此是一口回绝的，他根本不想见这个女人，对领导的好意也是一笑婉拒。在这场失败的婚姻里，他唯一挂怀的是女儿，他觉得自己对不起她，不能让她在成长的关键时期享受到父爱。离婚之后，维持和前妻来往的唯一纽带是母亲，女儿的生活费他是一次性就给齐了的，至于女儿平时所用，除了衣服、鞋子、水果、零食，前妻还会让女儿通过电话向他要一些"额外的支出"，比如买钢琴、买吉他，再比如要补习费、出门旅游……大先生接到电话，无一不应承下来。母亲腿脚还利落的时候，这些东西和钱几乎都是母亲送，后来母亲下楼梯时跌了一跤，卧床几个月，起来后，行走也不是十分方便，这项任务就由滕大阁代为完成。

滕大阁和大先生是同事，是朋友，这件事由他来办，交接方便，又不显得突兀，加之滕大阁和大先生的前妻住得很近，这也是消除其戒备心理的很好的理由。一般情况都是这样，滕大阁事先打电话给那个女人，约好时间和地点，然后滕大阁如期赶到，送完东西即回。有几次，那女人向滕大阁问起大先生的近况，滕大阁支支吾吾不置可否，支吾不过就顾左右而言他。女人也试图要过大先生的手机号码，这是滕大阁最不能也最不敢答对的——大先生一再地嘱咐他，电话是万万不能给的，依大先生的说法，那女人如果拿到他的号码，那他现在的生活秩序就会被彻底打乱了。大先生说："孩子也只有奶奶家里的电话，我真是太害怕了。"大先生害怕什么呢？一开始滕大阁还有一些不理解，可是，当有一次他亲历一场狼狈之后，才真真正正体会到大先生的悲怆和烦忧。

那是一个深夜，滕大阁在单位值夜班，突然他的手机响了，寂静中的振铃声显得格外地刺耳，格外地怪异。他以为家里出了什么事，急忙去看号码，发现不是吴明丽的电话，这才放下心来。

"请问你是李惠聪的同事吗？我是李惠聪孩子的妈。"对方显然是喝酒了，从她说话的语气里都可以闻到扑鼻而来的酒气。

"我是，请问您有事吗？"滕大阁非常客气。

"你能把李惠聪的电话号码给我吗？"

这个要求太直接，滕大阁一时之间无法反应。

"你能把李惠聪的电话号码给我吗？"对方又逼问了一句，声调透着压制不住的不耐烦。

"不能。"滕大阁只好如实回答。

"为什么？"

"李惠聪不让我把他的号码给任何人。"情急之下，滕大阁还选择了"任何人"，这是在间接地告诉对方，此举并非针对她一个人。

谁知他的话音未落，那女人已经开始破口大骂，出言之不逊，用词之极端，让滕大阁难以接受。虽然她所表示的愤慨与滕大阁无关，但是如此过分的脏话出自一个女人的口中，滕大阁也忍无可忍。

他冲着手机说："请您今后不要再给我打电话。"

这件事滕大阁并未对大先生详说，只讲那女人来过电话，要他的号码，他没有给。大先生也没有细问，两个人站在走廊里抽烟，默默相对几分钟，便各自忙各自的事情去了。

松城科技报刊社有一刊一报，设有两个编辑部，一个发行部，一个办公室，一个财会室，一个生产科。大先生也就是李惠聪，任《松城科技报》编辑部主任，实际上就是报纸的执行主编；滕大阁在办公室，属勤杂人员，单位的内勤外务几乎都是他一个人张罗，而无论什么事，只要是他去张罗，领导尽可放心。滕大阁心眼儿实，但愿意下笨功，所谓笨鸟先飞，说的就是他这种人。在这一点上，他跟二先生不一样，二先生是有七窍玲珑心的，无论什么事，二先生只要看上一眼，琢磨过一遍，便可过目不忘，伸手即来。比如手表，比如电视，比如自行车，二先生经手一拆一装，下次遇到什么问题都可迎刃而解。滕大阁不行，他所会的这些生活技能都是凭他死记硬背，"口诛笔伐"，反复实践，才至手到擒来。水，电，砌砖抹墙，安门上窗，均是如此。

他就像一只小小的昆虫，不引人注目，又像一只缓行的蜗牛，慢慢接近自己的生活目标。

滕大阁高中毕业就走上了社会。他数学和外语不好——他一直认为女儿的数学成绩差与他的遗传有关，所以他拒绝了家里让他复读的建议，把书本文具锁进柜子，提着简单的行李进入了工地。他干的第一份临时工是在建筑工地上，先挖土方，后来绑钢筋、浇筑混凝土，再后来跟着师傅学砌砖。那时他十八岁，有自己的生活目标，他不想让父母再养活自己，想凭自己的努力挣钱，凭自己的努力创造未来。

滕大阁学会了攒钱，他把自己挣到的每一分钱都存到银行里。攒钱的同时，他也渐渐学会了如何多挣钱，就像他在工地干活那会儿，每一个周三的凌晨两点，他都会骑着自行车赶到《松城日报》的印刷厂，从那里批一千份《松城电视报》，站在桂林路最繁华的地段，或者站在衡阳街早市的某一个路口，趁着阳光照暖人流，用最快速度把它们卖掉。每卖一份《松城电视报》他可以挣到一分钱，一千份就是十元钱，一个月下来，他可以挣到三十到四十元钱，就是这三十到四十元额外的收入，足足抵上他一个月的伙食费了。

那个时候的他，实在是太能吃了。

滕大阁是在生活中学会生活的，他不想给任何人添麻烦，他希望自己是一颗小行星，只沿着自己的轨迹飞行。

尽管是在黑夜里，他也不会乱了脚步。

滕大阁结婚晚，他和吴明丽认识的时候，已经三十多岁，小半生过去了，他觉得他需要感谢的人很多。吴明丽是一个。尽管婚后他们争吵不断——这种争吵的起缘基本来自于吴明丽，可他觉得自己还是应该感谢吴明丽，毕竟她是在他最困难的时候嫁给他的。她给他生了一个女儿，女儿十分听话，从小到大，没和他犟过一句嘴。当然，他也舍不得打女儿一下，他觉得女儿的到来，是上苍降给他的福，他有了不足为外人道的快乐和幸福，更有了一份甜蜜的责任和义务。他还感谢他在工地干临时工时的瓦匠师傅，那师傅姓李，带他那年已经五十九岁，马上就要退休了。师傅很喜欢他，一直说要把自己的老闺女嫁给他。有时和吴明丽吵完架了，滕大阁会想起这件事来，如果当初他应了师傅的话，那他现在的生活会是什么样呢？师傅的老伴是个文疯子，每天痴痴傻傻的，就是因为这一点，滕大阁不敢回答师傅那半真半假的问话。那女孩滕大阁也见过，个子不高，单眉细目的，还算文静。她也是高中毕业，没考上大学，师傅退休后，准备让她接班。师傅喝酒的时候对他说，他们家不嫌他是一个临时工，只要他能对自己的闺女好，临不临时工的又能怎么样。师傅的话让滕大阁的心里很热，但他还是委婉地回绝了。滕大阁想对师傅表示点儿什么，或者表达点儿什么，话到嘴边，又觉得不必要，在那样一种状态下，任何的语言都是苍白无力的，自己既然不能做出选择，不能交给师傅一份令他满意的答卷，还不如保持沉默的好。

师傅退休不久就得了肺癌，一年左右的时间，不治而逝。师傅住院期间，他去探望过几次，几次要给师傅拿点儿钱，都被师傅拒绝了。滕大阁的心里有点儿苦涩，眼泪压在眼圈里出不来回不去，他坐在建筑工地的四楼框架上，看着夕阳往南湖方向沉去，一湖的碧水波光粼粼，只是这粼粼的波光抵不过一声叹息沉重，彼时的滕大阁只觉得自己的青春来得太晚，又流逝得飞快。

女儿房间的门响了，不用看表，滕大阁也知道，女儿准时起床了，他得马上做饭了。他倒上一杯温开水，面带微笑地出了厨房。女儿脸上的倦意未消，但见了他还是笑了一笑。父亲的一笑，女儿的一笑，加上一杯温开水，外面的风雪似乎小了一些，即使没有小，也不是不可抵挡。滕雅维去卫生间收拾自己，滕大阁在厨房热油旺火，不消一刻钟的工夫，父女二人已经坐到餐桌前，并以最快的速度吞食掉桌上所有的热量。

女儿说："爸，今天雪大，你别送我了，我去坐公交车。"

滕大阁一边穿衣服一边摇头，他指指电瓶，又指指自己，说："电都充足了，没问题。"

女儿便不再固执，背上书包，随父亲一起出门。穿鞋的工夫，她问父亲："我妈的饭菜都热在锅里了吧？"

滕大阁点点头，快步下楼，一头扎入厚厚的雪地里。

风小了些，雪小了些，但依然在刮在下，滕大阁从雪堆里拔出电瓶车，装好电池，推着往马路上走。他们起得早，加上天气恶劣，望不到边界的一片纯白中，只有滕氏父女留下的一大一小两行脚印，缠绕在这两行脚印之间的，是电瓶车前后轮子画出的蛇形曲线。父女都不由自主地回头去看，路灯下，风雪中，雪地上奇怪的图形如同一位绘画大师的超级杰作，只是这幅杰作刚刚打好底稿，还没有上色，就算还没有上色，它也已经释放出了可以感知的力量，使观赏到它的每一个人，都可以从这股力量中分离出自己想要得到的灿烂和辉煌。

第二章　衡阳街

衡阳街是松城的一条老街，南北向，长度只有两公里多一点儿。

二十世纪七十年代，衡阳街西侧的日式住宅还在，那些风格各异的二层黄体小楼错落有致，为衡阳街平添了一道靓丽的风景。衡阳街东侧，是松城的动植物公园，一九四九年后一直荒废，直到二十世纪八十年代末，才重新规划、修葺、改建、增建，不过十年光景，已成为松城人最重要的休闲场所之一。动植物公园有植被三百余种，所饲动物种类齐全且数量充足，仅以老虎为例，多的时候有二十余只，是国内著名的东北虎繁殖基地。故而动植物园又称"老虎公园"。

滕大阁他们小的时候，这个杂木丛生的园子可谓少年的天堂。

滕大阁的家在衡阳街居北，余连魁的家在衡阳街居南，他们是小学同班同学，穿开裆裤的时候就认识，撒尿和泥，挖洞打雀，几十年的厮混，感情比亲兄弟还近了几分。

严格意义上讲，衡阳街是一条不大引人注目的辅路，如果不是动植物园，如果不是大早市，这条街会和松城内许许多多的街一样，静静地躺在地图上，除非有事必须来此，不然很难被人提及，但是，有了动植物园，有了大早市，尤其是大早市的形成，衡阳街一夜之间名动全城，不但是附近的居民，就是南至自由路，北至解放路，西至人民大街——这个城市的中轴街，这些重要街路两侧的几十家单位的职工，都把衡阳街当成自己日常生活不可或缺的一部分。早晨会特意起早，从南向北，或从北向南，把早市逛个遍，顺带把一天的菜买齐备好。如果不能抵挡街边摊位上的种种香气的诱惑，大可安稳地坐下来，用二十几分钟的时间，品尝一碗鸡汤馄饨，一份野菜水饺，两张牛肉馅饼外带一碗羊汤……各种吃食应有尽有，不怕你填不饱肚子。这真是一个热闹的去处，更是一个开放式的舞台，有些角色是固定的，有些角色是流动的，没有编剧，没有导演，每个人都自觉不自觉地承担着自己的戏份，台词多时便多说，台词少时便少说，如果连一句台词也没有，那就当一个忠实的看客，欣赏风景的同时，把自己也放入到风景里去。卖菜的自然让自己的菜蔬干净整齐透亮，黄瓜、香菜、小葱、水萝卜、臭菜、芹菜、小白菜、油菜、莜麦菜、茄子、土豆，青青绿绿，姹紫嫣红；卖小吃的各个摊位上都冒着热气，充溢着和谐而欢乐的说笑声，手指都是灵巧的，烧卖、馄饨、饺子、馅饼，无论是什么食材，在这些手上都获得了生命一般，左右舞动，上下翻飞，油响、水响、大勺响、炉具响，这些响动被夹杂在高高低低的吆喝声里，汇成了一曲暖心暖肺的协奏曲。还有卖旧货的，卖衣服的，卖旧书的，卖调料的，卖水果的，卖鸡蛋的，卖鱼的，卖肉的……大家互相照应，井然有序，像河流里的朵朵浪花，前呼后应，前拉后拽，一层层地扑上岸上，再倒回水中，紧紧相连，绵延不断。大约从五月开始，一直到十月末，天亮即开市，十点钟左右散市，整整一个早晨，连带半个上午，由喧哗到寂静，同样一条街，呈现出两种截然不同的风貌，几乎每个人都获得了满足，得到了乐趣，流连忘返，乐此不疲。

余连魁原本就在这个早市卖馄饨。

他和老妈，还有大姐，三个人经营一个摊位，用牛骨熬汤，买上好的面粉，百分之八十精肉加百分之二十的"五花三层"剁馅，不掺一丝腌臜的东西，皮薄馅大，一碗十二个馄饨，晶莹剔透，人见人爱。馅儿是老妈亲手调的，馄饨皮儿是大姐亲手压的，一切都不马虎，主顾尽可放心食用。他们有一辆架子车，上边置放一块案板，一大一小两个炉子，所有的焦子都是精挑细选的。大炉子上放的是大号的汤筒，牛骨洗净置于冷水中，加西红柿，加各种佐料，半夜的时候就煮开了，文火熬制，等天亮的时候，这一筒汤呈碧绿色，油花浮动，清可见底，香味扑鼻。这汤是底汤，馄饨熟了即捞入汤中，加葱末和香菜末，食盐少许——味素是绝对不加的，没有必要，一碗馄饨送到顾客面前，没有一个不流口水的。馄饨是在小炉子上的中号铝锅里煮，这锅样式很老，是老妈当年的陪嫁，年岁太久，锅耳均有一些破损。但老妈用这个锅用得顺手了，怎么也舍不得淘汰，所以，至今还跟着上场，一副任劳任怨的模样。

二先生就是余连魁的常客。

曾有一段时间，二先生是天天光顾这个摊位的。他人瘦，个子不高，是个典型的"窄人"，加上患有小儿麻痹，走路一歪一斜的，很是惹人注目。二先生有一把俄罗斯精钢酒壶，带皮套的那种，他来早市的时候，总不忘把它揣在怀里，待人坐稳妥了，才探手从衣兜里掏出来。一碗馄饨，别人是十二个，他只要十个，多了吃不了，浪费白瞎了。他坐摊位最角落的一张小桌子，占最小的一个位置，十个馄饨，二两白酒，咂摸着流水一般的日子和每一个不尽相同的清晨。

余连魁的老妈愿意和二先生唠嗑，她爱听二先生讲故事。二先生的故事不是从书上读来的，都是他的亲身经历。他会讲他的祖上，是清朝的一员武将，因征苗有功，被封在了湖南。后来，家道中落，为避苗人陷害，举家北迁，三番五次落脚，最后漂泊到了松城。到他祖父一代，曾在伪满洲国里任过秘书一类的小吏，官场混迹十余年，非贵非富，只是写了一手好字，在松城地方也有一些名气。至于他父亲，伪满洲国末期，任派出所所长，救过一名地下党，而这名地下党在一九四九年后即任松城市第一任市委书记，对他父亲十分感激，不但证明了他的"历史问题"，还在松城评剧院为他安排了一份工作。大概基于这样的家传，二先生的小楷写得非常好，对戏曲也多了几分爱好，说他身上有些儒雅气，应该不会有人反对。余连魁的老妈除了爱听二先生讲故事，还喜欢听二先生唱戏，她能知道几出戏呢？《刘巧儿》《小姑贤》《奇冤义胆》《花为媒》。好在二先生都能唱上几句。所以，余连魁的老妈手闲下来的时候，就会说："你拣好听的给我唱一段。"

二先生也不扭捏，一只手托着膝盖，一只手在小桌上打拍子，一板一眼地唱几句："姑娘俊俏就数她为首，首一次见了面，我从心眼儿里爱得慌，慌慌张张，张张慌慌，满面怒气，气势汹汹她把洞房闯，闯的人，人心乱，乱一团，团团转，转团团……"

这是老妈最感喜庆的一段，百听不厌，邻近摊位的主人和客人跟着听了，也忍不住鼓掌，弄得余连魁的馄饨摊位跟戏台似的。

二先生除了会唱评戏，豫剧、吕剧、秦腔、二人转他也唱得来，他那肚子里不知装了多少奇货，随便地轻轻一拍打，就会情不自禁地冒出来，珍珠玛瑙一般落了满地。

二先生没有工作，说这话的时候，他的老父亲已经去世，去世时年纪也不算大，整整六十岁，刚从评剧院退下来。大家都说这老头没福气，本来可以消消停停拿退休金养老了，谁知上窗台浇花的空儿，一头跌在地上，刚刚送到医院，就往黄泉路上疾行了。二先生的母亲原是环卫工人，身体不好，退休早一点儿，一直和二先生住在一起。他们住的房子是父亲留下来的，老式的三居室，娘俩住绰绰有余。二先生未婚，一直是单身，他刚从北京回来的时候，曾有人给他张罗着相看过几个年岁相当的女人，都没能使双方满意，天长日久，二先生自己也觉寡淡无聊，再提相亲的事，概不应允，一个人乐得逍遥，满世界地随心所欲。二先生在北京跟人做过一段时间的买卖，买空卖空的那种。他的老板有些背景和来历，所以，那几年他们的生意也算顺风顺水。后来，国家开始整顿"皮包公司"，他们的老板独自出国，留下乱哇哇的一班人马，个个蒙头转向，不知所措。二先生一直是老板的得力助手，所以老板临行前对他还算有所交代，让他去南方要一笔欠款，要回多少都算他的奖金。拿到这笔钱，不必再回北京，找个地方住一段，等一切平静了，寻个安稳的工作，娶妻生子，隐匿于市井，相忘于江湖。

二先生要到了一笔钱，不多不少十万整，他带着这笔钱，在云南住了一年多，之后回到老家松城，一心照顾母亲的晚年生活。从北京回来，算不上荣归故里，他把事情处理得非常低调，对曾经的"辉煌"绝口不提。有两件事是绝对瞒着任何人的，包括母亲和大姐。这第一件，就是他手里剩下的七八万块钱；还有另一件，他在北京有一个私生子。

回到松城的最初几年，二先生靠银行的利息吃饭喝酒，一饭一菜力求简单，喝酒也相对有节制。一盘狗肉——那时，松城没有人吃狗肉，一盘麻辣豆腐，都是便宜得很；酒是散白——食杂店和小饭馆均有卖，实在想要一点儿排场，就买一瓶相对"豪华"的"苞米香"。这些他都可以接受，且接受起来颇为心安。要是说有不心安的时候，那便是想起那个孩子，如果真和他生活在一起，应该也上学了吧？他喜欢到热闹的地方喝酒，原本就是要冲淡自己的思绪。有时，二先生在家里发愣，他的母亲就会心疼地唠叨："你去了北京这么几年，总归会积攒下几个钱，这我不多问，但也知道，不出去做事总有用光的时候。"说着话，又去摸自己的存折，"我年岁一年比一年大，记忆力又不好，这钱放在你那里，总比放我这里好。每个月的工资都在，凑够了整数就存一个死期的，利息会高一些。这家里虽然只有我们娘俩，每个月水电煤气也有花费，我不想再操这个心，今后一概由你支应。"母亲的心思二先生再明白不过，是怕他手边没钱，人前人后丢面子，让他管钱是假，怕他手紧是真。可是，他怎么能用母亲的钱呢？母亲说的次数多了，二先生就想出去谋个事由，一来母亲的话对他是个提醒，"坐吃山空"不是办法，为有源头活水来，才能解日久之渴；再则，干点儿什么，挣点儿用度，对母亲也是一个安慰。这不婚已是她的一块心病，不工作没钱花恐怕早已扰得她寝食不安。母亲虽然是个环卫工人，但也出生于大户人家，从小受过教育的，识文断字，是个最明白事理的人。

二先生有一个同学，从小就精明过人，毕业于松城艺术中专，学的是平面设计。松城的装潢业刚刚兴起的时候，他就跟着自己的老师一起搞装潢，几年下来，也积下了一些人脉和经验。因为他和工会、妇联、科协这一类单位熟悉，所以总能包揽一些布置展板的活。以他的专业水平，设计展板的种种细节不是问题，但是割字刻花一类的工作就需要一个得力的帮手，他知道二先生手巧，几次找上门来和二先生商量，能不能一起干点儿什么。那时，二先生刚从一片杂乱中得到喘息，对于与外界打交道的事概不理会，今番思虑到这一点，便找这位同学一起吃个饭，向他讨个出路。这位同学姓孙，单名一个寒字，父母都是知识分子，他应该算得上是一个有家教的人。至少二先生是这样认为的。见二先生来找自己，孙寒自然高兴，刚好团市委要搞一个大型展览，他正愁人手不够。

二先生问他："都有什么要求？"

孙寒挥手说没有，只要把活儿干好就行。迟疑了半晌，又说："只一点，料钱得垫付。我正为这事发愁。你也知道，我刚刚结婚，原本有一点儿积蓄，都用在婚礼上了。"

二先生问他："得垫多少钱？"

孙寒掐指算了算，回答说："得一万多块钱吧。"

二先生说："我出一半，另一半你想办法。"

事情就这么定下来。

孙寒和二先生讲好，等团市委的钱批到手，除去小工的工钱，挣到的钱一人一半，二一添作五，平分。如果这算一单生意，二先生剩钱了，除去垫付的八千元料钱收回，他还从孙寒那里分到了近一万元钱。拿到钱的那一天，二先生得意地把大姐和大姐夫还有外甥找回家，从春园饺子馆订了一桌菜，认认真真地喝了一顿酒。他有点儿夸张地把这次挣钱的过程大大地渲染了一番，更为夸张地把前景展示给母亲。他还给了外甥几百块钱，让他自己去买那双他梦寐以求的篮球鞋。他对大姐说："你可别前脚出门后脚就给孩子没收了。"可以看得出来，有了他的这句话，外甥悬着的一颗心放下了一多半。

从此，有两年多的时间，二先生和孙寒一起做展板的活计，手边活泛了不少。那孙寒因为还有装修的事要干，渐渐地，就把他拉到的所有展板的活儿交给二先生去打理，规矩不变，料钱各垫一半，挣钱二人平分。二先生仔细，经他手制出的展板，大处养眼，小处养心，各级领导深感满意，批钱的时候也十分顺当。

二先生的境况有所好转了，母亲和他聊天的时候，就会旧话重提。无外乎两件事。一件是成家，母亲说："从小我就知道你，不是一个没有能力的人，要不是这条腿的拖累，找个正经的工作绝对没有问题。不过，现在也不必担忧，国家改革开放，允许个人经商，如你现在这样，吃一碗饭总可以的。所以，我劝你，趁着还年轻，找一个吧，条件太好的咱找不到，找一个般配的，谁也不必挑谁，彼此真心相待，安心过日子。"见二先生不出声，她自己叹一口气，说："我说这话你别不爱听，实在不行找一个离婚、带孩子的都可以，我不嫌弃，是女孩儿，我当亲孙女，是男孩儿，我当亲孙子，谁生的孩子不是孩子呢。要是……"

听到这里二先生苦笑一下，他打断母亲，说："妈，儿子不孝，这件事情你暂时就别提了。"

他说"暂时"也是用来安慰母亲，"暂时"是搁置不议，不是绝对的不找，母亲心里存了这么一份希望，总比自觉着是空等强。母亲说的第二件事，就是房子。二先生家的房子位于自由路南侧的自由南胡同，距松城大学附属学校只有二百米，是不折不扣的学区房。学区房，不言而喻，租能租个好价钱，卖也能卖个好价钱。当然，卖是不能卖的，姐姐的户口和外甥的户口还都挂在老户口本上，目的十分明显，他们不迁走，外甥就可不花一分钱进重点学校。这点儿眼光在任何一个家庭都是有的，谁也不会放过这样的机会。

母亲和二先生商量道："我和你爸的工资都不高，一生有点儿积蓄，但不多，我想趁我明白的时候立个遗嘱，把身后的事情处理好。"

这话二先生最不爱听。他表面平静，内心却打翻了五味瓶，从本意上讲，他不想和姐姐争任何东西，他认为，把这个家里所有的东西都给姐姐也不为过。从小到大，因为母亲身体不好，这个家都是姐姐在帮妈妈操持，他少小离家，在外闯荡，几乎没有在父母身边尽过孝，就是父亲去世时，他还在云南的某个小旅馆里"蜗居"，家里根本就联系不上他本人。没有给父亲打幡，没有摔过孝盆，就连父亲最后一眼都没看见，他有什么资格回来坐享其成呢？所以说，继承遗产的事在他心里从未起过一丝的波动。他只想陪着母亲好好过几年，让母亲的晚年生活舒心一点儿，快乐一点儿。

母亲的想法不复杂，按照继承顺序，父亲留下的房子她可以继承一半，另一半儿女各百分之五十。她想立遗嘱，把自己这一半的百分之三十给姐姐，百分之七十给二先生。条件是，房子最终归属于二先生。二先生呢，还是那句话，"暂时别提了"，哪有老人提前立遗嘱的，怎么想都是一件不吉利的事情。就这样，母亲的心事和二先生的心事交错起伏，忽而平静如常，忽而涟漪荡起，他们像两个本无事端的谈判者，旷日持久地进行着拉锯式的谈判，不急不缓，不温不火，各自心中拟好的条件不能交割，无法签署。

让大姐多得一点儿钱，自己亦不必"流离失所"。这是老妈的一心所愿，二先生哪有不明白的道理？

二先生的故事很多，有一些他能讲给余连魁的老妈，有些他只是一带而过，他比余连魁略大几岁，余连魁管他叫二哥。说到婚事，余连魁的老妈似乎和二先生又多了几分的共同语言，她对二先生说："可怜见的，这份心思谁能理解，跟你们说，当妈的最挂心的就是儿女的婚事。你瞧瞧我们家，老头子不担事，八杠子压不出一个屁来，我说什么事，你在他那儿讨不到一点儿主意。再说我们家连魁，也四十多的人了，就是因为弱视，工作工作找不着，媳妇媳妇娶不上，这一耽搁，青春没了，再一耽搁，半大老头子了。"

　　余连魁的姐姐和二先生同岁，生日比二先生小几个月，听老妈又唠叨，便不耐烦地抢白："妈，你又来，快点儿干活得了。"

　　女儿不说话还好，这一说话，老妈跟她也恼了，"你也不是省油的灯！没一个让我省心的。"说罢把手里正包的馄饨往案子上一丢，"叭"的一声早已摔歪了。见着摔歪了，老妈又不忍心，伸手拿起来，小心地正一正，然后，才放到小小的盖帘上。

　　二先生见她们母女争执，一般也会噤了声，只是一心地喝酒，耐心地等待摩擦平息。余连魁的姐姐，名叫余美英，是个圆脸大眼睛的女人，曾结过婚，但没生过孩子，体型较之同龄的女人要苗条许多。老妈骂她不是"省油的灯"，不能使之省心，原因在于余美英离婚了。她和丈夫结婚三年，总是怀不上孩子，丈夫喝酒生闷气，婆婆天天指桑骂槐，一共才一千多天的日子，竟有五百天是在吵架和冷战中度过的。余美英觉得没意思，提出离婚。离婚之前，她去了一趟医院，做了妇检，没毛病。离婚当天，她真想把检查结果摔在丈夫的脸上，可是想一想，此举太过残忍，伤人不至于此，就一忍再忍，趁着去卫生间的时候，把病历撕碎丢进抽水马桶里。

　　她回来住娘家，一住就是十多年。

　　余美英也叫二先生二哥。她没事就撩撩头发，问："二哥，你到底想找个什么样的？"

　　二先生摆摆手，不作回答。偶尔余美英问得紧了，他也会开个玩笑，说："总不会是个男人吧。"

　　他说这话，余美英就笑，笑得自己的脸都有点儿红了。这年头，还会脸红的女人不多见，已经四十多岁了，还能脸红，更可谓篮中珍宝——盛具不至如何的名贵，但所盛物件是货真价实。余美英撩头发的时候，也是有几分风情的，市场有一些莽汉，平日里大大咧咧惯了，动不动就开余美英的玩笑，说："大英，你这撩的是头发，如果撩的是眼神儿，看哪个男人能受得了。"对于这类的玩笑，余美英向来不应，如果对方实在过分了，她就会把手中水瓢里的冷水象征性地向对方一泼，是嗔怒，也是警告，对方见状，也象征性地跳一跳脚，引发的自然是一场开心的大笑。

余美英手里的这个小水瓢也很有特点，是压嘴葫芦从中间竖着割开制成的，纤细小巧，黄里透白，余美英手里拿着它，就像拿了一个招揽顾客的道具。

余美英算不算一个漂亮女人呢？

二先生从来没想过这个问题。但是他承认，余美英实实在在不是一个令人讨厌的愚蠢的妇人。余美英的故事不曲折，但也不是一般的小说家可以编撰和想象的。她的前夫和她前脚离婚后脚就结婚了，速度之快堪比闪电。后来听说，他们没有离婚之前，她的前婆婆就已经替儿子挑选了一个屁股很大的女人，许以重金，只期能够早日抱上孙子。可是她的梦想太难实现了，新儿媳妇干瘪的肚子也不见鼓起，那原来在她眼里承载着希望的硕大的臀部也不再肥壮丰满，眼见着三年五年风车转轮一般地过去了，她的孙子还像贪玩的丘比特一样，手拿弓箭，满天飞舞，就是不肯刀枪入库，马放南山。

余美英的前夫犯了心思，自己去医院做了生殖检查，结果，是他的精子成活率极低，让女人受孕的可能性几乎为零。他不甘心，又换了一家医院检查，结果更为让人绝望，他患上了死精症，根本就没有生育能力。世间事往往让人哭笑不得，正当他痛苦万分地犹犹豫豫是否把结果告知母亲的时候，他这位大屁股的妻子竟然神奇般地怀孕了。母亲是又唱又跳，准备着放鞭炮摆喜酒，不承想那儿子悲从天降，一个人坐在厕所里放声痛哭。

结果自然是离婚。余美英的前夫鸡飞蛋打，此番才忆起前妻的好来，他找余美英，提出想和她复婚，余美英没应一句话，只是递给他一面小镜子。这件事让余美英倍感恶心，她不敢想前夫曾经对她说过那些甜言蜜语，更不敢想她初到婆家时，婆婆所制造出来的种种和谐的假象，她不敢想丈夫喝完酒用拳头砸自己的脑袋的那副活不起的德行，更不敢想婆婆恶声相向时从她嘴里吐出的那一连串不堪入耳的肮脏言语。她对婚姻感到失望，对所谓的爱情更是嗤之以鼻。除了父亲和弟弟，她不再正眼去看男人，除非必须必要，不得不为，她几乎不和男人说话。

那么，她又是从什么时候开始发生变化了呢？

衡阳街早市在松城的民间名望持续了十余年，许多的小商小贩借着它安排了自己，养活了家人，因为这个早市，他们吃穿不愁，儿女得以正常教育，他们甚至买了房子，买了车，日子一天比一天过得鲜活。可是，因为松城的道路交通日益拥挤，辅道的分流任务愈来愈重，衡阳街早市还是被取缔了。一夜之间，衡阳街的清晨恢复了宁静，汽车的轰鸣声代替了小商小贩的吆喝。只是周围的居民和各个单位的职工还没有被这个现实惊醒，遵照以往的习惯，他们依旧从解放路或自由路匆匆进来，只是见到的是空荡荡的街道，昨天的热闹如海市蜃楼一般消失了。

其实早在几天前，整个早市就已经议论纷纷了，人们一边争取最后的时间多增加点儿收入，一边相互打探着彼此的想法和出路。有人说，应该联名上书市政府，要求保留这个早市；有人说，此举如同以卵击石，石头不用回复，卵自己就碎了，市政府做出的规划也不是一夜之间就定的，哪能说改就改。一些资金渐渐"雄厚"的小摊主已准备经营一家门市，一些准备尚不充足的商贩正寻找合适的室内综合市场……大家有点儿慌乱，但还不至于乱了阵脚，他们招呼着这最后一批主顾，拼尽全力地把手艺放在饼上、面上、馄饨上、饺子上，都想留一份记忆在这里，都想留一份感情在对方心中。

早市解散的前一天早晨，二先生几乎是和余家摊位一同出现在衡阳街凉爽的空气里的。

早市上的人还不多，所以，二先生的行走相对流畅，知道二先生会来，余美英熬汤的时候，特意煮了一块牛肉，牛肉熟透后，取出切片，放入保温饭盒里。辣椒圈、香菜段、蒜片用小碗盛好备用，这款纯香炖牛肉可谓余家的拿手菜，因为经营馄饨摊，制作并不复杂，也不困难，如果想解馋，随时可以做出一份。但是，今天这碗纯香炖牛肉是余美英特意为二先生准备的。早市解散了，二先生断不会像以往那样频繁出现在他们的生活里，也许慢慢就断了联系也未可知。她突然有一点儿伤感，更有一点儿委屈，甚至想起这一切，还禁不住落下泪来。只是她落泪是不能让老妈和弟弟余连魁看见的，在这个勉强支撑起来的四口之家里，再也经不起什么风雨飘摇了。她不想老妈和弟弟为自己担心，她也不想再为自己担心。她暗自思量，人真是奇怪的动物，自己一颗本已凉透的心，到底是怎么复苏起来的呢？

在早市，当余美英看见二先生的时候，就迫不及待地把牛肉和调料端了出来，二先生还没坐稳，她便说："不急，趁热先吃点儿牛肉，可烂乎了。"

二先生一时不解，看看牛肉，再看看她，好半晌才醒过腔来，他赶紧从口袋里往外掏钱，不想，余美英已经闪身走了。二先生在这里吃馄饨永远是先交钱的，一碗馄饨，几块钱，交了钱再吃，心里感觉踏实似的。吃馄饨先交钱，吃牛肉当然也得先交钱，这是二先生的理论。他没往多处想，掐着钱，愉快地问："多少钱？"

老妈和余连魁只顾忙手里的活儿，并没有抬头，只是心里纳闷，什么什么钱，一碗馄饨不就那些钱吗？但今天这馄饨绝对不收钱！老妈和余连魁事先并没有商量，但他们此时的心声如此一致，虽然没有任何的交汇，但他们的沉默代表了一切。

二先生愣在了那里。如果说得更加到位一点儿，他又一次愣在了那里。他心里一暖，已了然了八九分，口中却还在客气，下意识地又问："多少钱？"

这时，余美英说话了，"不要钱，今天请你吃，明天想请你吃，还不知道去哪儿找你呢。"她这番话，声调里有了哭音，场面一下子尴尬起来，大家都定格在那里不动，也不能动。

"老干妈，早啊。"远远地听见滕大阁喊，紧接着就看见他推着自行车向这边走来。

救兵来了，大家都松了一口气。

"姐，早啊。"滕大阁问候着余美英，随后看见二先生，马上补了一句，"二哥也在呢？早啊。"

"早早早，快来坐。"二先生招呼他到自己的跟前去。还是角落里的那张小桌，滕大阁刚一坐下就显得有些拥挤。

"要么，你们坐那张。"老妈说。

"不用不用，这儿挺好。"滕大阁和二先生彼此呼应般地回答。

"就你有口福，我今天煮了牛肉，你今天就来，简直长着狗鼻子。"余美英换了一张笑脸，把筷子丢在桌子上，继续忙自己的事去了。

滕大阁认识二先生就是在余连魁的馄饨摊上。初次见面，他只把二先生当作一个普通的食客，两个人并没有说话；直到有一次，余连魁的老妈让二先生给她唱戏，而二先生也大大方方地唱了，滕大阁才知道，原来他们早就相熟。他不埋怨余连魁，他这小学同学从小就这样，语迟不说，更不会主动地和任何人打招呼。别人说话，他默默地听着，偶尔对视一下对方的眼睛，马上就会闪开，仿佛他心底埋藏着多少秘密，和人对视久了，就会不自觉地泄露出来。他是那么小心，那么胆怯，又是那么倔强，那么坚忍。他的倔强和坚忍都是滕大阁日后在半生的交往中一点点发现的，他不发牢骚，不泄私愤，像河床中的一块鹅卵石，默默地承受生活的冲击。

知道余连魁一家认识二先生时，滕大阁歪着头看了余连魁一眼，就是这一眼，他已经捕捉到了余连魁投射过来的那一缕目光。他知道这是余连魁最诚挚的道歉，就像他在某一次酒后说的一句话："是好朋友，你们总有机会认识的，由我介绍，反而不好。"他也只有在酒后才能说出这么透彻的话，可是这一年当中，他又有几次肯主动端起酒杯呢？吴明丽就总拿余连魁和滕大阁比，她说："你看看人家连魁，什么时候像你这样见酒便没命，高兴喝，生气喝，只要能找到一个哪怕针鼻儿那么大点儿的理由，你也能喝上两杯。"对此，滕大阁无可反驳。

二先生爱喝酒，滕大阁也爱喝酒，他们二人很容易找到共同语言，一来二去，成了关系不错的朋友，自然是情理之中的事。那时，滕雅维还在上小学，滕大阁接送孩子的压力还不大，所以，他也经常来早市吃饭，他饭量好，能吃，余美英煮馄饨的时候，不但多抓几个给他，就连二先生省下来那两个也丢在锅里，填了他的肚子。滕大阁吃得滋润，脸冒红光地骑着电动车去上班。他早不干临时工了，接了父亲的班，成了一名正式工人，厂子发的工装他总是整整齐齐地穿在身上，虽然色泽和样式都是那么单调，但这单调之于他都是无边无际的喜悦。滕大阁有了稳定的工作，是值得庆祝和高兴的事，他自己这样想着，有的时候却兴奋不起来，反而会生出烦恼。

在滕大阁的上边有一个哥哥一个姐姐，都早于他结了婚。父亲退休时做了一个决定，接班的不准要房子，想要房子不接班，哥俩商量自己定，定下签字画押，谁也不许反悔。滕大阁的哥哥着急结婚，就决定要房子；滕大阁需要一份安稳的工作，就没做过多的考虑，和哥哥把字签了。这件事在吴明丽后来的分析中，滕大阁明显是吃了亏的。他哥哥和他嫂子原本就合伙做买卖，在黑水路市场搞服装批发，他们谁也不需要工作，换言之，他们已经解决了自己的工作。滕大阁的哥哥当初做买卖，家里是给拿了钱的，拿了钱就说明，家里早就帮他找到了工作。这个分配方案不合理！家里帮他找的工作，他还独占家里的房子，明摆着是欺负滕大阁老实，关键时候叫不住硬。

面对吴明丽的指责，滕大阁又能说什么呢？

他当初为什么要住到建筑工地上去？根本原因在于他早就不想再住在这个家里了。两居室的房子，先是父母睡里间，他和哥哥姐姐睡外间，长大一点儿，换成姐姐住里间，父母和他们哥俩住外间，除了姐姐那窄小的空间还算整洁，一切杂乱，一切无章，鸡毛蒜皮的小事也能导致父母的争吵谩骂，以至动手厮打，之后是母亲的哭泣，之后是父亲把哥哥和他当成出气筒，非打即骂，之后引发父母之间新一轮的战争。

在这所房子里，滕大阁总是感到耳鸣，他没有安全感，渴望逃走，只要一走出那间屋子的大门，他沉闷的胸口就能发出畅快的呼吸，他肿胀的后脑的某一点所发出的疼痛就会减弱、消失。父亲让他在房子和工作之间做出选择，他怎么能不选择工作而选择房子呢？父亲宣布自己的决定时，他一度非常害怕，害怕哥哥"卷土重来"，抢在他前边选择接班，那才是他最不想看到的。好在这一切并没有发生，事情的发展正如己愿。哥哥选择了房子，他大大地松了一口气，走过去握握哥哥的手，嘴唇轻轻地动了一下，似乎说了点儿什么。谁也听不见他说了什么，就像他根本什么也没说一样。

他自己知道，他说了两个字——"谢谢"。

这一切都发生在滕大阁和吴明丽结婚之前，滕大阁有权自己做出决定。滕大阁在建筑工地干了五六年的临时工，他已经由一个单薄的少年长成身强力壮的大小伙子了。他依然很少回家，只有在春节的时候象征性地回家吃顿饭，吃完饭就走，不做过多的停留。实际上，他也无法停留，那屋子依然像两个并列的抽屉一样，打开一个，还能令人容忍，要是两个同时打开，其状况只能让人呕吐。

滕大阁的父亲是一个电工，松城第一阀门厂最红火的时候，他在厂里也算是大工匠，平时话不多，不像其他工种的大工匠们那么繁忙。要是哪个车间停电了，他便带着徒弟不慌不忙地赶过去，拉闸查故障，推闸恢复供电。技术、人品样样不错，只是脾气不好，在家里一样，在单位也是一样，姥姥不亲，舅舅不爱，不咸不淡地度过了大半生，把手中吃饭的家什传给了滕大阁。滕大阁和他哥哥小的时候，他们的父亲还是一个挺有想法的人，眼看两个儿子学习一般，就想把自己的一身绝技传给他们。滕大阁怕挨打，表现得乖巧，还真学了点儿东西，他哥哥较之他性格顽皮，投机取巧的事上手就会，说到学习，只有一脑子糨糊。滕大阁决定接班，他父亲还挺高兴，对他做了一段时间的上岗培训，亲自把他交给自己的师弟。

父亲六十岁，眨眼之间就老了，他的后背有点儿驼了，看着他的背影，仿佛他走路越快，他的个子就显得越矮。他的父亲依然和他过去的工友们说闹，显得底气十足。作为旁观者，滕大阁的感觉完全相反，说闹，底气十足，这些表面现象恰恰证明了父亲身体里掩饰不住的担忧和虚弱。

关于这杂草一般生长的种种想法及体味，滕大阁能对吴明丽说什么呢？

每个人都必须把自己交给时间，也只有时间才能洗涤过去。

还是先回到衡阳街早市被彻底取缔的前一天清晨吧，余美英的一份纯香炖牛肉至少撞击了三个人的心。老妈想，大英又动了凡心，这真是一件好事。听二先生断断续续讲家庭、讲身世，对他多多少少也有了一些了解。不是大富大贵的人，却也能凭本事生活，他要是也能相中大英，自己还真得从中吹吹风，加加火。她不能冒昧地去问二先生，并不代表她心目中没有合适的人选。以今天的情形论，这大阁的及时赶来就不能说不是天设。所谓赶日不如撞日，"毛遂自荐"的来了，哪有不用的道理。老妈说："大阁呀，老干妈可有事要求你呢。"

滕大阁嘴里正嚼着牛肉，听见老干妈喊他，立马回过头来，"老干妈，什么事你说，是不是家里的电出了什么问题？"

老妈说："你先记下，什么时候得闲了，到家里来一趟，我和你细说。"

滕大阁笑了，对着二先生说："你看，老干妈还卖关子呢。"

二先生是何等聪明的人，本想插一句话，此时却无法发声，他干笑了一下，一口白酒咽进肚里。喝得有点儿急，老干妈的声音一时间转化为母亲的声音，他胸口一紧，心头泛酸，一股莫名其妙的焦躁从脚底直冲头皮，让他有点儿不知所措。

"你怎么了二哥？喝急了吧？"余美英离他们最远，但声音突然变得无比真切，她的声音里有关心，更多的却是期待。

衡阳街早市最终是没有了，它把自己交给了时间。

滕大阁早晨送完孩子，依然习惯走衡阳街去上班。走得过于流畅，他有点儿不适应，有时会不自觉地停下电动车，站在那里深思，那么多的人都去哪里了呢？有一天，他在衡阳街看见了二先生，他似乎正在路边等车，他没有打扰他，其实也不想打扰自己，他在心里问二先生："二哥，那么多的人都去了哪里呢？"

二先生的脸半仰着，直视天空，一群鸽子在头顶盘旋，鸽哨清脆而悠扬。

第三章　代沟

　　大风雪的这一天，恰好是蒋志一六十岁的生日。

　　他是退伍军人，出生于军人家庭，父亲参加过解放战争和抗美援朝，对他的家庭管理是绝对军事化的。他母亲随军多年，对父亲搞的这一套早已习惯。她一生为父亲生了五个儿子，离父亲的梦想尚有差距——父亲想生一个班，然后自己当班长。父亲向母亲保证，他要为共和国带出十一个将军，将来把他们家变成将军故居，变成一个无须国家投资的军事博物馆。

　　蒋志一在家行四，上边三个哥哥，下边一个弟弟。从他记事那天起，他穿的衣服和裤子就是军绿色的，他头上的帽子和脚上的鞋子也都是军绿色的，从幼儿园到小学，从小学到中学，直至他真正地当兵、退伍，这一身军绿几乎变成了他的皮肤。在他们哥五个当中，也只有他遵循着父亲梦想的轨迹，走进了军营，余下那哥四个，下乡、进厂、经商、考大学，皆把父亲的梦嫁接、移栽，比照着个人的成长，在多彩的生活里生根发芽。蒋志一一辈子没睡过懒觉，他的耳朵里藏着一把小小的铜号，小的时候是父亲用嘴模拟着吹，当兵了是司号兵在吹，退伍了是自己在吹，号声一响，翻身起床，"全副武装"，整理内务，出门跑步，自己对着自己喊口号。如无特殊的变化，这是雷打不动的流程。

蒋志一的父亲是正团级转业，分配到松城林业局的时候，变成副局级干部。家里住房尚属宽敞，妻子的安置也令他满意。在这个家里，父亲一直把自己当成一个功臣看待，对母亲有点儿颐指气使，对子女更是说一不二。他不能接受时间和空间交错所产生的改变，更低估了历史和时代互证时所迸发出的巨大力量，这种改变和力量使他的个人意愿变得渺小，逼迫他必须接受——尽管他自己认为他的意愿足够坚强。他没有打造出一个将军班，唯一一个当兵的儿子也是非常"平庸"地在服役三年之后回到地方，依照分配进入松城衡器厂当了工人。他依然会无端地发脾气，甚至摔打东西——以前，这脾气是定时炸弹，具有相当的伤杀力；现在呢，这脾气如棉球开花，儿子们早已把它当成一个顽童的刻意的恶作剧。晚年的父亲热衷买彩票，一个全新的梦想在他的脑海中一夜形成——他要中五百万，然后往五个儿子的脸上一家摔一百万，这不是对他们忤逆的奖励，而是对他们不服从命令的彻头彻尾的惩罚。

　　大风雪来了，气象部门早已发出黄色预警，学校宣布放假，一般单位的考勤也大大放松。蒋志一起床的时候，妻子黄晓萍早就起来了，在厨房里忙乎早餐。儿子的房间是房门紧闭，里边隐隐传出音乐的无力的弥漫。坐在厕所的马桶上，蒋志一点燃一支烟，他不确定这个早晨家里会不会平静，儿子能不能"幡然醒悟"，宣布他已取消了辞职的决定。蒋志一不用去看黄晓萍的脸色，如果她昨晚没吃安眠药，那一定是一夜未眠，这样的情况已经持续半年了，黄晓萍手边正做着什么事情，她会突然停下来，一个人坐在那里叹气流泪，夜里正睡觉，她也会梦魇一般，翻身坐起，靠在床头发呆。蒋志一想安慰她，又觉得无从下手，她的心病不是一句话两句话就可以解决的，唯一能够帮助她的，就是儿子改变主意。

　　早在一年多之前，儿子就吵闹过一回，要辞职，趁年轻做自己喜欢做的事。蒋志一和黄晓萍连哄带劝，总算暂时安抚下来，不想一年之后，儿子的情绪变得更激烈，曾有一段时间已达到不可控的地步。蒋志一看得出来，儿子的痛苦是真实的——在物业公司当保安，上一天一宿，休一天一宿，除去"五险一金"，每月只剩一千七八百元，还要受物业公司领导和业主的夹板气，忍气吞声，也毫无前途可言。他能理解，甚至在心理上有过暗暗支持，可是，这种支持只能是默默的，不能溢于言表。他得体会黄晓萍的感受。黄晓萍去过儿子的单位，也看见了他的工作环境，地下室，两百多个监控屏幕，没有床，只有一把椅子——这意味着你必须坚持二十四小时盯着，随时准备处理突发事件。十几个小时不睡觉，似乎还可以接受，二十四小时高强度劳动，这对于一般人是很难做到的。

黄晓萍也心疼孩子，希望他可以比现有条件适安一些，她给儿子缝坐垫，拿大衣，买热宝，送护膝，唯一一念就是"五险一金"。没有"五险一金"就意味着没有保障，没有保障，儿子将来靠什么生活？这是一个死结，紧紧地箍住了黄晓萍的心。她提心吊胆，掩耳盗铃，只要儿子一天不提辞职，她的心结就会松一松，一个月不提，她便告慰自己问题已经解决，儿子懂事了，被她说服了，认清事实了，开始规划未来了。她也开始有计划地为儿子存钱，并以种种方式把这一行为暗示给儿子。有一天，儿子突然流露出满脸的愁容，她马上会紧张得五心汗湿，头皮发麻。

有一天晚上，她反复缠绕着自己的担心和痛苦，对蒋志一说："在咱们身上发生的事，可千万别在孩子身上重演。"蒋志一笑了一下，说："其实生活这个东西就是这样，明天会发生什么谁也不知道，我们又何必为不可预知的事情发愁呢。"他的本意是劝慰黄晓萍，"就说我，刚进衡器厂的时候挺高兴，以为自己捧到了铁饭碗、金饭碗，一个月一百多块钱的工资，幸福的日子就在眼前。家里无外债，银行还有了存款，上班挣工资，退休有退休金，每天过得跟神仙似的。可是……"

"可是后来厂子倒闭了，你除了回家，什么也没有了。"黄晓萍打断了他。

黄晓萍的一声叹息正是蒋志一的内心所需要的，他接着刚才的话题继续说："遇事多往好处想，心自然就宽了。厂子黄了不假，但多少不还给了两万多块钱吗？个人收购了工厂，咱不被返聘回去了吗？就算后来又解除了劳动合同，咱不也交上了保险吗？现在我修自行车，收入也挺可观，坐在街边看风景，还有钱赚，日子一样挺滋润。"他突然有点儿兴奋，站起身点燃一支烟，深深地吸了一口，"儿子一样养大了，读了大学，有了工作，有自己的爱好，有自己的追求……"

"他现在要把工作辞掉了！"黄晓萍的声音提高了一些，"你倒说说看，找个工作，花了三万块钱的人情费，以为这下安定了，放心了，谁知他还存着这样的心思！要知道是这样，还不如当初就遂了他的心愿，愿意干什么就干什么去。"

黄晓萍有点儿愤愤不平。

"不管怎么说，他还知道要干点儿啥，这才是最关键的。"蒋志一说，"人，只要还能挣扎，能往前走，就没什么可怕的。"他拍了拍黄晓萍的手臂，黄晓萍还想说什么，终于忍住了，自言自语了一句："但愿吧。"

在蒋皓宇的自我认知里，他是典型的 B 型血，对任何人都很开放，有远见，有主见，没有成见和偏见，讨厌被命令、利用、干涉、纠缠，一旦对事物感兴趣便会刻苦钻研，勤奋苦练，直至成为精益求精的专家。不甘寂寞，害怕孤独，希望被关注、被重视，他看过一份关于 B 型血特征的资料，那上面说，强势 B 型血的人最有可能成为艺术家。他对此深信不疑。蒋皓宇上初中的时候喜欢上了篮球，从此对这项体育运动达至痴迷，他最喜欢的漫画书和动画片就是日本的《灌篮高手》，他喜爱的体育节目就是美国的 NBA 联赛。他能说出 NBA 每一支球队每一个球员的特点，能随口说出每一个赛季的每一场球赛的比赛成绩。曾一度，他梦想去篮球杂志当一名记者，为此也做了大量的努力——他收集资料，做笔记，为每一个篮球明星建立档案，把他们的成长轨迹一一标画出来。

他的这些工作在高中二年级的时候得到了回报。

那时候，因为一家出版社策划了一套励志丛书，把每个行业的精英挑选出来，将他们的故事写成感人的文章，汇集成书，旨在引导青少年读者建立梦想，追求梦想，实现梦想。蒋皓宇看到了征稿的文案，抱着试试看的心理，写了一篇有关乔丹的文章发了过去。令他意想不到的是，不几天，他就收到出版社编辑的回复，与他签下了正式的合同。

蒋皓宇利用一个学期的时间，从繁重的课业中挤出一点点"牙膏"，完成了这本十万字的小书，得到了一万多块钱的稿费。就是这本关于篮球明星们的励志故事书，使他在一年后的高考中得到了加分，顺利地进入了松城大学的外语学院。

蒋皓宇家住的地方在解放路，那里离体育馆的灯光球场不远，每当学习特别累的时候，他就一个人出门，去灯光球场练球。按说，练球是非常消耗体能的，蒋皓宇并不这么觉得，只要摸到篮球，只要篮球在跳动、在飞旋，他就会忘记疲劳，身心都得到了巨大的放松。在学校，他的所有课余时间都在打球、都在谈球，尽管他并不算学校里真正的"灌篮高手"，但是，喜欢他的那些女孩子都送给他"樱木花道"的美誉。为此，他也受了不少的意想不到的委屈，由于喜欢他的女孩子太多，势必引起另外一些追慕某个女孩子的男生的不满，他们会纠集一群同学，在学校门口堵住蒋皓宇，对他进行"圈踢"的警告。

作为父亲的蒋志一也是几年之后和儿子的闲谈中才了解一些"内幕"，一个少年，被一群少年围在中间，一顿踢踹，想想那场面，还真是让人感到心疼和气愤。如果自己当时就知道这些情况，会不会事先藏在暗处，待事态不可控制冲入人群保护儿子呢？毕竟自己是当过兵的，加之天天晨练，体能和灵活度保持得良好。

蒋志一不能给自己一个准确的答案。

他把自己的这个想法告诉了蒋皓宇，谁知蒋皓宇笑了，有点儿前仰后合，他说："爸，你幸好没去，你要去了，可能会保护我，但是，我强调的是'但是'，我会被同学笑话死的。真是那样，我跳楼好了。"

蒋志一问："他们打你，你不还手吗？"

蒋皓宇摇摇头。

"为什么呢？"

"那你遭到的暴力会更多。"

"那你怎么办呀？"

"沉默。"

蒋志一觉得自己无话可说。

尽管事情是这样，也不能减弱、阻止蒋皓宇对篮球的热爱，他依旧每天出现在篮球场上，把自己的身体流线和篮球合为一体。大概就是因为篮球的缘故，蒋皓宇身材变得越来越高大、健硕，在蒋家祖孙三代人当中，他的身高很快就打破了家庭纪录。年节一有聚会，爷爷就会翻动他的老皇历，他极力鼓动蒋皓宇当兵，考军校，甚至在蒋皓宇大学毕业找工作期间，还给他的老部下们打电话，找关系，想让蒋皓宇去武警边防服役，光荣地穿上军装。可惜这些也不是蒋皓宇的追求，他撒娇似的拒绝爷爷的好意，推着爷爷坐到桌子前，戴上老花镜，好好研究自己的福利彩票。

大学毕业初期，在找工作这件事上，蒋皓宇是有短暂的迷茫的，这迷茫持续的时间不长，也不短，四年多的光阴变得混沌不清。没找到工作之前，他是没有目标的——不，也不能完全这么说，他向国内几家和篮球有关的报纸杂志投过简历，也把自己的那本小书随信附上，但是，种种原因，这些简历都石沉大海，没有得到任何的回应。

他学会了吸烟，深夜，坐在灯光球场的台阶上，一根接一根地吸烟，大脑出现一阵一阵的空白，眼眶中常常溢出泪水。他的大部分同学都习惯向外企寻求出路，似乎这样做，才符合他们外语学院毕业生的身份。蒋皓宇不知道自己去外企能做什么？当翻译，还是埋头于文案？或者直接去车间参加生产劳动？他不愿意考虑这样的出路，更不愿意和母亲探讨这样的问题。从感情上讲，他是理解和同情母亲的，这个心地善良又柔软又胆小的女人，在他人生的每一个她认为关键的时刻，都投入了不能低估的关注和操劳，她胆战心惊地看护、照顾着自己，生怕一丁点儿的忽略，对他产生不良的影响。她并不能察觉，有的时候，她的爱也是一把双刃剑，既给了她儿子温暖，同时也让他感到窒息。自己为什么忍不住要和母亲争吵？争吵之后又要带着无比的懊悔夺门而出？自己为什么会看到她娇小玲珑瘦弱的身体就感到心疼，而伴随心疼的又是对这样的身体所迸发来的所有情感的抵制？

蒋皓宇就这样吸着烟，在大脑的一个空白和另一个空白的间隙里胡思乱想。天大亮了，他知道父亲和母亲已经离开家门了，才极不情愿地站起身，抱着篮球回家，一头扎在自己房间的小床上，昏沉沉地睡去，直至下午三四点钟的光景。

这样的状态持续了有半年之久。

后来，依然是在母亲的奔波下，他和现在的松城一家房地产集团旗下的物业公司签了合同，稀里糊涂地成了一名保安。

在找工作的那半年时间里，发生了一件小事，正是这件小事，促使他现在有了辞职的想法。这件小事是一个导火索，它现在引发了一场真正意义上的思想革命，让蒋皓宇彻底地从迷茫之中挣脱出来，他坚信，他所见到的星星之火，将来必定燎原。至于这几年的所有负面情绪，找工作所花费三万元的人情费，无论是精神的还是物质的，这些已经累积太厚的垃圾都将被这燎原之火烧得一干二净，代之而出的是生机勃勃的望不到边际的春草。

这件小事和李艾艾有关。

李艾艾是大先生的女儿，但蒋皓宇和她相识却没有经过大先生介绍，更与自己的父母无关。在相当长的一段时间里，他，包括李艾艾，都不知道他们的父亲相识，更不知道，他们的父亲还是关系相当不错的朋友。

蒋皓宇上大二的时候，被同学拉去听一场音乐会，进入音乐厅之前，他对音乐会的内容一无所知，甚至想寻机退场，到浴池去冲澡，因为，同学找到他的时候，他刚从一场篮球比赛中下来，浑身汗淋淋，每个汗毛孔都散发着咸滋滋的味道。

"我老师的大学城巡演。"同学说，一边拉着他的手不放，"凑个人气，凑个人气。"

话既如此，走是不能走了，只好硬着头皮坐下，这才看到大屏幕上的宣传，是松城吉他演奏家秦汉晋的个人专场，巡演的目的是推广他的吉他专辑《泉·瀑》。

蒋皓宇对音乐不算是发烧友，但对吉他还大概了解。在流行歌曲乐坛，吉他手的作用和地位不可忽视，而吉他作为当家乐器之一，从来都是歌手们的最爱。就说他身边的这位同学，就是因为会弹吉他而备受女生们喜欢，每当学校有文艺活动，他的吉他独奏都是必选节目，他也因此成为学校的文艺骨干，并顺利进入学生会，成为接替宣传部长的最佳人选。

可以说，如果没有听到秦汉晋的演奏，有关吉他的一切都与蒋皓宇无关，但是，一曲《泉·瀑》——这个专辑的主打曲——听下来，蒋皓宇受到了震撼。聚泉成溪，跌宕成瀑，飞瀑润竹林，万竿有清风。这是蒋皓宇听完整曲的《泉·瀑》之后的第一感觉，之后，他好像一下子全身心地接受了一个对于他来说全新的名词——指弹吉他。

秦汉晋是指弹吉他演奏家，在这场个人演奏会上，秦汉晋一共弹奏了三首曲子，在他演奏完毕之后，他向大家介绍了他的学生，一个正在上中学的女孩儿——李艾艾。这是蒋皓宇第一次见到李艾艾，那时的她长得过于单细，马尾辫，学生装，目光中含有羞涩的喜悦、胆怯的自豪。她的眼睛很亮，像两颗带着露珠的葡萄，她的鼻子直而挺，远望如象牙雕成。"最是那一低头的温柔，恰如莲花一般无限的娇羞。"大抵是徐志摩的两句诗吧，也不知道准不准确，此番从他那个平卷舌不分的同学口中说出，却也有着几分略带忧愁的贴切。

同学介绍说，这女孩名叫李艾艾，是他的小师妹。

蒋皓宇当场就买了两张秦汉晋的单曲《泉·瀑》，一张留给自己，一张送给母亲。母亲患有严重的神经衰弱，如果她听了这首曲子，对她的失眠应该有一定的"疗效"。

躺在寝室的床上，蒋皓宇戴着耳机，听着悦耳的旋律在想象的指间飞旋，他的心很静，身体也感到湿润清爽。不知什么时候，他的脑海里出现了这样一组画面，坐在台上的不是秦汉晋，而是他自己，经他的双手演奏出来的《泉·瀑》，"泉"的部分更加清冽，淙淙有响，而"瀑"的部分更加激烈，张力实足。泉和瀑综合在一起，山谷为之回荡，百木为之疏流，血畅了，气开了，继而篮球的影像也融入进来，一个个熟悉的身影，一个个难以忘记的经典动作，怒目、笑脸、宽手、大足……他一下挺坐起来，再看小臂，已经密密麻麻地起了一层鸡皮疙瘩。后来，他把自己的感受对秦汉晋讲了，秦汉晋说："你跟我学琴吧。"

蒋皓宇去找自己的那个同学，请他从中介绍一下，他想和秦汉晋学琴，问问都需要什么样的条件。那个同学面露难色，一再说老师的脾气很怪，一般情况下，是不会收新学生的，他自己和老师学吉他的时候，老师还未出道，所以通过教学来提高自己的收入。现在他有自己的琴行，有相对稳定的商业演出，还要出专辑、创作曲子，已经多年没亲自带学生了。另外，言谈之间，这位同学也流露出自己可以先带带他的意思，等他对吉他熟悉一些了，再领他去见老师不迟。他表明，秦汉晋收费很高，而自己，一次课也就六十块钱，同学身上的小市民的狡黠让蒋皓宇十分反感，所以，他婉拒了同学的暗示，自己去找秦汉晋了。因为此事，他的同学与他不睦，并多次造谣说，他学吉他的动机不纯，表面上看是去学琴，实际上早已对李艾艾动了心思。

这话也传到了秦汉晋的耳朵里，可说起来这秦汉晋还真是一个怪人，对他这位学生的话不以为然，反而一有机会就让蒋皓宇和李艾艾一起"爬格子"。"爬格子"是基本功，只有手指和琴弦互相感知，忘我合一，人和琴之间才能达到彼此延展、传输无碍的最高境界。

一晃，蒋皓宇和秦汉晋学琴也有几年了，秦汉晋平时话不多，只在关键处点拨一二或上手示范。

蒋皓宇都能一一体会。

李艾艾转眼升了高中，学业变得更为繁忙，但她总会找出一点儿时间跑琴行，有时是来看老师，有时是来换吉他上的零件或设备，每次遇到蒋皓宇，二人总要聊上几句，交流一下体会。蒋皓宇的阳刚气更重了，而李艾艾早出落成一朵晨曦霞光中的木槿。不知为什么，许多人都乐于在心里边把他们想象成一对，只是想象归想象，玩笑是断不敢开的，不管怎么讲，李艾艾还是一个正读中学的孩子。

蒋皓宇学吉他，拜的是秦汉晋为老师，可自从进入老师门下，他最初的吉他知识和基本技法都是李艾艾教的，所以，李艾艾虽然是师妹，在他的心目中却是半个老师。他入门晚，本应称李艾艾一声师姐，可秦汉晋挥挥手，说："罢了，没有那么多的规矩，她年纪那么小，叫什么师姐，就叫师妹算了。"

蒋皓宇的那个同学造他和李艾艾的谣，蒋皓宇后来也有了耳闻，他只觉得这位同学身上的市侩气更浓了一些，并不想与他计较。至于李艾艾，比他小着好几岁呢，当个妹妹还真可以，如果带在身边做恋人，他自己也会感到十分别扭，怎么可能的事呢？自己是从未动过觊觎之心的，所以和李艾艾交往起来自然是除了磊落就是磊落。

李艾艾呢，自幼父母离异，她的日常生活照应基本上是由母亲一人完成，她并不知道父母离异的真正原因，但随着年龄的增长，世人对离异家庭大致的诟病让她变得有一点儿自卑，这种自卑又导致了她的内向，她静的时候多，动的时候少，沉默的时候多，说话的时候少。她聪慧敏感，领悟力强，学习上根本不用母亲操心。上小学的时候，母亲即为她的未来制订了第二方案，如果考普通的大学有困难，就考取艺术院校，艺术院校的文化课分数低，学习压力不会那么大。为此，母亲让她给奶奶打电话，转述自己的想法，奶奶自然会把这想法再转述给爸爸，不久，她便有了一架钢琴，又不久，作为生日礼物，她又拥有了一把吉他。在她眼里，自小并未跟她生活在一起的父亲总体还是温和的吧，他为什么丢下自己和母亲离婚呢？是因为母亲的脾气吗？说起母亲的脾气，还真是让人难以忍受，暴怒下的歇斯底里是她最不能面对的，每每遇到这种情况，她都会一个人去门外的走廊里站一会儿，闭上眼睛想一想五线谱上的"蝌蚪文"，蔚蓝的天空和大海就会前后左右、四面八方地将她拥抱、拍打、推送、摇晃，如此，她的痛苦被稀释、被冲走，她抬起越来越修长的手指，在额头上弹出一串轻快的旋律，微笑一下，转身进门，给母亲拿条毛巾或倒一杯水，然后，继续去忙自己该忙的事情。

李艾艾就是这样一个女孩儿，关于蒋皓宇，除了吉他，她又能多说什么呢？

蒋皓宇陷入就业苦恼最深的那段日子里，李艾艾给他打了一个电话，说有三个小学生要跟她学吉他，可她正在应对即将来临的高考，不能全身心投入，推掉又觉可惜，就向三位家长推荐了他。现在打电话的意思就是问他有没有时间，有没有心情接这份工作，如果有，抓紧时间见一面，没有，她马上回绝人家。

李艾艾说："我和学生家长说你是我师兄，人家连思考都没思考就答应了。"李艾艾的口气里有夸奖和鼓励的意味。

"我从来没干过，能行吗？"蒋皓宇突然感到有一点儿紧张。

"这样，你听我说，"李艾艾不急不慌地应道，"三个学生，每人十二课时，一个课时是一百元钱，十二课时是一千二百元，三个学生就是三千六百元。你听清楚没有？"

"听清楚了，可是……"蒋皓宇还在犹豫，犹豫中透着焦急。

"先不说能不能，先说想不想？"

"想啊。"

"那好，你马上打车到桂林路，找一家咖啡馆等我。"

这样说定了，蒋皓宇跑到最近的银行取了一点儿钱，然后打车前往桂林路，找到一家他和李艾艾去过的咖啡馆见面。十几分钟后，李艾艾也到了，她把手里的一个文件夹递给蒋皓宇，笑着说："这是我的教案，很详细的，你回去仔细看一遍，自己再摸一遍，准没问题的。"

目前状况下的蒋皓宇最缺少的就是方向，李艾艾看似不经意的推荐，犹如雪中送炭，让他在绝望之中看到了一点儿希望。那时，他还不能借着这点儿希望点燃心中可以燎原的星星之火，但他的心理上却得到了巨大的安慰。并非他自己所想象的那样，他是一袋不可回收利用的被人丢弃在角落里的垃圾，从此无人问津，他还有一双手，有一颗健康的大脑，他还能跳跃、奔跑，还可以打球、弹琴，仅从这一点上来说，生活还是美丽的。

他从心里往外感激李艾艾，因为这份感激，使他第一次从另外的角度来观察、审视眼前的这个女孩。这是一个天然去雕饰的美丽少女，安静、纯洁，又有一点儿成人般的和悦。他突然想起来，她今天说了很多话，虽然平时她只与他的交流多一点儿，但是，比起往昔，她今天的确说了不少出于主动而非被动、主观表达而非客观回答的决定性的语言。这样一想，一股暖流让他的神经完全松弛下来，他问道："高考准备得怎么样了？"

李艾艾原本是在低头喝饮料，听他一问，轻描淡写地回答："我只想考松城大学，问题应该不大。"

"其实，以你的学习成绩，考一个比松城大学更好的学校也是完全可以的，比如南开，比如浙大……"

李艾艾摇摇头，说："我走那么远，我妈怎么办？"说完，抬起头看他一眼，又低下头沉默了。

李艾艾是鸭蛋脸，额头略宽，她低着头，恰好迎接了咖啡馆壁灯的一个亮点，那亮点如一颗星星，更加衬托出她皮肤的白皙。

蒋皓宇在心底由衷地叹息，李艾艾也长大了。

……

蒋志一在厕所里抽了两支烟。抽第一支烟的时候，他想自己今天六十岁了，应该请那几个老朋友来家里一聚——他所谓的老朋友也无外乎滕大阁、余连魁、大先生、二先生，他们几个七沟八岔地相识在一处，掐指一算，最短的也有十几年了。他们职业不同，经历不同，学识不同，却总能找机会凑一起喝酒聊天，想一想也是天定的缘分。今天日子特殊，天气特殊，家里的气氛也特殊，请到家里来到底方便不方便呢？对于这件事，他颇费思量。于是，他抽起了第二支烟。如果请大家来家里，势必要劳烦黄晓萍下厨房，自己也就是一个打下手的，可能连打下手都不够格。黄晓萍因为儿子的事情伤神失眠，常常心悸眩晕，这样的身体他如果再开口提要求，实在是不近人情。如果去外面吃，大家一旦知道真相，断没有他花钱的道理，这个抢单那个抢单不说，他的这点儿心思也变得索然无味了。还有，就是儿子蒋皓宇辞职的事，他如何能把自己的意见平和无伤地表达出来呢？与其在痛苦中挣扎，还不如放手一搏呢。这是不是可以代表自己眼下的立场？

前几天，他趁黄晓萍不在，口气十分认真地问过蒋皓宇一次，如果真辞职了，他干什么？他的回答是经营微信公众平台，推广指弹吉他，如果还有时间和精力，就再办一个指弹音乐工作室，一边提高自己演奏的水平，一边教学生学习吉他。

蒋皓宇说得一套一套的，蒋志一却听得云里雾里。

见他不甚明了，蒋皓宇说："和你修自行车差不多，你修自行车的事我不是特别懂，但并不影响你修得好，是权威，能赚到精神和物质。精神是别人对你的尊重，物质就是钱，用来过好日子的钱。"说罢，蒋皓宇交给他一篇文章，"我刚刚写好的，准备带给我老师看看的，你先看看吧。"

蒋志一掏出老花镜，从头到尾仔仔细细把文章看了一遍。几天来，这篇文章一直在他的衣袋里揣着，他想找机会也给黄晓萍看看。

"精神是别人对你的尊重，物质就是钱，用来过好日子的钱。"初听蒋皓宇的这句话，蒋志一并未感觉到什么，可再想一想，内心充满说不清的别扭。他反问了儿子一句："你的平台什么的，我没听明白，但你说'尊重'我听明白了，你之所以辞职，也就是说，你认为当一个保安没尊严，那你辞职之后你做的这件事就一定会获得尊严吗？"

"不一定。"

"那你为什么还要去做呢？放着已经得到的不要——尽管少毕竟还有，

而向虚无要实景，那是海市蜃楼，傻子才干的勾当。"

"爸，这是两个概念，别说当保安、修自行车，在这世界上，从事任何工作的人都能、也都应该得到尊重、获得尊严，当保安也一样，并不比谁低贱，但是，问题在于，这个尊严它不适合我。我现在要做的，前景如何，我不敢向你和我妈保证，但是，我做出这样的选择，是因为这个选择本身让我感到幸福和快乐，它让我感到我的奋斗有价值，你总愿意说挣扎、挣扎，以前我特别烦，可是现在我接受了，因为什么？因为挣扎和奋斗这两个词在本质上并没有什么区别，那么，现在我换一句话告诉你，我之所以做出这样的选择，是因为这个选择本身让我感到我的挣扎特别地有价值。请你，不，请您投我一票！"

蒋志一本来是想站在黄晓萍的立场上反驳一下儿子，哪承想，儿子的一番慷慨激昂的说辞，反而叫他哑口无言了，不但哑口无言，而且还成了他的拉票对象，处在这样一个尴尬的位置，不是犹豫不前进退维谷的问题，看来，在儿子辞职的这件事上，是该做个决断了。

儿子说："爸，我刚才给你看的那篇文章，是北京一家音乐公司约我为他们写的一本有关指弹吉他的书的序文，这既是我的投名状，也是我的考试卷，一旦通过，我就可以进入这家公司的平台工作了。"

蒋皓宇之所以做这样的决定，其实也和李艾艾有关系。

说这话的时候，李艾艾已经成为松城大学文学院的一名学生了，聪明的她应对大学的课程是游刃有余，所以，她有更多的时间待在老师的琴行里。

有一天，秦汉晋让她帮忙列一个采访提纲，采访对象就是秦汉晋本人。李艾艾很是奇怪，一般采访都是采访人找资料，列提纲，然后进行采访，哪有被采访人自己列提纲的？如果是这样，报刊社只要编辑就可以了，还留那么多的记者干什么呢？

秦汉晋递给她一杯茶，同时递给她两张打印纸，说："连我的名字都写错了，让我怎么信得过他们？"

原来，是"指弹空间"要对秦汉晋进行一个人物专访，专访将发布在他们的微信公众平台上，限于人力有限，委托秦汉晋在当地找一个记者，他们收到文稿后即付稿酬。因为涉及指弹，秦汉晋不能不热心，就应承了此事，并在《松城晚报》找到了一个记者。谁知道这个记者是个"马大哈"，他只在网络上找了一些秦汉晋的资料，迅速草拟了一个提纲，让秦汉晋自己"笔答"。秦汉晋觉得又好气又好笑，却也是十分的无奈。正好李艾艾来坐，从小跟着自己的学生，又算得上得意门生，就请她代劳。

李艾艾思忖了一下，说："老师，有一个人比我更合适。"

秦汉晋一愣，随即微微一笑，说："我知道了，你是说蒋皓宇，那你替我约他一下，让他有时间到琴行来一趟。"

李艾艾爽快地答应了。

李艾艾打电话给蒋皓宇，告知这件事，同时嘱咐他，提纲列好之后一定要和她商量一下。蒋皓宇一口应承。蒋皓宇做这件事的态度非常积极，这里边有老师的原因，有稿酬的原因，更主要的是有李艾艾的原因。

李艾艾考上大学之后，在学校附近找了一个房子，她以自己和蒋皓宇两个人的名义办起了吉他培训班，颜值加功力，到培训班来学习的学生不少，她虽然话语不多，但她的微笑和柔和的声音早已形成独特的魅力。她的吉他课都安排在晚饭后，安排在蒋皓宇下了夜班的那天晚上。晚上，蒋皓宇因为白天自己的睡眠得到补充，人清爽许多，他们一同带两个或四个学生，用一个课时或两个课时把课授完。然后，蒋皓宇送李艾艾回寝室，看着她进入大门之后，自己再乘车回家。这个晚上注定有一点儿孤独，蒋皓宇只能在琴声里倾诉，李艾艾一直在尽力地帮助自己，可是自己又能为李艾艾做点儿什么呢？

蒋皓宇为秦汉晋所作的专访非常成功，文章发表后点击量一路飙升。秦汉晋对专访也很满意，特意请蒋皓宇和李艾艾吃了一顿饭。他不知道，李艾艾把任务交给蒋皓宇之后，自己也连夜列了一份提纲，正是这两份提纲的综合，才让他们的老师变得更加丰满，更加立体，更加有风度，更加有色彩。他们吃饭期间，特别谈到了蒋皓宇的工作，蒋皓宇表现得极为痛苦，秦汉晋也表示理解和同情。就在这时，李艾艾不失时机地加了一句话，是对她老师说的，她说："老师，你上回说的'指弹空间'缺记者，可不可以推荐皓宇师兄试一试呢？"

一句话点醒梦中人。

这梦中人有两个，一个当然是蒋皓宇，以前，他一直把自己的道路钉死在办班教学生上，怎么说也和自己的爱好沾上了边，而且，有李艾艾帮助，他不至失去信心；现在，李艾艾又说出了一条路子，他的心胸豁然开朗了——原来，这个小师妹的苦心安排，竟是落在这样一个点上。他一时哽咽，眼泪扑簌簌地落在酒杯里。另一个梦中人也醒了，这个有心的孩子，善意地推却，结点竟是在此，除了用仁义两个字来形容她，也没有别的词语可以代替了。秦汉晋拍了拍蒋皓宇的肩膀，一口把自己杯中的酒，干了。

第四章　生日宴

　　大先生打了一辆车，去接二先生。他们的住处原来相隔并不远，如果打车，也就是起步价，不堵车的话，计价器都不会跳字儿。现在，为了孩子上学方便，大先生搬家了，在孩子的学校旁边租了一个房子，一家三口既杂乱无章又井然有序地打点着手边的日子，一心期望孩子快一点儿长大。这个孩子是大先生的小女儿，叫李一诺，名字是爷爷起的，取"一诺千金"的意思。大先生给二先生打电话，让他在家里等，二先生说，路不远，自己可以去，让大先生不用绕道了。

　　大先生说："接送惯了，不让接还真有点儿不舒服。"

　　听了这话，二先生笑了，回道："我又不是美酒，咋就那么让你上瘾。"

　　话是玩笑话，但其中的情谊是完全听得出来的。

　　大先生和二先生也是同学，在同一所学校，却不是一个班级。按说二先生是长大先生两岁，应该比他早入学，全因为二先生的家随父亲"下放"了几年，错过了上学的最好时机，回城后，只好重新来过，九岁多了，才开始读小学。二先生患有小儿麻痹，行走不是很方便，如果不是父亲狠心用铁丝捆住他的好腿，让他用病腿练习走路，恐怕他这辈子都得依靠双拐才能直立于泥土和道路之上。那时候，学校都有学雷锋小组，提倡同学与同学之间互相帮助、共同进步。因为大先生家离二先生家近，所以，大先生就主动提出来，要帮助二先生。于是在无数个清晨和傍晚，人们都能看到一对小小的身影缓缓地行进在喧闹或寂静的街道上。上小学的时候，一般来讲，到了下午就放学了，但是，大先生都是在学校陪着二先生一起做完作业才回去。有时，他们坐在学校的水泥乒乓球台上，听二先生讲他在乡下的故事，无论是甸子上的花草，还是天空中的流云，都能引发大先生无数的美丽遐想。上小学五年级的时候，大先生拥有了一辆自行车，是父亲淘汰下来的老"永久"，这辆老"永久"几乎成了二先生的专车。大先生可以用它驮着他上学放学了，而二先生也是因为有了它，不但学会了骑车，还学会了修车。这辆老"永久"跟了大先生许多年，性能永远跟新车相差无几，二先生对它的保养可谓精心细致，多年之后，这辆自行车除了车架子和钢圈，几乎所有的零件都被二先生更换过。及至上中学了，为了能够继续照顾二先生，他们选择了同一所中学，有了自行车，他们能去的地方多了，能走的路远了，心思也变得宽广了。

初中毕业，二先生决定不继续读书了。他鼓励大先生读高中、考大学，而他决定去桂林路学修表，将来当个修表师傅，凭手艺养活自己。他们相约着去了一趟大通河边。那天下午，他们骑着自行车，沿着自由路一直向东，经过一个缓慢的上坡，到达了体育场。以前，体育场是他们的"禁足线"，从这里再向东，就是郊区了。他们的眼前出现了菜地，那片葱郁的菜地太过宽阔，一眼望不到边际；以前，这菜地对他们是一种遮挡，同时也充斥着说不清的神秘。菜地里种着大头菜和菠菜，大头菜尚未完全成熟，但菠菜早就已经开始收获了。大先生和二先生相互看了一眼，似乎同时在原有的约定中又注入了一种冲动，他们要到菜地的另一边去看一看，看一看大通河，看看那里会有一些什么样的人，会发生什么样的事。历险的欲望鼓动着他们，让他们不再犹豫。也许是刚才上坡的时候太过用力，二先生的脚弓有一点儿发麻。是下午阳光最足的时候，菜地间的小路上只有一前一后他们两个人，一股股热气拂面拥来，他们的身影从一片菜叶向另一片菜叶掠过。突然，耳边传来异样的喧响，汩汩若语，绵绵不断。他们停下自行车，仔细辨听，那声音来自正前方，恰在这一大片菜地的边缘。大先生拉着二先生，一点点地向那声音靠近。响声越来越大，紧接着就看见了白亮亮的波光，脚下的大坝近乎一条斑驳的大路，两边长满杂树和野草。一条大河！一条大河出现在他们面前，他们方才听到的声响就是由它急速向前的水流发出的，来自河水的深处，沿着河道外扩，融入下午的空气里，带起一股意想不到的凉润。他们的身体不自觉地抖动起来，衬衫被风吹离了皮肤，膨胀如一个蓝色的气球，大睁着双眼向东南西北四下里脱逃。这大河的狭窄处，至少也有三十米宽，无桥无渡，就这么洒脱大方地挥舞着绸带，携着日光和云彩，流向不知名的远方。

二先生感觉自己和大河正合而为一，是它手上的一粒沙子，是它脚下的一块鹅卵石。他突然拢住双手，放声高喊："啊——啊——啊——"

他们再四目相对时，眼角都已经湿润了。

二先生握住大先生的手，说："好好读书，好好读书。"

大先生说："好好修表，好好修表。"

二先生说："我们都要好好的。"

大先生点头，喃喃着："好好的，好好的。"

这些都不是什么惊天动地的豪言壮语，却是少年心中最豪迈的誓言和嘱托。那天，他们离开的时候，黄昏已悄然来临，一大群乌鸦由他们的头顶飞过，往河的另岸宿营，它们的家就在那片高大的白榆林里吧？它们和人类一样逐水而居，为的就是内心深处的那份安稳和静谧。

孙寒是二先生的同学，当然也是大先生的同学，刚上初中的时候，孙寒一度和大先生、二先生走得很近，他时常夸耀地说："我们应该算是知识分子家庭出身的孩子，和棚户区的那帮人不一样。"想一想，当时他多大的年龄，这番"出身论"一脱口，着实让人感到吃惊。大先生不喜欢他，原本说不清原因，后来发生了一件事，让大先生觉得自己的第六感还是很准确的。

大先生家有一函四册的清代刻印的《百喻经》，每本前边是图，后边是字，按现在的话说，是"图文本"，谈不上精美，也谈不上多名贵，但在当时，看到它的人都爱不释手。孙寒喜欢画画，对大先生有这样的书很是艳羡，多次央告，想借回去临摹。大先生本不想借他，却经不住他一再张口，碍于面子，一时手松，借了出去。借是借了，再想要回来难了，孙寒告诉他，那套书丢了，他明明放在窗台上的，一转身的工夫，让人偷走了。他的理由也"靠谱"，他家住一楼，夏日开窗，被人顺手拿走是很可能的。大先生吃了一个哑巴亏，但不敢声张，毕竟是背着家人把书借出去的，能瞒住父母对他已是最大的心安。孙寒呢，大抵是自觉此事也不光彩，跟大先生道歉之后，也绝口不提这"丢书事件"了。

大先生从此对孙寒有了芥蒂，慢慢淡化与他的交往，初中毕业之后，基本断绝与他联系了。孙寒喜欢画画，二先生喜欢写字，读书的时候，因为学校的各种活动，他们时常在一起合作，对此，大先生是从不多言的，他从小就是这样，自己判断好的事，自己严格自律。但，这种自律只限于自己，不会去影响身边的人。性格使然的事，别人是很难评说的。

大先生很奇怪，为什么自己会突然想起孙寒呢？难不成是因为那本刚刚进入市场的影印版《百喻经》？想一想，摇摇头，不由得苦笑。雪停了，清雪车、除雪的环卫工人正轰轰隆隆地忙碌着，街面上出现了一个又一个大大的雪堆，黑色的路面露了出来，这路面让行人有了极大的安全感。大先生看见一个年轻的妈妈领着一个孩子，正穿过缓缓的车流到马路对面去，那孩子手里拿着一个雪球，不停地虚拟地投掷着，年轻的妈妈弯腰制止他，他们的笑声在空气中流动。

大先生是上午九点多的时候接到蒋志一电话的，让他中午去家里吃饭。

大先生问："天好的时候你不张罗，这么大的雪，是什么好事让你有如此的兴致啊？"

蒋志一说："下雪了，干不了什么活儿，不如凑一起喝点儿酒。"

"都谁呀？"

"还能有谁，就咱们几个呗。"

"都通知了？"

"都通知了。"

"那好，一会儿我和大阁一起走，接上明海，然后去你那里。对了，用不用买点儿东西？"

"不用，不用。"听说大先生又要买东西，蒋志一的口气变得急切了，甚至比平时更急切，他强调，"家里什么都有，你们人到就行。"

蒋志一是很少在早晨吸烟的，今天却吸了两支。他还想吸第三支的时候，儿子蒋皓宇起床了。蒋皓宇起床的第一件事就是上厕所，所以，他把厕所的门拍打得山响。

"马上，马上。"蒋志一应着，一边冲了马桶。

门开处，是蒋皓宇的一张笑脸，他向父亲摆摆手，侧身钻进了卫生间。见了儿子的笑脸，蒋志一又纳闷又开心，一般的时候，每天早晨蒋皓宇起床都是一件困难的事，无论黄晓萍还是蒋志一去叫，不经过几番"轰炸"，是很难奏效的；等叫起来，他们面对的也是一张臭脸，蒋皓宇赌气似的穿衣服，匆匆地洗脸刷牙，之后拎包出门，不多说一句话。这样的气氛确实令人挺紧张的，黄晓萍往往会感到压抑。黄晓萍压抑，蒋志一也不会轻松到哪里去，夫妻二人吃了早饭，也一前一后地出门。黄晓萍在市文联找了一份打扫卫生的工作——是大先生帮忙介绍的，收入不高，但对家里也算挺不错的一笔贴补。蒋志一推着他的工具车，到自己的摊位去，摊位离松城科技报刊总社不远，是一个十字路口。蒋志一称这个路口为"521"高地，他命令自己在有生之年要死死地守住它。"521"这个浪漫的数字是他从蒋皓宇那里学来的，也明喻了一个坚定而美好的念头，他爱这个高地，如果他能守住这个高地，也就向所有人证明了——他能守住他自己。

这个早晨确实有点儿不一样，蒋皓宇上完厕所，光着上身直接洗脸了，他语调欢愉地向厨房喊："妈，你做什么好吃的了？"

黄晓萍也有点儿诚惶诚恐，紧忙回答："你想吃啥呀？"

"做啥吃啥，下雪了，车难坐，你快点儿就行。"

"好了，都已经好了。"听得出来，黄晓萍的声音也是轻快的。

蒋志一想：要是家里永远都是这样该有多好啊，和和气气的，快快乐乐的。

见黄晓萍往桌子上收拾东西，蒋志一赶紧过去帮忙，和平时差不多的早餐——粥、鸡蛋、小菜、辣椒酱、馒头——在这个有雪的清晨变得格外有声色，蒋志一感觉自己的口水都快流出来了。

蒋皓宇穿好衣服，利落地坐到桌子前，抓起一个馒头就往嘴里塞，他吃了一口辣椒酱，赞美道："妈，你做的辣椒酱就是一绝，我建议你呀，别去什么文联扫地了，我爸也别守他那个'521'高地了，你们一起开个快餐店，就凭这辣椒酱，生意一定很火。"

黄晓萍脸上挂了笑，两腮甚至还有了一点儿红晕，她盛了一碗粥送到儿子面前，说："我可不上你当，我开店？还不得被你吃黄喽。"

蒋皓宇放下筷子，"威胁"说："你要这么说，我可不吃了。"

黄晓萍也假作害怕，说："不怕黄，不怕黄，哪有儿子能把妈吃黄的。"说着，又要给蒋皓宇加粥，蒋皓宇摆手表示够了，自己已经吃饱了。他把最后一口馒头吃下去，交叉着把双手放到桌子上。蒋志一见他不像往日那样着急往外走，便想，他不是有什么话要说吧？莫非……想到这儿，不敢再往下想了，只拿一双眼睛盯着蒋皓宇。

蒋皓宇果然有话！

他说："爸，妈，这些天我想了很多问题。我觉得有一些问题我想清楚了，所以，想先简单地和你们交流一下。"

蒋志一低下头，没敢去看黄晓萍的脸，但他双目的余光可以看到黄晓萍的手——拿着筷子，凝固在碗边上。

蒋皓宇说："妈，你先别着急，我知道我辞职的事让你担了不少心……"

黄晓萍放下筷子，身体用力往后挺了挺，长出一口气，声音低低地回应："你说吧。"

"妈，我理解你，你看这样好不好，我们现在各让一步，我先不辞职，而是和单位请长假；我私下里问过了，单位有请长假的先例，是可以的。在请长假的日子里，我尝试着做我想做的事，如果你们看有希望，我就继续做下去，如果你们觉得毫无前途，我就回去上班。"

蒋志一一下就听明白了，这是儿子的缓兵之计，他原来是想破釜沉舟的，现在怎么有了如此的变化。不管怎么说，这不失为一个可行之策，自己应该助他一臂之力，让家里这恼人的僵局得到一定的缓解。

他说："我看可以试一试。"

蒋皓宇看看墙上的挂钟，说："爸，妈，你们都先别急于表态，冷静的时候替我想一想。我先去上班了，今天说不上怎么忙呢。"

蒋皓宇走了，桌子上又留下了蒋志一和黄晓萍两个人，蒋志一说："我觉得他这个想法挺成熟的，可以试试。"

黄晓萍说："他把话说到这份儿上，我还能再说什么，总不能跟他闹下去，真的弄个两败俱伤。"话是这么说，眼泪还是流了下来，"老话说得好，这都是养儿攒的。冤家呀。"黄晓萍的口气里有"认命"的成分，这说明她的心结多少有些松动，蒋志一听见自己的神经像弯曲的车条突然弹直了一般，"嗡"的一声响，震颤之中满是通泰和陶醉。

"你能想通了，可真好。"他由衷地说。

"想通了，你让我怎么想通？我头疼得很，只是没办法。"黄晓萍闭目养了一会儿神，睁开眼睛对蒋志一说："今天你生日，先吃个鸡蛋滚滚运气吧。"

她的心境如此之糟糕，竟然还记得自己的生日！蒋志一接过鸡蛋，兀自剥皮。黄晓萍刚才说"先吃个鸡蛋"，话里透着潜台词，先吃鸡蛋，吃完鸡蛋还有什么？难不成是一碗热汤的生日面？

"一晃六十岁了。"黄晓萍叹道，"人生有几个六十岁，得给你过过。一会儿给你那几个老哥们打电话，都来家里吧。我这就准备菜去。"

黄晓萍去厨房，蒋志一也下意识地跟了进去，他本想说两句暖乎话，可进了厨房才发现，这一个早晨，黄晓萍不仅准备了早餐，就连一会儿要做的鸡和排骨都已经紧好水了。他刚才忙着往桌上端东西，竟没注意，现在看到了，心口不由得涌上一股酸楚。应该是幸福的，为什么是酸楚呢？蒋志一先给余连魁打电话，余连魁正在家里照顾老妈，今天雪大，他也无法出摊，就替换姐姐，给老妈擦擦脸，喂喂饭。听了蒋志一的邀请，他本来是推辞的，后来，听蒋志一口气郑重、诚恳，就答应下来。

　　滕大阁刚刚送完孩子，正往单位赶，好半天才回话，听说喝酒，没有任何意见，见了大先生，他还问了一句："什么情况？"

　　大先生正忙着改一篇稿子，没时间和他说话，一边摇头，一边说："等会儿一起走。"

　　通知完大家，蒋志一复又进了厨房，问黄晓萍："你今天不上班行吗？"

　　黄晓萍太过聚精会神，半天才反应过来，回答说："昨晚下班后我已打扫了一遍。和主任说了，请一天假。"

　　"一晃六十岁了。"蒋志一想起黄晓萍刚才的叹息，也忽生了一句同样的感慨，仿佛这样随着，才是百分之百的对黄晓萍的感激。他找来一个小凳，坐在黄晓萍的身后，一边剥葱，择香菜和小白菜，一边回忆起他和黄晓萍结婚那天的情景。

　　那是个十月天，天气晴朗得只剩下绿和蓝，父亲借了单位的一台伏尔加，外加一台大客车，把黄晓萍家的亲戚和朋友都接了来，一直接到松城饭店。不对，是先看了新房，之后，才去松城饭店的。蒋志一一路拉着黄晓萍的手，手心都汗湿了。黄晓萍烫了头，圆圆的脸加上圆圆的眼睛，配上红衣红裙，就像一枚熟透的苹果。她真年轻，真好看，把参加婚宴的那些女人都比下去了。蒋志一的那帮战友闹洞房，她也只是笑盈盈地端茶递水，一星点儿恼怒都没有，算是给足了蒋志一的面子。

　　"老蒋，你想什么呢？"

　　恍惚间听见了黄晓萍的问话，蒋志一回过神来，他手里的一根香菜被当成芹菜择了，香菜叶儿落了一地。

转眼中午到了，蒋志一家里里外外溢满了香气，排骨焖山药，小鸡炖榛蘑，这都是黄晓萍的拿手家常菜，外加几个小炒，蘸酱的"大丰收"，一桌子青青绿绿、红红白白惹人眼，更惹人的食欲。大先生、二先生和滕大阁先到了，他们一边在门口跺脚，清除鞋上的雪，一边笑闹着问有什么好酒。

蒋志一说："好酒谈不上，还是上一回喝的小烧。"

滕大阁说："小烧好，有劲儿，不上头。"说着话，进到屋里，脱去外衣，紧挨着坐到桌子前。

这是老式的两间半的六十几平方米的房子，一下子进来这么多人，自然显得拥挤，大家也不四处走动，只坐在桌前抽烟。蒋志一去拿酒，黄晓萍这边把碗筷也摆上了。

蒋志一看看表，说："这连魁咋还没到？"

滕大阁说："我来之前打过电话，他说等他大姐睡醒了就来，多少耽搁一会儿，告诉咱们先吃，不用等。"

黄晓萍说："这说什么话，怎么能不等，我们等一会儿。"

大先生和二先生也说："不急不急，等一会儿。"

蒋志一敬烟，滕大阁挡了一下，掏出那盒"长白神韵"，笑着说："尝尝这个。"

蒋志一接了烟，也笑，问："今天是鸟枪换炮啊，怎么舍得抽这么贵的烟？"

滕大阁看了一眼大先生，说："借花献佛。"

菜还冒着腾腾的热气，外边响起了敲门声，不用问，是余连魁到了。他刚坐好，滕大阁就问："怎么回事，大姐睡什么觉啊？"

余连魁解释说："今天雪大，我不出摊，就让大姐补一觉，她平时挺缺觉的。"

原来，大姐现在每天凌晨三点就要起床，赶去"沈老头包子铺"打小时工，五个小时，到早晨八点下班，一小时挣十块钱，很是辛苦。她出门，余连魁便也开始点焦子、烧炉子，收拾一应家什。之后，做早饭，烧开水，准备一家人的早餐。父亲一年老似一年，有时人也犯糊涂，知道对老妈好，却帮不上什么大忙，自己能照顾好自己，对余美英和余连魁来讲就是最大的福气。大姐下班，余连魁出门，老妈的一干杂事，就全留给她一个人。老妈安歇了，她能睡上一觉，老妈的事不完，她想睡也睡不安稳。

余连魁说："这不，今天我能腾出手来，就让她休息了。"

大先生是挨着二先生坐的，别人没太注意，他却听见，二先生深呼吸，由鼻孔长出了一口气。

见酒都倒上了，黄晓萍抢了话说："人齐了，开吃吧，要不菜都凉了。"

滕大阁第一个端起酒杯。

大先生也端了杯，看看蒋志一，又看看黄晓萍，开口道："大哥，嫂子，这酒不能就这么稀里糊涂地喝呀，今天一定是什么大日子，不然，你不能不上班，专门为我们准备这么丰盛的一桌子酒菜。"

这话问得好，大家也都恍然，纷纷跟随着，问其中的缘由。

蒋志一看瞒不过，便站起来，说："也没啥，今天，我六十了。"

这一下桌子上炸开锅了，声讨的声讨，埋怨的埋怨，都说蒋志一的不是，就连平日话最少的余连魁也不饶他，站起身，要去蛋糕店买生日蛋糕。

就在这时，蒋志一的手机响了，接起来一听，是儿子蒋皓宇打来的。

蒋皓宇问他："爸，你今天没出摊吧？"

"这么大的雪，没出。"

他还想说什么，电话掉线了。蒋志一担心儿子有什么要紧的事，急着把电话打回去，那边却一直占线，怎么打也打不通。趁着这当口，余连魁拔脚就要往外走，蒋志一和黄晓萍明白他的用意，赶上一步去拉他，正拉扯间，蒋志一的手机又响了，依然是蒋皓宇，只说了一句话："爸，生日快乐！"

那一瞬间，屋里很静，蒋皓宇的问候大家都听得真切，齐齐地鼓起掌来，一同喊："生日快乐！"

余连魁是闷葫芦，发轴的汉子，他一把挣脱了黄晓萍，伸手拉开了门。这一下，大家全愣了，门里的愣了，门外的也愣了，一个大大的蛋糕举在那里，如同雪地里开出了迎春花，都无须去猜，是蒋皓宇所为。

生日宴的高潮提前到来了，在它刚刚开始的时候。余连魁收了脚，坐回到桌子边，主动把自己的杯子倒满了酒——这在他是少见，依次看了大家一眼，对蒋志一说："大哥，我今天抢这个头杯，祝你健康长寿，祝嫂子万事如意，祝孩子事业有成。"说完，把酒干了，脸颊也立刻见了红。

依次是大先生、二先生、滕大阁，大家把酒敬下。

大先生提议："六十大寿，俗礼该遵还得遵，现在去买礼物太麻烦，我看，我们都给大哥发个红包吧，多少不论，是个心意。"说着，给蒋志一发了一百六十六的红包。

大家说这个提议好，又达意又喜庆，个个按动手机，手指打得数字"叭叭"直响。二先生发了一个双甲子，滕大阁和余连魁各发了一百元。这一切做完，大家才觉得心安，又吵嚷着，布菜敬酒，你来我往，好不热闹。

滕大阁喝得有点儿高，就愤愤地说起昨晚的事，他主要是埋怨吴明丽，说她不应该性子太急，脾气太暴，说话不知深浅，不问根由，得罪人不说，气病自己更是犯不上。他还说，孩子非常懂事，但太过可怜，一天到晚提心吊胆，半颗心在吴明丽的脸子上，学习能搞上去才怪。

二先生一听这事与自己有些关系，当即打电话给那位数学老师。数学老师是他多年的邻居，二人常在一起喝酒，本不见外，昨天受了吴明丽的一番责怪，正有气没处撒，接了二先生的电话，自然气愤不过，先骂了一通吴明丽，接着又骂了一通二先生，最后说："你今后少将这样四六不上线的家长介绍给我，我不缺那几个讲课费。"

二先生的脸一阵红一阵白，不知如何应付才是。

气氛有点儿不对，大先生赶紧打圆场，说："都是误会，解开就好了。说来说去都是为了孩子。"

黄晓萍也说："可不是，我们小的时候，家里爹妈忙的是吃穿，现在可好，忙的都是孩子。那时候，家里三四个，爹妈也不见得操这么大的心，现在就一个，恨不得把心都给你操碎了。"

大先生问："你家皓宇现在怎么样？"

黄晓萍说："你也是知道的，这不有段日子了，一直闹着要辞职。"

大先生沉吟了一下，说："嫂子，说句不该说的话，他都三十岁的人了，你真不该再跟着操那么大的心了。皓宇的想法我了解，也理解，就我们单位那帮小孩儿，今天来，明天走，全是再平常不过的事。"

余连魁也说："不好意思，我没有小孩儿，不能完全知道这里边的苦衷。可是，我烤地瓜的那个摊子就在大学的旁边，平时也和大学生们唠唠事业、前程，现在的孩子，想法比我直接，还现实，说到工作，对他们来说真的无所谓的。"

大先生点燃一支烟，摇头微笑，说："嫂子，又是一代人了。"

黄晓萍本来还想诉诉苦，结果被大家说得哭笑不得。

滕大阁虽有醉意，也知道自己刚才的话有点儿不合时宜，尤其是当着二先生的面。这时想要解释，又说不清楚，他便愣愣地插了一句话，说："我那闺女将来还不知干点儿什么呢。"

余连魁说："雅维那孩子差不了，你这是杞人忧天，咸吃萝卜淡操心。"

二先生也想快点儿从僵局中拔出来，端了酒杯问蒋志一："大哥，皓宇闹着辞职，是自己想干点儿什么吧？"

蒋志一脱口便答："他说要应聘微信平台，当编辑，推广指弹吉他。说实话，吉他我知道，我们年轻的时候流行过，可这指弹吉他，弄不明白。"他用手摸口袋，说，"不过，前几天，他写了一篇文章，我仔细地读了几遍，现在似乎明白一点儿了。"

滕大阁说："那叫微信公众平台，现在非常流行，如果点击率高，可以收很多打赏的钱，听说还有广告。总之是新生事物，和我们的报纸杂志不太一样。"

"新生事物都有生命力。嫂子，你应该支持。"二先生劝道。

"应该支持。"滕大阁也劝。

二先生和滕大阁有了新的共同语言，心里那一点儿小小的尴尬尽解，二人商量好了似的，各自举杯，仰头把酒灌进嘴里。

大先生说："大哥，你说的这个指弹吉他我多少懂点儿，艾艾，我的大女儿，她从小就跟我的一个朋友学这个，现在也带过不少学生。皓宇写了篇什么文章，你念给大家听听，我们欣赏一下。"

黄晓萍正琢磨着他们说的"指弹""平台"什么的，一时糊涂得要命。见蒋志一已把两张打印纸拿在手里，也催促道："你快念念，我不信他还会写出什么好文章。"

蒋志一打断她，说："你这是小瞧人，蒋皓宇上高中时就出版过一本书呢，真名实姓，那不会有假。"

黄晓萍白了他一眼，蒋志一只当是没有看见。他找出老花镜戴上，清清嗓子，去了痰音，先念出了文章的标题——《往哪儿指？怎么弹？》。

很多时候，我们必须承认 Fingerstyle Guitar（指弹吉他）是个概念相当模糊的词。它以钢弦吉他（原声吉他）独奏为主要载体，以手指弹拨为主要演奏形式，它可以以相当优秀的状态表达出古今中外几乎所有的音乐风格，而其诞生和流行则是诸多来自不同时期、世界不同地区弹拨类乐器共同发展、融汇的结果。

虽然，"指弹"一词仍然年轻，我们目前可以追溯到的最老一辈的"职业指弹吉他音乐家"也不过六七十岁光景，且其中的一部分人至今还活跃在我们的视线中，为推广指弹贡献着自己的力量，但我们似乎也可以在整部音乐史长河的不同流域拾取到指弹光彩熠熠的碎片跟神秘剪影。

当文艺复兴时的吟游诗人奏响古老的鲁特琴，当爱琴海边的希腊少女轻挽竖琴，我们能说这不是指弹吗？当古典吉他娓娓道来，弗拉门戈吉他挥洒热情，我们能说这不是指弹吗？当班卓琴、冬不拉、曼陀铃用特色各异的声线编织动人乐章，我们能说这不是指弹吗？贝斯，大、中、小提琴，甚至东方大陆的中阮、琵琶、三味线……这一切，都是指弹吉他的灵感和源泉，或许我们可能说，时下的指弹吉他演奏是上述所有乐器及它们所涉猎的演奏技巧、编创智慧的子集。而指弹，则赋予了这个包含悠久历史、多样文化、无限可能性的子集以出口，向世界输出着妙趣横生的音乐精华。

直至今天，指弹吉他体系仍然在以迅猛的势头成长，除了演奏技巧和创作手法，新科技对声音效果器的不断改良也大大拓展了指弹的生长空间。与其说指弹是一种演奏形式或演奏技巧，倒不如说它是"对一把吉他最大表现力的追求"。如今，这份追求已在世界各地持续了近百年时间，在这个过程中越来越多的人被它非凡的魔力所感染，成为虔诚的指弹教徒。

指弹吉他引入中国不过十几年时间，这段不算漫长的岁月正是中国指弹的"学生时代"，其间我们一直在模仿来自外国演奏家的创作手法和各种音乐理念，从中汲取到了相当丰富的营养。与其同时，我们也一直期盼着我们自己的指弹音乐体系的成熟、壮大。

……

这篇文章不算长，一千字左右，蒋志一用了五分钟就读完了。由于读得快，加上激动，他放下稿子的时候，胸口一直在不停地起伏。大先生觉得自己听明白了，频频点头，对蒋志一说："以前艾艾和我说起过指弹，我只记住了这个词，对它的概念不甚明晰。这回好了，往哪儿指，怎么弹？这个提法好，能够引发大家的讨论和思考。有没有电子版？发我微信上，我转给艾艾和她的老师看一看，我想，艾艾一定会喜欢。"

大先生文化水平高，又在报社工作，文章得到他的肯定，大家自然也就信服，所以，愈发地喊起好来，并给黄晓萍倒了一杯酒，让她无论如何也要干下去。黄晓萍推托不过，只好把酒喝了。这一杯酒下肚，如一剂良药，她一直高度紧张的神经松弛下来，脸上也挂了随和的微笑。

　　转眼到了下午四点，大家都尽了兴，余连魁张罗着要走，众人也随着站起身。黄晓萍不胜酒力，已经到卧室躺下，这一桌的杯盘狼藉只待蒋志一收拾。他杯中没喝空的酒呈着浅绿的光。大先生和二先生一路，滕大阁去单位取电动车，余连魁折身在另一条路上，身体摇摆着和大家摆手道别。大先生和二先生站在原地没动，看着余连魁走出十几米，身体略略挺直了，这才伸手向路边打车。余连魁走的那条小马路上种了两排的稠李，近二十年的生长，早已枝繁叶茂，纵使现在是冬天，它们的枝条也因为柔软，缠绕得紧密，宛如一个个网兜一样，盛满昨夜的雪，在半空发出"吱吱呀呀"的响声。

　　二先生说："这好像不是去他家的路。"

　　大先生说："也许他就是想走走吧。"

　　二先生有点儿恍惚，梦魇一般。

　　他们又去寻滕大阁的背影，匆匆的人流中，哪里还寻得见？浅浅的夜色从四外合过来，街上的路灯也一排接着一排地亮了。

　　二先生说："下班高峰了，不好打车，我也想自己走走，你坐公交回去吧。"

　　大先生左右看看，说："算了，我也陪你走两步，一嘴的酒气，上车招人烦。"

　　二先生想想也是，就由着他在自己身侧，一起向自由路的方向走去。

　　大先生说："高中毕业那年，我自己去了一趟大通河。"

　　大先生说，那一年，他也是突发奇想，独自骑车上了大坝，沿着大坝一路向南，一点点丈量着他能追逐的大通河的长度。骑了多长时间，记不得了，坝外是菜地，杨树、柳树、榆树一段一段地在外堤稀疏地生长。那时，他已经学会了许多的古诗，脑海里尽是关于江河的诗句。"凤凰台上凤凰游，凤去台空江自流。""黄河远上白云间，一片孤城万仞山。""日暮乡关何处是，烟波江上使人愁。""江水流春去欲尽，江潭落月复西斜。"这些诗句落在大通河里，漂流在水面之上，带给大先生无限的想象，留给他深深的记忆。现在想来，那一次远行应该是到了松城的最边缘，水面陡然变宽，水质也格外的清亮。他遇到一个打鱼的中年人，光着身子站在水中，用好奇的目光看着他。大先生报以腼腆的一笑，轻轻擦去额头上的汗珠。这是一个少年和世界结缘的交往公式，是水汽的滋润，让他有了继续远行的决心和信心。

大先生说："当时我想，如果我考不上大学，就再也不见你了。"

二先生感慨一声，说："你考学的时候，我已经决定去北京。二十岁了，真是一个奇怪的年龄。记得坐在火车上，我也想，这一走，还会不会回来呢？现在回头看，真是幼稚。"

大先生笑笑，说："想起沈从文在《边城》里的话。"

二先生知道那一句："这个人也许永远不回来了，也许'明天'回来！"电影里看过，后来找书读，更是一下子就记住了。

"这个人也许永远不回来了，也许'明天'回来！"

余连魁是不知道这句话的。他走到"玉姬足道"门口时，心境都是这个心境。门内亮着灯，光影透过门玻璃映射出来，但他知道，玉姬还没有回来，如果她回来了，他一定会听到她的笑声。他站在门口不肯离开，仿佛他想见的人就在门里，他想见的人是被什么魔鬼锁住了双足，只要他肯破门而入，那魔鬼就会被他打翻在地，而她也就此得救，永远也不会再陷入任何一个噩梦当中。寒气一点儿一点儿地逼上来，余连魁却浑然不觉，他的手冻僵了，脸冻硬了，就连大脚趾也不自觉地弯曲起来。大衣的领子是什么时候竖起来的，他不知道，嘴里吐出的哈气，把眼镜弄模糊了，他不知道，他现在只知道，他心里装着一个人，一个女人。可是，现在，他怎么也"找"不到她了……

第五章　谷雨

在松城，冬天的确漫长，但春天说来也就来了。今天是谷雨，春天里最后一个节气。寒气下坠，暖气上升，街边的树木展开新绿，桃花、李花、杏花、樱桃花相继开放。这是松城最美的季节，时间不会超过一个半月，如果公园里的芍药花也落了，那夏季就会陡然来临，即使你有了充分的心理准备，也会被猝不及防地当头裹入暑热之中。现在却不同，春风和煦，吹在脸上，拂在手上，都是那么柔和又浑厚；湖水开禁，兴奋地抖动着渐次融化的冰面上浅浅的涟漪；大地铺上了新的"绒毡"，蒲公英、丝毛飞廉、屋根草、苦菜、荠荠菜等竞相在上边"刺绣"；小小的飞虫自由地吟唱轻快的小曲，毫无顾忌地把自己单纯的快乐注入空气中。

十七岁的滕雅维和一个少年站在南湖水边的树荫下。

两只灰喜鹊和三只花喜鹊相继从他们眼前飞过。"喳喳"的叫声由近及远，很快消失在树林的深处。由于是周二，南湖游人不多，偌大的湖面上没有一只游船，因此显得特别空阔。滕雅维的心也特别空阔。除了空阔，还有一点儿无助和迷茫。站在她身边的少年叫王闽松，生在福建，长在松城，所以得了这么一个名字。他的父亲是日本留学生，母亲带着他回到松城，他从小就过着飞来飞去的生活，性格自由而洒脱。在日本，他被认为是中国人，在中国，他被认为是日本人。正是这种国别的双重性，让他看上去和中国孩子、日本孩子都不尽相同。父亲一再让他们母子去日本定居。可母亲舍不得姥姥、姥爷，更舍不得她那份电力工程师的工作，始终坚守松城，不为所动，不但自己不动，还极力劝丈夫来中国。大概他们都爱自己的故土太深，尽管感情笃定深厚，却一直过着两地分居的生活。王闽松有一个同胞妹妹，叫惠子，和父亲在日本生活，她每年也会飞一两次松城，在母亲这边住一阵子。在同龄少年中，王闽松的个子不算高，一米七多一点儿，但他长得非常有特色，面色黝黑，额头宽大，单眉细目，瞳仁闪亮，让人看上一眼，就会留下深刻的印象。

上午历史课时，王闽松写了一张纸条给滕雅维，让她第四节体育课的时候请假，他们一起去南湖吃午餐。他这样说了，就是他已做了准备。滕雅维在心里应允，第三节下课时便和老师请了假。女孩子请假，理由非常简单，体育老师并不多问，随便一个手势就算准假了。

王闽松是个特别开朗的男孩儿。

他是高一上学期快结束的时候来插班的，背了一个老式的双肩挎，据说是爷爷年轻的时候用的，方方正正，像一个行军背包。他剪了个板寸头，笑眯眯的，嘴唇略有一点儿厚，笑得开心了会露出右边的一颗小虎牙。滕雅维的同桌刚刚被调到实验班去，王闽松自然被安排在她旁边的座位上，与其说是巧合，真不如说是缘分。老师介绍完，让他归座，他走到滕雅维那里，行了一个标准的九十度鞠躬礼，表情认真地说："请多关照。"

这个动作老师和同学们太过熟悉，不想在这里会亲眼看到，觉得像演电影，不由哄堂大笑。老师也笑了，笑后觉得不妥，就带头鼓掌，王闽松在一片掌声中落座。

自己当时脸红了吗？滕雅维想，一定是红了。王闽松行见面礼的时候，她不知道为什么也回了一句："请多多关照。"

这才是老师和同学们哄笑的根本原因，自己是不是有点儿傻乎乎的，总是落这样的笑柄在同学的手中，让那些真正白痴的女生说来道去。在同学眼里，尤其在女生眼里，她是一个另类，不打游戏，没有"朋友圈"，不去咖啡馆，不谈论"小鲜肉"，最让她们受不了的是，她天天带保温饭盒，从来不吃零食。

"你们说说看，滕雅维那么爱学习，为什么成绩总是中游呢？"

"我要像她那么学，没准成绩早就上去了。"

别的议论滕雅维可以不在乎，这样的话最能刺痛她的心。

她是有一些"另类"。

天气转暖，女生们身上的衣服锐减，只有她还显得那么臃肿。清明的时候，母亲才让她脱掉厚棉裤，换上薄棉裤，而这条薄棉裤不到立夏，是绝对不许脱下去的。在他们家里，母亲过于强势，所谓"春捂秋冻"，是她恪守的信条。母亲自己如此，父亲也必须如此，轮到滕雅雅，那就更不必说了。母亲在一家研究所的内部宾馆上班，工作比较清闲。宾馆不对外，只有研究所召开大型会议，或某个研究项目要写实验报告，才来这里封闭，平时只有两三个工作人员在这里值班，几个人是可以轮流休息的。母亲总在人前夸滕雅维，说滕雅雅是绝对听话的乖乖女，从来也不忤逆她。

当同事说起自家孩子如何叛逆时，母亲总会笑得让人感到惭愧又心虚，她说："叛逆，都说叛逆，那是教育的问题。我女儿从来没叛逆过，我说什么是什么，她从来不会提反对意见的。"

她这样说话，滕雅维若在场，便笑一笑，心里想：妈，你永远不会知道我为什么只穿校服。

也是，自从上了初中三年级，滕雅维就开始拒绝买衣服了，穿鞋也是一样，只穿二百元左右的旅游鞋或徒步鞋，理由是家里不宽裕，不必在她身上浪费没用的钱。

母亲吴明丽感动得什么似的，逢人便夸："我们家闺女懂事，将来谁娶到家里，过日子一定是把好手。"

她并不知道，表面温顺的滕雅维内心刚烈着呢。

哪个女孩子不喜欢新衣服？哪个女孩子不爱打扮自己？哪个女孩子不

愿意时尚一点儿？哪个女孩子没有自己心目中的白马王子？

自从滕雅维发现，自己的意见在母亲那里根本就是一纸空文，她便不再发表意见了，同时，开始消极抵抗。母亲带她去买衣服，她满心欢喜，走了几家的柜台，她自己相中了一种款式，母亲马上会皱起眉头，说："姑娘，这是啥呀，不行不行。妈给你看好了一个，我领你去试试。"

不可能不去试，试过了，滕雅维不满意，表示不喜欢，吴明丽按着她的肩膀在试衣镜前转来转去，一二三四说自己的道理，直到滕雅维违心地同意，她才会以一个充满母爱的胜利者的姿态去开票交款，领着滕雅维满意而归。买鞋的道理也是一样。不过，和买衣服还是略有区别。滕维维穿低价鞋，确实有替父母省钱的心思。现在的鞋太贵了，动辄六七百，好一点儿的一两千，不如等商场搞活动打折降价时再买，样式可能"过时"一点儿，穿在脚上一样舒服。

行事如滕雅维，大概也是一种叛逆类型。

学校离南湖不远，步行十几分钟。滕雅维不是走路咋咋呼呼的那种女孩儿，可是当她见到王闽松的时候，已经满头是汗了。

"你穿得太多了吧？"一见面，王闽松就问她。

滕雅维点点头，回答："是有点儿多。"

"为什么不脱呀？"

"我妈的脾气你又不是不知道，我脱得下去吗？"滕雅维很无奈地说。

"你也真是傻，就不会和别的女生学学。当你妈面穿着出门，出了门找个地方脱下去，放学回家再换上，神不知鬼不觉的，你妈不会知道。"王闽松给她出主意。

"你们日本女孩儿是不是都这样？"滕雅维突然好奇。

"打住啊，"王闽松煞有介事地双手向外摊，"别你们日本日本的，我可叫王闽松。"

"那，谁又叫太郎呢？"滕雅维问他，问完，自己先笑起来，好像从来没有这么开心。

"我只当它是乳名呢。"王闽松并不感到有多窘，轻描淡写地解释了一下。

王闽松来班里做插班生，第一次课间休息，几个好事的男生就围过来，其中一个问："你从日本来？"

王闽松抬起头，做思索状。

那个又问："你是小日本？八嘎牙路？莎优娜拉？"

"混蛋大大地？再见大大地？"王闽松笑了，露出小虎牙，学着电影里的日本人说汉语，反问那个同学。

见他如此幽默，大家都笑了，他们之间的距离一下子拉近了。

滕雅维想：他还挺有亲和力的。

王闽松站起来，说："我是中日混血，去爸爸那里，可以算日本人，在妈妈这里，是中国人，我在妈妈这里长大。"

上课的铃声响了，同学们都回到座位上，王闽松转向滕雅维，自我介绍说："我叫王闽松，闽是福建简称那个闽，松就是松城的松。生在福建，长在松城的意思，我还有一个日本名字，叫平川太郎。你叫什么？"

"滕雅维。"滕雅维有点儿羞涩地回答。

"你是我来班级后认识的第一个女孩子，而且，有幸同桌，我们做朋友吧。"王闽松的态度十分真诚，可他这样直白地交流，让已处在羞涩之中的滕雅维更觉得难堪了。

但是，他们很快就成了好朋友。

王闽松是在学校借读，他的学习成绩是不进入班级和学校的排名榜的。正因为如此，老师对他的管理十分松懈。说来也怪，老师越不管他，他的学习成绩越好，每次考试，他的成绩如果入榜，也是名列前茅。这一点让学习倍感吃力的滕雅维十分羡慕。滕雅维羡慕的是他的成绩，班上其他同学羡慕的是他的自由，他有什么事，只要去和老师请假，从来没亮过红灯。今天也是，他比滕雅维早到了一会儿，一个人望着湖水发呆。他约滕雅维出来，是想和她说点儿什么，可滕雅维真的来了，他说什么呢？怎么说？

说这个季节，上野公园的樱花正盛？还是说，船在海上颠簸，陆地在一个人的视线里变得越来越模糊？总之——他在心里说——一定是要回日本读大学了，不知分别是短暂还是永久。他们认识一年多，现在，面临着人生的第一次别离。为什么心思如此之重？是少年不识愁滋味？还是真心地想说"洛阳亲友如相问，一片冰心在玉壶"？

两个人见面了，说了一些增减衣服的闲话，终于问到正题上来了。

滕雅维问："什么时候走啊？"问得很平淡，头却低得不能再低。

"我爸催得挺紧，让我马上就回去。我自己想，等这个学期结束，过了暑假再走。"王闽松说话一向干净利落，这番话却说得有点儿吞吞吐吐。

滕雅维只点头，没了下言。

沉默好半天，空气也被压缩。滕雅维只回忆她觉得自己的心和他走得最近的那一次对话。

王闽松说："你喜欢写诗？"

滕雅维吃了一惊，这是自己对自己的倾诉，从来不为外人道，就算是父亲她也没有透露半个字，他又是怎么知道的？王闽松拿出一张报纸，推到滕雅维的眼皮子底下。

滕雅维更是吃惊。

王闽松指着报纸上的一个名字，问："是你吧？"

那个名字叫"宜修"。

滕雅维的脸腾的一下红了，她紧咬着嘴唇一言不发。

王闽松解释道："对不起，那堂自习课，你去厕所，我无意中看到你的笔记本上有两句诗。"他指了一下报纸，"就是这两句。所以……"

滕雅维不能再否认，转而问："你为什么会买报纸？"

王闽松笑了，说："不瞒你说，我也喜欢诗歌，当然，也喜欢散文，所以，我每一个周四都会去买《松城日报》，你知道，《松城日报》每周四是有副刊的。"

滕雅维不再说话，默想着那两句诗——"他的姿态不是那么美丽，对于风景来说，却是那么轻盈。"

"宜修"二字出于屈原的《橘颂》，是滕雅维喜欢的一篇楚辞。

那天，王闽松小声地把那首题为《赠予》的诗小声地背诵出来——

> 远远的，可以看见小小的屋顶，
> 头顶的云细小而又白净。
> 早行的人儿，小心一些啊，
> 你脚下的露水还是那么晶莹。
> 在这里留下一点儿什么吧，
> 可是屋顶上的树正在提醒：
> "你此时的举动多么的多余，
> 这是一片不需要你存在的风景。"
> 那早行的人儿幡然醒悟，
> 他弯下身体，像一只蓝色的蜻蜓。
> 他的姿态不是那么美丽，
> 对于风景来说，却是那么轻盈。

这首发表在《松城日报》上的十二行小诗，滕雅维是谁也不想告诉的，她按照报头上编辑留下的邮箱地址把诗歌发出去的时候，也没做任何能够发表的期盼。现在，这首诗发表出来了，大大出乎她的意料，她无法再保持冷静，内心满是喜悦，她特别想找一个人来分享她的幸福，恰在这时，王闽松出现了，出现得恰到好处，就像滕雅维正口唇干裂，他不失时机地递过来一瓶水，那水的甘美自不必说。就是这次"不期而遇"的交流，一下子拉近了他们之间的距离。

来南湖之前，王闽松在"佐佐木"家订了一份秋刀鱼和紫菜包饭。他只订了一份，让外卖员送到南湖正门。现在，他把秋刀鱼和紫菜包饭递给滕雅维，接着又拿起了滕雅维的保温饭盒。

"交换啊，"他说，"你总说你爸做饭好吃，这回让我尝一尝吧。"滕雅维未防备，等要去抢的时候，王闽松嘴里嚼着饭，含混不清地赞道："好吃，真好吃，我说你怎么这么胖呢。"

这是笑话，实际上滕雅维一点儿也不胖。

中午的时间过得飞快，他们必须回学校了。

回学校的路上，他们似乎无话可说，在树荫里走着，脚步踢踢踏踏的。微风习习，送来一阵阵杨树叶子的芳香，又轻轻一旋，再嗅到的就是松针的药香了。王闽松手里提着滕雅维的保温饭盒，突然想起三味线，京三味线，三味线里最古老的，以及《地歌》，想起京都左京区下鸭泉川町的谷崎润一郎的故居；想起刚刚读过的《细雪》……他自言自语道："一定带你去看看。"

"看什么？"滕雅维不明白，问道。

怎料，王闽松竟脱口而出——

　　筑室兮水中，葺之兮荷盖；荪壁兮紫坛，播芳椒兮成堂；桂栋兮兰橑，辛夷楣兮药房；罔薜荔兮为帷，擗蕙櫋兮既张；白玉兮为镇，疏石兰兮为芳；芷葺兮荷屋，缭之兮杜衡。

正是屈原《九歌》中的《湘夫人》。

学校的大门即望，滕雅维一把抓过自己的饭盒，脚步极快地向学校走去。王闽松站在原地没动，又喃喃一句："纷缊宜修，姱而不丑兮。"难为一个十七岁的孩子，竟能熟读这么多篇楚辞，如果不是天生的好文采，那一定是用心做了不少的功课。

也是谷雨的这一天，大先生在办公室给李艾艾打电话，想约她的老师秦汉晋一起吃个饭。李艾艾有时间没意见，余下的就看秦汉晋有无闲暇了。大先生和秦汉晋是松城师范大学的校友，一个在中文系，一个在音乐系，他们原来并不认识，偶然的一次聚会，他俩座位挨着，东道主介绍来宾的时候，他俩互望着打了一个愣神儿，接下来就谈起许多上学时的趣事，谈来谈去谈到他俩共同暗恋的一个女生——现在在新加坡教书，彼此都有联系。那女生回国时，他们还分别见过面，吃过饭。这下更亲近了，再喝酒与主题无关，这二人把东道主晾在一边，推杯换盏，谈笑风生。宴席结束后，他俩都有点儿相见恨晚，相携着找了一家串店，接着喝。这一喝，喝到后半夜一点多，故事来了。他俩坐在露天地里，啤酒瓶子已经四排了，老板殷勤地招呼着，也觉得这两个人实在有趣。

他们是快乐的，可是，有人比他们更快乐。是七八个韩国留学生，一定是喝高了，男男女女互抱着肩膀排成一排，一边平堆着走路，一边扯开嗓子唱《阿里郎》。太晚了，街道的静谧反衬着他们歌声的高亢，把一条街的人都喊醒了。

大先生听着聒噪，就不高不低地提醒了一句："太晚了，别喊了。"

那几个韩国留学生听到了，停下来，一排人未分开，而是以一点为轴心，来了个45°旋转，看见大先生和秦汉晋，确认声音是他们发出的，一个个头略高的男生骂道："八包！"

接着，那一排人发出同一声骂："八包！"

是韩语，大意是"傻瓜"。

这句话大先生和秦汉晋都听得懂，觉得好笑，并未生气，摆摆手，让他们走。谁知道这一排人又骂了一句："西半儿！"

这就十分过分了。

"西半儿！"类似于侮辱人格，是在韩国每骂必翻脸的词。"西半儿"出口，大先生实际上一点儿也不明白，秦汉晋却听得一清二楚，曾有一个韩国学生和他学琴，闲聊的时候他问过，这"西半儿"是脏得不能再脏的话了，骂到了极致。一怒之下，他操起椅子就冲了过去。那一排韩国学生跑了，四散在角落里，有一个女生的高跟鞋掉了，哭喊了一声，但没有回来捡，大概是被男友硬生生地拽走了。那高跟鞋是粉色的，斜躺在路边，很无奈的样子。

秦汉晋用小拇指把它勾回来，递给老板，说："如果来找，就还给他们吧，估计挺贵的。"

虽然后来他俩总拿此事自嘲，但是，这让他们的关系升级了。那天，秦汉晋提着椅子奔突的时候，大先生的椅子已经飞出去了，以如此的脾气秉性，他们不成为好朋友，还有哪样的交往会成为好朋友呢？那时，他们刚四十出头，还把自己当生猛海鲜呢。好在是一段插曲，兴奋了便做酒后谈资，有没有修养的，也是男人的血性，岁数越大，越能提升点儿底气。

李艾艾上小学，她母亲想让她学乐器，大先生找秦汉晋是再自然不过的事，一个丫头放在秦汉晋那里，一磨就是十年，琴有流韵了，人也在羞涩腼腆中渗透出了落落大方。

这秦汉晋也是，年轻的时候略显张扬，一把吉他弹得四座皆惊，突然改指弹之后，收心内敛，整个人像钢弦又淬了一遍火一样，鲜活清脆，不见虚无。秦汉晋是农村孤儿出身，家里兄弟姐妹多，唯他一个读了高中，家里能给的伙食费是一天五毛，早晨一毛，中午两毛，晚上两毛，基本上是有主食无副食，起大早去农贸市场买一捆葱，就着家里带来的大酱，脸都吃绿了，可他硬挺下来了。他有一个本家爷爷是弹三弦的，早年间在松城的茶馆里卖过艺，他从小就把自己的魂儿挂在弦儿上了，谁抖都抖不掉，后来就考上松城师范学院了，选择了吉他。

大先生问过他："不是弹三弦吗？怎么又改吉他了？"

秦汉晋半开玩笑半认真地说："那不是多了三根弦嘛。"

大先生要请秦汉晋吃饭，地点定在了单位旁边的一个小酒馆，酒馆不大，外间四张桌，里间四张桌，整齐干净。老板和大先生相熟，早就备下了六样小菜，两壶白酒，远远地看见大先生和客人来，嗓音清亮地打着招呼。

路上塞车，李艾艾到得略晚，她进屋的时候，大先生和秦汉晋已经一人喝了一杯酒了。

"老师，爸，你们早到了？"李艾艾问候着，挨着老师坐下。

大先生问："最近功课怎么样？"

"还行，"李艾艾答，"学校要搞诗词大赛，这段日子一直翻古诗呢。"

大先生说："读点儿古诗好，我最近一直在翻韦庄的词，总觉得他的词要好于温庭筠的。"

李艾艾接了一句："人人尽说江南好，游人只合江南老。"

大先生举杯，对着秦汉晋说："劝君今夜须沉醉，尊前莫话明朝事。"

秦汉晋喝了一杯酒，说："你们爷俩儿欺负我是乡下人。"

喝着酒，大先生想起一件事，就拿起手机说："这段日子忙乱，有件事竟忘到脑后去了。我朋友的孩子写了一篇文章，关于指弹的，我读着很好，说发给你们，一直存着没发。今天在单位方便，打印了一份。"说罢，把两页打印纸放在桌子上。

李艾艾年轻，眼快，一下子就看清楚了，只一眼，就叫道："爸，你怎么会有这篇文章？这是我师兄写的，我早就看过了。"

这时，秦汉晋也看到了标题和作者的名字，他和李艾艾一样感到惊奇，"是呀，你怎么会有这篇文章呢？"

大先生也觉得奇巧，"你们认识？"

"何止认识，他写这篇文章和我还有些关系哩。"秦汉晋颇有些自豪。

他们的话，大先生听得一头雾水，急忙追问，秦汉晋就把事情的来龙去脉做了一番详细的描述，大先生这才觉得世界太小，父子两代人竟能在同一空间里分别相识，且事先没有一点儿交汇的痕迹，不能不说，天造万物，相生相克，是有定数的。大先生便问蒋皓宇的近况，秦汉晋说："这你得问艾艾，平时他们走得近，皓宇的情况她应该比我清楚。"

李艾艾接过话，说："一切都挺好的，'指弹空间'那边对他很看重的，他这会儿应该到上海了。"

上海正在办乐器展，会有世界级的指弹大师们来参加展览，蒋皓宇作为"指弹空间"的一线记者，早在几天前就先赴北京，后转上海了。

"那他已经辞职了？他父母知道不？"大先生问。

"还没有辞职，只是和单位请了长假。"李艾艾回答。

蒋皓宇能理顺这样一个思绪，实在是和李艾艾有关，当知道黄晓萍的态度之后，李艾艾对他说："是可以分两步走的，先不直接辞职，对阿姨是个心理安慰，你也给自己留了余地。"

蒋皓宇的视野一下子就开阔了。

他给秦汉晋做访谈，秦汉晋请他们吃饭，明晓了李艾艾的用心，秦汉晋也是说了一番话的。

他说："好男儿志在四方，这话不假。但是，如何迈出第一步，是十分关键的。当年我改指弹吉他，我的老师是十分支持的，他说墨守成规可能很安全，但是最安全的地方，也是最保守的。有力气，往前走一步，没有力气，积攒力气，也往前走一步，事情往往如此，一步之遥，两片天地。"

这些话，对蒋皓宇是起了十分的作用。

对于蒋皓宇来说，这秦汉晋也真是一个榜样。秦汉晋出身贫微，却一直砥砺向前，为了梦想，放弃工作，在家里磨琴，一磨就是八年，几乎断绝与外界的应俗交往，在六根弦上耗尽时间。这八年，他带学生，收入微薄，但琴艺大增，令人不能小视。圈内第一次指弹艺术交流巡演他参加了，演奏的是他自己创作的曲子《流风》。《流风》一出，业内震惊，秦汉晋的名字一夜传遍南北，各大音乐媒体高调报道，崇拜者蜂拥而至，秦汉晋的指弹成为"北派"的代表。

"老师，我觉得我浪费的时间太多了。"蒋皓宇感慨。

"不，"秦汉晋开导他，"我并不那么认为，当一个人认识到自己浪费时间的时候，那么，被浪费掉的那些时间都会变成有用功，正是这些被浪费的时间慢慢积成盲点，让你有了视线不清的一刻，它让你惊诧，进而觉醒。"

"您不认为我是在胡闹？"蒋皓宇期待地问。

"如果你是理智的。"

"当然是理智的。以前我想辞职，是盲目的，只觉得这工作枯燥无味，想尽快摆脱它，至于摆脱掉了之后的事情，我的概念是模糊的。"蒋皓宇真诚地回答。

"那你还苦恼什么呢？"

"我妈，她太可怜了。"

"是吗？毕竟家人的感受也很重要。"秦汉晋说，"当初我决定辞职离开学校的时候，你们师娘也是不理解的，那种纠结我再明白不过，隐痛是阵发式的。"

"后来师娘是怎么想通的呢？"蒋皓宇问。

"你们不知道，我以前是个烟民，一天最多的时候会吸掉两包烟。"秦汉晋抬头望一下天棚，接着说："我把烟戒了。我连着几天不抽烟，你们师娘发现了，问我，我说，戒了。"

"后来呢？"蒋皓宇又问，很是急切。

秦汉晋说："你们的师娘什么也没说，她好像一下子就明白过来了。"

蒋皓宇有所开悟。他的父亲蒋志一和母亲黄晓萍一时之间并没有意识到，蒋皓宇的作息时间改变了，他早晨不再赖床了。

李艾艾对他说："我说的办法你考虑一下。"

蒋皓宇说："那还考虑什么，也许这是让我妈把神经松弛下来的唯一办法。"

事情在师徒间的一场谈话中定了下来。

秦汉晋向"指弹空间"的负责人大力推荐了蒋皓宇。

那负责人接到电话，笑呵呵地说："正有事求你的，我这边要出一本介绍指弹的书，你给写篇序吧。"

秦汉晋笑着说："我文笔不行，我看这也是个机会，我让我的学生写吧，借此你也考察一下他的能力如何。"

"一个孩子，合适吗？"

"话可不能这么说，假使三五年，他成为指弹界的乐评大师，你的功劳可是第一位的。"

"你这么看好他？"

"所以才放你那里磨炼磨炼。"

后来，"指弹空间"的负责人看了蒋皓宇的文字，给秦汉晋发来一条微信："此才当用。"

秦汉晋倍感欣慰。

蒋皓宇找到了归属感，李艾艾最高兴不过，只是她万万没有想到，自己的父亲也认识蒋皓宇，这让她的心跳有点儿加快，仿佛什么秘密被看破，一不小心，昭然若揭，天下尽知。可是，自己又有什么秘密呢！这是一种矛盾得不能再矛盾的心理，除了她自己，别人无法体会。她怕自己掩饰不住慌乱，借口有事要办，提前离席，出了小酒馆的门口，才发现自己的鼻尖上都是细密的汗珠。她给蒋皓宇打电话，问他在干什么，蒋皓宇说在网吧，正在整理微信公众平台的稿子，她"嗯"了一声，没有再说什么。

蒋皓宇问她："有事吗？艾艾。"

李艾艾脸一热说："没有。"

"那等我忙完给你打电话，咱们晚上一起吃饭。"蒋皓宇约她。

"啊，不，"李艾艾犹豫了一下，说，"今天晚上有事，等空下来的时候再说吧。"

她本意是想见蒋皓宇的，为什么又拒绝了呢？

李艾艾走后，秦汉晋和大先生继续喝酒聊天。

又一杯酒落肚之后，秦汉晋看了一眼大先生，问："你是怎么认识我这个学生的？"

大先生说："我和他爸爸是朋友，我见他的时候，他还是一个中学生呢，喜欢打篮球，性格挺活泼的。"

秦汉晋又问："他爸爸妈妈都是干什么的？"

"下岗了，我这个朋友现在修自行车，人挺好的。"

"噢。"秦汉晋沉吟了一下，自己给自己斟满酒，说："艾艾也是一个大姑娘了。"

这句话是个提醒，大先生心头一震。他真的还一直把艾艾当成一个不谙世事的小丫头，除了吃好东西，要洋娃娃，并不存别的心思，透明如琥珀，干净若羊脂，身心是不着一点儿灰尘的。他听出了秦汉晋的话外音，不由问道："她是不是喜欢上蒋皓宇了？"

这话突兀，却也在秦汉晋的意料之中，他坦然直言："你自己的闺女你应该了解，艾艾是个懂事的孩子，不会胡来，我是他的老师，所谓旁观者清，她对蒋皓宇有心思是一定的，我早就看出来了，但我想，以她的性格，万万不能主动去说，那蒋皓宇在她面前是有点儿自卑的，纵然有这份心思，也不敢表露，怕艾艾拒绝，今后连朋友也不好做。他们之间的这层窗户纸需要一个契机捅破，可这契机在哪里，什么时候出现，我们是谁也说不清的。不瞒你说，我是早就想给这两个孩子做个大媒，只是没有征求你的意见，不能贸然行事，今天也是凑巧了，说到这事上来了，你也琢磨琢磨，早有个定数，也是孩子们的福分。"

秦汉晋的话让大先生万分心虚，自责又内疚。秦汉晋说"自己的闺女应该了解"，他便悲哀至极，再婚之后，十年了，除了物质上的满足，自己和艾艾并未在一起生活过一天，他到底了解她多少呢？不要说艾艾喜欢蒋皓宇，就算她喜欢任何一个人，和自己又有多大关联？自己又有什么资格提出建议或意见？她要过的，是她妈妈的那一关，而这一关，与自己早已相隔万里，是好是坏，是攻是守，是进是退，他是丝毫没有主动权的。秦汉晋让自己给个定数，他的方寸乱得不行，如何能拿出个"定数"来，如果能拿出来，这定数又值个几斤几两？如此想来，头皮都紧在一处，五脏里翻涌的不是酒，而是想吐又吐不出来的酸水。

"你不会还有什么门第观念吧？"秦汉晋问。

大先生摆摆手，半天没有作声。

秦汉晋要回琴行，大先生却一时如无头的苍蝇，单位不想回，稿子不想看，低着头走路，不觉来到自由南胡同，抬头望时，正是二先生家楼下。

他想打电话给二先生，不料身后有人叫他，转身去看，不是别人，二先生正在街边的小吃店喝酒。那小吃店学生很多，吵吵嚷嚷的，是二先生喜欢的氛围，他人坐在门口的地方，一张脸上满是笑。

大先生一头撞进去，闷闷地喊了一声："来一瓶啤酒。"

二先生并不知道刚才发生的一切，见了大先生只是高兴，突然又发现大先生并不是很开心，好像藏了什么心事，便按照自己的推断，问起一桩事来。他说："你上一回给我的那一本影印版的《百喻经》我翻了，觉得眼熟，就又翻，翻来翻去，一下想起来，这一本我小的时候见过，应该就是你家的那一本。怎么说呢，开始不确定，后来一下子就想起来了，那上边有我写的一个'万'字，就在那枚章子的旁边。"

大先生的注意力被转移过来，说："是啊，没有你那一个字，我也不敢相信，但是，那个'万'字就在那里，清晰如初，想一想，就像你昨天才写上去的一个样儿。"于是，把当年的事说了。孙寒借书，如何又谎称丢掉了，包括他自己的感受，彼时的担心，一一说个明白。

二先生听得真切，正要开口埋怨他，念及他的脾气秉性，到了嘴边的话又咽了回去。其实也是有了一点点的埋怨，如果当初大先生透露一句，自己也不必让孙寒设计，垫付那么多的钱，竟落个肉包子打狗，有去无回。心里有遗憾，嘴上不能说，二先生知道这个尺寸，转身去叫服务员："再加一瓶啤酒。"

《百喻经》是佛教寓言，算不得什么奇书，大先生早已把自己家的那一套老版忘掉，把它和孙寒这个人在记忆深处封印。现在，这个版本又流通于市场，显然与孙寒的行径有关。大先生感觉恶心，想吐又吐不出来，他一直在犹豫，要不要找孙寒问问此事，他总要给个说法，为他童年的谎言做个开释。今天，二先生说了那个"万"字，一时之间让他好不恼怒。许是喝了酒的缘故，他骂了一句在他来说很少出口的脏话。二先生也不劝，只是默默地帮他斟满一杯啤酒。

大先生喝多了，他踉踉跄跄地跟二先生上了楼，一头扎在小屋的床上睡着了。他做了一个梦，梦见自己的前妻站在一个浑黄的空间里乱骂，而李艾艾蹲在一个角落里哭，她一边哭，一边还用手在额头上弹拨，泪水和汗水交混着，在半空中四下溅飞。他想去抱住李艾艾，却被透明的空气挤压着，只一会儿的工夫，就胸闷气短，口不能言。他抓舞着双手，想挣脱这样的境遇，但是，他的双手也被锁住了，僵直得像干枯的树枝。

"艾艾！艾艾！"

他猛地醒来，通体都是大汗。

第六章　桔梗谣

天亮得越来越早了。

三点钟起床的时候，天还大黑着，忙活了一个多小时，窗外已经出现曙色。近处发灰发暗，放目向东，愈远愈亮，仿佛半堵墙壁后边点燃了一支蜡烛，光源是看不到的，但那光波层次分明，涟漪一般地拓展，触碰不到，感知却无比明晰。余连魁坐在小凳上，把洗净晾干的地瓜一个一个地码到纸盒箱里，小心地装上车，放在地瓜炉子的一侧。同时搬上车的还有酸奶、可乐、果汁和矿泉水，他一天的营生全在这里，他不敢怠慢这些瓶瓶罐罐，因为自己的衣食尽依赖于此，十分的恭敬还嫌少，哪敢有一丝的马虎。大姐去包子铺了，老妈还在睡觉，老父亲倒是起得早，想给他帮忙，却拿三忘四的，自己的嘴里不停地小声嘀咕着什么。余连魁也不管他，任他来回搬搬挪挪，反正闲不住，活动活动手脚也是好的。

这就是这个四口之家所拥有的既忙碌又安静的早晨。

从前不是这样。在衡阳街早市出馄饨摊的时候，这个家的早晨是充满笑声的。老妈嗓门儿大，像个将军似的发号施令；大姐手脚麻利，不待老妈说完话，板凳桌子已经整齐装车；老父亲话少，体力却还跟得上，有时抢着和余连魁抬汤桶，脚步并不散乱。不管怎么说，那也是鲜亮亮的日子，有酸楚，有痛苦，有坎坷，有困难，这一个个沟壑横在眼前，每一次跨越都需耗尽力气，耗尽力气又怕什么呢，每跃过一个沟壑，眼前所见的，都是平坦大地，力气如大地上的青草，淋一点儿雨吹一点儿风，一夜之间就长起来了。

大姐，他想起大姐，那时还算年轻吧？她喜欢上二先生了。这件事被老妈看出来了，她把滕大阁叫到家里来。记得那是个黄昏，她留大阁在家里吃饭，趁着大姐买菜，向他交代了自己的心思。"大阁呀，这件事不能瞒你，而且我想，由你出面最恰当不过。我实话实说，你大姐看上二先生了。你能不能去问问二先生，他有没有这个意思，如果有，就快刀斩乱麻，铺盖卷一搬，一起过吧。"

滕大阁听了老妈的话，又惊又喜，在他的概念里，大姐已经被男人伤透了心，怎么会对二先生动情呢？如果真是这样，未必不是一桩好事，大姐和二先生有了归宿，后半生和晚年都算有了着落。他挺挺身子，对老妈说："老干妈，你放心，这话我拉着大先生去问，一准问出个结果来。"

"那好那好，就这么拜托你了。"

"哎呀，老干妈，能促成大姐和二先生是积德的事，什么拜托不拜托的，我看我这就去得了，这饭等事成了之后再吃。"滕大阁心里不存事，起身就要走。

老妈哪里能容，一把按住，张罗着上菜烫酒，自己要和滕大阁喝两盅。

第二天一上班，滕大阁就去找大先生了。

"有件事我自己怕办不好，得你出头，才能办得稳妥。"滕大阁开门见山。

大先生正用清水擦桌子，停下手问他："什么事呀？紧张兮兮的。"

于是，滕大阁就把头一夜老干妈的话讲了一遍。

大先生听了高兴，把手里的抹布一放，说："好事呀，这得帮忙呀，你说也是，这之前咱们怎么没想到呢？"

滕大阁也说："我昨天回家也想了很久，越想越觉得对头，这大姐和二先生挺般配的。"

"这么着，"大先生说，"我约他，就今天中午，咱们仨找个地方吃饭，借机就把话挑明喽。"当下就给二先生打电话，谁知二先生正在家楼下的早餐店吃馄饨呢，电话那端的他笑盈盈的，爽利地答应了邀请。

他小声说："这馄饨可比不上余家包的，像片儿汤。"言下之意，皮厚馅小，想必那底汤也不浓烈，吃不出滋味来。

大先生笑了，说："可惜呀，衡阳街早市黄了，不然，你这一辈子都能吃香的喝辣的。"

二先生不明就里，自然听不出弦外之音，他只问中午定在什么地方。

大先生想了想，说："张果老驴肉饺子如何？"

二先生那边一拍桌子，连连说好。

衡阳街早市没了，但是余家的日子还得过下去。他们连跑了几个市场，不是地点太远，就是摊位太偏，都不适合再架个馄饨摊。想兑个店，开早餐铺子，计算来计算去，房租加雇工，用度太大，一时缓不过手来。

最后，老妈说话了，"活人不能让尿憋死。先动起来再说，免得坐吃山空。大英，你去找个饭店当服务员，这行当现在缺人，好找，我去烤地瓜，兼卖鸡汤豆腐串，一定有挣头。余连魁呢，趁着现在是季节，烤苞米，先烤一季看看，好的话，冬天一样烤。"

夏秋烤苞米是正路，这冬天怎么烤呢?

老妈说："我问过了，自己可以冻一些，但量小，到时不一定供得上。城东郊的土门岭子有大冷库，到时可以去那里进货，价格贵点儿，可也比干待着强。"

这老妈年轻的时候就好强，老了老了，脾气依然不改，也亏得她手巧，才把这支离破碎的日子拼接得花花绿绿，谁看着都有点儿扎眼。只要是想好的事情，老妈绝不会耽搁一分钟的时间，上焦子，买炉子，煮鸡骨架，穿干豆腐，四口人没有手闲的，两天的工夫，各路人马分头出发，自己占领阵地，攻守杀伐。

蒋志一的话最对，只要能挣扎，就天无绝人之路！

余连魁卖烤苞米了，二先生有时也来坐。某一天晚上，他用竹签子穿了几串肉皮，让余连魁给他烤，他就着喝啤酒。谁知这一烤，又烤出另一番生意来。旁边有纳凉的，见二先生吃肉皮喝啤酒，只觉得口馋，也凑过来品尝，三尝两尝，有了主意，便对余连魁说，何不弄几张小桌，上点儿饮品，烤苞米的同时，烤点儿肉串、菜卷、鱼丸、毛蛋，一定比单烤苞米来钱快。就是这个道理，如此一来，大姐也不必去饭店干服务员了，砸实这样的地摊，余连魁一个人指定是支应不下来的，于是，大姐移兵"回防"，老爸也披挂上阵，守着家门口，生生造出一个热闹的景致来。大家都挺高兴，以为衡阳街的那般盛事又回来了，只有老妈一个人最清醒不过，以松城所处的地域，这种买卖能做到十月中旬就不错了，等到降霜了，下雪了，两只手都伸不出来，谁又能坐在街边吃这些东西呢？果不其然，一场秋雨一场寒，三场秋雨过后，树叶基本掉光了，那几张小桌子孤零零蹲在地上，周边的小凳子更委屈得跟什么似的。余连魁的地摊收了，只留下一个小炉子，继续烤苞米，大姐又得重新找一份工，尽着一双手支撑着每日的行走坐卧。

余连魁计算了一下，地摊的生意掐头去尾可做五个月，即五月中旬开始，六、七、八、九至十月份的中旬结束。大姐可全身心参与的是六、七、八、九这四个月，四个月，每月剩六千元的利润，总数是两万四千元。他会分出一万两千元给大姐，让她自己存着，他的那份呢，交给老妈保管，每日有什么用度，一律到老妈那里去支钱，收支会和老妈说明白，虽然不像正规单位那样又会计又出纳的，但这口头上的账目，也是再清亮不过的了。余连魁想得明白，大姐现在住娘家，总保不齐将来会有自己的日子，纵使不再找一个人嫁，存钱防老是断然不能少的。他不希望姐姐晚境孤苦，身边没有人，竟连过河的钱也捉襟见肘。这些心里的话，他不愿意多说，只遵照心里想的去做，做了便觉痛快，干什么都多了一把子力气。余美英哪里不知弟弟的好，对于父母，对于弟弟，她也是百分之百的诚心实意，家里的活,该干不该干的,她都多抢一些,该花钱的时候,也绝不缩手畏脚,父母的生日,弟弟的生日,逢上年节,她便去商场买衣服、买鞋,只要样式好,合身合体,付钱的时候,手腕一点儿也不软。只一样,家里所有人的冬衣必由她一个人亲手织成缝就,外边买的一律不作数,毛线也好,棉花也好,一手挑出来,全都是市面上最好的。

这姐弟也是有对话的。

余美英问:"大魁,有一天咱爹妈没了,咱咋办?"

余连魁不愿意回答这样的话,但大姐问了,又不能不答,就说:"咱还得活着。"

"我可不敢想,咱咋活呀?"

"爸妈在时咋活,咱们还咋活。"

"话是这样讲,可想一想,心里就空落落的。"

"那就不想。"余连魁平时不说话,可这番话不含糊。

余美英也会问:"有一天咱们老了,又咋办呢?"

余连魁不犹豫,只一句话:"去养老院。"

相对正常的日子可以做相对正常的打算,可像余美英和余连魁眼下的情况,没儿没女的,除了养老院,还会有别的打算吗?所以余连魁此话一出口,余美英也觉得踏实,却又觉得这踏实之中掺杂着些许的凄惶,说冷不冷,说热不热,十五只吊桶打水——七上八下。不想再继续这样的谈话,便守着沉默,自己做自己的事情,空气有一点儿压抑。

一晃,又多少个春秋如流水,岁月像老怀表上的指针,嘀嘀嗒嗒地催人老。

却说老干妈委托滕大阁去问二先生意见,滕大阁便会同大先生一起约了二先生。时近中午,他们往张果老驴肉饺子汇合。大先生和滕大阁到时,二先生已经点好了菜等着他们。菜很简单,一份酱驴肉、驴板肠、蹄筋的拼盘,一份什锦蔬菜捞汁,三屉驴肉蒸饺,三壶二两的白酒。看这架势,二先生是决意"埋单"了。大先生和滕大阁也不客气,坐下来便吃,热腾腾的驴肉蒸饺入肚，缕缕暖意盈怀，谁也不用劝谁，各自把酒斟满，比量个对盅，一口喝干。

二先生开口："得稿费了？发奖金了？"

大先生摆手，说："都不是。"

二先生冲着滕大阁问："丫头考出好成绩了？"

滕大阁一边倒酒，一边摇头，说："也不是。"

"一大早就约我，一定是有什么事，总不会是想我了，非得中午见一面吧？"

大先生说："是有点儿事，让大阁跟你说。"

滕大阁就把早晨跟大先生讲的话又复述一遍。二先生放下筷子，半天没吱声。

怎么说也是婚姻大事，不好催。见二先生缄默着，大先生和滕大阁也不便多说话，只是吃肉喝酒，等待二先生想清楚了，做出一番交代来。其实，这件事在二先生的心里早就挂了怀的，他岂能没有考虑，余美英的一腔情愫，老干妈的一份心意，他不能没有感觉，况且他对余美英也有天生的好感，不说第一眼就钟情了，天长日久，入梦的时候总是有的；一举一动，一颦一笑，一言一行，念及这分分寸寸，默念一声美英的名字，胸口也会热辣辣的。但是这些年了，另有一件事时刻搅拌着他的心，这也是他一直不想找的根本原因。他当年在北京有过一段恋情，并因为这段恋情有了一个孩子，本来商量着是否做掉，不想公司就出了变故。他要离开北京，和那女子见面，那女子告诉他，她要留下这个孩子，就算她自己也要把这个孩子养大成人。这一段情债，说来话长。这么长的话不是现在可以说明白的，所以，二先生也一直在为自己找寻着下文。

"余美英这人挺好的。"他终于开口，开口是开口了，下边的话又接不上，只一味摇头叹气，一副有苦难言的模样。

大先生看了一眼滕大阁。

"二哥，"滕大阁说，"这不是闹着玩的事，老干妈托我问了，是死是活，你得给个话吧？愿意就是愿意，不愿意就是不愿意，我不能拿一句'挺好的'去回复人家。再说了，大英姐有啥不好的，我看你们挺般配。"

大先生也是这个道理。他说："你这么一句话交代不过去。"

二先生沉默了半晌，说："这事有机会我找美英说吧，无论什么结果，不会让你们难堪。"

话已至此，有些细节就不是在酒桌上唠的了，大先生示意滕大阁勿要强人所难，留些时间给二先生，让他自己调度着安排。

滕大阁吃过饭，就跑到老干妈那里去回话，不必到家里，老干妈就在桂林路口卖烤地瓜呢。他三步并作两步，不多时就看见老干妈的身影了。有几个年轻的男女正围着她，左挑右选地找甜糯可口的地瓜上秤，老干妈一边和他们说笑着，一边把炉子里的地瓜一个个拿来，直至他们满意。看见滕大阁，知道有了讯息，忙不迭擦手，让出木凳叫滕大阁坐。

"二先生怎么说？"老干妈问。

"他说大英姐人挺好的。"滕大阁如实回答。

"这么说有点儿眉目？二先生也有意？"老干妈喜上眉梢。

滕大阁有点儿遗憾似的，说："二先生没直说，他要自己找大英姐唠唠。"

"兴许有什么想法，不方便和咱们讲。"老干妈倒是非常乐观。

这份乐观感染了滕大阁，他这会儿突然特别想知道，二先生到底会和大英姐说些什么。

老干妈趁热打铁，对滕大阁说："大阁呀，你给你大英姐打个电话，二先生既然透露出聊一聊的意思，咱们就主动点儿，让你大姐给二先生打个电话，两个人约个地点，话一说不就开了吗？"

滕大阁知道老干妈心急，当下给余美英打了电话，电话打通了，话由老干妈说，余美英在电话那端的表情，滕大阁无从得知，但看老干妈的笑脸，知道这层窗户纸捅破了，大英姐自然也是欢喜的。

大英姐会怎么约二先生呢？

二先生有心事。其实，不知从何时起，余连魁也有了心事。余连魁开始卖烤苞米了，有一天，他的摊位前来了一个三十多岁的女子，团脸，长发，细长的眉毛，丹凤眼，人长得极白，嘴唇上只施了一点儿口红，却鲜艳得耀眼。由于长得太白，待走到余连魁近前时，竟吓了他一跳。这女子身高能有一米六五，微胖，脚上蹬着一双白色的瓢鞋，那鞋的样子有点儿太过特殊，在松城极为少见，瓢鞋像两只小船，衬着这女子一双脚小巧玲珑仿佛裹过一般。

　　"苞米怎么卖？"女子说话的口气有点儿怪，一听便不是松城口音。

　　余连魁被这女子吸引，一时竟未回答她的问话。

　　那女子皱了一下眉头，又问："你这苞米多少钱一穗？"

　　余连魁这才回过神来，连忙说："两块五。"

　　"多买能便宜点儿不？"

　　"你买几穗？"

　　女子伸出五个手指。

　　余连魁点点头，"十元钱。"

　　女子满意，往他手里交了十元钱，又说："三个嫩一点儿的，两个老一点儿的，烤完了帮我送一下，就前边街口拐弯那个店，那个叫'玉姬足道'的。"

　　余连魁的摊子只有他一个人，平日里是从不送货上门的，今天他不知中了什么魔障，那女子说完话就走了，他连叫也不叫，解释也不解释，一双眼睛直勾勾的，一直望到她的背影变得模糊。

　　烤好了，分别用苞米叶子包好，一路小跑着去送，摊位交给并不十分熟悉的流动水果车车主，一副全无戒备的信任。玉姬足道在一条叫大溪水的巷子里，门大开着，一进门就能看见一张小床和一架古筝。丹凤眼的女子坐在床边，同时坐在床上的还有两个更年轻的女孩儿，另有一对老年男女在厨房收拾东西，一边收拾一边争执着什么，他们说话的语速很快，争执的内容余连魁无法听清。余连魁环视了一下这个方厅，不知把苞米放在什么地方好，倒是那两个年轻女孩儿见了他，一声欢叫跳下床，光着脚就把苞米抢过去，老的嫩的分拣着，嘻嘻哈哈地啃食起来。

"谢谢！"丹凤眼的女子冲他笑了笑。

余连魁推了一下眼镜，有点不好意思地点点头，退了出去。

余连魁是不敢正视那个女子的，他戴的眼镜片太厚，厚厚的镜片后边，他的一双原本不大的眼睛几乎就眯成了一条缝。他认为自己是丑的，其丑堪比电影《巴黎圣母院》里的卡西莫多，这丑让他从小就自卑，不敢正视别人，不单单是他的心理疾病，实在也是从小养成的一种行为习惯。他的这副眼镜的镜架用了很多年了，年代堪比父亲的老花镜，他不愿意去眼镜店换一副新的，究其原因就在于，他不想面对一切检测手段，更不想听别人对他的弱视说三道四，哪怕是良好的建议、善意的提醒。滕大阁对他讲，松城市内现在有好几家眼科医院，手术治疗近视和弱视很有效果，且手术费用不贵，完全可以承受的。这类与自己健康相关的信息余连魁哪能不知道，他贴着镜子看自己，那一双眼睛已经完全变形，周边红肿如熟透的桃子，这样的外形，就算矫正了，除了更彰显丑态，还会有什么好的改观？

余连魁对自己有一点儿放任自流。

那丹凤眼女子后来又来过几次，依旧是买苞米，渐渐地熟悉了，就主动留了电话。丹凤眼女子说："我叫玉姬，和店名是一样的，你加我号码，今后买苞米就不用跑了，打个电话就好。"

余连魁就加了她。

她保存了电话，看了余连魁一眼，问："你叫啥名？"

余连魁笑笑，不出声。

丹凤眼女子说："我姓崔，叫崔玉姬。"

余连魁点点头，还是不出声。

玉姬"咯咯咯咯"地笑起来，问他："你不是哑巴吧？怎么不说话？"

余连魁答道："我不是哑巴，我叫余连魁。"

玉姬又笑，胸口跟着颤动，惹得余连魁脸红耳热，头深深地低下去。

玉姬说："一个老爷们儿，咋还这么害臊呢？"

她并不知道，余连魁是单身，这半辈子还没碰过女人。

又一次，崔玉姬要苞米，恰巧只剩最后一穗了，余连魁慢火烤熟，送去时说什么也不肯收钱。玉姬问他为什么，他嗫嚅半天，说："只这一穗，没有什么挑头儿了，本来要留着自己吃，偏偏你要，就给你，不收钱。"

玉姬问她："不烤了？收摊了？"

余连魁点头。

玉姬突然说："一会儿你来我这儿，我给你按按脚。"

如果这算邀请，它来得太突然，余连魁没有思想准备，挓挲着两只手，不知如何作答。

玉姬说："别害怕，不要你钱。"

这时，里屋传来男女的说笑声，余连魁又感到有点儿紧张，慌乱着逃走了。回到家里，惯常是吃了饭就上床休息，看看电视就睡下，今天却做不到，耳边总是玉姬的笑声和话语，撩扰得他心里长了草。就这么左右打转，恍恍惚惚，最后一咬牙，复又出了家门，往那足道而去。

老妈撵到门口问一句："你干什么去？"

他头也不回，只说："有点儿事，一会儿就回。"

那夜有雨未下，气压极低，天上有云无风，像给大地盖了一床棉被。有人在街边纳凉，皆拍打着大大的蒲扇。余连魁走得急，等到了玉姬足道时，已通体是汗。他一头撞进屋里，又见到第一次送苞米时的场景，玉姬和那两个女孩儿在床上说话，手里拿着一把瓜子。

一个女孩儿见到他，笑着问："送苞米呀？"

另一个女孩儿说："送啥苞米呀，人家大哥是来按摩的。"说着便下地，拉着他要往屋里走。

余连魁挣扎着后退，用眼睛去找玉姬。

玉姬正色道："你别逗他，他是来找我的。"

那女孩儿手一松，余连魁才发觉，刚才身上一冷，路上出的汗全消了。

那玉姬去卫生间拧了一个手巾板儿，递给余连魁，余连魁下意识地接到手里，胡乱地擦了擦头发和脸。

玉姬在前边走，余连魁在后边跟着，他们进到另一个屋子的最里边一间，站在昏暗的壁灯的灯影里。玉姬示意余连魁到床上躺着，她则折身去打水。不一会儿，水打来了，"咚"的一声放在地上，水花击荡着木桶的桶壁汩汩作响。玉姬让余连魁泡脚，自己跪到他的后边去，先做头部按摩，后开背，一双手在余连魁的身上又敲又打，仿佛鼓手击鼓一般。给他做头部按摩时，玉姬说："把眼镜摘喽。"顺手摘下他的眼镜，举在眼前看，惊呼着："哎呀妈呀，你这眼镜多大度数啊？我啥也看不着。"

余连魁凭直觉把眼镜夺回来，死死捏在手里，也不说话，只是僵板着一副身子。

"你是木头人儿呀？放松！放松！"玉姬拍他的肩膀，前后推搡两下。

也不知怎的，玉姬一拍他，他就松弛下来，隔不一会儿，整个后背又板结成一块混凝土。待玉姬反缠他的双臂，用腿蹬踏后背时，余连魁听见自己身上的关节放鞭炮一般，"咔咔咔咔"地连响。也许太用力，或者余连魁太笨拙，这一套功夫做下来，玉姬的脸上已见了汗水。

玉姬给余连魁洗脚，余连魁总是下意识地往回缩，玉姬又气又笑，死按着他的脚不松手。那木桶中的水温正好，泡得余连魁毛孔皆张，他哪知人世间还有这般的享受，玉姬的一双手让他刻骨铭心。玉姬开始给他做足底，手到之处都是酸痛，玉姬按照他的反应轻重着手法，一股股电流通向余连魁的全身。为了分散他的注意力，玉姬与他聊天，聊天中，余连魁得知，崔玉姬是延边人，朝鲜族，结过婚，有一个女儿。婚姻之初，和丈夫感情较好，后来丈夫去韩国打工，说变心就变心了。丈夫去韩国头两年，还定期寄钱回来，逢有假期，都会跑回来探亲。两年过去了，人很少回来，推托是路费太贵，太浪费钱，到后来，人不来信不往，就是钱也很少寄了。玉姬托人打听，那人本知实情，支支吾吾地遮掩，若隐若现地告知，丈夫和一个韩国女人好上了，两个人好像也有了孩子，而且是个男孩，他不打算回来了。又说，丈夫在韩国喝酒喝多了，曾对周边的人说，就是回来，也是和玉姬打离婚，想像以前那样过日子，万万不可能。言语之中，洋洋得意，完全一副小人的嘴脸。玉姬给他打电话他不接，给他写信他不回，终于接了一次电话，说话也是冷冷的。

玉姬对他说："我没有工作，女儿正在长身体，你不寄钱我们怎么活？"

她丈夫很委屈的样子，说："你也想想我，我挣钱不容易，还得养儿子。"

这等屁话却说得满嘴留香，真让人欲哭无泪。

丈夫说："我前几年挣的钱都给你了，加起来也有十几万，我对你和孩子也不算辜负，你只等离婚好了。"

玉姬想哭，却一点儿眼泪也没有。

她带着女儿离开了婆婆家，回到自己的娘家。娘家哥哥是不容的，她没办法，一个人去延吉打工。打什么工挣钱最多最快？事情明摆着。她投奔同村的小姐妹，在啤酒屋里当起了陪酒女郎。自此黑白颠倒，白天睡觉，晚上陪酒，喝醉的时候多，清醒的时候少，身体忽而沉忽而飘，头总是木木的，每天都是微微的疼痛。凡来啤酒屋里喝酒的男人多半都是酒鬼，一瓶一瓶的啤酒可以一直灌到天亮，满嘴跑火车，吹牛能吹到天上去；出手皆大方，尽管口袋里钱并不很多，也要倾囊而出，唯恐同来的人瞧不起。有些男人也会占便宜，趁着酒醉上下其手，玉姬都最大限度地遮避，能躲开的都躲开了。穿连体裤，垫卫生巾，谎称来事了，推托不舒服，总之用尽手段，尽量保持自己的那一份自重。这自重的根由完全在女儿，丈夫对不起她和女儿，她不想再对不起女儿。干这般营生，只是要把女儿养大，不能把她养大了，反让她知道养她的钱不干净，是母亲"卖"了自己的身体，才换得她的一切。

丈夫要离婚，玉姬突然产生了报复的心理，韩国是个发达国家，法律应该是健全的。丈夫在韩国有了孩子不假，那孩子可以由女方带，可是，他要完备结婚的手续，这边不离，那边要结也难。玉姬断绝了和婆家的一切联系，和娘家也不留自己的电话，她定期跑到很远处的邮局给家里寄钱，除了女儿的费用，自然是多给出一部分，不为别的，只为堵住哥哥嫂子的嘴，也让父母为女儿说话时，腰杆可以硬实一些。哥哥做山货的批发生意，是不缺钱用的，但那毕竟是他的钱，玉姬觉得与自己无关。

一晃，女儿小学毕业了。

一晃，女儿上中学了。

玉姬突然想离女儿远一点儿，就乘一夜的火车来到松城。她找到了一个开足道的老乡，改行当了按摩师。这之前，她拜了一个师傅，正儿八经地学习了一段时间，学到手法熟了，才辞别师傅和啤酒屋的小姐妹，只身登程，一切都在规划之内，一切又都是无奈之举。在夜车上，她为自己买了一瓶酒，就着牛筋和明太鱼，一口一口品味着苦辣酸甜。还是那样，她想哭，却没有眼泪。她觉得自己就和车窗外平原上的庄稼一样，一茬茬地长，究竟长到什么时候是个头儿，她自己并不知道。松城是她出生至今到过的最远的地方。在啤酒屋的时候，她的客人天南地北的都有，远到海南福建，陕西青海，两湖两广，安徽江浙，那些客人也真真假假地约她去他们那里玩儿，并大包大揽地安排她的一应行程，目的纯不纯的且不说，却时时能勾起她远行的欲望。现在，她真的离开了家乡，到了千余公里外的松城，兴奋之中带着茫然，麻木之中带着激动。走出火车站，天还未大亮，街灯一排一排地亮着，匆匆的旅人拖着疲倦的身形向四处散去，偶尔的一声咳嗽都能沿着某一道墙缝传出很远很远。

第一次交谈，崔玉姬就和余连魁讲了这么多关于自己的事情，这让余连魁觉得自己也该说点儿什么，可他说点儿什么呢？

他说："我姐也离婚了。"

一般做足底保健就三十分钟，加钟是要加钱的。那天，玉姬和他说了太多话，以至这按摩已大大地超时。玉姬娴熟的手法，加上她娓娓的叙述，余连魁突感困意来临。他的头越来越沉，沉向蓝天下的草地里，沉向无边的海洋深处，沉向繁星眨眼的地方，他的嘴角挂着一丝笑，脑袋微微一偏，睡着了。等玉姬唤他的时候，已是凌晨两点，手机一直在震动，想必是家里着急了。他用手去找眼镜，反而把眼镜碰到了地上，玉姬帮他拾起来，镜架的一条腿断了，一枚镜片已摔出了裂痕。他眯着双眼向光影里寻看，近在咫尺的玉姬恍然中就是一尊菩萨的塑像。他向玉姬要了一根塑料绳，好歹把眼镜固定在鼻梁上，磕磕绊绊地下了床，迷迷糊糊地向门口奔去。他走了，忘记把早准备好的一百元钱放下，也忘记穿上袜子——那双白色的棉袜子就在枕头下边，几个小时前，他从家里出来时，是洗了一遍脚的。

余美英第二天就把二先生约上了，她不想去任何馆子，自己做了好的吃食，用一次性饭盒一样一样装好，然后又去超市买了一瓶白酒、六瓶啤酒。她约二先生去南湖，在那里野餐，一为着看风景心里轻松，二是避开嘈杂人等，说体己话方便。她打了车去二先生家楼下接二先生，二先生早就等在那里，两个人打了招呼，一起奔南湖而去。

余美英说："多少年都没去南湖了。上一次去好像还是上高中的时候。"

二先生说："全都变样了，原来北侧的杂树林全都修成步行道了，两侧的沼泽地填了，变成了高档小区。有专家批评说，沼泽地实际上是城市的肺，填死了，城市就不能呼吸了。"

说着话，南湖就到了，远望茫茫的一片水域，被上午的阳光照着，鲸鱼脊背一般，上下都透着凉润。他们选了坝区的一片草坪，铺了塑料布和毡垫，盘膝而坐，细细品味湖风攀上坡堤再爬到堤下的羞怯。迎着这风，余美英的腰杆挺得直直的。眼睫下垂，脸蛋红扑扑的，有一种说不出的美。二先生今天穿了西装，蓝色的，扎了一条红色的领带，他们对坐着，给远处的人看了，一定像一幅印象派油画。构图是马奈的，光线是莫奈的，色彩是梵高的，背景的那些花草是高更的。

昨天晚上，余美英认真地想了想，她第一次对二哥动心是什么时候，她码着时光的一条隐线，一点一点地寻找着每一个岔路口。她想起来了，是二先生第一次给老妈唱戏的时候，老妈说："他二哥，你会唱评戏，拣好听的给我唱一段。"

二先生真大方，张口就来了一个《刘巧儿》，是反串，嗓子虽然不那么细，但韵味十足，且字正腔圆，有板有眼。咋这么一个喜庆的人呢？当时余美英就想。后来又发现，二先生是一个有定数的人，他每次来馄饨摊，只坐那一张小桌，只吃十个馄饨，只喝二两白酒，有定数的人都有恒力，是大智慧的化身。所谓定能生慧，指的都是这一路人。不久，就发生了一件事，这件事证明，余美英的推断不错。

"二哥。"余美英叫二先生。

二先生抬头看她。

"我想问你一件事，"余美英说，"你还记得咱们早市上的那个傻孩子吗？还有他那可怜的爸爸。我特别想知道，你跟那孩子的爸爸说了一句什么话。"

二先生便也想起那件事来。

衡阳街动植物园西门正对着仁礼路，在仁礼路与衡阳街的交汇处有一所小学，叫仁礼路小学。滕大阁和余连魁，还有余美英都是这所小学毕业的。学校的主体是二层日式小楼，有花园，前花园平了，早就平了，改做操场，后花园依旧，只不过多了一个厕所，是后来建的，很不协调。不知从哪一年起，这仁礼路小学不叫仁礼路小学了，改名为育智小学。育智，顾名思义，是一所"特教"学校。老干妈有时会开余氏姐弟和滕大阁的玩笑，说："你们知道自己为什么没有二先生聪明吗？"那三个人皆摇头，老妈指指育智小学，说："瞧你们上的这学校。"

余氏姐弟有话不敢说，滕大阁不管不顾，说："都是老干妈生的好。"

这一下连老妈都装进来了，大家各掩其口，笑个不停。

有一个傻孩子，在这所学校读书，父亲是小职员，母亲是高干子弟。他们的结合跟这个故事无关，跟这个故事有关的只是这个傻孩子。傻孩子是他们生的，很胖，眼睛小小的，鼻子和嘴都很大。育智小学和早市相邻，只隔着一道院墙。每天傻孩子的父亲送他上学，像老虎送羊。傻孩子是虎，走在后边，一边走一边摇晃，笑的样子平常又奇怪；父亲像羊，悄没声的，脑袋僵在肩膀上，一动不动。早市上的小摊主一见他就忍不住笑，笑他呆板，并无恶意。

笑归笑，都觉得这父亲不容易。

"嗬嗬嗬——哟——"突然有一次，傻孩子站在墙边大叫，像一只正在培训中的斗鸡。远近的买卖人听了，都笑得前仰后合。傻孩子止了声，努力瞪大眼睛看众人，眼睛越瞪越大，渐渐又小，渐渐眯成了一条缝，猛地弯腰拾起地上的石头乱掷起来。他说："别让我看见你！"他狂怒的举动让大家吃了不少苦头。以后的日子，傻孩子频频袭击早市上的人，他用书包背石头，进了校园之后，就藏在墙后狂轰滥炸，一包石头投尽之后，还扒上墙头看看动静，然后才跑去教室坐自己的位子。

早市的人去找学校，学校的老师苦笑着没什么可说。

他一个傻孩子，你有什么办法。

傻孩子的父亲来给大家赔礼道歉，细细查点损失的物品，一一做了赔偿，对大家拱拱手说："大家就当他还是一个三岁的孩子吧，多多原谅，多多原谅。"

开始，大家都忌讳一些东西，不好开口，后来有一个卖馅饼的说："他毕竟不是三岁的孩子了！"这一句话出口，气氛一下子又紧张起来了。卖馅饼的说："原谅原谅，怎么原谅，他总这么扔石头也不是个事啊！"

傻孩子的父亲一时无语。

这时，二先生叫他，说："你来。"

傻孩子的父亲诚惶诚恐地小跑着到二先生跟前，二先生在他耳边说了几句话，催促他快点离去。傻孩子的父亲瞪大眼睛看二先生，二先生脸上严肃，一个劲儿地冲着他摆手。第二天，早市的人像往日一样拥挤，也许生活本身的故事无穷无尽，无始无终，没有人去想二先生对傻孩子的父亲说了什么，也不知道傻孩子的父亲如何对付他的儿子。要是傻孩子再次袭击大家，大家会再次愤怒。可如果傻孩子今天风平浪静，人们也只有在买卖闲下来的时候才会交流一句："傻孩子今天消停啊！"

可不就是这样。

七点四十分，老虎和羊准时出现在路口。

羊走在前边，老虎走在后边。走着走着，羊突然停下来，"嘀嘀嘀——哟——"大叫一声。面对这父子，大家不知怎么回事，显然傻孩子也愣了一下，但他很快咧开大嘴笑了。继而笑得前仰后合，指着他的父亲，笑得说不出来话来。

父亲说："别让我再看见你！"

父亲说："你赶快给我消失！"

父亲说："不要惹我不爽！"说完，他从地上拾起几块石头向儿子脚前掷去，并跑过去把儿子书包里的石头都倒在地上。

儿子笑得更不可开交，他指着父亲说："你有病啊！你乱丢石头会伤到人的！"瞧着他，又说："瞧你那样，傻了吧唧的。"

就从这天起，父亲变得"弱智"了，而那个儿子，因为享受了"正常"，掷石头的毛病彻底改了。

余美英要问的就是这件事。

"你跟那孩子的父亲说了一句什么话？"余美英问。

二先生说："我就跟他说了一句，让他第二天装一回傻儿子。你别说，他装得还真像，一下子就把傻孩子的毛病纠正过来了。"

余美英开心了，说："怎么样？我就说你聪明吧。"

二先生不好意思了，说："这也不是我聪明，我只不过读了一篇小说，那小说上就这么讲的，我是照猫画虎，误打误撞。"

余美英说："就是聪明，别人看书，看完就饭吃了，有几个像你，读过还能记住。这就叫学有所用。"

天近中午，余美英把她准备的饭菜一一打开，二先生一看，都是他喜欢吃的，圆葱炒肉片，鸡蛋炒尖椒，炝芹菜花生米，酱焖小杂鱼。小杂鱼里特意混入了青虾，是补钙的佳品。

余美英说："我去市场挑的，有鲫瓜子，葫芦子，江白漂子，柳根子，黄瓜香，加上青虾，一共六样呢。"二先生习惯性地去掏里怀，被余美英一眼望见，说："今天喝我买的白酒。"

二先生去看，是一瓶"剑南春"，价钱不会便宜，少说也得三四百。

二先生说："这么贵。"

余美英并不在意，说："没关系，年八辈子不喝一回。今天我陪你喝，心里好多话想问你呢。"

二先生接过她倒满的酒杯，说："我也有好多话想对你说。"

微风轻拂，酒香四溢。他们以下的交谈会是什么样呢？不管什么样，余美英觉得，她已经几百年没说话了，尤其是没和男人说话了，今天，她要和眼前这个男子好好地说上一说……

第七章　今夕是何夕

滕大阁和吴明丽又吵架了。

他们吵架一般都是吴明丽在拼命地说，而滕大阁在一边拼命地听。如果滕大阁分辩几句，那换来的一定是吴明丽加长版的控诉和批判。滕大阁的哥哥买新房子了，在"富丽佳苑"，一百四十平方米，三室两卫。"富丽佳苑"的房价一万一左右，吴明丽替他们算了一下，不算装修，一套房子下来怎么也得一百五十几万。吴明丽的心里不舒服。这里不存在羡慕和忌妒——至少吴明丽这样认为，存在的是当年埋下的矛盾——家里的分配不合理。这么多年了，吴明丽别不过这个劲儿，每次提及，胸口被都堵得满满的。

吴明丽问滕大阁："你去问问你大哥，也问问你爸，如果倒过来，你大哥大嫂干不干？"

"怎么倒过来？"滕大阁反问。

"让你爸妈给你拿一笔钱，你去做买卖，然后你要房子，换你大哥去接班。"

"你这话说得没道理。"

"怎么没道理？你给我说说，怎么没道理？"

滕大阁太阳穴上的青筋都跳了，但他还尽量保持平和的语气，"第一，我不会做买卖，给我钱也是赔，到头来，也不一定能得到房子；第二，我愿意接班，接班当电工，国营厂正式工，多少人眼气呢。我干了那么多年临时工，好不容易把工作解决了，在我这儿没有什么便宜比接班更大。再说，大哥要了房子不假，爸妈这么多年不一直和大哥过吗？"

滕大阁自认为有理的话，在吴明丽那儿引起了更大的反应，她提高了声音，"你爸妈是和你大哥过，当然是和他过，给他带孩子，给他买菜做饭当保姆，换了我，我也干！"

滕大阁恨不得扇自己两个耳光。

这样的争吵如果只限于家里两个人之间，滕大阁还可以勉强接受，他可以说服自己，让自己的怒气平息。这一次却不同，吴明丽把它升级了，升级到整个家族。

那天，大哥为庆祝乔迁之喜，在家里备了酒席，请滕大阁和大姐两家人吃饭，这是喜庆事，大哥和大嫂说话做事高调一点儿情有可原，滕大阁不以为然，吴明丽却觉得处处别扭。她的脸一直冷冷的，即使挤出一点儿笑也很牵强。大哥大嫂忙着介绍房子格局，安排吃喝，大姐大姐夫饶有兴趣地参观，问这问那，谁也没有注意到吴明丽的脸色，滕大阁却心里有数，他只盼着赶紧吃完这顿饭，带着吴明丽早早回家。

总算开席了，儿女们先给父母敬酒，接着大哥的话就多起来，他属于人们常说的那种"社会人"，这些年在买卖行上混，心眼儿多，处事油滑，场面上很是吃得开。正因为如此，在弟弟弟妹面前说话就有点儿托大，没遮没拦的。他先念了一遍房子经。滕大阁家的老房子是二十世纪七十年代初盖成的老楼，样式旧了一些，但非常牢固。那个时候，松城的四层新楼还很少见，所以，这栋楼一出现，便极为引人注目。它中间是楼梯，每层两边各开三户，依照面积，叫"八百米"，如果按住户，人称"二十四间房"。滕大阁家的两居室在四楼右侧最里边，面积最大；中间一户是一居室；靠近走廊的一户是一居半。三家共用一个走廊，一层六户共用一个公

103

用厕所——厕所在楼道里。

大哥说："那时，咱爸咱妈还担心，买这么多房子干吗？"

大哥说的是"房改"，他家的两居室才交了两万多一点儿。

大哥推了一下滕大阁，有点儿兴奋，"你知道的，咱家那两户邻居，崔伯和潘叔，都想去南城买新房住，有意要卖旧房，我跟你嫂子都没商量，毫不犹豫地买了下来。咱们这边有卖的，那对面三户呢？我就去串门子，探口风，结果，又买了两户。一共花了多少钱？一共花了不到八万块钱。"

这件事滕大阁是知道的。他们家这一层仅剩下江伯一户不肯卖，买新房买不起，卖了房没地方住，只有守在旧房子里。

这一层楼是大哥大嫂的得意之作，大嫂不能不插话，大嫂说："你大哥怕我不同意，偷摸买房没跟我说，你们想想，公司有会计的，他动钱我能不知道？我一问，他也实话实说了，其实，他只说了一半，我就明白了。我娘家原来不给了我一个小居室吗，面积和江伯家的差不多，我出马找江伯谈的，和他换，差的面积给兑现金，你猜怎么着，江伯第二天就开始收拾东西了。"

十多万块钱，买了一层楼，大哥大嫂不能说不精明，他们在楼梯口安上一扇大铁门，整个四楼变成了他们的"独立王国"。

知道大哥在买房，吴明丽曾对滕大阁说，能否也买一套，滕大阁坚决不同意。吴明丽无法理解他的感受，对他的否决也耿耿于怀。滕大阁不回去买房，一方面是家庭的阴影在作祟，一方面是他们手边实在没有闲钱，他干了十几年临时工，积攒下的一点儿钱结婚时买了婚房，也就是他们现在住的这个房子；接班后攒点儿钱，都在吴明丽的手里，加上吴明丽的积蓄，也就五万块钱，五万块钱要支应女儿上初中、上高中的费用，将来是什么情形谁也不能假设，家里不留一点儿钱，心里实在没底。他们没有大哥那样的实力，更没有大哥那样的计算。在滕大阁看来，吴明丽要买房子，无外乎是在大哥大嫂的刺激下，生发了天性中的攀比心理，他闹不明白，他们现在有房子住，而且并不逼仄，为什么还要买一个房子空在那里呢？

吴明丽说出租，一个月租多少钱？五百元？一年六千元，要小十年才能租出房钱。十年！想都不敢想。

这买房子是大事，滕大阁不同意，吴明丽总不能像他大哥那样独断专行，先斩后奏。

吴明丽说："我他妈那时要独断专行就好了！"

这话不假。一眨眼工夫，松城的房价就涨起来了。当初如果依了吴明丽，他们的房子何止本钱全收回来，去了本钱大赚一笔是显而易见的。这一"短见"是滕大阁的软肋，吴明丽一抓一个准儿。

大哥大嫂买的那一层楼，现在全都变成了出租房，平均每套房子都能租出一千元左右，他们早就收回了成本，成了地地道道的包租公包租婆。这包租公和包租婆只是个称谓，他们的本行没变，经营一家服装公司，前有店，后有厂，在松城工商界，也是有头有脸的人物。大哥大嫂发迹了，与他们自身的奋斗发展有绝对的关系，但是吴明丽纠结的只有一点，大哥做买卖之初的本钱是家里给拿的，换言之，他的"工作"是家里帮着解决的，既然如此，那么滕大阁接班就属天经地义，父母凭什么用"接班"来对等房子，说到底，这房子应该有滕大阁一半，如果当初父母处理得公正合理，那么，以后的事情就顺理成章，不会激发任何矛盾。清官难断家务事，细想想，要是吴明丽拿此事对簿公堂，清官也不能说她的分析没有一点儿道理。吴明丽恨只恨滕大阁，为什么要和大哥签下一纸协议。

签协议，滕大阁至今也不后悔，但它是吴明丽的又一个心结。滕大阁在两个人都心平气和的时候，会慢慢地讲述自己的童年少年生活，会讲自己干临时工时的种种苦楚，会讲卖报纸，卖贺年卡——对了，那时每逢元旦至春节期间，他还卖贺年卡……吴明丽听到心酸处落了眼泪，明白他不容易，对他"接班"的选择表示理解和同情。理解是理解，同情是同情，一旦吵架拌嘴，仍忍不住旧事重提，一闷棍打死，绝不轻饶。有什么办法呢？滕大阁问自己：有什么办法呢？他没有任何办法。

大哥乔迁之喜，一家子热热闹闹的，吴明丽心发堵，脸子冷，却并不想生事。她也是尽量地应酬，一心盼着早点离场。谁料想大姐敬酒时的几句话触了她的霉头，让她悲愤交加，当场翻脸，闹了个不欢而散。

大姐敬酒，也算是常规的话，她说："我这一杯先敬爸妈，他们晚年得福，我看着心安、高兴，祝他们健康长寿；其次，我敬大哥大嫂，一是买新房子本身就值得庆贺，二来，这么多年了，爸妈一直跟着你们一起过，少不了让你们操心费力，我这个当妹子的，谢谢哥哥嫂子……"

大姐的话才落地，吴明丽接了一句："大姐，话也不能完全这么说，如果我们住了老人的房子，尽孝也是必然的。"

此言一出，如平地起风雷，表面的平静被打破，一池水兴起轩然大波。大嫂先不干了，老爷子也摔了杯，大姐完全插不上话了，老太太坐到一边哭……那场面无须描述，稍有想象力的人尽可皆知。滕大阁不能说话，一把拉起吴明丽，死活拽出屋去，狼狈不堪地扑跌到楼下。

"你拽我干什么？你个窝囊废！"吴明丽一声痛骂，一个人打车走了。

滕大阁不想回家，又一腔郁闷无处发泄。在大哥家，他不想喝酒，也没有喝酒的兴致。现在，他特别想找一个人，找一个地方痛痛快快地喝一顿。这般情景，这般心境，他能找谁呢？蒋志一和余连魁手头都有活计，他能找的除了大先生就是二先生。他在心里先衡量一下，还是找大先生吧。他回头看看大哥所住的小区，郁郁葱葱的，高屋大宇，再看看宽敞的街道，白亮亮的一片，如同被什么东西擦洗了一般。他不再犹豫，沿着步行道往大路口走，一边把电话拨到大先生那里。看看表，正是十二点半左右的光景。

"干什么呢？"他问。

"孩子刚下课，正准备吃饭呢。"大先生答，接着问他，"你在哪儿呢，过来喝点儿？"

"好好好，我马上就到。"

平时很少自己打车的滕大阁打了一辆出租车，特意绕道农贸市场买了五香鹌鹑蛋和鸡汤豆腐串。他赶到大先生家楼下时，恰好大先生下楼买啤酒。用不着问候，二人一前一后上了楼。李一诺正站在楼道里迎着呢，见了滕大阁叫了一声："大阁叔。"滕大阁抬头，不但看见了一诺，还看见了一诺的妈妈蔡秋芬。不知为什么，滕大阁看见蔡秋芬第一眼，耳边就响起了一个刺耳的声音："我是李惠聪孩子的妈！"这声音太过撕裂，尖锐得像沾了水的泡沫划过玻璃窗。怎么会有如此的幻听呢？这蔡秋芬和大先生的前妻根本就是两种性格，是属于话少手勤的那种女人，大先生最终和她走到一起，到底是天意还是命运弄人呢？关于这一点，滕大阁想不明白。蔡秋芬喜欢紧身的衣服，尤其爱穿牛仔裤，她一米六十多一点儿的个头算不得高，却身材匀称，合得上"丰乳、肥臀、长腿、细腰"。眉弯如黛，唇润如膏，这嘴唇如果不是下弯，而是上翘，那么这张脸可圈点的地方会更为突出。现在，孩子站在门外，她站在门里，笑盈盈的面孔招呼着滕大阁。滕大阁问了一声："嫂子好。"随后抚摸了一下李一诺的头，相携着进到屋里。

滕大阁环视了一下室内陈设，很多物件都为他所熟悉，立柜、高低柜、五斗橱、写字台、书架，几乎都驻守在原位。这些物件和这套三室一厅的房子原属于大先生的父亲，是标准的"处级待遇"，这待遇现在看不起眼，换作当年，是多少家庭梦寐以求的。大先生的妹妹是《松城日报》的广告部主任，"下海"早，动手快，二十世纪九十年代就富有资产百万，现在承包了报社的广告部，更是稳坐松城广告界"一姐"的位置，她的广告公司业务横跨广播、电视，后来又进军电影、网络、手机，是不折不扣的女强人。她与大先生感情极好，从小到大，唯大先生马首是瞻，大先生与前妻结婚，她出钱买婚房；大先生再婚，她二话没有，把父母接到自己家里"看房子"，空出老房子给大先生调度，如何调度她不管，但有言在先，要人出人，要钱出钱，只求一点，大先生不要跟自己客气。

就是这套房子，滕大阁跟着粉刷过两次。

衡阳街早市还开着的时候，二先生把大先生领到余连魁的馄饨摊上吃馄饨，大先生穿着月白色的对襟褂子，脚上蹬着圆口鞋。二先生给大家介绍，说："就是他，小的时候总驮着我上学。"

滕大阁说:"知道,知道,你们的事迹还上了报纸。"

上报纸的"事迹"是二先生自己讲出来的,在座的人并没有读到过,但是大家笃信无疑,那个年代,一个小学生扶老奶奶过马路,报纸都要表扬一下,像大先生和二先生这般感人的故事,报社的记者们怎么能够放过呢。

大先生纠正说:"不是报纸,是一本杂志,名字叫《小葵花》。"

余美英说:"我知道这本杂志,我小的时候还订过呢。"她转向老妈,"妈,你还记不记得?那个杂志是横着翻的。"

老妈稀里糊涂地跟着点头。

气氛一下子就活跃起来,他们由一本杂志,聊到上学,聊到无忧无虑的时光,老师从来不留那么多的作业,十个生字,每个字写十遍,一百字写过,就可以丢下铅笔满世界地疯跑。他们聊到衡阳街,说"老虎公园"的红砖围墙,一群孩子排着队在墙上飞奔,张开的双臂能把空气划开一个口子。紧接着就长大了,遗憾无处不在地缝补着生活的漏洞。

有一天,大先生突然谈起衰老的问题,健忘和固执是衰老的两个顽症,任何人也解决不了。他说起他的母亲,刚过六十岁,做菜的时候经常放两遍盐,以至炒完的蔬菜咸到发苦。大先生要把菜倒掉,母亲气愤不已,把菜添水回锅,硬生生地煮成一大碗汤。

大先生说:"知道我最害怕什么吗?"他皱着眉头,"我家的电线是明线,有些地方已经老化了,我妈一天到晚拿着一卷黑胶布,这里缠缠,那里缠缠,像个战地护士一样。"他有点儿急躁,"还有一点,她满屋钉钉子,那天我数数,有三十多个,厕所、厨房、方厅、卧室、书房,那些钉子无处不在,我特别不理解,她要挂一些什么东西呢?"

滕大阁问:"你家老爷子怎么看?"

大先生笑了笑,说:"我爸和我妈结婚,从一开始就是我爸处处主动,所以,他对我妈是言听计从,何止言听计从,用俯首帖耳来形容也不为过。"

滕大阁和二先生商量，要把大先生家的明线改成暗线，这件事他一个人去做已经绰绰有余，如果二先生在侧，那更是胜券稳操。二先生自然最赞成不过。他少年时代的许多时光是在大先生家度过的，对这位有学问的李叔叔崇拜有加。李叔叔有一套《十万个为什么》，二先生爱不释手，百翻不厌，李叔叔看在眼里，记在心上，在二先生过十五岁生日的时候，作为礼物，他把这套书送给了他。当时，这套书是十卷本，李叔叔在每一本的扉页上都写了鼓励的话。二先生激动不已，心跳如鼓。这套书他视为珍宝，一直摆放在小书架的最重要的位置，他觉得，那书中每天传递的不单单是知识和学问，更多的是人间的爱与温暖。二先生买了点心和水果，去看望大先生的父母，阿姨见他来了很高兴，张罗着出去买菜，留他吃饭。他也不客气，只嘱咐阿姨少买少做为佳。阿姨顾不得听他说话，提着菜篮子出门，留下这爷俩在书房说话，一个人去菜市场采购。这是一个机会，二先生就把想法说与老爷子听，老爷子看着满屋的电线也倍感头疼，他是同意改造一下的，又担心老婆子不同意冲他发火，二先生就又给他出主意，设法让阿姨住院，阿姨住几天院，他们这边也完工了，明线没了，室内必定万分美观。暗线埋在墙里，干净利落倒在其次，解决了安全隐患贵为第一。二先生能说，也会说，一番利弊分析，老爷子早已心服口服。其实，老爷子对黑胶布也是担忧不已，能够杜绝后患，也正合他的真实心意。

　　二先生有一个邻居是部队医院的主治医师，和二先生家是世交，二先生当下安排，在这家医院调出一张病床。这等事情大先生是积极配合的，他和妹妹联手，三说两劝就把母亲送去住院了。人在医院，根本没有道理可讲，一套检查就得个三天两天，年岁大了，哪有查不出毛病的，打针吃药，调理调理，这一周也就过去了。

　　前期工作就这么安置妥当。

　　滕大阁是个干活认真细致的人，他和大先生去生产材料市场买管买线买苫布，又从单位找来废旧报纸，铺地的铺地，苫家具的苫家具，把一切怕落灰的地方遮盖得严严实实。他做准备工作的时候，大先生的父亲回来一次，说是取东西，实际上是有点儿不放心，见滕大阁干活有板有眼，留下了非常好的第一印象。又听二先生介绍，这改明为暗的主意是大阁出的，而且在整个改造过程中，他是"主刀"，就更多了几分喜欢。设计图纸，墙上画线，滕大阁手持电锤，轰轰隆隆，上上下下，三天的时间，就把所有的沟槽都抠好了。剩下的穿管、埋管、抹灰、勾缝，全都是他的看家手艺，二先生在一旁帮衬着，一切进展都十分顺利。这期间，大先生的父亲又回来两次，每次所见都是滕大阁挥汗如雨，自然而然地，打心眼儿里喜欢上了这个后生。

工程不大，亦不能说小，暗线埋好之后，去市场找人把房子粉刷了一遍，前前后后，一共用了七天。大先生的母亲出院了，一回到家里，眼睛就花了，窗明几净，墙壁光滑，家具的位置没变，但怎么看也是被人重新布置了一遍。这还是自己的家吗？她这儿摸摸，那儿碰碰，张开的嘴巴半天也合不拢。

"电线呢？"她问。

大先生的父亲指指墙壁，说："都在这里呢。"

大先生的母亲说什么也想不明白，这电线怎么能埋到墙里呢？万一坏了又怎么办呢？

滕大阁拿了一段剩余的管子和电线，当场做了演示，安慰她说："阿姨，万一出了什么问题，找到一头，检查一下就行了。"

大先生的母亲这才放下心来。

这是滕大阁参与的第一次粉刷。

滕大阁第二次帮大先生粉刷房子，是在大先生再婚时。

大先生认识蔡秋芬要比他前妻早得多。大先生大学毕业之后，进入了松城市文联的剧协，他选择这样一份工作，是因为他喜欢写剧本，他想当一个剧作家，写电影，写电视剧，让自己的文字变成故事，让自己的作品搬上屏幕与舞台。上学期间，他尝试着写一个电影文学剧本《苏武牧羊》，差一点儿被导演选中，他还写过一个京剧本子，叫《炮打庆功楼》。京剧院的老师们对他的文采交口称赞，只可惜他的选材不太光明，表现的是人性的阴暗面，和主流有悖，不适合排演。这些小小的挫折不但没有让大先生气馁，反而使他对自己生出了更多的信心，他相信自己可以写出好本子，而他的名字也必定会出现在大屏幕上，为世人所知。

在剧协工作了三年，他的大部分时间被繁杂的日常工作所占据，文艺界貌合神离的人际关系令他焦头烂额，他对从官员到剧作家到导演再到演员的内心世故而表面清高有了真正的了解。经历了两次评奖之后，一个剧本从孕育到出生的全部神圣，变成了一台操作直接而简易的剖宫产手术，医生与孕妇之间"默契"的全部事宜，明目张胆又轻描淡写地放置在他的面前，让他对自己曾经的理想产生了不屑和蔑视，对这份剧协的工作也心生懈怠和厌恶。这是他决定停薪留职的最后原因。喜欢走极端是二十几岁的年轻人的共有念头吧，大先生的一个四川籍的同学回乡之后，对工作安排极为不满，便撺掇一个同样年轻的四川籍厨子回到松城，想在松城开一家饭店。早在松城读书期间，他就发现松城没有地地道道的川菜馆子，于是，产生了"布道"的想法，捧着一本菜谱如同捧着一部《圣经》一般，风风火火，他找大先生，开门见山，直截了当，要与大先生合伙，他出人出手艺，大先生出钱——大先生自己没钱，可他妹妹早已把第一桶金捞在手里。这位同学讲的分配原则也极为低调，四六分成，大先生拿六，他和厨师拿四。大先生对工作感到极度无聊，突来一股外力助推，他三下五除二，也"下海"了。

他们饭店的名字叫"小四川"。

饭店开在桂林路的西口，既是办公楼的密集区，可辐射市内五六家大单位，又是进入桂林路商区的一个必经通道，饭店一开张，便顾客盈门。客流量大，人手不够，开始张罗着招人，于是，家住远郊的蔡秋芬进入了大先生的生活。那一年蔡秋芬刚过十八岁，高考预考没通过，提前回家等毕业了。她的父母如释重负，对这一结果心满意足。他们家女孩多，蔡秋芬上边有两个姐姐，下边有一个弟弟，父母更多的心思在弟弟身上，能把蔡秋芬供到高中已是格外开心。蔡秋芬想重读一年，家里坚决不同意，催她快点订婚，择期把婚事办了。蔡秋芬性格蛮，赌气的时候可以一个月不说一句话，家里的安排不遂她的心意，她不表态，也不显露任何异常，暗中却收拾自己的东西，趁家人不注意，赶一班最早的郊线车进城了。"小四川"的门口贴了招服务员的启事，她站在那里看详情，正好大先生从外边买菜回来，与她撞个正着。听到自行车响，蔡秋芬转头去看，看见大先生整个人被晨光包裹着，头顶热气蒸腾，仿佛罩了一个银色的光环。

蔡秋芬觉得他是老板，就问："你们招服务员啊？"

大先生点头。

"一个月多少钱？"

"三百。"大先生说。

"我想干行不行？"蔡秋芬问。

大先生打量着她，说："我可不招童工。你多大了？"

蔡秋芬也不答话，在包里找出身份证，递给大先生，说："我虚岁十九了。"

蔡秋芬成了"小四川"的服务员。

大先生和同学开饭店，他们的大学同学断不了总来，一帮人围一桌子，一喝就是一小天，这些人吃饭是从来不给钱的，大先生也不计较，而且总对他的四川同学说，这些费用均从他的分成中单算——不是怕同学多心，而是替他分忧，同学的分成中带着厨师呢，同学不计较，天长日久，厨师难免会有意见。大先生的仁义众人皆看在眼里，对他心存感激和佩服，大先生有什么事，一呼百应，一年左右的时间，"小四川"成了桂林路一带家喻户晓的大馆子。

大先生和蔡秋芬之间又发生了什么故事呢？

人太过忙碌的时候往往就会忘记时间，"小四川"开了两年多，蔡秋芬也二十多岁了。"小四川"的活计累人，但伙食甚好，川菜养人，女孩子吃多了皮肤都好。蔡秋芬就是一例。在"小四川"的几百天里，她白了，胖了，个子又长高了一点儿，加之青春活力，虽然总是悄没声地，但人人见她，都不能否认她的美丽。蔡秋芬离家出走，家里人总是着急的，她打电话给自己的同学，托她告知家里一声，她在城里一切都好，父母不必惦记。说是这么说，父母哪有不惦记儿女的，他们百般打听，终于有一日寻上门来。母亲见了女儿，抱着就哭，父亲也百感交集，唉声叹气。待情绪稳定，述罢别情，父亲又提出订婚的事，让她回去相门户。蔡秋芬好不气恼，窝在椅子上不出一声。母亲说也不是，劝也不是，父亲想发脾气，又碍于这是别人的饭店里，脸红脖子粗，却不能吼出一声，一个人如热锅上的蚂蚁，左三圈右三圈，双脚把地板踏得咚咚直响。正尴尬时，另外几个服务员从后厨鱼贯而出，每人手里端着两个盘子，荤素搭配地分布在桌子上。正眼看时，却是八道经典的传统川菜，水煮肉片、红油蒜泥白肉卷、酸辣粉、麻婆豆腐、回锅肉、酸菜鱼、宫保鸡丁、辣子小排骨。大先生手里拿了一瓶郎酒，近到前来，客气又平和地说："我是叫大哥大嫂呢，还是叫叔叔阿姨呢？"

刚才已经介绍过，蔡秋芬的父母知道这是老板，双双不好意思地站在那里，搓着双手不知如何是好。蔡秋芬问："李哥，你这是干啥呀？"

大先生抬抬腕子，说："你看看几点了？"

说着话，门口开始上人了，呼呼啦啦的，饭店一下子热闹起来。蔡秋芬和她的父母坐的是小包间，为的是说话方便。平日里，这小包间一直是有预留的，今天也不例外，蔡秋芬顿时恍然大悟。刚才光顾着和父母置气，连饭口都忘了，她看看腕上的表，正正好好十一点半。她不好意思起来，起身就拉着她的父母往外走，饭店的生意她最明晓，这一桌他们若占了，店里会损失一百多块钱的。

大先生在门口挡着她，说："我已经和王科长打过电话了，让他坐别的桌子了。"

这王科长是附近一家单位的小头头，也是饭店的常客，不用说，今天的小包间是他订下的无疑。

蔡秋芬一着急，脸憋得通红。

大先生双臂一张，拥着他们入座，说："你叫我李哥，那我就随着你叫了，叔叔好不容易进一趟城里，想必你们也是多长时间没见，到咱家了，哪能不吃一顿饭呢？"

那顿饭吃得可谓轰轰烈烈，大先生和蔡秋芬的父亲先一人喝了半斤酒，觉得不尽兴，又开了一瓶。蔡秋芬怕他们喝多，同时也受大先生的感染，第二瓶打开，她就主动要了一杯，三两的杯，酒都让她倒得冒尖了。她趴在杯沿上喝了一口，热辣辣咽到肚子里。大先生给蔡秋芬的父亲也倒满杯，他说了一番话："叔，婶，我不知道你们怎么想的，秋芬既然已经出来了，你们何苦又让她回去？订婚，和谁订婚？是前屯的铁蛋子，还是后屯的狗胜子？嫁过去干啥，给他们家种地生孩子？你们这是毁她的人生。她要复读，你们不同意也就罢了，大不了说你们重男轻女，愚昧无知，你们想一想，秋芬如果真考上了大学，她的人生会是怎样？现在也好，她走出来，见到了世面，见到了繁华，你们还忍心把她拉回到墙旮旯，守着冷磨盘，终了一生？你们这是在害她。"他一口把三两酒都干了。放下杯子，他从口袋里掏出一沓钱，数一数，一共是一千两百元，轻轻一推，放到蔡秋芬父亲面前。他又说："秋芬在我这儿的工资是每个月三百五十块钱。我每月给她开三百，替她攒下五十元，就是孝敬你们的，今天你们来了，正好当面交给你们。"

这是意外中的意外，蔡秋芬的父亲无言以对，也一口把酒干掉。

那一晚，大先生安排蔡秋芬的父母在附近的旅店安歇，他一个人跟跟跄跄地回饭店。蔡秋芬的父亲在后边喊："明个儿一早我们就不到店里了，直接回去了。"

大先生不回头，只是一个劲儿地摆手。

喝了酒，蔡秋芬的头有点儿晕，她靠在椅背上，只感到小腿肚子也酸软。大先生回来了，让她去后边休息，她心里明白晚上的客人说到也就到了，咬了牙，不想回去，对大先生说："你帮我拿一瓶汽水，我咋这么口渴。"她平时是不敢这么和大先生说话的，大概是喝了酒的缘故。

大先生也听话，去冰柜里取汽水，一共取了两瓶，自己一瓶，蔡秋芬一瓶。

蔡秋芬问他："我什么时候开三百五了，不一直三百块吗？"

大先生所答非所问："你真想跟他们回去呀？"

蔡秋芬摇头。

大先生说："那还问那么多干什么？"

经了这么一件事，蔡秋芬知道自己的心里装了大先生。

转眼到了这一年的中秋，大先生和同寝的四川同学约好，想请大学同学到店里一聚。能直接打电话的打电话，打不了电话的，呼叫 BP 机，不多一会儿，人就约齐了。夜里十点左右，店内的客人几乎都走了，一帮同学也陆续聚来，大先生让家在市内的服务员们回家过节，他和大学同学喝酒赏月。蔡秋芬没法走，就加入了他们的行列。大先生知道蔡秋芬能喝一点儿酒，便笑闹着给她倒了一个满杯。这顿酒喝了三四个小时，白酒啤酒摆了一地，到凌晨的时候，桌子上，椅子上，地上，横七竖八，坐卧一片，每个人都醉了，雷鸣般的鼾声此起彼伏。大先生还能支撑，他送蔡秋芬去寝室睡觉，寝室只剩下蔡秋芬一个人了，白晃晃的月光照在床上。大先生要转身，蔡秋芬却一把挽住他，不待他反应，一张热唇吻过来，桂花的馨香落了一地。

自己是怎么回到饭店的，大先生不知道。他醒来时，发现自己靠在一个同学的后背上，大家纷纷叫嚷着头疼，推窗开门释放满屋的污秽气。急着上班的，先奔出门，又有几个要去衡阳街早市吃馄饨，都知道那里的馄饨好吃，一碗热汤喝下去，正好醒酒。人散了，一夜的热闹归于清凉，大先生觉得昨夜发生点儿什么事，大脑又一片空白，恰蔡秋芬在后边晾刚洗的床单，他便心虚地小声去问："昨晚没怎么吧？"

蔡秋芬的脸顿时像一块红布，低声说："能怎么呀？"

大先生虽然失忆，但也一下明白了十分，一个女孩子家一大清早的洗什么床单呀？这么一想，顿时乱了心绪。他所说的"昨晚"其实就是今晨，自己一定是酒后无德，做下了什么丑事。心里边已经掴了自己十几个耳光，没头没脑地叫了一声厨师的名字，不待厨师答应，就推起自行车去早市买菜了。他去早市买菜，特意绕过那几个同学所在的摊位，怕打招呼似的，心里忐忑，脚下也软绵绵地发虚。他脑海里滚动着一个半生不熟的声音，连着轴地说："那蔡秋芬还是一个姑娘呢，那蔡秋芬还是一个姑娘呢。"

　　这就是多年之后，滕大阁帮大先生二次粉刷房子的一段前缘。

　　大先生的父母对滕大阁印象好，相处得久了，竟对他有了依赖。原来家里有事，一律打电话给大先生，大先生自己能处理的，自己处理，自己处理不了的，就叫上二先生。可自从有了滕大阁之后，这二人的力气都省了。那一次，家里的水龙头坏了，怎么关也关不住水，只好用抹布塞上，这边打电话叫大先生回家。大先生临时出差在外县，一个单程几十公里呢，现往回赶指定来不及，就通知滕大阁帮忙去看看。滕大阁二话不说，和单位请了假，骑车便走，工具是带在身上的，路过日杂商店，还把所用的零件全部买齐。到了家里，关闭闸口，三下五除二，问题迎刃而解。

　　大先生的父亲很惊奇，问他："这你也会？"

　　滕大阁笑一下，点点头。

　　大先生的父亲拉他到书房去坐，又问他："水暖会不？"

　　滕大阁点头，说："我在建筑工地干过十几年的临时工，看得多了，深深浅浅的，都能上点儿手。"

　　大先生的父亲若有所思，问他："你现在还干临时工吗？"

　　滕大阁说："不了，接了我爸的班，在阀门一厂当电工。"

　　"单位怎么样？"

　　"头两年还行，这两年差点，市场竞争越来越激烈，南方很多私营厂的产品质量比我们的好，价钱也低，早已打入松城市场了。"

　　大先生的父亲"噢"了一声，去书柜的抽屉里取出一条烟，递到滕大阁的手里，滕大阁推托着不要，老先生有点不高兴，说："你帮我干活都不收工钱，抽条烟总是应该的。"

所谓说者无意，听者有心。

有一天，大先生突然打电话问滕大阁："如果能把你调到报社来，你愿意不愿意？"

原来，那天和滕大阁聊完天，大先生的父亲就上心了，他们报社的办公室就缺这么一个多面手，能干活，人品也信得过，曾经想调人，外调总出毛病，这回遇上滕大阁，是百分之二百的合格人选。他去上级单位的人事部门咨询，企业身份改事业，难度太大，除非特殊人才，否则万难操作。调事业单位工作，依然保留工人编制，这是广有先例的。有了这个底，大先生的父亲就放心了，首先征求滕大阁的意见，如无异议，就外调办手续。滕大阁会有什么意见呢？吴明丽闻讯更是兴奋不已，那一夜，她主动抱着滕大阁说话，好像突然之间得了一个什么宝贝。

遂开始外调，这一调不要紧，阀门厂不放。世间事往往就是这样。那边不放，这边越觉得人好，生拉硬拽也要调进来。几番做工作，双方相持了小半年。最后，实在没办法，吴明丽拉着自己的公公去了厂长家，她买了两条好烟，两瓶好酒，知道厂长的老妈健在，又买了水果点心，还给厂长的女儿买了一块上海坤表。吴明丽有吴明丽的办法，这边和厂长说事，那边却拉着厂长老伴的手，说完滕大阁的现状，就开始诉说自己的苦，诉到最后说："阿姨，咱们都是女人，您最能了解女人的不易，明摆着，大阁的工作要是能调成，工资肯定是翻倍地长，嫁汉嫁汉，穿衣吃饭，咱们女人图什么呀，不就图丈夫有个前途吗？您有福，叔叔现在是厂长了，万事不愁，可我们家大阁往前赶这一步，咋就这么难呀？"说到心酸处，泪如泉涌。

厂长的老伴说："那啥，你看咋整啊？"

厂长说："厂子里实在是缺人啊。"

厂长的老妈在一旁听明白了，骂道："王八犊子玩意，差啥呀？人家往好道上走，你不放，啥意思？可你一棵树上吊死啊？过几年你那厂子要是黄了，你不坑人嘛。麻溜放人，咋想的呢？"

看着一堆礼物，听着老妈的骂声、滕大阁父亲的唉声叹气，眼见着吴明丽的涕泪横流，厂长终是心软了，也叹一口气，无奈地说："明天办手续吧。"

第八章　君我两相亲

蒋皓宇从上海回来，带了一则好消息，应该早就发微信告诉李艾艾的，却一直忍着心里的刺痒，要给她一个意外的惊喜。李艾艾去机场接他，两个人坐机场大巴回到市内。这个季节，上海的气温湿热，而松城正是春末夏初，汽车在高速公路上飞驰，窗外的景色令人神往倾心。黄昏即至，正是纤云弄巧之时，路过大通河，两岸的花树竞显嫣然，河水拖着一层又一层的波光，如鲤鱼跃浪，灿然入目。

"看了好多的手工琴。"蒋皓宇说。

"是啊，一定很好听。"虽然电话里早有过沟通，但李艾艾还是忍不住问："有试弹吗？"

"没敢。"蒋皓宇回答。

李艾艾看了他一眼，嘴角有掩饰不住的笑，想一想蒋皓宇站在展台前，欲言又止，一副"愁外消磨寄无主"的样子，说不定多么惹人猜忌。自己要是在近前，也许会帮他解脱吧？他不敢试弹，就是怕一时手生，弹走了音，让行家笑话。李艾艾下意识地动了动手指，一缕清音划过耳际，仔细辨听，竟似蒋皓宇心中早就埋伏着的旋律。

李艾艾手中无琴，蒋浩宇却心有所动，想来也是默契吧？

蒋皓宇说:"我以前行事是不是总拖泥带水?此番不想如此,莲踪无可觅,可是一旦觅到了,定要直面莲花。"他停顿半晌,有点低沉地说:"以前行事,一贯的貌似充满希望的绝望,极无聊的。"转而提高了声音,嗓子清亮亮地表态,"今后不会了。"

"今后不会了",这一句话,让李艾艾觉得他们在一瞬间成熟了许多。

蒋皓宇和单位请长假,工资自然被停掉了;"五险一金"可以保留,但"个人应缴"的那部分必须及时上交。固定工资没有了,每个月还要准备出几百块钱,这对蒋皓宇来说,不能不是一个压力。上班的时候,觉得一千多块钱的工资太少,根本不够花,可是,当这一千多块钱也"绝尘而去",他不确定山穷水尽的背后,是否真的存在柳暗花明。好在这个犹疑只是在他的脑海里一闪而过,他握紧拳头,单臂高高上举,让自己的身影在地面上投射出一尊高大的自由女神像。

走出单位大门的时候,他有短暂的伫立,这个留有他生命屐痕的地方令他不能忘却,但是,当他重新迈动脚步,他便决然地想:他是绝对不会再走回到这里的。"对不起,对不起。"他喃喃。这一声"对不起"究竟是说与谁听呢?是母亲?是单位?还是内心深处的另一个自我?他的双肩自然下垂,小腹微收,一个深呼吸过后,奋力扫除那些曾经的愁眉不展和悒郁忧思。

有人在不远处向他招手,定睛看时,正是李艾艾。她围着长长的黑白格的围巾,另一只手里提着一个蓝色的琴盒。蒋皓宇有一点儿兴奋,又有一点儿诧异,她知道自己今天要办请假的手续,却没想到她会早早地等在这里。跑到近前,发现她的鼻子尖微微发红,想必已经站在这里很长时间了。他想抱她一下,手伸出去了,却改成帮她整理一下头顶的帽子。李艾艾在笑,那笑容里充满了隐藏的激动的羞怯,一眼看去,又没一丁点儿的矫揉造作。蒋皓宇觉得自己很幸福,而这幸福的源头就在李艾艾那里,这个比自己小几岁的小师妹,理应是处处被他照顾,现在恰恰相反,她如果把自己标注成一个坐标点,那么这个点马上就会变成他丈量自己依赖的地方。

"很少见你把琴带出来。"蒋皓宇说。

"是你的琴，你的礼物。"李艾艾解释。

蒋皓宇愣愣地站在那里，一时之间弄不明白其中的含意。

李艾艾轻轻地推他一下，高兴地告诉他，这是老师送给他的礼物，秦汉晋知道他做出了最后的决定，就托李艾艾把这把琴带给他。蒋皓宇迫不及待地打开琴盒，看到一把散放着暗哑光芒的吉他神气活现地躺在里边，六根琴弦汇成一柱流水耐心地洗刷着记忆的留言。琴弦下边别了一张字条，正是老师的手迹："不计过去，不畏未来。"八个字写得不大，却力透纸背。

这把琴蒋皓宇再熟悉不过，是老师的心爱之物。那一年做中日指弹交流，往日本站时，日本指弹大师金之助因在中国受到秦汉晋的热情款待，特意把秦汉晋请到家里做客，二人惺惺相惜，言谈甚欢，离别之时，金之助把这把被他自己命名为"月光"的吉他赠给了秦汉晋，作为他们之间友谊的纪念。

"这琴太名贵了，而且意义特殊，我不能要啊。"蒋皓宇声调急切。

李艾艾反而平静，她说："你再看看老师给你留的字条。什么叫'不计过去'？老师早已经放下了，是让你'不畏未来'呢。"

蒋皓宇感受到了莫大的鼓舞和激励。

李艾艾问他下一步的打算，蒋皓宇毫不犹豫地回答："为'指弹空间'的微信公众平台策划一个全新的方案，他们现在的板块布局不合理，而且多有重复，执行力也非常薄弱。"他抬起头，目视远方，又说："无论怎么说，'指弹空间'于我是一个长远的计划，工程浩大，不会短期内见到明显效果。眼下最重要的事情是活着，我不能伸手向我父母要钱去，唯有让自己活得开心，活得更好，才能让我妈看到希望，没有了她的阻力，让她心平气和地接受我的选择，这才是万全之策。想一想，我现在唯一能立马操持的，就是教琴，不管怎么说，除了养活自己，还要把'五险一金'挣出来，这也是我妈最关心的。"

李艾艾站在那里倾听，不由心生喜悦。她从口袋里掏出一张纸，递给蒋皓宇，那是一张课程表，李艾艾早已帮他把一个月的课排满了。

春节已过，学校即将开学，松城大学的学生们正在陆续返校，有几个急着学琴的男生已回到寝室，一心等着李艾艾约课呢。不可否认，这些男生学琴的目的不纯——是真正的"不纯"，他们以学琴为契机，真实的内心是凭着这个"契机"争取获得李艾艾的青睐。他们也注意到了蒋皓宇的存在，却颇不以为然，他们天真而幼稚地认为，这个男人留着长发，蓄了短须，分明是大叔级人物，他又有什么资格和他们这群年轻人竞争呢？况且，他们也暗地里观察，这对师兄妹相敬如宾，有举案齐眉之状，却无同榻而卧之嫌，关系是再干净不过，尽可解除他们的后顾之忧。

李艾艾岂能看不出他们的动机？

她之所以只在晚饭后约课，且必定和蒋皓宇一起，实际上也是在警示这群男生，只要是不被暗恋冲昏了头脑，就应该早早偃旗息鼓，退避三舍，省下时间和精力去做一些于他们更有意义的事，说不定在某一件事情的发展过程中，恰遇格外的喜怒哀乐，那才是他们命中注定的一朵金蔷薇花。当然，也有一些男生是一心学琴的，对音乐乃是情有独钟的热爱，她也会联合蒋皓宇，授其精华，使其学有所得。

李艾艾交给蒋皓宇一张课程表的同时，还交给他一张吉他的价格表，上边注明了进价和售价，其间的差价几百到上千不等，明显存有利润空间。

李艾艾说："这是老师列的，他一再嘱咐，有学生买琴不必推荐到他的琴行，我们自己相机处理就好。"

那价格表的下边有各大琴商的电话，全是老师一手抄录。让蒋皓宇倍感温馨的是，就在电话号码的旁边，老师还做了一个有趣的提示：弹琴的时候不要拉上窗帘。

为"指弹空间"工作的事情也很快就定下来了，"此才当用"这样一条微信其实就是一纸录取通知书。蒋皓宇以为自己会无比的激动，谁知得到老师和"指弹空间"的双重通知后，他反而变得异常冷静。没有跳跃，没有欢呼，没有像以往那样，但凡有一点儿小小的成就就急不可待地跑到父母面前彰显，从他们那里得到虚荣心的满足。他抱着篮球去了露天球场，听任一个无形的教练有序的训练，他一个动作一个动作地操作，一个细节一个细节地重复，一丝不苟，不失毫厘。春寒正盛，他却脱掉了外衣，经络尽开。到最后，一个长途奔袭，飞身跃起，大力灌篮，整个人悬挂在篮球筐上。穿好衣服，他抱着球往球场外边走，路过垃圾箱时，顺手把口袋里剩下的半盒烟丢进"不可回收"的投入口里。身后，有几个半大孩子在喊："嘿，哥们儿，打拍儿啊。"他回头去望，仿佛望见自己少年的影像也在其中。

　　……

　　这一次"指弹空间"指派他前往上海参加乐器展，主要是采访两位世界级的指弹大师，这其中一位就是金之助。蒋皓宇在北京总公司参观、考察了几日，和公司的高管们有了近距离的接触。他坦承了自己对平台改进的设想，高管们也深表赞同。这些高管均是国内指弹界的"大咖"级人物，推动任何一桩事，都有"你是上升的满月"的禀赋。他们很欣赏这个年轻人，乐于为他创造机会，同时也期望他能给"指弹空间"注入一股更为新鲜的血液，让它的受众们感受到迷醉和狂喜的震颤。

　　在上海，蒋皓宇见到金之助了。

　　九十几岁的金之助精神矍铄，步履稳健，中分头，大耳朵，一双眼睛总是笑眯眯的，说话机智而有条理。蒋皓宇对他的印象很深。他有一句口头禅，每当他明晓一件事情的时候，都会随口说一句："噢，是这个样子啊。"

　　蒋皓宇在松城大学学日语时，他们的外教就很赞赏他的口语，经常在课堂与他对话，为其他的同学做示范。他采访金之助的时候，全程使用的是日语，无论交谈还是笔录。金之助非常惊诧，同时，像个好攀比的孩童一般，对蒋皓宇说："我的汉语，也会讲。"

　　蒋皓宇点头表示相信，却坚持用日语继续采访。

金之助问："为什么呢？"

蒋皓宇说："先生用日语表达，我可以理解得更为准确。"

金之助凑到他的近前，盯视半天，才极度欣赏地后仰，说："噢，是这个样子啊。"

他们的采访进行得非常顺利，而且效果不同凡响。

……

蒋皓宇终于忍不住了，在机场大巴上就向李艾艾详述了自己的上海之行，看得出来，他很兴奋，以至他声音过高的时候，车上的许多乘客都会转过头来看他。可他顾不上那么许多，一把抓住李艾艾的胳膊，摇晃着说："你知道吗？金之助先生亲自复印了一部分他的'指弹笔记'给我，允许我访谈里随意引用。其实，引用在其次，得其心法才是弥足珍贵的。"

李艾艾不作声，只听他讲。

蒋皓宇说："我还和他讲，老师把'月光'送给我了。"

李艾艾陡然瞪大了眼睛，"他怎么说？"

"噢，是这个样子啊。"蒋皓宇模仿着金之助的语气，"如果我有机会去松城，你的把它带来，我要，签上一个名字。"

老妈没有得脑血栓的时候，每年的四月下旬至五月上旬这段时间，对余连魁来说是最尴尬的日子。冬储的苞米没有了，大棚的苞米还没下来，烤苞米的营生只能停止，他变成了一个无事可做的闲人。老妈的地瓜摊用不着他，他日常能做的，就是帮老妈洗地瓜，串干豆腐。他自作主张，往老妈的豆腐串锅里加了鹌鹑蛋和鱼丸，没想到大受欢迎，几乎每天都不够卖。余连魁想加量，老妈伸手制止他，老妈的生意经比他念得熟，那见识非一般的家庭妇女所有。

老妈说："我的儿呀，你动一动脑筋，你想吃一口好东西，想吃就吃了，满足；你再想一想，你想吃一口东西，想吃没吃到，这又是啥滋味？凡是好东西，总得让人惦念着才金贵。"

124

这周遭的食客吃老妈的豆腐串吃得好，便顺口给取了一个名字，叫老余太太鸡汤豆腐串。三叫两叫响亮了，桂林路一带又多了一种名吃。余连魁无事干，便搬个小凳坐下，摘下眼镜握在手里，一遍又一遍地想那些他愿意想，而且百思不厌的有关玉姬足道的精彩片段。这些片段和蔼可亲，朦胧又悠长，无须多点儿时间，就会把他的大脑塞得满满当当。

　　第一次去玉姬足道，他走得慌忙，不但没给钱，还把袜子给落下了。事后，他通过电话问多少钱，玉姬没回答。第一次问没回答，他以为玉姬忙，没有太在意；转而又问，依然没回答。他心里犯了嘀咕，发去两个字的短信：在不？这一次回得快，也是两个字：在呢。为啥不说话？说好的不要你钱。对话至此，余连魁没有下文了，这钱给也不是，不给也不是，两个人虚撑着自己，不知道接下去该干点儿什么。余连魁等着玉姬来买烤苞米，见了面有些账目好算，可是，一连十几天，只见云彩在大溪水巷子顶上飘，街面上却不见玉姬的影子。终于熬不住，余连魁选了三穗苞米，细细地烤熟，包裹着送到足道去。和他想象的不一样，足道没有关门，玉姬也在，只是脸色蜡黄的，一连声地咳嗽不断。

　　"喂，烤苞米的，你怎么来了？"那一日准备拉着他进屋的女孩儿问他，还是光着脚，从毛巾被里钻出来。

　　"啊，我，我……"余连魁变得口吃起来。

　　那女孩儿笑了，说："我知道了，你是上门来卖烤苞米的。"

　　另一个女孩儿说："才不是卖，是送。我猜得对不对？"说着，跳下地，从余连魁手里接过苞米。

　　"是送，是送。"余连魁鸡啄米一般地点头。

　　玉姬又是一阵咳嗽，接下来问他："我又没说要吃，你送什么苞米？就我这嗓子，哪能吃得下，还不是便宜了她们。"

　　余连魁这才明晓，敢情她是病了，也不知吃了药没有。这么想着，转身出门，跑去药店，买了一堆管咳嗽的药，用衣襟兜着，一溜地碎步跑回来，"哗啦"一声倒在玉姬的眼前，接下来，说什么，做什么，又全无个数。

玉姬问他："你干啥呀？"

他说："吃药，吃药吧。"

那两个女孩儿你看看我，我看看你，肩膀挤靠在一处，早笑成狮子滚绣球了。余连魁突然想起自己的摊子，今天那推车卖水果的不知往哪里去了，并不在他的身侧，空荡荡的炉子孤零零地在街边，无人照应，这一会儿二十分钟过去，不知是个啥光景。他一拍大腿，转身就跑。不想，玉姬却叫住他，随后把一双洗干净的袜子递给他，他也顾不上看，尽最快的速度跑回到街口去。远远看见几个人在等候，只是寻不着摊主倍感困惑，余连魁叫着："来了，来了。"人坐回原位，胸口起伏，眼镜也滑下了鼻梁。

说到眼镜，是他新换的，多少年了，不肯去眼镜店，失踪了大半夜，第二天竟主动给滕大阁打电话。听说他要配镜子，滕大阁连呼奇怪，这太阳从西边出来了，让这么一根死脑筋开了窍，二话没说，陪着他去，挑挑选选一上午，配了一副超薄的镜片。眼镜店的服务员看出他眼睛上的缺陷，热情而小心地建议，镜片可以选择变色的，价钱不会贵出去多少，变色的镜片又美观又可以保护眼睛不受强光刺激，一举两得，可谓最佳选择。滕大阁说行，余连魁却摇头，他指着刚才选好的镜片，拿定主意，不做更改。

出了眼镜店，滕大阁说："咋的，怕花那几个钱啊？配个变色的多好啊。"

余连魁说："瞎子戴上墨镜也还是瞎子，能美观到哪里去？成语里说掩耳盗铃，一叶障目，欲盖弥彰，都是这般结果，掩不住，障不住，更盖不住，最后出丑的还是自己，又何苦呢？能看上的，怎么都能看上，看不上你的，再打扮也是白扯！"

这话说得气嚷嚷的，好像有谁惹了他一般。

滕大阁追问："你看上谁了？谁看上你了？这怎么个话呢？"

余连魁知道自己说走了嘴，竟有点儿气急败坏，说："什么谁谁的？打个比方而已。"

滕大阁觉得余连魁今天的举动不同以往，暗忖他是不是有什么心事。不年不节，不当不正，突然换眼镜干什么呢？以前多次劝他，他都不为所动，今天是犯了哪根神经，不只行为令人不解，就是说话也着三不着四的，根本不是他的风格，滕大阁心里留了一个疑问，只待以后再做观察。

　　余连魁丢开摊子去送苞米，回来时摊位前蹲蹲站站好几个人，他连忙把他们各自选中的苞米放在炉子上，左右翻动着一一烤好。打发了这一拨顾客，他才去看玉姬塞在他手里的袜子，竟是自己那天穿去的，已经重新洗过，叠得板板正正，棱角分明。都说朝鲜族的女人会干活，一双小小的袜子可见一斑，他望着大溪水出神，脑海里流动着虚虚实实的镜像。

　　也就是从这一天起，余连魁总会制造出一些闲暇去玉姬足道，话永远是不多的，项目也总是足底按摩。那两个女孩儿轮番地逗他，要给他做更精细的推拿，他都讷讷地拒绝，只候着玉姬一个人。他虽然不说，这番心思谁看不明白？忽一日，他去足道，两个女孩儿突然异口同声地叫他："姐夫来了。"他被攫住了，坐在椅子上一动不能动，刚刚脱下的一只鞋横在那里，另一只鞋被双手捧着，现出不规律的抖动，仿佛闪电把乌云劈出一道长长的缝隙，暴风挟带着骤雨，劈头盖脸地把他推向角落里。他那一颗"司马昭之心"，已被路人皆知，他还以为自己掩饰得天衣无缝，岂不知，此念非同彼念，除非不动，一旦动了，就会留下难以抹去的痕迹。

　　玉姬原本在厨房里干活，听见两个女孩儿放肆地疯闹，就走出来看，若有不恰当的地方好加以制止，却一眼便见余连魁坐在那里抖个不停，知道是两个女孩儿作祟，拿眼睛横了她们一下，转身去给余连魁倒水，对他说："你先去里边等我，顺便把水端进去。"

　　余连魁接过水杯，隐遁到门帘的后边。

　　玉姬呵斥两个女孩儿："他几乎就是一个呆子，你们欺负他干什么？我和你们讲，欺负老实人是要遭天谴的，小心老天爷割了你们的舌头。"

　　那两个女孩儿根本不怕。

　　一个说："姐，他是看上你了。"

另一个说:"可不是,你没看他换了一副新眼镜吗?姐,我告诉你,蔫巴人更有心眼儿,你可别一不小心被人划拉去。"

先前的那个女孩儿又说:"哎呀,你是咸吃萝卜淡操心,说不准咱姐还喜欢上人家了呢。不过,姐,我可提醒你,上赶子不是买卖,你得拿捏着点。"

另一个女孩儿一脸的不屑,"你可算了吧,咱姐能看上他吗?"

先前的那个打断她,说:"好汉没好妻,赖汉娶花枝。"

玉姬见她们越说越不像话,举手去打,那两个早已相牵着逃到另外的屋子里去了。

她们在外边说话,余连魁在里边听得一清二楚,不禁羞愧难当,已经躺在床上,此番又翻身起来,穿了拖鞋就要往外走,正与玉姬撞了一个满怀。

"你干什么去?"玉姬问他。

他支吾一声,不明确作答。

"听她们瞎说,挂不住脸了?"玉姬横在那里,不放他出去。

"不是,是朋友……"

"什么朋友,让他也过我这儿来。别废话,给我躺床上去。"玉姬用身子顶着他,把他逼回到床上。

余连魁躺在那里,感到绝望,他好像从一开始就把玉姬放在一个不同寻常的位置,一心吸纳着她的天生丽质。别人可能不会这么认为,会说他是情人眼里出西施,可他就是觉得玉姬是他的女神,是维纳斯,如果不是女神,哪有施恩于人,却不收任何回报的?如果不是女神,又怎么会把一个男人的袜子处理得那么洁净?那双袜子,他拿回去后,一直压在床抽屉的最底层,舍不得再穿,时不时翻出来看看,迷离的眼神里氤氲了格外的甜蜜。他想对玉姬说,他不敢存有那样的一份心思,可是话到嘴边,又失去了勇气。这话一旦说了,就等于自己放弃了机会,说不定玉姬会从心里往外对他产生鄙夷;不说呢,那刺耳的话语若锋利的刀片,只轻轻一割,

128

便割去了他作为男人的全部尊严。

"你真换眼镜了？"玉姬问他。

"是。原本的那个摔坏了。"余连魁"嗡嗡"着，"你知道的，就是第一次来，碰到地上了。"

"对了，一直也没问过你，你结婚了吗？你家里还有什么人？"玉姬把话说得很轻。"我没结过婚。"余连魁说。停顿了一下，又说："我家里有父母，还有一个姐姐，她离婚了，和我们住在一起。"

余连魁知道玉姬那么多事情，都是玉姬主动和他说的。他觉得自己也应该介绍一下自己，唯有如此，两个人的谈话才显得公平。他和玉姬讲衡阳街早市，讲他和老妈还有大姐一起经营的馄饨摊。说馄饨说得比较仔细，从和面到拌馅，从点炉子到熬汤，蓝边大碗，内盛十二个馄饨，上边浮着香菜末，绿莹莹的，煞是好看。他也回忆着小时候，老妈领他去看病，他们走着走着，老妈突然就跪在地上，一个劲儿地冲着天空磕头，一边哭，一边叨念："老天爷呀，你睁睁眼吧，保佑保佑我的儿子。"他看东西异常模糊，却知道去拉老妈，他们跌跌撞撞地坐到那里，惹来路人的关注、劝慰和同情。经过矫正，他戴上了眼镜，厚厚的镜片像瓶子底，一圈一圈地把他的双眸吸入旋涡的深处。还有大姐，婚后没有生育，被婆婆百般误会，一场闹剧谢幕时，才知道生活本身的冷暖，远比舞台来得更为真实。

玉姬问余连魁："你家里人从来没张罗给你娶媳妇吗？"

听了这话，余连魁若有所失，苦涩地说："能不张罗吗？有一段时间还张罗得紧呢。也相看了几个，人家看不上我，眼睛不好又没有工作，觉得日子不能过得踏实。"

玉姬叹了一口气。

余连魁说什么也不能理解自己，为什么当着玉姬的面，屡屡提及大姐离婚的事呢？好像一说余美英，他和崔玉姬的距离就拉近一些似的。这是一种极端自私的心理，让他在烦恼中生出对自己的怨恨，如果这时余美英突然出现，狠狠地抽他几个耳光，他也许会感到好受一些；或者，崔玉姬口气严肃地制止他："不要再说下去了，离婚又不是什么罪过，尤其不是女人的罪过。"那样，他就能管住自己的嘴，寻找着由头，说一些崔玉姬喜欢听，而自己也不必那么内疚和难堪的话题。无论是什么样的话题，他都会克服自己的口讷，从中找出一些好听的词汇来。

有一天，余连魁又去玉姬足道，一到门口就听见里边在议论老余太太鸡汤豆腐串，尤赞里边的鱼丸，是不可多得的美味。他喜不自禁，悄悄地退后，趁着夜色回到家去。母亲还没有回来，父亲和大姐已经睡下，父亲有早睡早起的习惯，大姐是白天劳累，睡眠不够充足，但凡有一点儿时间，都会贡献在睡觉这件事情上。余连魁轻手轻脚地打开冰柜，取出鱼丸和鹌鹑蛋，一串一串地放到鸡汤里，文火慢煮四十分钟，待滋味进去了，打包装好，原路返回玉姬足道。

玉姬和那两个女孩儿都惊异于他手中的夜宵，就在刚才她们还在议论着豆腐串什么的，怎么这个余连魁就像个魔法师似的，不但把自己变了出来，捎带着，这些令人口舌生津的美食也活灵活现地跟来了。

"是老余太太的吧？"女孩儿们问。

余连魁自豪地说："你们说的老余太太，是我妈。"

与上一次发表仅仅隔了一周，《松城日报》又刊登了滕雅维的第二首诗歌。滕雅维投稿的时候，一共投了三首，处女作的发表让她误以为另外两首诗不符合发表的标准，被编辑老师枪毙了呢。她突然就决意养成买报纸的习惯，虽然是第一次去报摊，但她知道，从今往后，每逢周四她都会买一份《松城日报》，不仅是因为有副刊，更多的是存下一份感激，就是这样一片小小的花园，使她有了放牧心灵的场所，在她的生命里多了一份希冀，她的世界由此变得宽敞而明亮。母亲的乖戾，父亲在家庭中所呈现出来的压抑与懦弱，她自己的担惊受怕、无所适从……她默默对自己说：亲人们，请原谅我使用这些充满了贬义的词汇，唯有如此，我才能放下我心中的怨恨和无奈；我无力改变你们，但我要努力改变我自己，我要构建我的审美和价值体系，依托这个体系，掌握并改变我未来的生活。

总之，诗歌的出现——以这样的方式重新出现，滕雅维的性格变得开朗了。也是因为它熠熠于报纸的一端，加上"宜修"这样的名字，她原来所惊惧的那些东西，都被一股强劲的东风吹散了。

她新发表的这首小诗，只有十行，叫《夜晚的脉搏》。

> 一粒一粒的脚印，
> 盖不住
> 星星一样的
> 花瓣的光环。
>
> 夜晚的脉搏，
> 就是这样
> 缓慢地，但非凡地
> 跳动……
>
> 但是，在我能看到的地方，
> 你又在哪里？

和上次发表的那首十二行的小诗相比，滕雅维更喜欢这一首，那首题为《赠予》的小诗，里边还存在着丝丝缕缕的犹疑，而这首，明显地让她感觉到了"脉搏"所在，无论是平缓叙述的部分，还是最后的发问，它语境的辐射空间大大地加强了。

她知道，这首诗王闽松会在第一时间读到，以往她写诗，可以视为她自己在种植秘密花园，现在这花园突然闯进了一位园丁，像独角兽吞食玫瑰花，即便是幻象，也不由得你不相信，他打破了你原有的计划和规划，硬生生地站在篱笆墙边，一把铁锹插在松软的泥土里，青衫的下摆舞动着强劲的暖风。

早晨，父亲送她的时候，她的目光一直注意着路边，她确定着距离学校最近的报刊亭的位置，确认之后，在上午第二节课的课间，以最快的速度买了一张《松城日报》。她没有想到她的另一首诗会这么快发表，所以买了报纸之后，来不及当场翻阅，又以最快的速度返回校园。她更没想到，当她气喘吁吁地回到座位上时，一张和她手中同样日期的报纸已经端端正正地摆放在书桌上。这时，她的心猛地跳动了一下，隐隐约约地，她产生了强烈的预感，自己的作品发表了，不然王闽松不会这么郑重其事地表达他的"闲情逸致"，更何况他眼睛里闪现出来的略略得意的目光，已经把他出卖得彻彻底底。

"这首好，这一首更好，我喜欢。"他小声地表达着自己的看法。

滕雅维抓住那张报纸，轻轻地，尽量不动声色地塞进书桌膛里。

第三节下课，王闽松就迫不及待地跟在滕雅维的身后，那么强烈地想发表他读后的感受。滕雅维却不想与他交流。那张报纸——她自己买的那一张一直藏在她的口袋里，她现在最想知道的，是哪一首发表了，而她最想做的事情，就是寻找一个独立的空间，好让自己快一点儿从激动的情绪中脱离出来。那实在是非常简单，让她走到一个无人的角落里，打开报纸，把那首小诗读完。

王闽松还是紧随着她。

她停下脚步，说："我去上厕所。"

王闽松定了身形，有点儿尴尬地站在那里，这时滕雅维才发现，他的手里还拿着一张报纸，报纸的空白处密密麻麻地写满小字，想必是王闽松读后的记录。同时，她也看到了自己的那首小诗，看到了诗的题目，还有"宜修"这个名字；那首小诗的每一个字列着队从她眼前掠过，每个字都带着"嘀嗒"的响声。她如释重负。这一刻，她又突然渴望和王闽松交流，想听一听他对这首诗的评价，他已无意之中闯到秘密花园里来了，那么，他对这些还算不上丰茂的花花草草又有怎样的感知呢？只是刚才的那句话

132

已经说出了口，此时更改未免太过荒唐，无奈之下，只好快步地向楼梯口走去。

转眼到了中午，王闽松依旧尾随着她。

滕雅维忍不住笑，说："如果有稿费的话，我一定请你。"

"我就是要请你的，跟我来。"说完话，王闽松也不等她反应，一个人先行下楼，身影很快就出现在操场上。滕雅维犹豫了一下，没有把手中的饭盒送回去——她原本是要去图书室，中午的时候，那里人很少。现在恐怕不行，她只有放弃原来的打算。她拎着饭盒往校园外走，在校门口和王闽松汇合。

很快，在学校附近的茶吧里，王闽松连珠炮一样，说出了这样一番话："这是一首非常干净的小诗，但读后不能不让人动容。我几乎一读到它，就找到了关键词，'花瓣'代表着什么？'夜晚的脉搏'代表着什么？脚印为什么是'一粒一粒'的？这脚印是谁的？在诗的结尾又提到了'你'，这个'你'又是谁？那好，找到了关键词，我尝试着破译它。这首诗的表述者是滕雅维，那么这'一粒一粒'的脚印属于她，为什么用'一粒一粒'来形容，她是踮着脚尖走路，代表着十分的小心；'花瓣'前边是有修饰语的，是'星星一样的'花瓣，那么我可以理解，'花瓣'代表着愿望，自己的愿望和他人的愿望混杂在一起，状若银河里的繁星，多不胜数，即使有属于自己的那一颗，也是难以捕捉。'夜晚的脉搏'来自于紧张而又自信的心跳，它依然属于滕雅维，对，是自信的，不然'缓慢'也就罢了，为什么还要界定它的'非凡'？如此下来，这个'你'也好理解了，它有两个指向，一个是'盖不住'的愿望，一个是能够帮她实现愿望的那个人。"

王闽松做这段推理的时候，并没看桌子上的报纸，那些勾勾画画的小字，和他讲的内容是否一致，滕雅维无从得知，至少现在无从得之。她不得不承认，他帮她厘清了她创作时还存在的困惑，如果"花瓣""脉搏"算得上所谓的意象的话，她安置它们的时候，纯属下意识，并未像王闽松所讲的这么明晰、透彻。经他分析，她的惆怅一下子有了归宿，好像她写下了这些句子的时候，就已设定了这样的思维的结果，她终于再不必提心吊胆，可以大大方方地放下裙裾，踏踏实实地留下一行行能够辨识的足迹。

王闽松说："我也大胆假设了一下，如果这个'你'是我，那我能帮你做点儿什么？"

这话出口太突然，又过于大胆，滕雅维立时不知所措了。

王闽松却十分轻松，他说："你知道我为什么一定要高三开学前才回日本吗？我有一个计划。平日里，我仔细观察过你的学习状态，在所有的课业上，举凡需背诵之功的，你都不害怕，历史、地理、政治，等等，找到规律，加以理解，背下所有关键词，拿高分不至于，但想丢分也实属不易；语文和外语，实际上也有相同之处，基础若好，临时抱佛脚也来得及。你最头疼的是数学，其实，你是没有想明白，数学也是靠想象力的，你能阅读分析那么繁杂的文章，也正好证明你有学好数学的基础，只是找到方向和方法的问题。我想集中帮你补习一下数学，帮你找到方法，找到了，我就走。"

滕雅维的脸火辣辣的，手里拿着筷子，却一口东西也没吃。

这间小小的茶吧里，顾客基本上都是学生。和那些叽叽喳喳、打打闹闹的少男少女相比，王闽松和滕雅维更像两只候鸟，尽管有一点儿呆滞、沉闷，实际上心底汹涌着庞大的飞行计划——从这片停留地，到那片停留地，所有的驿站都需标注清楚，一旦启程，便义无反顾。王闽松是要回日本读大学的，他的目标锁定在早稻田；滕雅维对自己也有设计，这个设计目前尚有一点儿模糊，但是，她也正一点点地拨开迷雾，让这设计更容易显露出它的真容。刚才，王闽松的一席话对她是有所触动的，她也头一次在心底大胆地问自己是不是喜欢这个男孩，这宛若神殿的最幽深处亮着的一盏灯，如果伸手挑高一点儿那如豆的灯芯，墙壁上的色彩就会从寂静中跳跃出来，浓的更浓，淡的更淡，淡的部分可以忽略不计，而浓的部分让它厚重起来，既立体又丰满，成就一幅又灿烂又庄严的影像。

那自己到底喜不喜欢这个男孩呢？

滕雅维安谧地握空双手，好像要扣住这个答案，不让它公布出来，也不允许它继续膨胀，尽管那膨胀会获得愉悦——她刚刚已经体会到，她也要让它退隐到原来的位置，保持它固有的贞洁。

"补习……"她小声说。

"是补习，而不是早恋。"王闽松的语气是那么坚定。

突然，滕雅维问他："你读过西门内斯的《少年》吗？"

王闽松像个成年人似的笑了，他说："我明白。"紧接着，他就把那首诗背诵下来——

那天下午，我告诉她

要离村远去，

她忧伤地望着我——那么柔情蜜意，

茫然地微笑着。

问我："为什么要别离？"

我说："只因这山间太静寂，

笼罩着我的宛如一件尸衣，

好像我已经死去。

为什么要走？——我觉得

胸膛要呐喊，

但在沉寂的山谷中

欲喊而不能。"

她问："到哪里去呢？"

我告诉她："到比天空更高的地方，

那里的阳光

不会这样猛烈地照射我。"

她低下了黑眸

望着空旷的山谷，

伤感而沉默

茫然地微笑着。

背完了，他还在笑，真的像一个成年人，可是，他一笑，小虎牙露出来了，这充分说明：他还是一个少年呀!

第九章　风轻轻地吹

如果说黄晓萍更多地关心蒋皓宇的收入，那么蒋志一注重的则是蒋皓宇的工作现状。他认为这是实质，是根本中的根本。这一天，他放下手中的生意不做，早早地收了摊子，也不叫黄晓萍点火煮饭，两个人胡乱地吃一点儿，便穿上衣服出门。

这样的状况在他那里很少，黄晓萍忍不住问："你去哪里？"

他说："出去转转，腿脚有点儿紧。"

黄晓萍不知道这是托词，实际上，他搭上公交车去松城大学了。松城大学分老校区和新校区，李艾艾所在的文学院在新校区，公交车有十几站的停靠。蒋皓宇自从和单位请了长假，便夜夜往新校区去，在那里教课，多半是深夜回来。虽然只有两个月的光景，蒋志一明显感觉到了蒋皓宇的变化，他不赖床了，每天早晨七点半左右必然起身，洗漱完毕，便坐到电脑前又编又写，处理平台版面上的事情。他还发现，蒋皓宇不吸烟了，不知道是不是戒了？以前进到他的屋子里，必烟雾朦胧，这几次进去，竟闻不到一点儿烟味。他在想，如果真是那样，自己是不是也考虑把烟戒掉，至少在形式上对蒋皓宇是个支持。他问自己，是不是太孩子气了？得不到确切的回答，犹豫一下，拿出一支烟来，拿出来，又放回去，兀自摇头。

蒋志一只知道蒋皓宇在松城大学新校区那边教吉他，但教室的具体位置并不清楚。他只是心生惦念，忍不住要来转转，并不想惊动蒋皓宇，影响他的正常教学。如果真找到了，就远远地看一会儿，找不到呢，知道他在这一带活动，也比虚挂着强出百倍。为什么不敢和黄晓萍明说？和她明说了，她一定跟着来，那是必然的；她来了，不打破砂锅问到底，那是绝对不肯罢休的。他怕的就是这一点。蒋皓宇刚刚步入他自己设定的轨迹，贸然打扰，说不定会引发什么新的矛盾。

　　华灯初上，街面就呈现出热闹的场景，各家买卖架炉支桌，招呼客人，歌声笑声聚在一起，酒香菜香混为一处，大学生三五成群，穿梭来往，吃冰淇淋的说凉，嚼肉串的喊辣，也有坐在店前的桌子边喝啤酒的，不多时，啤酒瓶子就摆了一地。蒋志一突然有点儿担心，甚至有点儿害怕，他怕自己就这么走着，遛着，瞧着，一眼看见自己的儿子也在这群人中间，指手画脚，吆五喝六，一杯啤酒干尽，换回一脸的赤红。这是一条主街，尽头连接的就是松城大学的正门，街长是衡阳街的两倍，从入口到校门，快一点儿步行也要二十分钟。蒋志一从右边进去，开始还脚步悠然，但起了那念头之后，不觉脚步变得匆忙，到校门那儿站一站，又沿着另一侧往回来，眼睛上下用了功夫，几乎把每一个男生都望见了。幸好没有看见蒋皓宇，蒋志一不由长长地出了口气。

　　这又算怎样一种心理呢？

　　大抵天下父母尽数如此吧。

　　蒋志一这边正感慨着，突然从身后赶上来两个背吉他的大学生，他们大声地交谈着，快速地走到前边去。蒋志一来不及多想，调整脚步跟上他们。这两个大学生背着吉他，说不定就和蒋皓宇有关，即使他们不知道蒋皓宇，那对这一带有关吉他的信息也应该有所了解，如果能从他们那里打听到点儿什么，也是不虚此行。蒋志一跟着他们转过一个街口，进入相对偏僻的一条小街，新建的小区在远处彰显着它应有的明丽，而眼前的一排砖瓦平房还未列入规划，依然守着旧制延续着固有的生活。眼看着两个大学生进到一户门里，吉他的拨弦声随即传出，蒋志一凛然一振，暗忖是不是找对了地方。凑到近前，听到一个轻柔的女声在说："今天的课时间可能会长一些，你们爬五分钟格子，让手指先灵活起来。"

蒋志一往前又走几步，从敞开的窗户里看清了室内的景况。刚才的那两个学生相邻着坐到椅子上，各自操琴，"叮叮咚咚"地弹起来，或急或缓，颇有一点儿杂乱。其中一男生站起身，说："口渴。"端起桌上的一杯水，扬头而进。他的动作过快，站在桌边的女孩儿未及反应，等他喝了水，那女孩儿的目光便一直追随着他，直到他重新坐回到原位。蒋志一看那女孩，面白如玉，长发如漆，不施脂粉，自带光华，上身穿了一件浅绿色薄羊毛衫，下身是月白色的长裤，体态盈盈，亭亭玉立。看年纪不大，叫人如何也不能相信，她就是教琴的老师。蒋志一回过神，突然发现蒋皓宇不知从什么地方走出来，站在那女孩儿的身边，他们交流着什么，不一会儿的工夫，便一人一个，手把手指导起那两个学生来。

有了这样的对比，蒋志一感到非常舒心。

他又站在那里看了半个小时的光景，室内只是说琴、练琴，教的格外认真，学的格外投入，屋子不大，气氛却如此绵润，宛若一池春水，静谧在林下的浅湾。蒋志一又细看看那个女孩儿，她一边说着什么，一边反复地弹奏一段旋律，虽单调，却干净，虽短促，却昂扬。蒋志一完全沉浸于无边际的遐想里，妙不可言，心驰神往。

在回去的公交车上，天空忽然飘起淅淅沥沥的小雨。蒋志一打开车窗，半张脸斜在窗口，任雨丝扫落在面颊上。风是暖暖的，雨却微微地凉，街道上盛开一朵又一朵的伞花，和路灯辉映下的树影相映成趣。没有什么人是急切的，大家都敞开着朗朗的心扉，潜心在汩汩的清歌里，享受这幽婉动人的时刻。

回到家已经是九点钟。方厅的灯开着，黄晓萍坐在卧室的黑暗里看电视，听见门响，随便地问一句："回来了？"停一下，她放开手中的遥控器，迎到卧室门口，接着问："这么晚？去哪里了？"

蒋志一穿上拖鞋，说："瞎转，抽了两支烟。"

"外边好像下雨了。"

"是啊，好日子到了。"

"你也别大意了，"黄晓萍提醒，"我刚才看你把护膝脱下来了，就丢在床上。是不是早了点儿？天气是暖和了，但一早一晚还是有点儿凉的。你脱了护膝，膝盖不小心让风吹到，上秋又得疼得嘶嘶哈哈的，别说到时不管你，自己又胡乱买药吃。"

蒋志一见她说体己话，赶紧解释："不是有意的，傍晚进屋的时候，腿弯里尽是汗，寻思脱下来松快松快，出门就忘了。明天一早准穿上，你放心好了。"

他这么说话，也没有提方才看见蒋皓宇的事。其实，也不是不想说，他自己也忍着好奇呢，只是，所见也是一知半解，说了也说不明白，还不如不说的好。

躺在床上，睡也睡不着，黄晓萍翻了两个身，把脸转向蒋志一。

"这都快两个月了，"她的语气有一点儿含糊，"北京的那个平台也没有和皓宇说工资的事，这件事到底准不准呢？光干活不拿钱，这算个什么工作呢？"

蒋志一突然有点儿烦躁，他说："皓宇说现在挣着稿费呢，每个月收入不低于他的工资。像北京这种正儿八经的文化公司，都是有试用期的，试用期一过，应该就给工资了。"

黄晓萍坐起身，说："我就是担心这一点，看电视，听广播，对了，手机微信上也有，现在许多公司都是这样的手段，招人，试用，试用期一到，不签合同，找各种各样的理由辞人，然后再招，说白了，就是巧使唤人呢。"

蒋志一说："那都是草台公司的伎俩，我相信皓宇的公司不会，我听说，有他老师一面呢，不会连这张脸也撕破吧？如果是那个心思，他老师荐举他的时候，直接把话说到不就行了，还走这么一个损人不利己的过场干什么？所以，你放心，既然这个事情我们已经默许了，还是静观其变，多说无益，乱打听更没必要，他不张口向你要钱，就说明还过得去，啥时候找你要钱了，再详细问也不迟。"

黄晓萍又往上直了直身子，说："说真的，他要是向我要钱，我还好问他，他就这么一天到晚闷着头干，我连一句话也插不进去。他的钱到底够不够花，那'五险一金'能不能攒出来呀？"

面对着黄晓萍一连串的担心和疑问，蒋志一一时也不知如何回答，他侧一侧身，小声说："困了。"真的就闭上眼睛，听任黄晓萍的一声叹息在背后悠荡。

平日里，蒋志一的睡眠极好，今天因为有那样一番场景让他见了，便有点儿辗转，这辗转翻腾在心里，身子却是不动的，恍恍间，脑海里清晰的影像变得模糊，模糊的影像释淡如水，想再集中起来，浑身上下攒不出一点儿力气。知道是要睡了，只见蒋皓宇笑着递给他一张馅饼，他好像还坐在修自行车的摊位上——他的521高地，身后是车来车往。他问："干什么？"蒋皓宇不说话，平房中的那个女孩儿穿了一身古装的衣饰站在那里，耳边还有画外音——"只见她身上紫茧绸的薄衫套着青绉绸长背心，露着两只月白绉纱的小袖子。细细的身子，鼓鼓的脸，高高的鼻子，弯弯的眉毛……"画外音尽了，他问："你叫什么名，今年多大了？"那女孩儿并不直接回答他，接了蒋皓宇手中的馅饼递给他，莺声燕语地说："伯伯累了，快把它吃了吧。"蒋志一要伸手，又见一双手黑得满是油污，缩回来往衣襟上擦，擦也擦不净，一急，醒了过来，竟是一个梦。

外边门响，知道是蒋皓宇回来，蒋志一下了床问："回来了？外面不下了吗？"

蒋皓宇见影响他睡觉，有点儿歉意，小声说："下呢，比刚才还大一些。"

蒋志一再去看他的头发和衣服，多少都有一点儿潮气，埋怨道："怎么也不拿把伞？你们那房子里没有备伞吗？"

蒋皓宇一愣，"没有，以为雨不大，又叫了出租车，所以没太在意。"

蒋志一刚才是说漏了嘴，此时赶紧找补，说："小心着凉。"

蒋皓宇穿上拖鞋，往自己的屋里去，一边说："没事，早点儿睡吧。"

回到房间，蒋皓宇没有开灯，而是借着对过儿楼里的残光，坐到自己的床上。刚刚发生的一幕在他脑海里萦绕，挥之不去，想拿捏又拿捏不起来，想找个人说说，可这夜深人静的，哪一个不是熟睡？凭空去打扰人家，不讲道理。一股幽绪涌上心头，六根虚拟的琴弦上下左右地颤动起来，缕缕无赖自百会出，在头顶盘旋，绕梁不去，匝环前后。他恍恍惚惚中取了纸笔，又打开台灯，快速地记了简谱，密密麻麻排满整整一张白纸。

就在刚才，蒋皓宇和李艾艾教完课，打发两个学生先走，他们合着收拾了桌椅，装好吉他，才锁了门出来。关灯上锁都是蒋皓宇的事，待他转过身，才发现李艾艾手里拿着一个杯子，细看时，正是她平时用的，一般都是放在这里，今天怎么要带回去？就问缘由。李艾艾说："脏了，不要了。"说完，随手丢到不远处的一堆垃圾里，大概碰到了什么坚硬的物体，"哗"的一声碎了。

那两个男生来时，蒋皓宇在卫生间洗手，推门出来，见一个男生正喝水，一副大大呼呼的模样。当时没在意，现在想来，用的就是这个杯。心里有了分晓，也不去点破，撑开唯一的一把雨伞，送李艾艾回宿舍。

这边正走着，想要说点儿什么，斜刺里蹿出一个人影，吓得蒋皓宇赶紧把李艾艾护住。

"是我，是我。"那个黑影叫着，手里举起两把雨伞。

放目去看，原来就是用李艾艾杯子喝水的那个男生。放松下来，李艾艾才知道，自己的双手紧紧地抱着蒋皓宇的胳膊。

"你怎么没回学校？"李艾艾问。

那个男生笑嘻嘻地说："回去了，不回去怎么能借到雨伞？看见天下雨了，就想着送一把伞给你，不然淋了雨，会感冒发烧的。"

这一份殷勤蒋皓宇看在眼里，想发作又不能发作，一时窘得厉害，便把手里的伞交给李艾艾，说了一句："先走了。"头也不回地往公交车站去。离车站几十米的地方他站住脚，发了狠，跺上几跺，就这工夫，末班车过去了，尾灯闪闪地留了一地的嘲笑。手机响，是李艾艾发的微信，告诉他，到寝室了，路上注意安全。他生气了似的，也不回，一个人在雨地里胡乱漫行。

那个男生是要追求她吧？他这么想。

又一阵烦恼袭来，让他毫无困意。他推开窗子，半倚在窗台上，目光死死锁定这雨夜。两栋楼之间的绿地刚刚规划过，新铺不久的草坪经历了第一场修剪，因风，因雨，青草泛出的浆汁在空气里，是丝丝的甜，搅拌在显而易见的苦涩里。这雨一定会打湿古老的邮路，让所有的传达泥泞起来，那并不存在的邮差在哪里跋涉，他什么时候才能把自己的心绪传递到对方的手里？就在心里又过了一遍那破空而来的曲子，如姜白石度新曲，前不着村，后不着店，着的就是这金戈铁马过后的一片悲观，还有挣扎在悲观之中的那一线希望。

这个曲子是不全的。不知是有了上片无下片，还是有了下片无上片。管他呢，先定个名字吧，叫《莲踪》。

正所谓："花影不离身左右，莺声只在院东西。"

还是说一说二先生和余美英在南湖喝酒的那段旧事吧。

那日，余美英打开"剑南春"，一人斟上一杯，放下酒瓶，就说了一段话："二哥，咱们也别'左扭'，敞开天窗说亮话，都到了这么一把年纪，不说黄土埋半截了，也差不了多少。自从离婚之后，我对男人除了恶心就是恶心，见了男人都和我先前的那位比成一对儿，有一个算一个，都是忘恩负义的薄情人，需要你了，甜言蜜语地哄骗，不需要你了，连个借口都不用编，现成的脾气等着你，要说翻脸比猴子掉腚都快。有很长一段日子，我是冷了心了，绝望到了家，不知道死灰能复燃，也不知道自己见了一个男人，还能日日夜夜惦念着，简直都不要脸了，恨不得马上就和人好上。

我说这话你别笑我，我不相信什么一见钟情，可这事就发生在我身上了，我第一次见你，心里只有一个声音：这么一个人，怎么就残疾了呢？用不了多少日子，那个声音又换成：就算残疾了又怎样？照样是个囫囵人。你唱戏，我爱听，还一个劲儿地把自己往戏里编排，你说你自己的故事，我好像就随着那话音走，你停在哪里，我停在哪里，你歇在哪里，我歇在哪里，情不自禁地悲悲喜喜，甚至哭哭啼啼。你说老妈催婚，我觉得我就符合那个标准，还想过，如果能生，我就生个孩子，怎么说自己还来着事呢，无外乎一个大龄产妇，生的时候困难点儿。可那又有什么可怕的，我绝不剖腹产，我要正常产，痛痛快快地当一回女人。说白了，一句话，爱上你了，想和你一起过日子，横竖你言语，是死是活我都接着。"喘一口气，又说："这些话憋在我心里多长时间了，都快憋死我了。"说完，也不让二先生，一口就把杯中的白酒干了。

二先生凝着一张脸，也把酒干了。

二先生说："我有一个故事，和谁都没讲过，和我妈我姐没讲过，和惠聪没讲过……"

"什么故事？"余美英急急地问，"说给我听听。"

二先生说："正是要说给你听。"

余美英把住酒瓶，给他们俩一人又倒上一杯。等酒瓶子归了位，她的身子也正了又正。一件和老妈、大姐、大先生都不能说的事，却要说给自己听，这是怎样的一份尊重和信任呢？她感到自己的身上起了一层鸡皮疙瘩，神经高度紧张起来，同时，又有一点儿怅然的幸福，寻梦一般的期待。

"我有过一个女人，在我年轻的时候。"二先生的嗓子有点儿干涩，但他还是在痛苦的回忆中坚持着讲下去，"真的，这件事我不能告诉我的母亲，我的姐姐，也不能告诉我的朋友。我只能默默地承受着它，让它噬咬我的心，夜夜不得安宁。我喝酒，并非我多么的爱酒，我是借酒来麻醉我自己，喝得多一点儿，头就沉沉的，思维也会像白天在阳光下飞舞的灰尘一样，落定在罪恶的深渊的最底层，堆积在角落里，暂时地凝结成一团，不再打扰我，让我有一点儿喘息的机会，可以稍稍地远离痛苦。"二先生抓起杯，猛地灌下去一大口，说："我有一个儿子。"他的眉头紧紧地锁起来，"可是，我又不确定我有一个儿子，我至今也没有见过他一面，但又冥冥中感知着他的存在。我没为他做过任何一件事情，哪怕这事情是恶的，是自私的，哪怕我打过他一次，或者骂过他一次，我可能也会有些许的好受。可是，没有。我能听见他喊我，喊我'爸爸'，有时是温柔的、渴望的，有时是抱怨的、斥责的。我无处可躲，无处可藏，我像一只无头的苍蝇，在自己砌成的玻璃房子里四处撞壁，头昏眼花，头破血流。"

说到激动处，二先生的眼泪落了下来。

"二哥，你怎么了，为什么这么责备自己呀？我在听呢，你有什么苦恼，有什么痛苦，我都听着呢。"余美英探起身子，死死地抓住他的一只手。

二先生略略平静，说："对不起，我太……"

"没事的，没事的，二哥。"余美英的手并没有松开。

"好，那我就把这件事的来龙去脉好好和你说一说。"二先生擦了一下眼泪。

……

那算不算二先生人生最辉煌的一段日子呢？

那一日，他正和师傅在修表铺子里修表，突然从门外闯进来一个年轻人。说是年轻人，却比自己大出许多，个子不高，一脸络腮胡子，眼大如铃铛，鼻子上尽是小坑。他进门就叫"师傅"，一张脸涨得通红通红。师傅见了他也很高兴，上前拉住他的手，一个劲儿地往自己身边拽。

师傅说："臭小子，一走有五六年吧，怎么才回来看我？"

红脸汉又放开声笑，说："不混出点儿人模样，怎么敢来看您啊？"说着，从手提箱里往出拿东西，有白酒，有罐头，有香烟，有电子表，还有一个小录音机。他把这些东西一股脑地堆在桌子上，对师傅说："都是孝敬您的。吃的喝的抽的，您留着和师娘一起用，这电子表是从香港运过来的，您分给那些师兄弟，人人都有，还有余份，这小录音机是给小师妹的，还有几盒市面上听不到的磁带，都是港台明星的。"

这些东西把二先生的眼睛看直了。

师傅给他们介绍，二先生才知道，这是师傅最早收的一批徒弟中的一个，叫张富贵，山东德州人，小时候和母亲来松城投亲戚，机缘巧合，就拜了师傅学修表，一学就是五六年，二十二三岁的时候回了老家，在德州城谋营生。师傅在松城有名号，本名叫胡江海，在手艺行里，人送外号"胡一听"，无论什么牌子的表，不管走字不走字，他拿到手里摇三摇、甩三甩，拿耳朵一听，立马就能听出毛病。大毛病自己上手，小毛病，把表往身边的徒弟手里一推，说出症结，余活让徒弟自己找补。一听一个准，从来不曾听错过。

师傅胡江海冬夏都罩着一个袍子，袍子的一侧缝一个大大的口袋，口袋里有两样东西，是他的宝贝。一样是怀表，老瑞士的，擦得锃亮；一件是酒盅，一两一的琉璃杯，散沿上钻个眼儿，和怀表一起拴在一根三米的小银链子上。和怀表、琉璃杯拴一起的，还有他的皮夹子，带拉锁那种的，他每个月的工资都满满地装在里边。有一年，师傅坐公交车，他的大口袋被小偷瞧着了，趁人多，把皮夹子夹到手里，下车就开遛，想找没人的地方起钱去。他在前边走，师傅在后边跟，他快，师傅也快，他慢，师傅也慢，快快慢慢走出几十步，一根银链子在太阳底下闪闪发光。路人瞧着好玩，都站在一边笑，那小偷不觉，闷头往前赶，师傅在后边叫他："嘿！小伙子，慢点，我跟不上你。"

小偷猛回头，先看见链子上的怀表和酒盅，紧接着是一个半大小老头，当下一惊，撒腿就跑，哪里还跑得了，被警察和群众当场捉住。

说这胡师傅也是个仁义人，他把这个小偷收了当徒弟，在公安局押几天，出来后让他直接到铺子里去了。这铺子是街道办的，当街一趟木板房，冬天点炉子，加门帘和塑料布，每日都热火朝天的。胡师傅喜欢喝酒，一天三顿，一顿一盅，从大口袋里掏出盅子，用衣襟抹干净，一杯酒倒进去，莹莹地冒着绿光。师傅好喝，影响着徒弟们也跟着解馋，跑到副食店随便弄点儿什么，用饭盒放炉子上一"咕嘟"，绝美的下酒小菜。

二先生的酒，就是从这儿练出来的。

这一位张师兄从关里来，给师傅说他的发迹史，他原本在德州也开了一个修表的铺子，娶妻生子过生活，偶尔的一次，有人来修电子表，这表他没见过，一时就蒙了眼。问情由，说是在一个什么贸易公司里买的，香港货，比机械表便宜得多。他就上门寻访，这一寻访，访出了门路，二话不说，拿了积蓄就入伙了。张师兄是山东人，骨子里的实在是有的，但是自幼随母亲漂泊，世面的事也经了不少。他在贸易公司干了两年，提拔了，不久，就去了北京"总部"，帮着大老板跑更大的买卖去了。汽车、拖拉机、钢材、木材、水泥、白灰、沙子、石子、大米、白面、四川的梨、山东的枣、新疆的葡萄、东北的人参、煤、铁、玉石、玛瑙……没有什么买卖这个公司不能干的，干哪一宗买卖都干赚，又两年下来，张师兄已经在所谓的"万元户"堆里打了几个滚了，西装革履，手表戒指，长衫大氅，密码提箱，出必飞机，行必卧铺，一夜之间，修表匠变成了商贾巨头。

他这一次回松城，是想倒一批木材回去。

他对二先生说："要说咱师傅的手艺，那没得说，可我也告诉你，这修表的行业是没落的行业，不要说你修表，用不了几年，上海、天津那些表厂都得倒闭，为什么？"他操起一块电子表，随手拿了东西一撬，说，"你看有什么？就一块电池。成本低，价钱便宜，你买一块，戴着玩儿似的，丢了都不心疼，再买一块，永远戴的都是新鲜货。"

就这一番话，把二先生说动心了，他给家里留了一封信，给师傅叩了一个头，跟上张富贵，进京做买卖去了。他人聪明，心又灵，手又巧，能文能武，很快就在公司里显露了头角。酒桌上唱戏，点一出是一出，酒桌下写字，小楷小篆，描龙画凤一般，买的，卖的，没一个不喜欢他的，很快二先生的能力就在公司的一般人等中突显出来。

出于多方面的考虑，总公司在北京饭店包了房间，二先生就住在那里，进进出出俨然新贵。公司给他配了一个秘书，既帮他处理日常事务，又照顾他的生活起居，每日与他形影不离。这个秘书名叫高燕妮，北京平谷人，高中毕业就来公司了，和二先生相比，是公司的"老人儿"。她不善业务，在公司只负责迎来送往的招待工作，模样好，为人又热情周到，公司上上下下都拿她当个宝贝。二先生入住北京饭店，平日里招待的外地客人多，身边得有个精细人支应，使他不陷繁杂之苦。高燕妮是不二人选，于是，就被派到这特殊的窗口，和二先生一起，今日送流水，明日扫落花。

所谓日久生情，就是这个道理。

北京饭店的这个接待处，渐渐成为二先生的专属王国。他年轻，排除那条瘸腿，标准一个美男子，有人缘，有钱——无论自己的积蓄，还是公司的流水，一掷千金，永不吝惜。他庄重的时候庄重，如场面需要，客人需要，马上就会进入令人眼花缭乱的各种角色。他为人机敏，谈吐不俗，对女人犹有绅士风度，天生潇洒的气质，适时地在他的身上形成了一股独特的魅力。

那个领他入行的张师兄总来北京饭店喝酒，每至半酣，便会半表扬半自嘲地对着二先生感慨："葛明海呀，葛明海，你是个黑马，我是伯乐，我把你从松城牵到北京，你抬起蹄子刨个坑，我自己就成了自己的掘墓人了。"

他说的也是实话，他当初怂恿二先生进京，说白了是想给自己找个马仔，鞍前马后地维护自己，人前人后闹个风光。他哪知二先生那颗七巧玲珑心，任你多么复杂难搞的事情，他只要经历了一遍，便了然在胸，滴水不漏。现在，张师兄的一些客户进京，必来二先生这儿盘桓半日，吃啥喝啥，拿啥用啥，二先生是从来不眨眼睛的。有几位想撇开张富贵，和二先生联手，二先生总是顾左右而言他，风马牛不相及地搪塞回去，一日三醉，抚病不出，装痴卖傻，借尸还魂，那几个客户明知其故，却没脸说出一二三来。

公司举行酒会，招待外地的客户，席间，有一个南方的客户当众吵嚷，说二先生调来的一批货，发货不全，缺少了两件，至今没有补齐。二先生问高燕妮，高燕妮马上查了发货单，全须全尾，并无缺货，至于"补齐"一说，更未接到任何电话。许是弄错了，就好心提醒他，让他也回去查一查，如果属实，一定补齐，不但补齐，还做相应赔偿。可这位客户不依不饶，要求当面说清，二先生几番劝解，都无济于事。一时场面尴尬，气氛紧张。二先生倒了一杯酒，问那客户："这两件货合多少钱？加上赔偿的。"客户说出一个数目。二先生示意高燕妮上楼取钱，当面点付，点付完毕，问客户："够不够？"客户说了一个字："够。"二先生也说了一个字："滚！"声音不大，吐字清晰，那客户没听明白，全场人都听了个一清二楚。

音乐再起，酒会继续。

那位南方客户成了整个酒会的笑柄。

事后查明，公司确实欠南方顾客的货，但发货人不是二先生而是他的那位师兄。张师兄有点儿托大，没怎么把人家小公司当回事，结果李代桃僵，让二先生为之受过。张师兄来给二先生送钱，二先生说："罪我都替你担了，还能收你的钱吗？自己留着吧，买个经验教训。"

二先生是一个细心的人，遇事往往敏感。

高燕妮有痛经的毛病，每至月经，如过鬼门关一般。她来给二先生当助手，时日不久，就犯了一次。她请假回家，一休便是三四天，上班之后，也是精神萎靡。经过一段时间的相处，二先生摸出了规律，又一次，他劈头便问："你是不是痛经啊？"

高燕妮脸色绯红。

"把这个吃了，或许管用。"

他递给高燕妮一包药，细看说明，是避孕用的。高燕妮大惑不解，甚至有点儿气恼。

二先生说："我姐也有这毛病，吃它吃好的。"

高燕妮半信半疑，所谓有病乱投医，宁信其有不信其无。高燕妮试探着把药吃了，不想，真有缓解。如是吃了三次，竟不再犯了。男女之间，这算私密事，不能与外人说，却无疑拉近了二人之间的距离。在高燕妮心里，自己已是被二哥这架 X 光机照过的人，于他面前，还有什么秘密可言。想到这一层，每每脸热，见到二先生，也会不自在起来。这种心态是催化剂，三催两催，把一池静谧的潭水吹起了层层秋波，经冬历夏，早已是"半拂栏杆半入楼""入骨相思知不知"。

试想想，那二先生也正值青春年少，哪有不知的道理。

这高燕妮，苹果脸，梳齐耳短发，一双笑眯眯蒙眬眼，两道细弯弯入鬓眉，是个媚气的女孩子，又全无"地道儿"北京人身上特有的傲慢和庸俗。那时，除少数知识分子知道西方还有个情人节，大部分人对此风俗一无所知。那一年的二月十四日，高燕妮约二先生一起出去吃饭，此举让二先生备感诧异。也是啊，北京饭店里什么好吃的没有，何必去外边顶风冒雪乱花钱？高燕妮笑而不语，只是一味地拉着他往外走。二先生无奈，只好听她的摆布。他们在王府井附近找到一家小馆子，叫了四道小菜，二荤二素，两凉两热，使锡壶烫的酒，用细白瓷小酒盅。二先生知道她平时仔细，今天却如此大方，三遍两遍问她缘由，她两遍三遍地给二先生倒酒。二先生佯装要恼，她才笑呵呵对他说："有礼物送你。"说着话，打开手包，从里边拿出三样东西——一条皮带，一个钱包，一个打火机。二先生懂行，这都不是便宜货，他有些茫然看着她，她反而淡定得像什么事也没有发生一般。

"什么日子啊？"二先生问。

"你猜猜？"她反问。

"我生日？不是啊，早着呢。你生日？还是……"

"都不是，再猜。"她的目光里是一片温柔。

"猜不着，你快说吧。"二先生着了急。

她的脸又红了，咬着嘴唇低下头，半晌，声音低得不能再低，说："今天，是情人节。"

话放这儿了，人去了卫生间。明摆着给二先生反应的时间，看二先生如何答复。二先生一时无法答复，就一个劲儿地自斟自饮。她坐在那里不动，二先生这边已经喝光三壶白酒。地道的张家口烧刀子，一口下去，火箭一般在胃肠里窜来窜去。恰这时，门外有叫卖冰糖葫芦的，二先生一挺身站起来，门帘起落处，一串又红又大的糖葫芦举到高燕妮的眼前。

这算不算答复呢？高燕妮一时分辨不清，但是糖葫芦所带来的绵绵不尽的甜蜜，还是让她落下泪来。

他们谁也没进一步把事情说破，但彼此心底却有了彼此尽知的标尺。

大抵天公也有此美意，他们回北京饭店的时候，天空下起了小雪，二先生脚下本来就艰难，这番又喝了那么多的酒，难免左右摇摆，高燕妮毫不犹豫抱住他的胳膊，半是搀扶，半是依赖，一路虚虚实实地走，很快就忘记了身边的喧嚣与宁静。高燕妮知道，他们恋爱了。次日清晨，二先生看见高燕妮的时候——她就站在他的房门口等着他——也不可救药地承认，他们的确恋爱了。

来北京这么长时间，二先生还没有好好逛一逛北京城，在那一段紧锣密鼓的日子里，他们去故宫，去八达岭，去天坛，去地坛，还特意回了一趟高燕妮的老家——平谷。高燕妮家在山脚下，面临水库。他们去的时候，正值桃花盛开的季节，半山坡的桃花展颜微笑，其灼灼风姿美不胜收。

二先生说："多挣点儿钱，将来在这里开一个山庄，故人具鸡黍，邀我至田家，过隐士的生活，赛过多少神仙。"

这是闲话，也应算得上他们的向往。

他们预言着他们的未来，可是，生活呈现给预言者的，往往与预言不同。

高燕妮怀孕了，这是一个不能不面对的现实问题。他们有两条路可以选择，一是把孩子打掉，一是马上结婚。他们不约而同地做出了相同的决定——结婚。筹划着怎么和家里谈，新房选在什么地方，哪天去领证，什么时候办婚礼……二先生把自己几年来积攒的几万块钱交给高燕妮，由她统一支配，他则张罗着订票，回松城，取户口。就这么热热闹闹地商量着，准备着，风声突然就紧了，公司关了，停了一切业务，北京饭店的招待处也撤了，二先生的专属王国一夜之间人去楼空，黄鹤杳杳。

接下来的事情不能以个人意志为转移，二先生必须走。他是公司的核心人物之一——至少公司的人都这么认为，他必须离开北京。张师兄第一时间回德州了，他们之间再有联系，是多少年之后的事，当时都惶惶如丧家之犬，临别连招呼都来不及打了。

二先生对高燕妮说："把孩子做了吧。"

高燕妮不出声。

二先生也不知道再说什么好。

高燕妮说："你走吧，孩子我自己生，自己养。"

……

余美英想，如果人间事都这么简单，两三句话就能把问题解决了，那么，所谓的矛盾和纠葛又如何存在？二先生把他和高燕妮的分别说得"轻描淡写"，但实际上他们所经历的感情震荡尽可在想象之中，谁的痛苦，谁的怨恨，谁的无奈，谁的梦魇，谁的呻吟，谁的叹息……一刀割去，甚至连一点儿血迹都没有留下。

她看得清清楚楚，二先生的脸痉挛一般地在抽搐，端杯的手抖个不停。

"二哥，二哥。"余美英叫着二先生。

二先生从回忆中挣脱出来，浑身失去力气一般。

"那个孩子呢？"余美英问，"你后来没找过他们吗？"

二先生点点头，又摇了摇头。

他说："等所有的事情都归于平静之后，我那位师兄又联系上了我，他又回到北京，做了书商。他遇到过我们公司的一些人，他们说，高燕妮结婚了，随着丈夫去南方了。后来，他又转给我一封信，是高燕妮留在北京的同事手里的，她确实结婚了，和她的高中同学，那个同学一直追求她，公司倒闭后，她就嫁给了他。"

"那个孩子呢？"余美英问。

"她在信里没提孩子。"二先生说，声音低得几乎无法听清。

余美英想：那高燕妮当初要是和二先生一起走呢？

这种假设在今天看来，无论如何是不成立的。

二先生的师傅胡江海去世时，张富贵从北京赶来松城奔丧，他和二先生谈起高燕妮，还是一连声的唏嘘。二先生不能和他说孩子的事，但是，这个孩子，终归成了二先生朦胧中的光影，让他沦为光阴的囚徒。

第 二 部

　　他只感觉这个世界太大了，大到他无论怎样生长，也只是这浩瀚空间中的一粒微尘。同时，他也感觉这个世界太小，小到他一俯瞰，就把什么都尽收眼底了。

第一章　小黄楼

这算不上公案，但可以算一段故事。

日本京都是一个古老且繁华的去处，略略熟悉日本历史的人，无论是对这个名字，还是对这个地方，或多或少都会存在一种莫名其妙的趋近和感伤。趋近什么？因为这里可探究的人和事太多太有趣？感伤什么？因为那里氤氲的生活气息里具有很多个性化的禁忌和谜团？说不清楚，总之，只要说起京都这个名字，人们对它的关注程度远远大于日本的其他城市，包括更为喧闹的东京。京都的学府，京都的寺庙，京都的房屋，京都的街道，甚至包括京都某店的一个饭团，某家的一小坛酱菜，好像都是可以自动行走的招牌，不看则已，一旦看了或者知道了，都会对人有一种不可抗拒的吸附。

十九世纪中叶，京都有一个名叫竹下文男的书商兼画家。他的画名不大，书店的店面也不甚惹人眼，却十分受京都的小孩子们喜爱。究其原因，是他随手勾勒出的那些小画，很有生活的趣味，非常像孩子们的父母、兄弟姊妹和他们自己，所以他们经常去店里索取。所谓索取，也是要交上一两个小钱的，这点儿小钱，谈不上什么利润，却也让竹下文男乐在其中。竹下文男经营自己的小书店的时候，竹久梦二还没有出生，京都的名画家

157

们虽然表面上对竹下文男很客气礼貌，私下里却对他孩子们似的"把戏"嗤之以鼻。好在竹下文男是一个心境和顺的人，对外界的纷扰并不在意，所以，当客人们看到他圆乎乎的胖脸上总是挂着微笑的时候，便以为他是一个天生胆小怯懦的人，和他说话便随意一些，有时还会开几句无伤大雅的玩笑。

在竹下的店里，经营的图书大抵有四类：一类是日本的古籍；一类是时下流行的小说故事，一类是某些风雅之士的"私印"——这一类量极小，标价极高；还有一类是数量最多的，那就是佛经。竹下的妻子吉川洋子家境尚好，父亲和母亲都是喜欢读书的人，受父母的影响，洋子少女时期就读过《枕草子》《徒然草》一类的书，所以，她的身上除了天生的一点儿病气，多出的那一份娴静和惠质，即便是京都的望族女眷也不一定完全具备。因为有病，洋子不能生育，也是因为有病，她帮丈夫打理营生的能力也不是很强。竹下很爱他，并不在意这一切。他收了一个徒弟帮衬自己，又雇了一个女佣服侍妻子，他们的生活像店里的那些书，表面看平平静静，无声无息，但是，巨大的生活要旨和哲理全然浸透在字里行间，无须明说，眼睛清亮的人早已了然在胸了。

他们过得安稳而又幸福。

还有一样，洋子喜欢读书，又有丈夫开书店的便利条件，她婚后的十年光景，把自己变成了一个"职业阅读人"，《万叶集》《古今和歌集》是她的枕边书，像什么《竹取物语》《伊势物语》《大和物语》《宇津保物语》《源氏物语》《平家物语》等等，每部书里的人物和情节她都已烂熟心底，随手翻拾，就如同和老朋友们见面一样，会心一笑，随意交谈，一切都在不言中，却一切又都化入春日樱花和秋夜红枫之中。渐渐地，那些望族的女眷们想要读什么书了，便让仆人们来店里传话，书是一定让洋子送去，不是仗势凌人，而是想听洋子给她们讲一讲书中的困惑。她们解了疑难，也会答谢洋子一些财物，洋子也不扭捏，谦和地收下，回到家里，一并交予丈夫。这一份体贴，让她自己能够真实地感觉到她对丈夫的爱和好。

竹下文男和洋子没有孩子，但是他们都很喜欢孩子。有时，邻家的孩子一时手痒，会窃书，一旦被竹下自己或徒弟拿住，从不责骂，只是罚他在店里把书读完，一日读不完，第二日还要来读，第二日读不完，第三日还要来读，直到读完而止；那孩子如若不从，便警告他必扭送给他的家长，那孩子定然害怕，无论几日，总是把书读完了才算了事。这样，被罚的孩子随着日子的消磨，分为两类，一类是真窃书的——目的是送朋友或换钱，慢慢地不来窃了，窃书被抓的后果令他们并不好受；还有一类，是假窃书的，他们的目的是真想读书，又买不起，于是故意让竹下"抓"住，这样，他们便可以"堂而皇之"地坐在书店的角落里"痴迷"，脸上的哭笑也全随了故事的松紧快慢了，遇到这样的孩子，洋子还会给她或他送一点儿点心和水果。

　　他们就是这样一对夫妻。

　　有一天，窗外的月亮大明，竹下文男和吉川洋子一边喝茶一边聊天，文男说："《百喻经》是一部让人受教化的书。"这样的话他说了有几年，年年都会说几遍，洋子不能当闲话听，每一次都会点点头微笑。一是他们也是快四十岁的人了，文男的愿望还没有实现。这些年，文男精心绘制了九十八幅图画，每一幅都是《百喻经》里的一个故事，他想渡海到中国去，为书店刻一部只属于自己书店的书，不是为了流芳百世，只是为他和洋子的来世留一个念想。他们百年之后，京都的人，包括那些一代代长大的孩子，慢慢地就会把他们忘记，但是有了这部《百喻经》在，后来的人们在看完故事之后，一定会说："喂，你知道吗？在很多很多年前，京都那个地方有一对夫妻开过一个书店呢。"

　　其实，洋子的微笑里是含有一些酸楚的，她十分理解和支持丈夫。

　　半个多世纪之后，当竹久梦二感慨自己的创作历程，写下了这样的文字——

　　世人心中映射的自己的幻影，往往都是极尽美好的。

在人世的漫漫旅途中，心间繁花盛开，一路行过，心花一瓣瓣撒落——而我的画，就是那片片花瓣。这些花瓣被后来的年轻男女们捡拾，他们让我知道我是怎样地爱着自然，享受着人生。因此，我希望曾经看过我画作的人，能够忘记世上的一切，甚至恋人，唯独记着去寻找那一片片花瓣。

　　如果不能，撒落的便不是红色的花瓣，而是我破碎的心……即便如此也不要紧。因为画是我的生命。

　　无法推断，这个时候，竹久梦二有没有读过由竹下文男插画并组织刻印的这部《百喻经》，如果读到了，心中又会有着怎样的感想。

　　由竹久梦二的文字上溯二三十年，那个月夜，竹下文男的感慨应该和他是一样的吧，只是那些文字中，应该除去四个字——"甚至恋人"。茶已经有点儿凉了，但文男的心还是温热的，他看着月华下洋子的脸，眼睫毛上正反射着星星点点的细碎的光。此刻，除了月亮，除了他们夫妻，还能听见徒弟的鼾声和女佣的梦呓，文男想：这场景，算不算《百喻经》的一个片段呢？

　　一定算吧。

　　到了清代，中国的木活字印刷由于技艺、受众等诸多方面因素的影响，获得了令人瞩目的发展，且不说顺治年间的《义门郑氏道山集》，也不说康熙年间的《靖海记》，自乾隆《武英殿聚珍版丛书》之后，木版活字印刷成了一种风尚，在民间各地广为流传，到了清末，坊间印书成册，文人贤士雅集，渐成为一种极普遍的事情。大夫退隐，乡绅起兴，刻字成书，广为交传。

　　江南的"合山堂"便是一个刻字印书的好去处。

　　竹下文男偕同徒弟究竟是哪一年来到中国的已无从可考，但从一本名为《敬刀木斋文集》的残本中，大约可以推断，他请"合山堂"刻字刻书，在1859年的夏天就已经开始了。《敬刀木斋文集》的作者叶济宣，生卒年不详，从记述中的文字看，应该是一个刻字的匠人，至于一个匠人为什么喜欢记笔记，而且书中的几首诗词又颇具文采，这就是埋藏于历史深处的故事中的故事了。

刻印《百喻经》的枣木由中原运来，刻字的刀法皆取平刀法，竹下文男的画作刻成雕版，置于书前，卷一二十四幅，卷二、卷三各二十五幅，卷四二十四幅；内文以活字按内容排入谱盘，之后是对稿，裁纸，打墨，印刷，校对，一切准确无误后，利锥打孔，引线装订。

这个过程，竹下文男一直跟随。

历时一年多的时间，竹下文男版的《百喻经》印刻成功，文男思乡心切，亲携少量成书，择吉日登船，返归日本。所成品委托"合山堂"的老板运往日本，书登船后，留下善后的徒弟会将尾款一并结清。

这应该是一个完美的工程。

也应该是一个完美的过程。

十九世纪后半叶的中国，清王朝已经开始走向衰落，内忧外患迭起，万里山河一片疮痍。就在"竹下文男版"的《百喻经》准备装车归程的时候，战乱中的一把火烧毁了"合山堂"，"合山堂"老板及文男的徒弟也死于兵乱，《百喻经》中的一切善劝化为乌有，刻工们辛辛苦苦刻出的活字浴火重生，一个个归往佛国，化烟成云，化云成雨，化雨成泥，催生着又一批桃木、枣木、梨木快快长高、长大，轮回为刻字的最好的材料。有些历史真实存在，有些历史无法钩沉。组合成竹下文男版的《百喻经》的那些木活字，即使不毁于战火，时至今日怕也会腐朽不堪了吧？它们曾拥挤在谱盘里，被木片填充了所有的空隙，匠人的手轻轻地拍打着它们，像一种特殊手法的按摩，它们本身不具备思想，但是它们组合起来，借助纸，借助墨，借助墨刷，借助毛刷，转瞬之间，展示了所有印工的手艺，成就了一个来自日本的小小的书商和画家的梦想。

实际上竹下文男版的《百喻经》有两种，一种是文男来中国亲自督刻的，还有一种是在日本刻印的，前者是中文版，后者是日文版。日文版的监印人正是文男的妻子洋子。他们的想法并不复杂，中文版和日文版所用的图画是一致的，卷一、卷四各二十四幅，卷二、卷三各二十五幅，只是内容用了两种不同的文字。也许是他们夫妇太过喜欢孩子吧，是否想让孩子们在读书的过程中，对照着学习一些汉字也未可知，总之，一百五十年之后，当竹下文男版的《百喻经》在日本的旧书店里现世，研究版本学的专家们可谓"蜂拥而至"了。

关于竹下文男版的《百喻经》的形成，除了《敬刀木斋文集》残本中可查到一些记载，更多的可证资料来自日本版"自序"。"自序"是由文男与洋子合写，但后人推断，洋子执笔的可能性大于文男。"自序"中提到了他们的书店，也浅涉了他们的生活状况，文章不长，但该说的话都说到了。日本版比中文版多了一篇"自序"，这是两种版的唯一差别，也是"洋子执笔"这种推断的一个依据吧？交通不便，邮路不畅，夫妻之间不及商量，洋子替丈夫做了主张，加上这一段珍贵的"说明"，也是情理中的事情。

竹久梦二生于1884年，是日本明治和大正时期著名的画家、装帧设计家、诗人和歌人，有"大正浪漫的代名词""漂泊的抒情画家"之称，他不仅打通了所谓的纯艺术与设计、工艺等所谓的实用美术的边界，并且开启了东洋画坛的新时代，正是竹久梦二对后世的影响，使得当代版本学家们看到了竹下文男版的《百喻经》后才大吃一惊，竹下文男的画风简约、质朴，实在是让人不能不联想到竹久梦二，那么如果说竹久梦二的画风得了世人的认可，竹下文男的画作被他所生活的那个时代的画家们背地里说三道四，实实在在是文男的委屈，可见，一个人生前被认可或者身后引起轰动，都是上苍冥冥中的注定，说一句不唯心的话，至少也是命运对人的一种"捉弄"吧。

一个半世纪过去了，谁会料到一册中文活字印刷的竹下文男版《百喻经》会把大先生和孙寒又一次牵扯到一起呢？毕竟，他们有二十年不联系、不见面了。

在松城的近郊，有一个净月潭，乃松城饮用水的取水地之一，这里丘陵起伏，连绵不断，植被多为北地杂木，以松杉居多，夹有核桃、橡树、榆树、柳树、桦树等，是松城人夏日避暑休闲的最佳选择。三十几年前这里还散落着一些自然村屯，更有市内大的机关、院所的封闭式的宾馆，对内招待客人，对外极少开放。三十年间，随着国家对环境的重视，净月潭遂逐渐变成了国家级的自然保护区，自然村屯迁出，大部分宾馆拆除，只有少数的几栋风格迥异的小楼保留下来，充作公用。净月坛的重新规划，让它周边的土地价格也日渐一日地疯涨起来。

净月潭正门向西南十五公里，有一个岔路口，下岔路再五公里，是原来的逯家湾村旧址，现在逯家湾村在地图上已不复存在，代之而起的是一片豪华的别墅区，别墅区的名字过于拗口，且难写难认，平头百姓不易记住，但是小区里的房子实在吸引人的眼球，无论是谁从这里路过，都会惊诧而又羡慕地瞪大眼睛。大先生也不例外。本是夏初，天气并不炎热，况且是在山林之中，心里如果无事，任何人置身在这样的环境里都会生出神清气爽之感。偏偏大先生感到十分的烦躁，在往逯家湾去的岔路口，他便让出租车停下，付了款之后一个人踯躅前行。树荫匝密，野花正盛，蜜蜂和蝴蝶交错着从身边飞过，引动着鸟鸣，远近迎合，啾啾不断。松树里的药香正随着太阳的高升而向四处扩散，溪流的淙淙作响也格外的通透悦耳，拥挤的车流、恼人的喧嚣在这里都被清洗干净，甚至一篇急需改动的稿子也可以被置于脑后……可是，大先生的心就是安稳不下来。他还在犹豫，该不该去见孙寒，见了孙寒怎么说，说些什么？事情已经过去几十年了，自己一定要"纠缠"吗？为这样的事搭上过多的时间，到底值不值得？

这些图景、概念和想法在他的脑海里翻腾，搅动得像一锅熬过了头的烂粥。

这件事原本可以随着岁月的流逝变得模糊，甚至不存在。

大先生的父亲是松城科技报刊社的老总编，无论是在任期间，还是退休之后，和省内的文化单位联系颇多，文联、作协、出版社里有许多他的老朋友，松城出版社的社长就是他的忘年交之一。出于对他的尊重，这位年轻的社长每年都会在春秋两个出版旺季，把社里出版的新书成批地送给大先生的父亲。以往送书，这老人家也未必看，偏偏这一次一包书送到家，搬运过程中散包了，崭新的书落了一地，老人家帮着收拾，随手就拿到了这套影印本的《百喻经》，仿古线装，白口，四周双边，四册一函，乍看眼熟，再看心想，怎么瞧都是自己年轻时摸过、看过的东西，就问大先生："惠聪，我记得咱家也有一套，你放在哪里了？"

老人只是问，大先生却吓出了一身的冷汗。他支吾半天，也对不出个子午卯酉，就拿别的话来搪塞，不想，老人连连摆手，自己翻箱倒柜地四处寻找去了。

自然是找不到。

老人都是这个样子，找不到心里就急，越急越想，找不到就更想，如此变成了一种无法遏制的病，三天的工夫，嘴上起了泡，人也没有以前那么精神了。

父亲有一个老式的木头箱子，这个箱子里全是他压箱底的老物件，一排排别在白毛巾上的各种各样的毛主席像章，各种版本的毛主席语录，一沓一沓的全国粮票和地方粮票，一捆一捆的连号的人民币，一本一本的国内外邮票，还有就是他少年和青年时期的课本，凡此种种，装了整整一箱子。这个箱子平时是不让任何人碰触的，里面究竟装了一些什么东西，就连大先生的母亲也不能尽数知道。至于那本《百喻经》是如何"流落"出箱外，大先生包括他的父亲应该都记不得细节了，大先生唯一能确认的是，那本书是经过他的手借给孙寒的，而书"不翼而飞"的消息，也是孙寒亲自塞进他耳朵里的，现在父亲"旧事重提"，他真的不知道该如何应对才好。

大先生去找二先生商量，二先生一时也无良策，只是痛恨孙寒，如果这一切确是他所为，那他的品性和人格真的是落到尘埃里，扫都扫不起来了。

二先生说："如今看来，你也只能从根上找了。去找出版社，他们影印，一定是有原样的，原样的出处也许就是线索。"

大先生点头，说："你说的我也考虑过，无外乎两种可能，一种是当年孙寒真的把书弄丢了，这书流落民间，几经辗转，过程很难说清楚；还有一个就是孙寒撒谎了，书一直在他手里，留至今日，见奇货可居，和出版社做了交易。问题是，无论哪种可能，这事一旦翻腾出来，想必会惊动我爸，我最怕的是一股急火再生出其他意想不到的事端来。"

二先生紧锁眉头，在屋子里来回走动，因为走得急，一边的肩膀歪得更低了。

事有凑巧，多年不和同学联系的二先生接到一条微信，不知是哪一位有心的同学，通过什么渠道找到了他，约他参加同学聚会。二先生多了一份心思，特意问到了孙寒，回答是有事去了南方，这次不能参加了。二先生本想借机会一会孙寒，探一下虚实，得到这样的回答，便有意拒绝。谁知那位同学说："想孙寒了，下回一定给你约，知道你们小的时候就处得很近，孙寒有时还提到你呢。"听话音，这位同学对孙寒的近况应该有些了解，二先生就多问了一句："他这些年过得怎么样？"那位同学一听，乐了，说："他的故事可多了，想听吗？来吧，我讲给你。"

二先生沉吟了一下，说："好。"

二先生就去了。

喝酒，吃菜，打哈哈，凑趣，谈旧闻，说往事，这一切，二先生都不感兴趣，他只挨着约他的那位同学坐下，深深浅浅地听他说孙寒的事。那位同学说，想当年孙寒集了一笔钱，开了一个公司，但是，那个公司很快就倒闭了。孙寒只身去了海南，在那里以回收废品重新起家，很快就又捞到了一桶金。他用这桶金去北京，当书商，出版武打和言情类的小说。几年之内，就资产过亿。据说，他从民国的故纸堆里剪裁了一大批资料，出版了一套《旧事新闻》，一时之间，全国大卖，许多书商都用麻袋扛着钱来找他，整天整夜地在印刷厂外边排队。这边的《旧事新闻》刚刚装订裁齐，不等"压板儿"就被抢走了。别的不说，孙寒雇银行的职员来点钱收款，光点钞机就烧坏了十几台。

那位同学说："别提了，孙寒脑子好使，发大了。"

二先生佯装好奇，问："他没说，公司开得好好的，怎么突然就倒闭了？"

那位同学说："这就不知道了，他没提过。"

二先生点头。

那位同学喝了酒，有点儿兴奋，又因为和孙寒走得颇近，大家面前有了炫耀之心，说话的宽窄度就有点儿失控了，他不但大讲特讲孙寒的发家史，也谈到了他的婚姻史。孙寒的第一个公司倒闭之前，他和他的第一任妻子就协议离婚了。离婚是离婚了，前小舅子却一直追随着他，从海南到北京，从收破烂到卖书，时至今日已是他公司的总经理，可谓一人之下，万人之上。孙寒离婚，再婚，再婚，又离婚，那位同学说："你知道吗？孙寒前前后后有五个媳妇。听说，现在这个媳妇也快离了。而且孙寒有一个毛病，每换一次媳妇就换一台车，媳妇是越换越年轻，车是越换越高档。"那位同学笑了，往后一仰，靠在椅背上，说："我真担心哪一天他的车换到无车可换了，他那婚还怎么离？"

二先生不再应话，站起来，说是去卫生间，人出了包房，径直奔饭店大门，站在门口，望望老高的太阳，抬手叫了一辆出租车，绝尘而去。

二先生本想去找大先生，可是想想孙寒的种种信息，自己一个人恶心也就够了，何必还拉着大先生一同"消受"呢。事情不想提了，主意倒坚定了一个，那就是劝说大先生一定要去出版社，把影印本的来龙去脉弄个水落石出，不知为什么，他心里有一种预感，这件事就是孙寒所为，而且，那本《百喻经》依然在孙寒的手里。他给大先生发了一条短信，很快大先生就回复了，内容简单明了，就两个字：正在。

二先生松了一口气。

却说大先生给二先生回短信的时候，松城出版社的社长正坐在他的对

166

面，社长的旁边坐着那套书的责任编辑。编辑年纪不大，因为入行不久，没经历过什么事，所以神情有点儿紧张。大先生一再安慰他，说自己不是来和出版社维权的，只是想了解一些情况，如果情况正如他所预料，只需出版社出一个书面证明即可。社长其实和大先生也熟悉，只是他们的业务没有交叉，平时联系少，不经常见面而已。他听了大先生的讲述，也表示支持，侧转身去问小编辑，小编辑一口就道出了孙寒的名字。原来小编辑的一个同学在孙寒现在开的公司里打工，有一次吃饭，和他说起孙总手头有一本竹下文男版的中文《百喻经》，正在联系出版社影印出版，不知道他有无兴趣，如果有兴趣可以代为联络。小编辑一听自然高兴，就回来和总编辑汇报，总编辑很重视，很快列入出版计划，随后就是谈价钱，签合同，找摄影师翻拍，前后不过三四个月，这套一函四册的《百喻经》就印刷发行了。

社长说："你也知道，我在社里抓全面，具体情况了解不够，这一点你多谅解。不过，你想讨回那套属于你的原版书，我们一定会证明的，一定会的。"

大先生苦笑了一下。他摆摆手，"也是无奈之举，先小人后君子吧。"

社长当即让小编辑写明事实经过，去办公室加盖了公章，为了稳妥起见，他和小编辑，包括总编辑都签了名，并且多出具一份在社里备档，以示重视。他对大先生说有朝一日对簿公堂，他们一定会出庭作证。

大先生说："谢谢。"

社长站起身送他。

走到门口，大先生嘱咐："这件事暂时替我保密，尤其是老爷子那边……"

社长推了一下他的肩膀，说："明白。"

他们客气地见面，客气地分手，一切都比大先生想象之中的顺利。走到出版社的停车场，一个拾破烂的男子正拖拖拉拉地从街面上穿过，他的肩上背着一捆压扁的包装箱，身后跟着三条白色的流浪狗。天气转暖，但这个男子的身上还穿着棉衣棉裤。他的头发蓬乱，一只鞋的后跟已经开裂，某一个瞬间他的眼睛有点儿像梵高，让大先生想起梵高割耳后的自画像。想到画像，叔本华的一段话也传入脑海——"在遭遇已经发生的、不可更改的不幸的时候，我们甚至不可以允许自己产生这样的想法：事情本来可以有另一个结局；更加不可以设想他们本来可以阻止这一不幸的发生，因为这种想法只能加剧痛苦至难以忍受的程度，因此也就是在折磨自己了。"

就是从这时起，大先生烦躁袭身，百解不去，以致他站在出版社的停车场有半个小时之久。

他想找孙寒谈谈，目的只有一个，那就是要回原本就属于他的那套《百喻经》。他不想打官司，甚至孙寒从出版社拿到了多少钱他都不关心，他就是想让那套书完璧归赵，让年迈的父亲得到一点儿安慰，毕竟，这件事他已经欺瞒父亲几十年了，现在父亲发现了这个漏洞，他就必须把这个漏洞给补上。

大先生要到了孙寒的地址和电话，他没有直接联系孙寒，他按图索骥，一个人站到了孙寒家别墅的铁门前。这大抵是这个豪华别墅区里最豪华的住宅吧，仅院子就有上千平方米，三层的黄体小楼背依山坡，几只灰色的鸽子正在屋脊上悠闲地散步。大先生的脚前是一座木桥，桥下的流水静谧无声，有两个小区的保安远远地看着大先生，仿佛他只要动一动脚步，他们就会在第一时间以最快速度冲过来，以便制止他哪怕一丝一毫的不轨的企图。大先生曾经养过一条阿拉斯加雪橇犬，对狗的存在异常敏感，他站在铁门前的那一瞬间，就看到了一只黑色的藏獒蹲坐在狗舍的门口，额头上的两个白点经了阳光的照射，显得特别刺眼。孙寒家的院子里种了一棵高大的银杏树，从树干的直径可以推断，这株银杏树是从异地平移过来的，它高大稠密。扇形的叶子被风吹动，像一群幼儿园的孩子正在频频摆动的小手。许是他站得久了，从东侧的厢房里走出一个男人，不紧不慢地踱到铁门前，哑着嗓子问大先生："你找谁？"

大先生正在想，以纬度计算，银杏树的种植到了丹东、大连就停止了，像松城这种地方，从出生到现在，他都未曾见过一棵银杏树啊！难为这株被迫离乡的老银杏，它是怎么在这种高纬度地区度过残酷的严冬的。

"你找谁？"哑嗓子又问了一句。

大先生回过神儿来，回答说："我找孙寒。"

大约是孙寒这个名字不是谁都能叫的，或者平日里没有什么人直呼孙寒的名字，所以，哑嗓子愣了一下，他上上下下打量大先生，半晌才又问："你是谁？"

大先生说："我是他的同学。"

"同学？有预约吗？"

大先生摇摇头。

哑嗓子笑了一下，颇具嘲讽地叹口气，转身向回走，一边走一边喊了一声："多多。"起初大先生没理解什么意思，等那只藏獒站起身，他才明白，哑嗓子是在叫狗，用意再明显不过，是让狗提防着点儿。大先生想发作，又觉得十分可笑，他这才拿出电话，准备拨孙寒的电话号码。就在这时，耳边传来震天响的音乐，一辆深蓝色的跨斗摩托车停在了他的身边。骑摩托的是一个黑胖子，岁数在四十六七，长头发，戴了一副黑框镶金边的眼镜。他问话的语气及频率和哑嗓子差不多，只是比哑嗓子更有底气，他直瞪着大先生，问："找谁？"大先生也简捷，答："孙寒。"黑胖子下了摩托车，又问："啥事？"大先生答："叙旧。"

见了黑胖子，那哑嗓子又折转身，解释说："老板同学，没有预约。"停了一下，他把一张脸挤在铁门的两个栏杆之间，又说："老板昨天喝多了，还没起来呢。"

黑胖子又问："同学？以前怎么没见过你？"

大先生说："多年没联系了，有事找他。"

"你叫啥名啊？"黑胖子又问。

"李惠聪，孙寒应该记得。"大先生说。

听到"李惠聪"三个字，黑胖子下意识地皱了一下眉头，思忖片刻，掏出手机，很快接通一个电话。这个电话应该是打给孙寒的。黑胖子转身离开大先生有三五米远，随着通话的时间加长，他走出的距离超出了十米，且说话声音越来越小。他接电话的时候，不时地回头看看大先生，目光游移，表情略显紧张。通完电话，他马上换了一副笑脸，小跑着回来，远远地就伸出手，说："对不起，我姐夫说，你是贵客，我们是有眼不识'金镶玉'。"随即对哑嗓子说："快点儿，开门！开门！"

随着黑胖子的笑，哑嗓子脸上的笑也挤出来了，他一边开门，一边说："请，请，里面请。"

大先生被让到了小黄楼里。

到了小黄楼的门口，大先生才发现，在小黄楼的左右还平移了十几株老山杏，枝干虬髯，沟壑充目，树叶已完全展开，指甲大的青杏落了一地。小黄楼的大门开了半扇，二门却从里边反锁上了，黑胖子伸手按响门铃，才听见一阵"踢踢踏踏"的脚步声从楼上传来。转眼间，孙寒就出现在了大先生面前，他手脚麻利地打开门，双臂平展，笑容可掬，大声叫道："哎呀我的妈呀，老同学，是什么风把你给吹来了？"声音里含着无限的渴盼和温柔。

大先生没作反应，只问了一句："挺好的？"

孙寒迅速地把双掌合在一起，用力地握了一下，随后又"叭叭"地拍响几声，回道："马马虎虎，马马虎虎。"

不及大先生再说什么，那黑胖子已经吩咐哑嗓子："告诉厨房，备饭。"

大先生想说不吃，那孙寒已经一把扯住他，生生地拉入门内，闲着的一只手高高扬起，自顾自地介绍起来："我现在是实在没啥可干的了，就传了几个人，弄一点儿仿旧家具。"他拉着大先生进入一楼的客厅，指着一个小桌说："这个不是仿的，是真材实料，明代，黄花梨的。这个有点儿讲究，据说是在严嵩家摆过，卖家开口就要了一个大价钱，不过也没什么，我仿了几个，基本也攒回来了。"他用脚踢了一个矮凳，说，"这个不行，这个是清中期的，年代还可以，可惜是楠木的，不值几个钱。"

大先生说："我找你有事。"

孙寒摆摆手，说："没问题。是不是买新房子了？就我这儿，你自己看，喜欢什么，我给你仿全套的，免费，谁让咱们是老同学呢。"

大先生说："和家具无关。"

孙寒用手指点着大先生，笑声一下子变得爽朗起来，他说："我明白了，明白了，你是说书的事，说实话，你不来找我，我还得去找你呢，现在，这件事做完了，我也心安了，当年欠你的人情不能完全还上，心意总是到了。"

大先生突然变得有点儿糊涂了。

第二章　雨季将至

孙寒给大先生讲了一个故事。

按照他的逻辑，这个故事应该是这样的。

当年他向大先生借《百喻经》，实在是被书上的那些线条所打动，可那时太小，做事不走心，向人家借来的东西怎么可以随意乱放呢？那天早晨，他本想临两幅图，谁知母亲在厨房喊他灌热水，他就把书放窗台上了，转身的工夫，等他再去找书，书不翼而飞了，他着急万分，从窗子跳出去，向楼的左侧猛跑，看看无人，又向右侧追赶，赶到楼头儿，大街上已是人来人往，个个着急上班上学，骑自行车的骑自行车，挤公交的挤公交，哪里寻得见那窃书之人。整整一函四册古书被人偷走了，他急得都快哭出声了。

孙寒说："真的，我当时的心情十分矛盾，想不告诉你，硬生生地赖账不还，可又觉得不能瞒着你，那样做更对不起你，同时，还害怕父母知道。我爸的脾气你知道，平时看是一个文文静静的知识分子，可是，教育起儿女来，下手却没轻没重，我都让他打怕了。"

孙寒讲，他从内心里感激大先生，大先生没向他的父母告状，更没有把这件事在同学中间散布，极大地保护了他的自尊心，让他得以保全颜面。

这件事对他的触动很大，甚至可以说教育了他，他一直以大先生为榜样，不断地自省和修正自己，尤其是后来经商，他是一直告诫自己要做一个有良知的商人。

孙寒说话的时候，黑胖子一直在旁边端茶倒水。他见大先生吸烟，就跑到烟酒柜那里拿出一条极品云烟，拆开包放在大先生身边的茶几上。孙寒说自己"要做一个有良知的商人"，黑胖子频频点头，并不失时机地插言道："我姐夫总提你的名字，我也是想早日一睹风采呢。"

大先生客气地笑了笑。

孙寒让黑胖子去取十套影印版的《百喻经》送给大先生，大先生连连摆手说："你只把原来的那套还给我就行。"

孙寒身向后仰，脸上的笑容僵在那里。半晌，叹了一口气，接着刚才的话往下说，他说《百喻经》的事成了他的一个心病，这么多年不和大先生联系，与此也有很大的关系。他一直在想，用一个什么法子，可以对大先生进行一些弥补。直到前一年，有一个日本客户来松城，吃饭的时候，闲谈到这件事，那个日本客户急于和孙寒谈成一笔生意，就自告奋勇地说，他有一个亲属是开旧书店的，对版本颇有一些研究，他回日本后可以代为寻找，如果能找到相近的一套，第一时间便告知孙寒。孙寒听了这话自然十分高兴，当下就把一直"拉锯"的合同给签了。那个日本客户还真是一个稳妥的人，回日本不久，就给孙寒发来消息，并在电脑上传送了照片，孙寒一看照片，大喜过望，照片上的《百喻经》和他当年弄丢的那套《百喻经》一模一样，甚至品相比大先生那套还要好。他一刻也没有犹豫，订了最近的一趟航班，直飞去了日本，马不停蹄地赶到那家旧书店。旧书店的老板很客气，详细地介绍了版本的情况，并告诉孙寒，他的店里不但有中文版，还有日文版，可以一起出让给孙寒，只是双版都买的话，价格要贵出许多，孙寒没有在价钱上和他们多做纠缠，当即就把书买下来。

孙寒叹道："虽不是完璧归赵，但我也算多送了一'城'。"

孙寒说着话，黑胖子已经把孙寒从日本购回的《百喻经》捧到大先生面前，一共两函，一函是中文版，一函是日文版。这日文版，也就是孙寒所说的多送的那一"城"吧？大先生打开中文版，随手翻到他要寻的那一页，上边并无二先生补的那个小字，换言之，孙寒拿去出版社影印的不是这一套，自己的那一套应该还在他的手里，没在他手里被卖去日本也不一定，他所说的"完璧归赵"充其量是日本的仿本，只是日本的印刷技术先进，造出的假书几乎可以乱真罢了。

直到此时，大先生才正视了一下孙寒。

孙寒那张油叽叽的脸让他感到一阵一阵地恶心。

哑嗓子跑进门来，说厨房已经把菜做好了，问孙寒喝什么酒，孙寒看了看大先生，见大先生没有言语，就自作主张，说："'五粮液'吧，柔和一些。"说罢来拉大先生的手，被大先生闪开了。

大先生说："你们吃吧，我还有事要办。"

孙寒横出半个身子，意思是挽留大先生。

大先生并不做停留，这一回连话也没有一句，大步出了门去。大铁门是从里边插上的，随风轻微晃荡，大先生用力一扯门闩，那半扇门也随之洞开，极力配合似的，撞到墙上发出巨大的声响。孙寒在后边喊大先生的名字，大先生却听不见似的，他只想快点儿离开这个地方，让松风洗一洗身上的污秽。

弄清了事情的原委，大先生反而松了一口气，他是一个善于开解自己的人，压力越大越能沉得住气，他这一路走得急，身上很快就见了汗，赶到一片阴凉处，恰遇湖风从树木的空隙间穿过来，吹在脸上，自然有一番惬意。大先生在道边停一停，抬眼望了望湛蓝的天。从离开小黄楼的那一瞬，大先生就决意要和孙寒打一场官司，他给妹妹打了一个电话，想请他们公司的法律顾问帮忙，在他想来，这场官司，事实清楚，证据充足，孙寒想赖账也是不可能的。随后，他又约了二先生，两个人中午见一面。正好，二先生去他们单位送校对样子，便又联系了滕大阁，他们先去饭店等着，见面再细说详情。

二先生现在闲时也帮大先生他们单位做校对工作，多少挣点儿零花钱。

大先生他们单位后边有一条小街，街上有一家专门做鱼的小馆子，每年春夏两季，这家店还经营山野菜和自种的农家蔬菜，所以很受周边单位和住户的喜爱。说单位，大概只有松城科技报刊社离它最近，吃饭的次数多，人也多，鱼馆和报社好像已经结成了"对子"，单位有点餐的，鱼馆会第一时间往上送，单位的人下楼了，鱼馆的人远远地见到，视人多人少，该上什么不该上什么，早已在心里编排了菜谱。

滕大阁和二先生散漫着脚步向这边走来，一路说着有关大先生的话。

滕大阁问："不用和他打个招呼啊？"

二先生说："不用，他心里有数。在孙寒那里是吃了闭门羹，不然，一定会消消停停地回来，等事情全都结束了，才把大家都叫到一起，好好吃一顿的。"

滕大阁思忖一下，二先生的话有道理，大先生不是一个喜形于色的人，他打电话叫二先生，必然是有事商量。这么一想，觉得自己来得不应该，毕竟他们之间这些事，他是参不进言的，即便听明白一二，所能说的也不过是虚空的劝慰，而这些劝慰均于事无补，在大先生那里反而会再多出一堆对这劝慰的应对。

他脚下的步子刚一迟疑，二先生就停稳了身子。

二先生说："我不喊你，他也会喊你的，不信你等等看。"

正说话呢，大先生的电话就冲到滕大阁的手机里来了，滕大阁接电话，一旁的二先生得意地大叫道："估计菜都上来了。"

一句话，把滕大阁喊笑了。

滕大阁是个实在又小心的人，他知道大先生和二先生真心真意待他，他也格外地愿意和他们在一起，听他们说话，闲聊。如果蒋大哥、连魁，他们几个一起和大先生、二先生相处在同一个场景里，他会表现得无拘无束，毫无心理负担，就像他单独和连魁在一起时，他的身心是完全放松的一样，他想说什么就说什么，想干什么就干什么，甚至开两句粗劣的玩笑，相互踢上两脚也无所谓。但是，只要他单独和大先生或二先生在一起，他总会不自觉地生出一些毫无来由的自卑感，这种自卑是他自己遏制不住的，有的时候越遏制，举止言谈越拘谨，这也是当初他和大先生的同学们一起吃饭，到后来渐渐找理由婉拒的主要原因。

滕大阁知道，在他以往的生活中，也有一些这样的人，他们也会对自己表现出一些关心和热忱，有的时候，这些关心和热忱甚至超出了对方可以掌控的范围和能力。每当这样的关心和热忱来临了，他都难以拒绝，一是对方的态度让他强烈地感觉到如果拒绝了太对不起人家。二是以滕大阁的性格，他拿不出足够的勇气去拒绝，在他看来，如果拒绝，第二天见面连话都无法说。这是他的弱点，他极力想克服掉，尤其是在这样的一种情况下——他这边刚刚诚惶诚恐地接受了对方的关心和热忱，不用两天的工夫，这种恩惠就会被很多人知晓，施惠者的善良被无限放大，而滕大阁呢，完全变成了一个生活的弱者，近乎一条可怜的爬虫。

刚才在电话里，大先生说："心里只装着事，把你忽略了，中午想喝点儿白的，你下午没什么大事吧？"

"孩子晚自习后没补习，我让吴明丽去接吧。"

滕大阁还想说什么，大先生那边已挂了电话。

滕大阁放电话的当口，鱼馆的老板已经出来招呼了，他们来得早些，店里还没有客人，老板在靠窗的位置已经给他们放了两道菜，一道是爆炒河虾，一道是凉拌山野菜。河虾刚开季，正鲜美，个个被爆得体色微红，加上葱段的绿和白，加上干辣椒的红，煞是好看，直勾人肚子里的馋虫；那山野菜也拌得独特，只把婆婆丁、苣荬菜、小根蒜、荠荠菜洗净混在一起，用天津的蒜蓉辣酱拌匀，码在盘里，一派的山野气息。二先生那只好腿刚搭到门里，就叫了一声"好"，因为那河虾的鲜、野菜的苦挡都挡不住地扑面迎来。滕大阁直顾着张罗酒，二先生那边已凭窗而坐，一粒小虾入口，脸上绽开了一朵清晨的"打碗花"。

鱼馆窗外的墙根下有一溜的爬山虎，现在正是贪长的时季，心急的已经爬上窗口，展开的叶子宽宽窄窄，长长团团，管你愿意不愿意，藤蔓任性地勾搭，生生地在窗台上排出了一排绿色的小蚯蚓。不知怎的，眼前的景致因为配上了二先生的身影，又显生动几分，他手夹筷子的样子，活脱脱一幅《济公出庙图》。滕大阁笑了，手里端着两壶小烧，一时不知如何动作，仿佛他动一动，或者他一加入，就搅乱了这意境。可转念又想，就算是一幅画，远观了，也可以近瞧吧，自己就当一个热心的读者吧，走近了去瞧一瞧，说不定还有什么好玩的细节。

老板从他身边穿过，另提了一壶酒，手里攥着三只酒杯，"呼呼啦啦"地放在桌子上。也是，二先生和滕大阁都来了，大先生能不来吗？看来这老板是一个心明眼亮的人。滕大阁摇摇头，走过去，也把自己手中的酒壶往二先生面前一蹾，另一个却平平稳稳地放在自己这边。不知怎的，这一刻，他的心里格外地顺畅和开阔，直想把一壶酒一口就喝下去。但是他已在心里告诫自己了，今天再高兴，或再不高兴，也只喝这一壶，大先生的"态度"对，晚上他还得去接孩子呢。大先生的脾气他是知道的，如果他执意喝，他是不会强行阻挡的，但是一到了晚上，必然陪他一起去接滕雅维，送他们到家，然后交给吴明丽一个歉意，外加一个半认真半开玩笑的"对不起"。

二先生自己给自己倒满了酒，也不让滕大阁，深深地喝了一口，满足地闭上了眼睛。待眼睛睁开时，就一直望着窗外，刚才的悠闲没有了，换来的是滕大阁脑海中存留已久的那种平静。就像在衡阳街早市，他坐在老干妈馄饨摊的角落里，如果老干妈或美英姐不招呼他，他就会那么一直坐着，直到喝完酒，吃完馄饨，起身离去，很快便混迹于人群，偶尔可以看见背影，更多的时候，是连背影也寻不到的。

终于，大先生来了，他一边脱衣服，一边就落了座，一只手空挥着，另一只手已经把酒杯端起来。那酒杯是满的，滕大阁提前就给倒上了。他连喝了三杯，才长吁一口气，骂道："真不是个东西！"

接下来就讲了事情的经过，经过不复杂，大先生直接说要害，也没啰嗦。前后不过十余分钟，他的一壶酒已经喝干了。二先生先是听着，一直没有插言，滕大阁关注着大先生的讲述，也没有注意二先生，其实，大先生的酒喝尽了的时候，他那一壶酒也已经见底了。

二先生说："其实，到今天，提起他都恶心。"

大先生说："就没见过这种人，真不是东西。"

关于大先生、二先生和孙寒的事，滕大阁略知一二，但具体的来龙去脉，他是理不清楚的。他只知道这个孙寒弄"丢"过大先生的书——是一套带图的古书；还知道孙寒骗过二先生钱——具体多少钱，二先生没提过。他的这些信息是通过这么多年的交往，在平日里一点一滴地汇集起来的，在他的印象里，大先生和二先生从来没有在任何人的面前，正儿八经地谈起过孙寒。他没见过孙寒，却对孙寒没有一丝的好感，他不能像大先生和二先生那样喝酒，却也喝掉一个整杯，顺口骂了一声："是狗总也改不了吃屎。"

本来大先生和二先生都在气头上，听他这么一骂都觉痛快，两个人叫老板再上酒，叫酒的同时，又加了一盘蒜苗炖大豆腐。如果说孙寒是一朵乌云，那么，滕大阁的这句骂堪比太阳，太阳都出来了，乌云又算得了什么！这二人胃口大开，一人几筷子，那盘凉拌山野菜已经见底。

滕大阁问大先生："他这么耍臭无赖，那咱们怎么办？"

大先生说："能怎么办？打官司呗。在我的概念里，这书早就丢了，原本想，丢就丢吧，谁让自己不谨慎不小心呢。这么多年过去了，谁也不能在旧账里活着。"

大概是一壶酒下了肚，二先生突然有点儿烦躁，眼前的人，桌上的菜，窗台上的爬山虎都不能平抑他的怒气，他一下子就提高了声音，说："看来，有些旧账该翻也得翻翻了。"

大先生依旧说："如果那套书没有丢，真的就被孙寒给昧着良心留下了，我也谈不上生气。你藏好了，一辈子也别让我知道，我还是当它丢了。真的丢了。"

"可是没丢啊。"滕大阁打断他的话。

"问题就在这儿！"大先生说，"多少年过去了，你当别人都忘了，拿出来，卖到出版社去影印，编一套谎言出来，自以为天衣无缝，却不知天网恢恢，疏而不漏，真是一个让人鄙视的东西。"

"他卖给出版社多少钱？"二先生插了一句。

"我问了一下，社长说，一次性结算，二十万。正因为不高，所以当时社里没多考虑，谈了两次，很顺利地就签下来了。"突然，大先生停顿下来，好像受到什么提醒，又像受到什么震动，他长时间地沉默着，思考着，手握着酒杯僵持不动，整个人变成了雕像一般。

"怎么了？"二先生也警觉起来，"有什么问题吗？"

"事情能这么简单吗？"大先生自言自语。

气氛一下子有点儿紧张。

滕大阁有点儿手足无措，他也尽量地分析着大先生的话，却从中找不出丝毫可以让他拓宽思路的缝隙。孙寒骗了大先生的东西，拿到出版社去卖钱，大先生发现了去找他，他不承认，事实再简单不过，这其中难道还埋藏着更为复杂而又意味深长的秘密吗？

二先生抬头看了滕大阁一眼，说："孙寒不缺这么点儿钱呀！"

大先生没应答，他的目光是水平的，一直盯视着窗外。窗外有什么呢？树龄在三十年以上的加拿大杨沉默地伫立在马路边，还不到飞杨花的日子，它们给人的状态是憨厚而又朴实的，树干黑褐色，让你不自觉地对其充满信任感，树叶正由浅绿向深绿转换，层次还不太分明——像一个少年向青年又多迈了一步，但羞涩的举止多，而成熟的自信还不那么充盈丰满。这是老城区，行道树和居民楼之间几乎没距离，几辆自行车堆放在所谓的人行道上，那本来就不算宽的小马路，显得更加逼仄而狭窄。一个中年男人和一个少女从街上走过，因为街上无人，那男人放肆地亲了那少女一下，那少女不但未恼，反而抱紧了他的胳膊，把脑袋横枕在他的肩膀上。这是一对父女呢？还是一对情人？无从分辨，分辨了也没有什么意义，大先生的眼睛里有他们的影像，脑海里却没有对于这种关系的论证，二先生刚才的话和他思考的一点接在了一处，现在，这个点如原子一般，产生了裂变，孙寒的那张脸，也随着裂变升腾成一股蘑菇云，热浪扑来，他下意识地向后一仰。

他问二先生："你上学时的笔记还都留着呢吗？"

"应该都留着。"二先生想了想，说，"我从北京回来的时候，收拾房间，本来想卖废品了，可是老妈不让，就一直堆在床底下，还有我们那时的课本。"

大先生点点头。

"你什么意思？"以二先生的聪明，一时也没有反应过来。

"上两壶酒。"大先生先叫老板，然后才对二先生说，"你忘了，当年你大笔一挥，不是在那套《百喻经》上批了一个字吗？"

二先生想了想，恍然大悟，苦笑了一下，说："还真是天网恢恢，疏而不漏。"

在滕大阁这里，大先生和二先生的这番对话可谓"天书"，他一句也没听明白，急切地去问，大先生解释说，孙寒为出版社影印的《百喻经》上，有一个二先生写的小楷字，当年是好奇，是争强，是淘气，是"卖弄"，不管出于什么样的心理，那个字是真实存在的；现在，法院的技术手段里，笔迹学已经越来越科学，越来越先进，况且还有二先生当年的笔记，二者一对比，自然水落石出，不辨自清。就算没有那些笔记，只要二先生现在写一个同样的字，专家们也能判断出，这个字是否出自一个人之手，有了这样的铁证，孙寒再狡猾，狐狸的尾巴也是藏不住的。大先生解惑，让滕大阁轻松下来，他又问"当年的笔记"，大先生说："你二哥谱儿大，当年，在我们学校，他是唯一一个带着文房四宝上学的高才生。"

这话有点儿揶揄的意思，但滕大阁非常开心。

二先生问："你刚才去孙寒那儿，录音了吗？"

大先生没犹豫，直接回答："小人之举，想都没想呀。"

二先生说："对付小人，也得以其人之道还治其人之身。"

大先生点点头，说："也对。所谓害人之心不可有，防人之心不可无。"

二先生说："正是这话。"

这时，大先生的电话响了，他看了一眼号码，马上向二先生和滕大阁摆了一下手，随后，站起身往门外走。人出了门，却是来到窗子前，这样，他所说的话，二先生和滕大阁都听得一清二楚。

大先生的口气十分和缓，脸上还挂着表演似的笑容。

他说："没有，我是一时情急，有点儿激动。你不知道，这段日子，我爸看见了那套影印本，突然就想起这件事来了，他都忘了几十年了，一下想起来，脑子里就只有这一件事，每天追着我问，我有口难言，脑子都成了一锅糨糊了。我原以为你弄丢的那一套失而复得，又或当年你根本就是放错了地方，压在哪里，一时想不起来，现在又翻腾出来了，所以，招呼也没打，就直奔着去找你，谁知，结果又和我想象的大不一样……"

对方在说着什么。

大先生说："没有没有，你如此费心，我也是一时激动。也算百感交集吧，你别多心。这么多年了，你不知道，我最害怕酒局，多少上了点儿年纪，不会说话，到了酒局上尴尬，你也知道，没话找话，那场面够让人难受的。"

对方又说着什么。

大先生说："影印的新版有一套就够了，那么多我也没处消化。至于老同学'完璧归赵'的那套，我收！对我爸也是一个交代。没事，他老了，看不出来，只要他心安，我也就消停了。谢谢老同学，你还是那么客气。好，再见。"

如果算一场戏，不管它是几幕，这一幕"演"完了。

回到酒桌上，大先生说："孙寒说他要亲自把书送来。"

"什么时候？"二先生问。

大先生说："来之前电话联系。"他喝了一口酒，"对了，从孙寒那儿回来，我歇脚的瞬间，怎么会突然想起屠格涅夫的小说呢？"

这是一个有趣的话题，二先生问："哪一部？《猎人笔记》？"

大先生摇摇头说，说："《罗亭》。而且我清晰地想起了它的开头——静静的夏天的早晨。太阳已高悬于明净的天空，而田野仍闪烁着朝露。一阵凉爽的微风馥郁地从初醒的山谷吹来，群鸟在晨露未霁、阒无声息的森林里快乐地颂着早歌。在由顶到麓都满布着放花的裸麦的隆起的高原的瓴背，有一个小小的村落……"

不待大先生背完，二先生打断他，说："是净月潭的山景给了你小小的触动，总不会那时还心里想着什么戴着草帽、打着遮阳伞的少妇吧？"

大先生说："我想的是我自己和孙寒。"

一只小小的蜜蜂从窗口飞进来，不知是为了酒香，还是菜香？可是无论酒香还是菜香，与它这个只爱花香的小家伙又有什么关系呢？这种误打误撞不惹人厌，惹人厌的是明知误打误撞了还赖着不走。好在这只蜜蜂是知趣的，它在三个人的头上盘旋一圈，很快就飞走了。

二先生说："苍蝇就不会这样！"是骂人的话，骂谁，在场的每个人都心知肚明。二先生又说："听你刚才的话，我也想起一段书。"

滕大阁问："二哥想起的是哪段？"

二先生又喝了一口酒，放下酒杯之后才说："是《水浒传》中的一段。"说完，也不等滕大阁再问，兀自背道："扑的只一拳，正打在鼻子上，打得鲜血迸流，鼻子歪在半边，却便似开了个油酱铺：咸的，酸的，辣的，一发都滚出来。"见大先生笑，接着说，"提起拳头来，就眼眶际眉梢只一拳，打得眼棱缝裂，乌珠迸出，也似开了个彩锦铺的：红的，黑的，紫的，都绽将出来。"他自己也忍不住，一边笑，一边又说下去，"又只一拳，太阳上正着，却似做了一个全堂水陆道场：磬儿，钹儿，铙儿，一齐响。"

大先生说："也只是一说。"

二先生说："看到没到时候，到时候谁拼了谁的命也未可知。"

这话也就到此为止了，后半部分滕大阁只当听个热闹，自己壶中的酒喝完了，见他们还有再喝的意思，就提出来先回去，省得坐在这里眼馋嘴馋。大先生和二先生也不留他，任由着他出门，滕大阁走了半天了，他们才想起只顾说事，滕大阁连主食还没吃呢，一连声地说自己的不是。

大先生和二先生如何责怪自己，滕大阁是听不见的，他离开饭店，看看时间还早，就直奔蒋志一的"521"高地去了。说是"521"高地，其实就是十字路口，离松城科技报刊社很近，步行十分钟都用不了。松城是座老城，老城必有老树，而松城的老树都是有编号的，旱柳有旱柳的编号，黑松有黑松的编号，像红皮云杉这样的珍贵树种自不必说，就连老唐槭老杏树，伐哪株，动哪棵，如果没有相关部门的批准，伐了，动了，那都是犯法的事情。蒋志一有福，他选的这个十字路口南北向临主街，东西向是老居民区，好接活，生脸熟脸都好说话；这还不算，这个街口肩挨着肩地存留下三棵大旱柳，一棵老白榆，他的自行车摊就在这四棵老树下。老白榆树上有一个喜鹊窝，大花喜鹊进进出出的，给蒋志一的摊子平添了许多的生趣。

一台破旧的老自行车倒立着，两个轮子都没有轮胎，滕大阁一看见这两个素面朝天的车圈，就想起小时候桂林路一带早年间的那些小饭店。挂两个幌子的，就是一般的馆子，毛炒加散装白酒加米饭，将就着能吃饱喝足；要是挂四个幌的，就说明后厨的大师傅有两下子，南北大菜点什么能做什么，如果做不出来，客人可以把幌子摘下来，扔地上踩扁了，从店家到大师傅，不带有一句怨言的。

原本桂林路有一家堪比松城饭店的大馆子，取名叫"四海大酒楼"，掌勺的师傅有些本事，对老板夸下了海口，让老板在酒楼的门口挂了八个幌子，把生意招揽得还真是红火，一时间松城饭店门可罗雀。四海大酒楼的老板是松城第一批下海的"弄潮儿"，能把老牌的国营饭店比下去，口袋鼓了不说，人前人后脸上的光彩也增了许多。也许是他说话不注意，得罪了同行，有一天，店里来了一个南方老客，进门挨桌走了一圈，最后找个角落坐下来，服务员问他吃什么，他说要吃刀切生鸡蛋，服务员笑了，以为他非痴即癫，就说没有这道菜，老客生气了，满屋地吵闹起来。前堂一乱，惊动了老板和后厨的大师傅，急忙出来问情由，一问还真难住了。师傅不是没有手艺的人，可学艺八方，什么菜都学了，就是这道菜，连听都没听过。

老客问大师傅："不会做？"

大师傅愣了半天，点点头。

老客说："去，把幌子摘了。"

一听说要摘幌子，老板急了，伸手去拦师傅，另一条胳膊也横成了一个"一"字。刚刚改革开放不久，新生事物层出不穷，但松城街里各行当的老规矩还在，失信于江湖也是丢大面的事。老板得守规矩，不能破，也不敢破，可守了规矩，真的被摘了幌子，饭店的生意也就等于黄了。一屋子的客人不吃饭了，站的站，坐的坐，只是都屏住了呼吸，睁大了眼睛静观事态的发展。再看窗外八个红彤彤的大幌子随风摇动，并不知道屋内发生了什么，街上人流如织，不断有客人奔着这名号推门而入，一脚门里一脚门外时，被眼前的情景弄糊涂了，进亦不是，退亦不是。服务员也傻怔怔地左观右看，没了应对的主意，若是平常，早就撒着欢儿地帮客人安排座位了，可现在，那座位都被现有的客人给挡在身后了。

老板说："不能摘。"

老客问："要了菜你做不了，凭什么挂八个幌子？这明明是欺骗顾客，摘你的幌子都是照顾你，要放在过去，店给你砸了都不过分。"

老板也算急中生智，反问老客："我们做不了，你能做？你要是能做，我……"他本来是想说"我的店任你砸"。可话到嘴边，又咽了回去，改成："我就服了你，拜你为师，给你鞠躬。"老客问："鞠几个？"老板说："三个。"

这饭店可就更热闹了，大家自动地让出了一条道，想看老客的表演。只见那老客把袖子挽了，一路奔了厨房，大约半个小时左右的工夫，一盘刀切生鸡蛋真的端了上来。这下子饭店炸了营，看那鸡蛋，带皮带清带黄，但是，明灿灿，颤巍巍，真的就一盘摆在了那里。老板傻了，厨师傻了，所有的顾客也傻了，因为有言在先，那老客只让带一个最小的服务员进去，别人一概不许。鸡蛋摆在那里，老客走了，幌子自然没往下摘，但留下了一屋的疑惑。大家问那个小服务员，老客怎么做到的，服务员说，那老客什么也没做，只是进了厨房就炭火烧刀，刀烧红了，生鸡蛋一切一个，个个都成形。老板和大厨一起去追那老客，追了两三个街口，哪里还有人影，空荡荡的一条桂林路，他来的时候一样，他走了，还是一个样。

老客走后，厨师自己登梯子摘幌，摘了四个，还想往下摘，老板说："摘四个吧，你多了一门手艺呢。"一句话，把大厨说哭了，他坐在椅子上，看天边一朵流云追着一朵流云。几十年过去了，这位大厨还在不在问津的人很少，但四海大酒楼还在，而且，刀切生鸡蛋成了"四海"的一道名菜，许多来松城的外地客人还追着这个故事的余韵呢，愿意在这个故事中添加一个有关自己的情节。

正是有了这个掌故，滕大阁才会和蒋志一开玩笑。

他说："你再加两个轮圈，连汽车也能修了。"

这么想着，滕大阁就笑了，他仿佛被风推着，一转过街角，就看见蒋志一坐在那里吃盒饭呢。饭盒是老式的，黑乎乎的，但里边一定干净，以他的口味，饭不必说，菜一定是土豆丝，或者炒鸡蛋，旁边有一袋榨菜，奢侈一点儿会多一块红方，更多的时候是青方。青方也叫臭豆腐，松城人很少在家里吃，蒋志一吃臭豆腐，一口白酒少不了，见他有滋有味的样子，滕大阁连那臭烘烘的味道都闻到了。蒋志一有一个白钢的酒壶，是大先生去哈尔滨出差时，在俄罗斯用品商店给他买的，一共买了三个，除了二先生那个是早买的，蒋志一的，滕大阁的，余连魁的，制式都是一样的。余连魁平日里不喝酒，那个酒壶就落到了余美英的手里，而余美英喝酒能和谁喝呢？无非是二先生，为了二先生的口福，余美英每年都会买十斤装的大玻璃瓶子，用人参、鹿茸、灵芝泡酒，一晃多少年了，这样的瓶子已经把二先生小屋空地儿摆满了。

见了滕大阁，蒋志一把屁股底下的小凳让出来，自己坐到工具箱上。工具箱是滕大阁给他打的，硬杂木，榫卯相会，没用一根钉子。蒋志一把酒壶递给他，滕大阁摇头拒绝了，他没头没脑地骂了一顿孙寒，把蒋志一听得一塌糊涂，等都听明白了，蒋志一的酒喝不下去了，他把酒壶的盖子拧紧，长长地叹了一口气。

"我一定得抓住那孙子。"蒋志一说。

这也是几年前的事了。

大先生买了一辆自行车，花了三四千块钱。

单位组织检查身体，他检查出一堆小毛病，医生建议他少吸烟多锻炼，预防某些脏器发生器质性变化。那时候小女儿出生不久，大先生自觉责任重大，不敢在身体上和自己开玩笑，就在多种锻炼项目中选择了自行车。自行车买回来直接推到蒋志一这里，让他重新给调理一下，只为心里多一分安全。自行车推来了，大先生还开玩笑呢，说："挺贵的，看好了，别弄丢了。"蒋志一正在干活，头都没抬一下，说："放心吧。"话说完了，也真的上了心了，准备放下手边的活儿，就把那自行车重新组装一遍。谁知，一转头的工夫，自行车没了，停放自行车的地方只留下了一行清晰的轮胎印花。这自行车太新，那印花很好看，整齐，规整，像一个朗俊的少年在女孩儿的胳膊上咬了一个调皮的牙印。

蒋志一傻愣愣地问大先生："自行车呢？"

大先生一下子就沉默了。

蒋志一不再说话，收拾了摊位直奔旧车市。他执拗地在旧车市蹲了半个月，可连一辆新车的影子也没看到。大先生和他说，丢就丢了，没事。可他心里说，有事，怎么能没事呢？滕大阁和他说，谁能把新车推到旧车市上去销赃呢？可他心里说，万一呢？就连余连魁都说，这种新车没牌没号的，转手就有人收，偷车贼不傻，怎么可能去旧车市场呢？蒋志一不再争辩，直问大先生这辆车多少钱，大先生怎么能回答他？大先生不回答，他就去问别人，别人问他车是什么牌子，哪个国家产的，什么型号，他一概答不上来。想一想，那一天，他正忙着补胎，大先生把车推来了，他连看都没看，这一系列问题在他的脑海里都是空白。事隔很长时间，他从滕大阁的嘴里知道了车子的价钱，说什么也要补给大先生，大先生不收钱，只问了他一句话："你还拿我当朋友不？"

蒋志一想，他和大先生算朋友吗？他们不认识，只因自己的摊位和大先生的单位离得近，有时，大先生从他这里过，礼貌性地点点头，充其量算脸熟，朋友是绝对谈不上的。可谁知，因为这场丢车事件，他们真的就成了朋友呢。

蒋志一说："我一定得抓住那孙子！"

这不是放狠的话，滕大阁知道。

第三章　阿里郎

　　那天晚上，确切一点儿说，是那天凌晨，余连魁做了一个梦，他梦见朝鲜半岛发生了地震，整个半岛断成了好几块，首尔的形状，像一条船，他清晰地看见，玉姬就在这条"船"上，正在乐队的伴奏下唱歌。他也看见了自己，是乐队的钢琴师，因为有玉姬歌声的陪伴，他的手指异常灵活。玉姬在唱《阿里郎》，唱到高潮的部分，就用深情的目光凝视他，眼眸中的温柔，像一块小时候吃过的高粱饴，还没到嘴里，却在心里融化了。玉姬尽情地唱，余连魁尽情地弹，他们好像并没有感觉到地震所带来的恐慌和悲哀，反而完全沉醉在湛蓝的天空和碧绿的大海所馈赠的惬意中。一曲终了，四周响起雷鸣般的掌声，歌手和乐队向观众频频致谢，就在余连魁和玉姬准备拥抱庆祝的时候，一阵狂风袭来，海浪瞬间掀动了漫天的乌云，闪电如霹雳，暴雨似针锥，一个尖厉的声音用韩语叫道："想离婚，你做梦去吧！做梦去吧！"玉姬迎着那声音愤怒地向前冲，余连魁急忙去拉她，这一拉没拉住，反而把自己带了一个大跟头，

　　"玉姬！玉姬！"余连魁使尽全力地叫喊，全身抽搐成一个带着硬节的茧。

　　这一喊，把自己喊醒了。余连魁醒了又似在梦中，嘴里还在喃喃"玉

姬，玉姬"，他下意识地用手在床上摸，凉凉的一块，再伸向头顶，空空如也，又用力，中指首先触到了硬邦邦的墙壁上。这一下，意识完全地清醒过来，梦里玉姬的样子更加楚楚动人，他缓缓地坐起身，擦了一下脸，那两行清泪瞬间漫涣了整个面颊。余连魁把枕头竖起来，立在床头，身子后仰，紧紧地靠在枕头上。他把两只手搅在一处，放于小腹的上边，用脚往上提了提被子，团成一个小小的窝——自从玉姬离开之后，他渐渐养成这么一个习惯，仔细想一想，其实玉姬没走的时候，这个习惯就已经存在了。他去玉姬足道，总是玉姬接待他，有的时候按按头、按按脚，但到了后来，他们坐在一起就是说话，玉姬把枕头垫在他的身后，把被子帮他掖好——所谓掖好就是护住胸部以下，以免贼风侵入体内。这是一个十分贴心的举动，余连魁不能不记在心里。现在，玉姬去了韩国，令他十分思念，每每重温这个动作，对他的心都是一个极大的安慰。

玉姬去了韩国，把店内的事托付给那个脸胖一点儿的女孩儿帮她打理。胖脸女孩儿叫安安，就是爱和余连魁开玩笑的那个。玉姬嘱咐安安，只要是余连魁来，一律不要收费。安安知道他们彼此间的心意，除了笑着答应，哪里还有反驳的道理。玉姬也嘱咐余连魁，让他没事就到店里做做理疗。余连魁红着脸答应，心底下却是一连声地拒绝，他想，玉姬不在，他来店里找谁呢？找安安姑娘？那是万万不可能的。余连魁留了安安的电话，但联系很少，偶尔打一个，也是问一问玉姬的情况。安安说："现在通讯这么发达，又QQ，又短信的，你和她直接联系多好啊。"余连魁从来都是笑而不答。后来，那姑娘的话里又加了一句，变成："现在通讯多发达呀，QQ、短信都嫌费劲，直接微信好了，还能视频。"从她的话里也可以知道，玉姬离开中国去韩国有些年头了。

开始的时候，余连魁是不往足道门口走的，即使有事经过也是多绕一条街。他的生活还是老样子，进入五月中旬，就和姐姐余美英撂地摊，到了秋后烤速冻玉米、土豆和地瓜，这地瓜炉子原来一直是老妈掌管，老妈卧床了，他自然而然地接了过来，不但接了烤地瓜的炉子，就连鸡汤豆腐

189

串也并排摆在炉子边。二先生是一个爱吃的人，主意也多，他让余连魁在鸡汤里加了鱼丸、海带、鹌鹑蛋，这一锅的黄、绿、白、粉很快就把新老顾客给招来了。那些男男女女、老老少少，夏天坐着吃，冬天站着吃，吃得很快，目的是吃完之后，可以喝两碗热热的鸡汤。那足道里的安安姑娘也会打电话给他，要点这样或那样的吃食，他一定会用打包盒装好——份儿比别人的多一点儿，小跑着送到足道门口。安安姑娘招手让他进去，他双手举着打包盒，憨笑着摇摇，安安姑娘无奈，自己或让身边的小姐妹出来接了，顺便把钱塞给他。

从摊位到玉姬足道的路太熟了，闭着眼睛也能走好，松城老城区的马路是井字形的，以任何一个接口做起点，遇弯随弯，你总会回到起步的地方。以衡阳街为例，它是南北向的，那么与它交叉的所有的路都是东西向的，路与路之间会夹着一个胡同，胡同也是东西向的，是对它所辅助的路的"跟班儿"，仁礼路，仁礼胡同，桂林路，桂林胡同，大溪水路，大溪水胡同，小溪水路，小溪水胡同……均是如此。余连魁的家靠近自由路，而玉姬足道所在的大溪水胡同，与他隔着一排"大板楼"呢。

余连魁是怎么知道玉姬足道的呢？

他自己也说不清楚。

玉姬第一次来买玉米，和他说了"玉姬足道"几个字，他仿佛一下子就知晓它在大溪水胡同上，而且，门脸是向着他的摊位方向开着的。

余连魁不止一次梦见玉姬了。每一次梦中的情境都有着种种不同，无论是所谓的好梦还是噩梦，他醒来之后，首先都会一阵阵心疼，颤颤的，浑身的每一根神经、每一个细胞都紧密地配合，这样的配合像它们事先商量好了，那种疼一来，总会搅动一缕伴着丝丝甜蜜的酸楚。余连魁原来是一个不会哭的人，尤其当着外人，当着外人都不哭，一个人的时候落泪更是无聊，在他的生活里没有什么哭的理由，他需打理的细碎的日子太多，没有一样是需要泪水陪伴的。可是现在他有理由了，这个理由不是谁硬加到他的身上的，是他自己凭空抓来的，抓住了就再无法放下，死死地攥在手里，一点儿外泄的缝隙都没有。他和玉姬之间存在着什么东西吗？回答是肯定的，可是存在什么呢？他自己都无法断论。他们之间有过什么承诺吗？没有。余连魁没对玉姬说过一句"我喜欢你"之类的话，这样的话他也许永远也说不出口。玉姬也从来没有对他说过什么"恨不相逢未嫁时"之类的隐语。他们像两条小河，来自不同的方向，最后汇入同一潭深水，表面波澜不惊，实际上，这两股细流早已悄然地在潭底合拢、纠缠了。现在，一条小河又流走了，流向一个遥远的地方，它除带走自身原有的粒粒水珠，谁能说，另一条河的水珠不被冷酷而又温情地裹挟其中呢？

"我要到韩国去一趟。"玉姬对余连魁说。

"干什么去？"余连魁本还有一句话——"离婚吗？"可话到嘴边被他生生地咽了回去。在他的思维里，他若问了后一句，那么玉姬的韩国之行就与他有关了。这是他希望的，但这希望于他又是一种自私。如果说他也渴望爱情，那么他认知里的爱情是直接落地的，没有浪漫，没有花前月下、卿卿我我，是踏踏实实、无须过程的婚姻，是一日三餐，日出而作，日落而息的普通日子。假使和玉姬可以构成一种爱情模式，那这种模式是他不敢相信的，大大地出乎他的想象，再说，他的想象里根本没有这种模式，他的模式是用钢筋水泥浇筑的无法转动的魔方，表面也会呈现色彩，但内质是凝固的，天鹅与它无关，天鹅湖水与它无关，天鹅湖畔的花花草草与它无关，包括湖水映出的月色，这一切都与他无关。

"我去找孩子。"玉姬说。

她把一张照片递给余连魁，余连魁看到了照片上那个眉目清秀的小女孩儿。说是小女孩儿，其实也不小了，十五六岁的样子，刚刚长开，青涩中带着一份含苞待放的骄傲和自豪。女孩儿也是丹凤眼，如果脸再宽一点儿，简直可以说是玉姬的翻版。她在笑，嘴角弯弯地向上。不知怎的，余连魁注意到了女孩儿的眼睛，那眼睛是清纯的，但传递给余连魁的目光中充满了执着和骄傲，有一股不服输的劲头。

女儿的性格还是有一点儿像玉姬，随着年龄的增长，她渐渐地从大人的谈话中拼接出自己的家庭情况，也了解了母亲的处境，更知道了父亲在韩国的所作所为。刚刚进入高中的时候，她的学习状态尚好，紧紧地绷在高考这根弦上，可仅仅过了半个学期，她的成绩就开始直线下降，用老师的话讲，如同打滑梯一样，从中上游滑到地面，连二次攀登的机会都没有了。老师找家长，可谁是这个孩子的家长呢？父母是找不到的；舅舅一家对她本来就冷漠，且自己还有两个孩子，对于她的生活和学习关心甚少，不责骂已经是最大的体贴了；姥姥姥爷呢？年事已高，在生活上是能够极力照顾她的，可是有关学习的事他们一窍不通，干着急没办法，除了叹息落泪，就是希望天降奇迹，让这孩子一夜之间生出七巧玲珑心，把什么数学外语地理历史一股脑地全装到肚子里去。

老师找家长，姥爷去过两回，第一回，老师讲明利害，苦口婆心，姥爷满脸赔笑，连声称是。第二次去，老师已经三缄其口，一言不发了，只让他回去快点儿联系孩子的父母，只有家里真正明白事理的人和学校沟通，齐心协力，才可能救孩子于水火，赶上高考这班车，不过老师也讲，"动车"指定是赶不上了，能赶上区域间的慢车，已经是烧高香了。

姥姥无奈，找舅舅，说："你好歹去趟松城，找找你妹妹。"

舅舅说："她都好几年不和我联系了，我到哪里去找她呀，你们不是有她的手机号码吗？给她打电话不就行了。"

姥姥的眼泪"噼里啪啦"地落下来，很快就把衣襟打湿了。玉姬是给家里留了电话，可是，那电话永远是处于关机状态，除了她定期往家里打电话，打完电话就关机，家里有个什么事，想找她简直比登天还难。

孩子中考的时候，玉姬回来一趟，在家里陪了孩子几天，中考一结束，她就匆匆回松城了。孩子提出来要和她一起来松城玩，她断然拒绝了，怕孩子跟着，她回松城时，选的是凌晨最早的一趟车。孩子还在熟睡，她已悄然起身，晨风凉润，稻苗微拂，本是一幅赏心悦目的图景，在她看来全然无趣。大巴车上人少，有人凭窗临风，有人昏昏欲睡，只有她，坐在车的最后一排，满脑子都是父母脸上的皱纹和女儿那张稚嫩的小脸。她的心里有重重悲哀，却没有一滴眼泪，多年的现实告诉她，哭不是武器，也不是什么发泄的渠道，哭就像一场夜雨，下也是白下，早晨太阳一出来，无须多长时间，地面就全干了。关于这一点，她和余连魁是最有共同语言的。

余连魁说："那么多活儿等着呢，哪有时间哭。有时看电视剧，我姐和我妈就哭，我心里说，你们比她还苦呢，哭啥呀。"

玉姬觉得他说的对，正对自己的心思。她回家，给母亲留了一笔钱，临走，又在女儿的枕头底下塞了两千块钱，她也知道，钱弥补不了感情和母爱，可是她做了，会略为心安。

从家乡的小镇到延吉，从延吉到松城，这一路她都是沉默的，偶尔脑子里会有声音，那一定是琴声，断断续续的，无头无尾，起初弦声是《平湖秋月》，转而渗入《桃花渡》，正起着《春江花月夜》，突然又加入了《十面埋伏》，乱麻缠丝，金缕断线，像一个无比宽大的欢娱场，个人接着个人的客，个人唱着个人的歌，是悲是喜，是甜是苦，如鱼饮水，全与他人无关。

车窗外群山连绵，河水交错，金达莱早已落尽，但缤纷的幻影还在，远见河谷间的稻田尚未成平畴，秧苗与秧苗间的水痕闪现波光，沿途村落里朝鲜族特有的民居白墙黑瓦，胖乎乎的炊烟滚滚上升，与雾与云相接，铺满了山背，掩映了树林，打湿了黄牛的脑门，也浸润了早行人的双脚。眼前的景色让玉姬感到一丝平静和温暖，她的耳畔不再是乱音，而是流畅又规致的一首首松漫的曲子，是《散调》，是《嗡嘿呀》，她的身体略略地倾斜着，手指在座位上轻轻地划动，身边的人关注了她，她也不知道，整个人陷入这随景入境的空灵中来。

余连魁第一次给她送玉米，发现她的足道里有一架古筝，他哪里知道那不是古筝，分明是一架伽倻琴。

说起来，这架伽倻琴也颇有些故事，只是她到了婆家之后，就几乎没有机会演奏了。玉姬嗓子好，从小学到中学都是学校的文艺骨干，伽倻琴是她的小学音乐老师教的，老师认为她是一个音乐天才。那个老师是当年的上海知青，娶了当地的一个朝鲜族姑娘，他不回城的原因很简单，除了历史因素，就是那朝鲜族姑娘弹了一手的好伽倻琴，伽倻琴的琴声把他给迷住了。那时，逢回甲节、岁首节、春日等朝鲜族重大节日，那个姑娘的琴弦拨动了多少朝鲜族小伙子的心。后来上海知青留下来了，他的执着让许多当地青年艳羡又妒忌，于是他的故事在当年一直被传为佳话。有一段时间，玉姬的琴声成了师母的伴奏，又有一段时间，师母把更多的独奏的机会让给了她，再后米，师母甘当玉姬的伴奏，玉姬出落成一个比金达莱还美丽的大姑娘。

和余连魁聊天的时候，余连魁小心地问她："为什么不演奏了？"

玉姬说："孩子小，带孩子。"

余连魁说："弹给孩子听不是更好。"

玉姬沉默不语。

后来玉姬告诉余连魁，她的师母有病去世了。

玉姬说，老师无儿无女，师母的离世对他打击很大，积郁成疾，得了脑血栓。她出于感恩，常去照顾，虽然老师的病医治及时，后遗症不重，生活基本可以自理，但脏活累活确是吃力。玉姬去，也就是帮他拆拆被子，拌点儿小咸菜，腌些辣白菜，赶上住院调理，去医院送送饭。无非这些。不料，却有闲话传到婆婆家里，丈夫直接问过他，她全正面回答，婆婆说话夹枪带棒，她不好分辩，只当没听见。后来，丈夫打工去了韩国，她和婆婆的矛盾升级，有一次话赶话赶急了，婆婆连脏话都骂出来了。那音乐老师退休有几年了，也听到一些风言风语，也许是为了避嫌，也许是为了养病，他给在上海的妹妹写信，让她帮着联系一家敬老院，想卖了这边的房子和家当，一个人回上海。

想法是这样的，但是因为包括价钱在内的诸多原因，事情一拖再拖。后来，玉姬走了，再后来，玉姬把房子卖了，还了老师一个心愿。当然，这是后话，按下不提。老师要回上海了，临行前二人吃了一顿饭，师生这么多年，本应有许多话可以说，可是见了面，空有尴尬，一壶米酒连半壶也没喝掉，便匆匆别过。

那架伽倻琴，是师母当年送给玉姬的，说是有一天她出嫁了，给她当陪嫁。

这番话，余连魁听了，也颇有几分感伤。

玉姬的丈夫要去韩国打工，家里凑钱为他做路费和入韩初期的生活费，婆婆建议把那架琴卖了，玉姬死活不同意，这时女儿已经出生，婆媳间又一场争闹，把她吓得哇哇直哭；丈夫也大不理解，一架琴而已，而且玉姬嫁过来之后从来没碰过，摆在那里无用，换成钱还能帮助自己，为何不肯呢？再说帮自己就是帮家里，将来挣到钱了，如果喜欢再买一架好了，何苦在这件事上纠结，闹得家里人人不愉快呢？喝送别酒，和大舅哥说起此事，算是倾诉一点儿委屈，那大舅哥喝多了酒，顺嘴说出了事情的真相，丈夫心里一冷——原来还是和那个老师有关。丈夫表面没说什么，从那时起，为以后的事埋下祸根也未可知，他几杯酒灌得大醉，第二天就取道大连，直往韩国去了。

丈夫家里有几亩水田，种的都是水稻，丈夫在时，地里的事玉姬很少管，丈夫走了，她自然成了家里的主要劳动力，春种秋收，洒药除草，脱粒装袋，卖粮收钱，里里外外地忙活，只盼着有一日，如丈夫说的那样，她也带着女儿去韩国，他们在那里一起积攒美丽的日子。丈夫身下有一个弟弟，比他们小许多岁，丈夫去韩国的时候，这小叔子还读高中，转眼就考上了大学，大学毕业留在了南方，根本没有回来的意思。玉姬干地里的农活，丈夫打工寄来生活费，这些进项均由婆婆当家，她一人支应全家的用度。一碗水端平不端平玉姬不计较，泼里洒外她也可以假装看不见，就一样，婆婆明知道丈夫在韩国有人了，不但不加斥责阻止，反而在知道自己有了孙子的时候，一副得意忘形的样子，这让后来知道真相的玉姬最为愤怒和伤心。这一年，秋后卖粮，玉姬把钱打进包裹里，一分钱也没上交，她带着女儿回了娘家，从此再也没登过婆婆的门。小叔子算是一个知事理的人，特意从南方回来一趟，他来劝嫂子，以家里现在的生活状况，地种不种都无所谓，不会少钱用，只是父母一天天变老，诸事身边总得有个人照应。小叔子的担忧不差，可玉姬把他哥哥的事对他讲了之后，他也哑口无言，捶手跺脚，扭头而去，路上想了什么，骂了什么，玉姬不知道，知道的是他要接父母去南方，父母不肯走，双方争执了几日，小叔子一个人回去了。

后来，玉姬就去了延吉，再后来，玉姬来到松城，等她和余连魁认识并相熟，时光在她的岁月里已经荏苒了十几个春秋了。

女儿中考完毕，梦想着和母亲一起去松城游玩，开开眼界。这之前，她到过最远的地方就是延吉，站在布尔哈通河的大桥上，她觉得这个世界很大，也许就是从那时起，她想到更远的地方去看看，就像母亲的脚步到达了松城，父亲的脚步到了韩国，她的脚步能到达哪里呢？至少要比母亲远一些吧。玉姬后来才知道，她离开家乡的那个早晨，女儿醒来就摸到了枕头底下的那沓钱，不多，两千元，可是，两千元足够为女儿的梦想镶上花边了。就在当天下午，女儿留给姥姥一封信，独自一人踏上了游历松城的旅程。她此行的目的不是寻找母亲，而是给自己全新的自由，这自由不是被动的，不是带有被抛弃感的，不是姥姥的无奈，也不是舅舅舅妈的视而不见，而是她自己独立的选择。她去了日本建筑博物馆，去了植物园，去最大的电影院看了一场电影，在二十四小时书店里听了一宿的音乐。对了，她还吃了松城有名的鸡汤豆腐串，那是一种说不上来的滋味。她吃的是谁家的豆腐串呢？如果是在植物园附近吃的，说不定就是余连魁的老余太太鸡汤豆腐串，真是那样，她与她母亲开的足道馆只有百步之遥。一趟松城之行，她花光了身上所有的钱。她回到家的时候，姥姥还坐在门口哭呢，舅舅怒目而视，一只手伸成巴掌又攥成拳头，如是三回，一跺脚回自己的房间去了。

说完女儿来松城这段话后，玉姬叹了一口气。

玉姬说话的时候，余连魁很少插言，他愿意听玉姬说自己的事，这类事情说得越多，他觉得他和玉姬的关系越近。他相信，他们之间的一些谈话内容，玉姬是不会跟任何人说的，包括和她关系最要好的安安姑娘。

说来也怪，平日里和任何人都语迟的余连魁，只要和玉姬在一起，话也会变得多起来。他讲自己小时候的事。他九岁的时候得了黄疸性肝炎，浑身蜡黄，大便不畅，老妈就用手沾香油给他往出抠，抠出的粪蛋干硬干硬的，落到地上能砸出响来。当然，他的眼睛是天生弱视，自从这次肝炎之后，视力更是一天不如一天，他还记得他躺在姐姐的腿上，听姐姐给她念小人书，他问姐姐，如果有一天他要是瞎了怎么办，姐姐说不怕，瞎了姐姐挣钱养活你，养活你一辈子。

余连魁愿意和玉姬讲他自己以及他家庭的磨难，讲了这些苦、这些难，好像就给予了玉姬一种平衡，每个人活着都不容易，所以没有什么可以气馁，只要坚持，都有活下去的希望。这是他最朴素的一种观念。有一天，他还和玉姬说了托尔斯泰的名言：幸福的家庭家家相似，不幸的家庭个个不同。是《安娜·卡列尼娜》的开篇，从二先生那里听来的，一下子就记住了，不想在这里派上了用场。玉姬原本也没有读过这本书，听了余连魁的一句话，便去书店买了一本，不想一读就上了瘾，不但读了这一本，随后把《复活》和《托尔斯泰传》也读了，觉得人生被俗人的眼界看窄了。

真的看窄了。

这个窄，也包括自己。

她决定答应丈夫，和丈夫离婚。

就在这时，发生了女儿去韩国找父亲的风波。

女儿上高中的第一个寒假，就做好了辍学的准备，这件事不需要和任何人商量，包括母亲。对于她的生活、学习环境，对于她无比畸形的家庭，她没有什么好抱怨的，甚至都不存在所谓的叛逆期的反抗和痛恨。姥姥姥爷是关心和疼爱她的，对她格外照顾；舅舅舅妈不能视她如己出，她也能够理解，他们有自己的孩子，有自己完整的日子，尽管有血缘关系，自己无论如何也是一个外人。从某种程度上，她不但不记恨舅舅，反而还有一点感激他，不管怎么说，每年过年，他还会给自己买一套里外全新的衣服当作新年礼物，在她有病发烧的时候，还会开车送他去诊所、去医院——没买车的时候，还背过她，那不算宽大的后背曾给过她父爱的温暖，这点儿温暖足以让她铭记。

但是，对奶奶家这边却有所不同。

自从和母亲离开奶奶家之后，她几乎不去奶奶那里，春节除外。所谓春节除外，也是有惯例的，如果父亲从韩国回来，一定会通知她，她也不扭捏，一个人去，一个人回来，和父亲见一面，收了压岁钱，饭是从来不吃的，就安安静静地坐着。父亲问她什么，她答什么，父亲不说话，她就保持沉默。父亲的话说完，她就站起身，和爷爷奶奶打一个招呼，便低着头出门。奶奶会说："吃完饭再回去吧。"她答："姥姥那边已经做好了，他们等着我呢。"这一问一答是最让人感到别扭的，又不能计较。她出了门，不回头，很快出了村子，出了村子就开始跑，一直跑回姥姥家，往往大汗淋漓，气喘吁吁。

高一这一年的春节，父亲没有回来，他二叔回来了，她去给爷爷奶奶拜年，手里拎了一包东西。这包东西装在一个小包装盒里，外边用彩带打了一个蝴蝶结。爷爷奶奶很高兴，以为孙女长大了，懂事了，终于知道自己是谁家的人了，可是，等他们打开盒子，一下子全傻眼了。你道那盒子里装着什么？一张期末考试的成绩单，一个剃须刀片，一团白绫子，一瓶安眠药，一张农药标签，还有一本从网上下载的《自杀手册》。

爷爷奶奶没反应过来，二叔一下子就看明白了，二叔问她要干什么，她说："告诉我爸，我要去韩国。我妈养我这么多年不容易，该他管我了。"

事情就这么简单。

可事情真的能这么简单吗？

这一回，玉姬哭了，她好像才明白过来。她总以为女儿还是一个小孩子，不承想，有些心事她早就装在脑子里了。

女儿只和二叔说话，让二叔和父亲联系。条件是有的，谈不上过分，但也十分苛刻，就是去韩国的事，只需父亲一个人来办，不要让母亲知道，不要让姥姥一家人知道，一旦走漏了消息，她留给奶奶家的就是一具尸体。二叔是爷爷奶奶的晚来子，比她也就大个十几岁，他们是两辈人，但是代沟没有那么深，二叔好像刹那间就认识到了事态的严重性，也一下子从回忆中验证了他的这个话语不多、性格倔强的侄女骨子里的执拗。有两件小事二叔记忆犹新。侄女上小学的时候，放学路上遇见了他，他们结伴回家，走田埂织成的小路。走着走着，侄女的脚步突然变得歪斜了，一只脚立得稳，一只脚多了几分犹疑和拖沓，他问侄女怎么了，她只皱着眉头不出声，不一会儿突然掉头往回走，走了又很快回来，回来后走路的姿势完全正常了。他好奇，问侄女究竟怎么了，侄女抬了一下最先拖沓的那只脚，说："踩到狗屎了。"说完，又抬起另一只脚，说："回去，让它也踩一下。"说得很冷静，让他这个当叔叔的一阵一阵发蒙。还有一件事。家里腌了一小坛萝卜，马上就能吃了，开坛那天，奶奶发现那一坛萝卜不翼而飞了，坛底只有一点儿咸菜水，至于萝卜，连一块都不见了。问爷爷，爷爷不知道，问玉姬和二叔，当然也不知道，最后问到她，她说送人了，又问送给谁了，她说送给妈妈的音乐老师了。奶奶以为是玉姬指使，她拦在母亲面前说："和我妈没关系，是我自己要送的。"

那时她才小学三四年级而已。

类似的事情还很多，二叔后来是见怪不怪了。这一番侄女提出要去韩国，他不敢当玩笑听，更不认为是小孩子任性瞎胡闹。二叔当即打电话给哥哥，说明事情原委，让他赶快想法处理此事，如果真闹出什么事来，一条人命搭进去，这个家恐怕就永无宁日了。弟弟和哥哥的电话说了什么，怎么说的，外人并不知道，但是，玉姬的丈夫一定是害怕了，春节一过，他就从韩国赶了回来，紧锣密鼓地开证明、办手续，学校那时刚开学，女儿辍学的消息就已经传到校长的耳朵里了。

这个春节玉姬没回家，她给按摩师们放了假，自己留下来看店，也贪图着额外的几宗生意。凡是春节期间来按摩的，多半也是回不去家，或家里没人的，这样的客人在店里徘徊的时间长，加钟多，偶尔还会多加小费，一个活儿下来，二三百块钱不止，有时五六百也是可能的。玉姬计算着，就算平均一天来一个客人，五六天下来，两千元的进账足够弥补不能与家人团聚的遗憾。大概是为了成全玉姬的这个心思的，大年三十的晚上，玉姬刚刚包好饺子，就来了一个客人。说来巧了，这个客人也是延边地区的，自我介绍是个诗人，在松城文联打工，春节家里没人，所以就一个人留在松城了。本来有朋友约他去家里，他觉得不方便，找个借口推托，准备找个能吃年夜饭的酒店，自己守岁祈福，为明年求个好彩头。中午他在浴池洗了澡，吃了一大碗方便面，见天色晚了，就沿着小街走向大道，脑子里琢磨着吃什么，眼睛却看到了"玉姬足道"四字。他摸摸肚子，还不甚饿，便一脚踏进来，险些和手端盖帘的玉姬撞个满怀。

"按脚啊？"玉姬问。

来人点点头。

玉姬进厨房，放下盖帘，又去卫生间净了手，直接把热水打好，端进屋里。延边是一个洗浴文化非常发达的地区，这位客人也是轻车熟路，进屋就把衣服脱了，整个人舒舒服服地直躺在床上。玉姬进来的时候，客人正在打电话，玉姬一听就笑了，他说的是朝语，而且里边还掺杂了两句骂人的话。一问是老乡，两人很快就熟络起来，这位客人按摩的兴趣没有了，谈性大发，他进门的时候见玉姬包了饺子，就提议和玉姬一起吃饭，玉姬没有多想随口就答应了。于是，拌凉菜，煮饺子。这期间，客人出去一趟，买了一瓶酒，在附近的饭店又点了两个菜。就这样，两个陌生人在一起过年了。

客人给玉姬讲日本电影《远山的呼唤》。讲到结尾，他一个人扮演三个角色，声音十分夸张。门外是鞭炮声，门内是两个陌生人的对饮。那客人说，他原本家庭也挺和睦的，妻子很漂亮，女儿也很乖巧，后来妻子去韩国打工，和一个韩国老板好上了，再后来，女儿也去了韩国，在那里嫁了人，他现在是孤家寡人一个，所以才离开家乡到松城来谋营生。谋营生也是借口，只是不想在原来的地方住下去，一座小城熟头熟脸的太多，低头抬头都是落寞，迎面见到的每一张面孔都是虚伪的，那种刻意的同情对他来说是最大的伤害，他承认自己是一个脆弱的人，而脆弱的人只有逃避人群之后才能变得坚强。

玉姬包的饺子是辣白菜五花肉馅儿的，这一下子荡起了客人的思乡情，一瓶白酒他喝了大半瓶，喝着喝着，突然扎到玉姬的腿上哭了。玉姬没有躲避，任他的肩头抖动，等到客人哭够了，她才把一直端在手里的那杯白酒一饮而尽。

那客人走了，脚步有点儿踉跄，玉姬送他到店门口，让他搭着手下了台阶。玉姬足道的门口挂了一串风铃，原来是用来提醒，有客人来了，风铃会响，按摩师听了，便出来迎客，本无什么特别，一件工具而已。可是这个除夕晚上，客人出门时撞了一下，玉姬送他也撞了一下，待玉姬回来，又撞了一下，风铃细碎地响个不停，把新春和旧岁搅和得不甚分明。

玉姬回到桌子旁，缓身坐下，这时她才发现那客人在他用过的盘子底下放了六百块钱，应该是取新年大顺之意。钱是新的，张张干净整齐，而且是连号的，用手一碰会发出脆生生的响。她握着钱，眼睛瞅着门外，有心去追那客人，却也知早无了去向。这犹豫只存在片刻，人还是奔了出去，门也顾不上关，一直向街口跑，跑到街口只见火树银花，嘈杂的人声里见不到那人的踪影，怔怔地站半天，折身向回走。出门急，没穿外衣，这巷子又是风口，一阵疾风吹来，人瞬间抖成了一团。

"怎么也不穿点儿衣服？"低低的声音，充满关切，又带些埋怨。

她有点儿恍惚。

一只手扯了她，快步往回走，待进了店门，拉门合闭的撞击声，风铃的再次乱晃，才让寒冷中的她回过神来，定睛看时，拉她的不是别人，正是一脸慈笑的余连魁。余连魁家人口少，没有孩子，晚饭吃得早，吃完饭就等着看春晚。春晚基本上是姐姐一个人看，余连魁对那些节目兴趣不大，父母上了年纪，母亲身体又差，基本上是看不到一半就睡下了。早些年姐姐余美英还张罗着包饺子，可到了近几年，这饺子也包不出个阵势，慢慢就淡了，到了半夜，真的感觉饿了，就煮一袋速冻水饺，如果不饿，也基本熬到新年钟声一响，便枕着《难忘今宵》睡到大年初一了。晚饭吃得早，还有一个原因，大年三十的下午，余美英会去二先生家，先帮二先生和老母亲备下六道拿手菜——以前，都是二先生的姐姐忙活，说不上从哪一年开始，姐姐自动退位，这些活计全由余美英接手了。这六道菜有讲究，是余美英说给二先生和老母亲听的——一道排骨，她叫"排忧解难"；一道鸡，她叫"积少成多"；鱼不必多解释，叫"连年有余"；一道猪手，她叫"招财进宝"；一道醋熘白菜，她说"百财不走"；还有一道大拌菜，她说叫"样样齐全"。答对好这娘俩儿，她再回家，照本宣科，还是这六样，轻车熟路，厨房里"叮叮当当"一阵热闹，一张桌子很快就摆满了。

余连魁知道玉姬不回去过年，姐姐做菜时，他就做了准备，六样菜一样不少，用打包盒装好，量不大，心意却满满。除了凉菜，其他五样，靠着暖气包放好，用棉坐垫盖上，以免凉透。吃罢饭，他就穿衣出门，手里除了装菜的手提袋，还多了一挂鞭。从家里到玉姬足道需走一个 U 字形，他转到大溪水的胡同口就看见了玉姬，急忙跑两步，拉着她回屋。他看玉姬手里拿着钱，以为她要买什么东西，就问："还缺什么吗？我带了点儿菜来。"

玉姬打了一个喷嚏，连连摇头。

刚才那客人是说者无心，可玉姬却听者有意，她想韩国是一个什么样的地方，为什么无论男女，去了那个地方就都横生变故呢？突然就想喝酒，不等余连魁动手，玉姬自己打开那些打包盒，去厨房给余连魁换了筷子，把刚才瓶中剩下的酒倒了两杯。

余连魁心细，见她撤下一副碗筷，就问："人不都走了吗？"

玉姬未加思索，答："刚才来了一个客人。"

余连魁去拿筷子的手又缩了回去。

玉姬回过神来，笑了，说："来了一个老乡。"

玉姬又把刚才的事讲了一遍，余连魁这才端了酒杯，一边让玉姬吃菜，一边说："一个陌生人，你又不了解，留下来喝酒，怎么说也挺不安全的。"

玉姬指了一下屋子的一角，那里装着摄像头。见余连魁还是有些担心，她就笑了，说："这房子不隔音，喊一嗓子全楼都能听见。"说完竖起一根手指，让余连魁不要出声，余连魁坐在那里不动，这足道里就阒静了，二楼一家人欢闹的声音如水般泻下来，连碰杯的声音都听得一清二楚。

玉姬说："是个诗人呢，挺能说的，不是坏人。"

听玉姬这么说，余连魁放下心来，把姐姐做的菜一一叫出名堂，这些大俗大雅的菜名让玉姬一下去了阴霾，杯中的酒两口就喝干了。玉姬做过陪酒女郎，酒是早就练出来的，平日里不怎么喝，今天高兴，一时起了酒兴，便去厨房又找来啤酒和红酒，菜每样都吃了几口，图个吉祥，余下的时间和力气都用在了酒上，两个人推杯换盏，玉姬足道的笑声一点儿也不亚于左邻右舍的欢愉。

酒很快喝没了，可二人还没有尽兴。

玉姬说："没酒了。"说完抬头看看墙上的钟，已经半夜了，估计是买不到酒了，就往椅子上一靠，脑袋摇得像拨浪鼓。

"你等我，我有办法。"

不等玉姬回应，余连魁就快步出了门，他本想回家去取，走了一半路便改了主意。毕竟半夜了，回了家再出门，姐姐一定会问，出来出不来不说，她那刨根问底的劲儿，余连魁难以应付，纠缠起来一定耽搁时间。他不回家，转身上了自由路，穿过人民街，直接去敲二先生家的门去了。他给二先生打电话，二先生正在独饮，听说他要找酒，大为好奇，嘱咐他在楼下等着，自己穿好衣服，瞄一眼熟睡的老母亲，往怀里揣了两瓶剑南春，悄悄关好房门，一歪一斜地和余连魁会合。

刚才打电话，余连魁只说没酒了，二先生便误会了，以为余连魁是叫自己去他家里喝酒，两个人见面也没多解释，相伴着往回走，正是余连魁家的方向。二先生在家里也喝了一点儿，算酒至半酣，方向判断不错，是不是去余连魁家，没问，也没想，等一脚踏进足道，看到面颊绯红的玉姬，

他才完全反应过来

他干笑了一下，不知说什么好，抬眼去看余连魁，下意识地把怀里的酒裹紧。

余连魁说："玉姬，朋友。"

二先生了解余连魁的品性，知道他不会胡来，心里虽画着魂儿，还是礼貌地坐下来，把酒放到桌子上，心里嘱咐自己多留意，刚才的兴奋减了一半，眼睛里的活儿多了起来。那个除夕夜他们究竟喝了多少酒呢？二先生和余连魁多少都有点儿失忆，他们三个人喝着喝着都睡着了，玉姬足道的灯亮了一宿，门开了一夜。

第二天，余连魁和二先生醒来时，玉姬已经把饺子煮好了，留他们吃，他们谁也没吃，大过年的，都惦着家里，道了一声"新年好"，皆慌慌张张地逃出门去。

第四章　赞美诗

在日本有一个传说，但凡生于庚申年的人，名字里都要有一个"金"字，不然这个孩子长大了便会成为危害人间的汪洋大盗。金之助就生于庚申年，所以父母便给他取了这么一个名字。了解日本文学的人都知道，近代日本有一个大作家夏目漱石，他的本名就叫金之助，至于音乐家金之助的父母为什么要取一个和著名文学家相同的名字给儿子，各种原因不得而知，金之助的父母在他少年时期就都去世了，他完全是由姐姐一手养大的。上海乐器展时，蒋皓宇采访了他，写了一篇很有力度的访谈，发在"弹指空间"的平台上，指弹界的知名人士，以及众多的粉丝们，对这篇访谈评价很高，蒋皓宇的能力进一步得到了公司的重视。金之助来上海，只带了助理和秘书两个人，但是他的某些行为完全是任性的。有一天他一个人从房间里跑出来，大力敲开蒋皓宇的门，约他去楼下的酒吧里喝酒，蒋皓宇虽然年轻，却也知道中国有"七十不留饭，八十不留宿"的俗规，何况金之助都已经九十多岁了。他翘着山羊胡子笑眯眯地看着蒋皓宇，那神态像一个顽皮的孩子，大有你不答应我就不离开的决然。

蒋皓宇指指楼上。

老先生很聪明，说："不需要他们。"他见蒋皓宇还在犹豫，又说："我如果七十岁，你可以拒绝我吃饭，我如果八十岁，你可以拒绝我睡觉，可是，"他幽默地摊开双手，"我已经一百岁了，上帝都已经把我给忘了。"

蒋皓宇被他给说笑了。

夜有一点儿深了，但酒吧的人仍然不少，在这些人中有不少认识金之助的，都礼貌地和他打招呼，老先生面带微笑，和蒋皓宇找了一个角落坐下来。他们的谈话没有什么主题，更像是祖孙二人的闲聊。蒋皓宇想：如果是祖孙，我应该叫他爷爷还是太爷爷呢？他是这样的想法，不料金之助对他的称呼却很随意，他说："小兄弟，你知道我弹琴受谁的影响最深吗？"这是蒋皓宇感兴趣的话题，老先生的话音刚落，他就意识到了自己访谈中的一个重要的缺失——在他的问题里，没有涉及这一金之助音乐的本源，他过于关注金之助转向指弹吉他的原始根由了。金之助和蒋皓宇提到了一个人的名字，这个名字一下子打破了蒋皓宇心中的所有禁忌和障碍，他甚至有些迫不及待地讲述他对这个人的了解，更是在乐风上大胆地阐述自己的观点。

这个人就是切特·阿特金斯。

蒋皓宇为他总结了几句话，大意是——贫穷的农村孩子，后来的桃李满天下的音乐大师，谦卑的寡言者，却总能在关键时刻金句频出的智者，曾经的辍学生，渐成为推动文化产业发展的巨擘。至于更多的细节和故事，蒋皓宇也如数家珍，最后他还对金之助说："老爷爷，他应该比你还小四岁呢。"

金之助笑了，说："我是他的哥哥，但他比我了不起。"

就是这场谈话，让金之助有了一个全新的想法，他想让蒋皓宇对他再进行一次采访，这个采访不是问答式的，而是那种敞开心扉的自由交流，时间不限，三天，五天，甚或更多；地点不限，可以在中国，也可以在日本，如果在日本，蒋浩宇的一切费用由他资助。这是一个太过意外的惊喜，蒋皓宇来不及反应，便一口答应下来。他端起桌子上的酒杯，很用力地和金之助碰了一下，竟忘了礼貌和优雅，一仰脖全部倒进了肚子里。

金之助说："是这个样子啊。"

那一晚，他们谈得十分尽兴，如果不是助理和秘书同时找下来，他们还会继续谈下去。蒋皓宇很兴奋。金之助被助理和秘书劝走，他却还坐在原地未动，他特别想打一个电话给李艾艾，可时间实在是太晚，怕会影响她及同寝的人休息。蒋皓宇坐不住了，他一个人打车去了黄浦江畔，上海这座不夜城灯火辉煌，霓虹闪烁，但是，江水也好，灯光也罢，此时此刻都顶替不了他心中的那一团炙热和光明。天大亮，他才回宾馆，正是早餐时间，餐厅里饭菜的香味缕缕飘散，引得他的肚子"咕咕"直叫。他没有上楼，直接净了手，拣一个最大号的盘子，荤荤素素地把盘子装满。餐厅里的服务员大概从未见过这样的饕餮客，一边瞪大眼睛看着他笑，一边小声地议论着什么。蒋皓宇知道她们在关注他，不但不显尴尬，反而把手中的盘子高高举起，展示给几位姑娘一个无比灿烂的表情。

他去打牛奶的时候，看到了坐在窗边的金之助和他的秘书，那秘书冲着他招手，显然有什么事对他说。蒋皓宇放下牛奶，快步走过去，秘书迎着他站起来，从桌子上拿起一个本子递给他。

秘书说："这是先生的笔记，特意起早复印的。"

蒋皓宇的脚步急，秘书说话的时候，他离他们还有几步的距离，秘书的话音落了，他整个人定在了原地。他有点儿不敢相信自己的耳朵，金之助的笔记，复印了给他，这算是礼物，还是一种格外的嘉奖？他的大脑出现了短时间的空白。

秘书说："这只是一部分，回国后会有更多的资料发给您。"

秘书后边的这句话，他完全没有听清楚，他的思路还停滞在第一句话上，金之助对他的信任让他有点儿不知所措。

金之助正全力对付一块小排骨，见蒋皓宇站在那里不动，便说："怎么？像我一样？连块骨头都啃不动了？"说罢，把那块排骨丢进嘴里，用力地嚼起来。

蒋皓宇醒悟过来，上前接过秘书手中的本子，他想说一句"谢谢"，可这两个字哽在他的喉咙里，让他几乎喘不上气来。他刚想给金之助鞠个躬，不想，老先生把嘴里的骨头吐在纸巾上，自嘲地说："味道很好，可是，真啃不动了。"说完，自己先笑起来。这真是一个幽默的老人，他拿了一副新筷子，夹了一块排骨，不由分说地送到蒋皓宇的嘴边，蒋皓宇的嘴半张着，正好就被他钻了空子。

"你牙好，你能行。"他推着蒋皓宇的肩膀，让他回自己的座位去，一只手指着那杯牛奶，提示蒋皓宇不要忘记，

吃过早餐，蒋皓宇完全冷静下来，给李艾艾打电话的冲动也慢慢平复，他回到房间，迫不及待地打开金之助给他的复印件，只看了两页，浑身的热血就又一次奔涌起来。门铃响了，蒋皓宇起身去开门，来人是金之助的助理，一个年龄比他小几岁的年轻人。蒋皓宇向他身后看，助理微微一笑，说："先生一宿没睡，现在睡下了。"听他如此一说，蒋皓宇顿感羞愧，不管怎么说，昨天晚上，是他和老先生在一起，他想解释几句，又觉无从说起，微微低一下头，把年轻的助理让到房间里。

助理说明来意，金之助是想把采访放到日本，如此，也可以带着他看看自己的家乡，还有他的工作环境，另外，还可以介绍一些同行给他，他们眼中的金之助可能让他的思路更为宽阔。

"为什么是我？"蒋皓宇终于问出了心中的困惑。

助理摇摇头，说："他一直说你用日语和他交流的事，大概就是因为这个吧。我跟随先生有两年了，多少了解他的脾气，他喜欢坚守的人，所以……"助理站起身，给蒋皓宇鞠了一个躬，"请多多费心吧。"

助理告辞，蒋皓宇却一直站在原地，他耳边传来轮船汽笛的声响，浑厚，悠长，盖过了楼下车流的嘈杂和纷乱。

他还是拨了李艾艾的电话，却阴错阳差地拨到了母亲黄晓萍那里。从黄晓萍的声音里能听出关心和欣喜，当然，免不了作为母亲的不可避免的唠叨。以前，母亲唠叨，蒋皓宇总会找个借口打断她，今天有所不同，无论母亲那边说什么，他都乖巧地答应着，那口气根本不像一个毛毛草草的

极不耐烦母亲多说一句话的臭儿子，反而像极了一个比小棉袄还贴心的女儿。

太过高兴，黄晓萍竟开了儿子一个玩笑，说："怎么，今天忘记吃枪药了？"

蒋皓宇说："还真吃了，可是剂量少了。"

母子两个人都"哈哈"地笑起来。

黄晓萍问儿子："展会结束了吧？什么时候回来？"

蒋皓宇不加思索地回答："准备点儿资料，可能会晚回几天。"

黄晓萍在犹豫。

蒋皓宇又说："妈，你知道金之助吗？"

黄晓萍哪里会知道，于是，蒋皓宇将这两天的奇遇一五一十地讲给母亲，并一再强调："过段时间，我很有可能去日本呢。"

黄晓萍无奈地接受儿子和单位请长假的这个事实，但是对他的未来发展还是存在着无限的担忧。听了儿子的一番话，她的内心也略感轻松，便很自然地问了一句："他为什么这么信任你呢？"

这也是蒋皓宇一直在思考的问题。

刚才母亲问他什么时候回松城，他说要耽搁几日，是不折不扣的临时起意，但绝对不是心血来潮。翻读金之助的笔记时，他的身心一直充斥着崇拜的战栗，他并未完全领悟金之助的文字的机理，单看那一行行工整的字迹，他就已经陷入一种不可名状的情绪之中。这种情绪不可控，一波未平，一波又起，一个拥有八十年演奏生涯的艺术家，他留给后世的心得是怎样一笔财富？他不能简单地用时间衡量，更不能庸俗地用金钱做价比，蒋皓宇突然觉得他的肩头多了一副担子，多了一份不可推卸的责任和义务，他想到了自己的老师秦汉晋，想到了中国年轻的指弹演奏家们，想到了"指弹空间"成千上万的粉丝，更是无比清晰地想到了师妹李艾艾。他要把金之助的"指弹笔记"翻译成中文，这个想法刚一闪现就被死死地镌刻在大脑中了，好像一场宏伟的音乐会，急待他的指挥。

他给自己要翻译的这部手稿起了一个名字，叫《鹰与莺——一个指弹艺术家的弦外之音》。

写下这个题目之后，他转头看了一下桌上的电话。他确认刚才的电话不是打错了，而是他执意要打给母亲的，他想让母亲知道自己的目标明确，并不是一只盲目的蟋蟀在钢筋水泥的丛林中苦苦地求索，想在砖缝里找到栖身之地，然后借助夜晚的月光传输几粒略带质感的音符，引得那些不谙世事的孩子，坐在一株无花的灌木丛旁边侧耳倾听。

蒋皓宇是了解李艾艾的，除非有什么特殊的事情，否则，他工作的时候，李艾艾是不会打电话给他的。上海乐器展一共五天，五天的时间里，都是他打电话回去，讲一讲当天的见闻，说一说工作的进展，顺便问一问她和老师的情况，并把他相中的吉他款式及价格发回去。乐器展期间，国内外的厂家及私人手工琴制造者大多会请一些演奏家来助阵，蒋皓宇可谓眼界大开，除了采访，他的大部分时间都是坐在某一个展位前，细心把握那些弄琴高手的弦上流韵，一段段录音和视频都快把他的手机给涨满了。傍晚的时候，他会和李艾艾分享这些精彩的片段，那时，他和李艾艾都刚刚吃过晚饭，一杯热饮，或者一杯现榨的果汁，皆可以为他们创造一个无比温馨的氛围。李艾艾还是一样话少，受了她的影响，在听音乐的时候，蒋皓宇也不再饶舌，他们人分两地，但是舒展的音符像一根被自动拉长的丝线，亮闪闪、颤巍巍地拨动着两颗年轻而敏感的心。

接受金之助的邀请，看到金之助的笔记，决定要把这些笔记译成中文，每一个事件的突降，他都想第一时间打电话给李艾艾，把这些好消息告诉她，可是，和母亲通完电话之后，他突然变得冷静下来。这种冷静来自他思想上的自制，也因为金之助笔记里的一段话，这段话是关于美国的一个名为惠斯勒的画家的。

"哈，能被西点军校开除也未必就是什么坏事吧，当一个'巴黎流浪汉游手好闲的徒弟'，又有什么不好？我有幸欣赏这位伟大画家的一幅早期作品《弹钢琴》，受到了原始的冲动和震撼。一身黑衣的妇女在弹琴，一身白衣的小姑娘在聆听，这种看似简单的黑白对比的背后，凝聚着多么巨大的艺术能量，这种能量不单单是绘画的，同时，它也是音乐的。它是科学的，却又有着科学无法破解的神秘；它也是神秘的，但同样具备着科学的规律和力量。我们总认为旋律是有色彩的，这色彩一直弥漫在我们的心中，但突然有一天，当你一下领悟到旋律是黑白两色的交锋与对立时，你的手指一定会保留下这种领悟留给你的难以忘怀的喧哗与骚动，而这种喧哗与骚动一旦驯从于你，它们的自然排列便张弛有度，无法而法。"

在金之助的笔记中，偶尔还会记一行或一段谱例。

比如有一段笔记，除了一行谱例，没有任何文字。

蒋皓宇未明白金之助是何感触。

他去网上查，方知这段谱例出自明代虞山派大师沈太韶的名曲《洞天春晓》，《大还阁琴谱》评价其"温舒广大""淡雅不群"，蒋皓宇在心里过了一遍，顿感灵透。蒋皓宇堆坐在椅子里，大脑又一次空空如也，他仿佛来到一个巨大的宫殿前，处处是门，又处处无门，处处是路，又处处无路，他像一个一无所知的孩童，茫然地站在台阶下，奔跑而来时的那种兴奋和好奇荡然无存，保留下来的，只有一身湿答答的汗水。

接下来的一周，蒋皓宇没有出门，他一直把自己关在房间里，一寸一寸地接近着金之助，每译完一段笔记，他都会高声朗读出来，凡有不顺之处，便伏案苦思，反复琢磨，直到畅然无阻为止。这七天，他和自己大学老师之间的电话成了热线，一有译笔阻滞，他就用手机拍下来，传给老师，老师的悉心指点让他如虎添翼，这一册两万余字的笔记，竟给他一口气译完了。画完最后一个句号，蒋皓宇从椅子上站起身来，没有任何过激的肢体语言，也没有任何一种夸张放肆的表情，他只感觉这个世界太大了，大到他无论怎样生长，也只是这浩瀚空间中的一粒微尘。同时，他也感觉这个世界太小，小到他一俯瞰，就把什么都尽收眼底了。他去卫生间冲了一个澡，水温适中，淋浴喷头的水柱冲刷着一条全新的起跑线，终点的彩带都异常清晰，没有掌声，没有呐喊，有的只是他体内暗积的一种力量，急待爆发。

峰顶的空气急速流转。

谷底的雾霭缓缓落定。

上海下雨了，雨滴打在法国梧桐树叶上"沙沙"作响，彩色的雨伞们涌出地铁口，散开来，是一朵朵行走中的盛开的花；街道上，雨伞又交织着另外一种景象，宛如七彩的云霞飘落人间，每一片云霞的下边都藏着一个可爱的天使，他们提着小小的竹篮，里边盛满了幸福、欢乐、希望和未来。蒋皓宇推开窗户，将半个身子倚在窗口，他点燃一支烟，目光越过楼房和街道，跋涉到遥远的地方。是松城吗？他不确定；是日本吗？他也不确定；是美国或者是欧洲？他感到自己的身上多了一种勇气，一种更加投入地创造全新自我的勇气。此时此刻，他是应该给李艾艾打一个电话的，可他为什么如此地克制自己？他想，我应该跳舞，我可以跳一支舞。这是一个奇怪的念头，但是这个念头不知在哪一个触点上引爆了他，他离开窗口，原地做了一个旋转的动作，他一跃跳到了床上，又一跃落在地上，他把阻挡他活动的椅子推到桌子的下边，又探出一只手把依然亮着的台灯关掉，这些动作都是有节奏的，伴随着他心中的旋律，他将一半没有拉开的窗帘也"呼"地一下拉开了，上海特有的温润的潮湿的气息鼓荡了房间。是呀，窗子是打开的，像他的心扉是打开的一样，他大幅度地运动着，手臂延长，脚踢得很高，头颅高昂，胸膛舒扩，他是透明的，如同一块水晶，雨天使它的光泽有一点儿暗哑，但这暗哑一点儿也不影响它生命深处迸发的烈焰。他猛地仰倒在床上，大口地喘息着，直到这时，他才意识到他是赤裸的，洗完澡之后还未穿上衣服，他身上的汗珠像细密的雨水，而摆成"大"字的他，完全变成了一片绿色的芭蕉树的叶子。

这支舞是跳给李艾艾的吗？

想到李艾艾，他一下子惭愧起来，赶紧跑去卫生间，又冲了一遍澡，待到气息均匀，便把脱下的衣服手洗干净，一件一件地挂在衣柜的横杆上。

212

他对着镜子看自己的脸，虽有一些倦容，但眸子是闪亮的，七天的紧张工作，唇边及下颌的胡子变得又密又黑，额头被头发遮挡，显不出原有的宽大，喉结一涌一涌，好像有一只青蛙在拱动春天的泥土……他用手抹一下镜子上的雾气，迅速地用浴巾擦干了自己的身体。

雨还在下，似乎要营造一种氛围。

蒋皓宇看了一下桌子上的笔记本电脑，情不自禁地划动了一下鼠标。屏幕一亮，转而跳出了一段一段的文字。"鹰"与"莺"这个比喻太恰当了，恰当到不能用其他的词语来代替。至少眼下蒋皓宇是找不出来了，他脑海中的所有字和词都薄薄地蒙上了一块面纱，唯恐蒋皓宇来揭，仿佛他一揭就会损坏到偏旁部首，那副狼狈的样子实在令人难堪。金之助先他一步回日本了，临走主动来和他道别，那天，老先生穿了一件花格子的衣服，白色的绸裤把他显得十分年轻。放下译笔的时候，蒋皓宇特别希望老先生还在上海，那样他就可以在第一时间和他分享自己的成果，交流内心的感受。老先生和他道别时，他已经有了翻译笔记的想法，但是，他没敢告诉老先生，他不知道自己此举成功的可能有多大，怕弄巧成拙，惹出不必要的笑话。现在的他是有信心的，他把他感到最难译的几段文字发给他的老师了，他的老师看后非常满意，除了个别的叹词老师做了修正，对于其他，老师在手机上发了一连串的"赞"和"玫瑰"的表情符号。老师是早稻田大学的高才生，受松城大学的数次诚邀，才来外语学院做外教的，能得到他的高度评价，蒋皓宇多多少少还是有一些自豪和骄傲的。另外，老师是知道金之助的，他虽然不是音乐发烧友，但对金之助这样的成功人士，心中还是充满敬重和崇拜的。

老师说："皓宇，书出版后，我要签名哟。你的，还有先生的。"

蒋皓宇的脸一热，说："如果真能顺利出版，那是一定的。"

蒋皓宇关闭了电脑，查询了上海返松城的机票。他刚把票订好，"指弹空间"的一条微信就冲了进来——"文章大受欢迎，点击率一路攀升，大贺！"他登录公众号，发现十余天的时间，他给金之助作的那篇访谈关注人数已经超过了十一万。再看留言，几位国内指弹界"大鳄"都有百字以上的留言表达赞赏。蒋皓宇的文章，让他们更加立体地了解了金之助这位指弹界的泰斗。在他们的眼里，金之助就是指弹界的泰戈尔，他不仅是亚洲的，更是世界的。"指弹空间"给蒋皓宇发来八千元的红包——这简直就是特例，算是稿费，他写金之助的稿子近九千字，如此算来，他拿到的稿酬也达到千字千元了，是一笔不菲的收入。蒋皓宇收了钱，穿了衣服就往外走，机票是明天早晨的，他在上海还有半天的时间，从来不喜欢逛街的他决定到商场去转一转，目标很明确，他要给李艾艾买一件礼物。

那一日，滕大阁去蒋志一的摊位看他，二人说起大先生自行车的事。那辆自行车是德国产的，牌子滕大阁也说不上来。那辆自行车三四千块钱，是讲过价钱之后的。大先生、二先生还有滕大阁在一起吃饭，二先生问他，大先生随口一说，让滕大阁记住了。后来，蒋志一问，滕大阁也是犹豫再三，把这个价位讲了出来。三四千块钱，在蒋志一看来，不是小数目，他先去当地派出所报案，派出所的警察问他种种细节，可是，他一样也答不上来，只能讲事情经过，让警察好不为难。

警察说："具体什么牌子，具体多少钱，你一样也讲不出来，只说你丢了一辆自行车，这案怎么给你立呀？"

蒋志一心里着急，说话有些不搭调，他说："我是修自行车的，车主不是我。"

警察笑了，说："那你让车主自己来嘛。"

蒋志一说："我去叫他了，可他不来。"

警察说："这又是为什么呢？"

蒋志一说："他怕我给他钱。"

警察被他彻底说糊涂了，一屋子人面面相觑，似乎都觉得蒋志一的智商或精神有问题。

蒋志一又跑到桂林路的自行车行去，向老板打听德国造的自行车，老板眼睛一亮，拉着他墙上地上的一一介绍。这些自行车从几万的到几千的不等，除了颜色，样子都差不多，蒋志一想从中分辨出大先生的那一款，实在是难，最后一拍大腿，转身走了出去。

那老板追出去问："您是真心买吗？真心买价钱可以商量。"

蒋志一停下脚步，略作思索，问道："假如买到手的三四千块钱的车，您实际要价多少钱？"问完觉得这话问得不地道，且没有意义，不等老板回答，继续走他的路。老板在后边骂："你他妈有病吧？"蒋志一听到了，不能回答，心里想：是有病。

回到家，和黄晓萍说这件事，黄晓萍哭笑不得，说他："都说人家骂你，要是我也得骂你。那车要价五千，卖价是三四千，难不成你非给人家五千呀？"

蒋志一说："可不是，一急，问反了。"

黄晓萍说："你的心情我明白，也理解，要我说，你明天再去找人家问问。"

蒋志一坐在那里，半晌没说话。黄晓萍愣眉愣眼地盯着他，到头来，他冒出一句："他奶奶的，我一定得抓住那孙子！"

这是一句没头没脑的话，黄晓萍并未在意，以为他不过是心里有恨，嘴上发狠，劝也没劝，一个人去厨房忙乎饭菜去了。

蒋志一第一次去大先生单位，在门口遇到了滕大阁，滕大阁所在的办公室在一楼门卫室的隔壁。蒋志一从外边进来时，他正和门卫聊天，见到蒋志一，顺手拉开了门内的小窗。他问蒋志一找谁，蒋志一一时语塞，那时，他还不知道大先生的名字，就用手比量着大先生的个头，说："自行车，找丢自行车的。"

大先生新买了一辆自行车，眨眼的工夫就丢了，此事全单位尽知。听蒋志一这么说，滕大阁和门卫都以为蒋志一是做好人好事，他捡到了一辆自行车，寻着失主，给送回来了，遂前后脚走出了门卫室，异口同声地问："找到了？"

蒋志一没反应过来，反问："找到什么？"

滕大阁说："自行车。"

蒋志一摇摇头，说："我找人。"

门卫叹口气，进屋打电话，不一会儿，大先生就从楼上下来了。大先生没想到蒋志一会来找他，走到一楼半的时候，停下脚步，手里夹着烟，抽也不是，丢也不是。那天，他去取自行车，蒋志一哭笑不得地看着他，好半天说不出一句话来。大先生问明了事情的原委，未多加思索，几千块钱的自行车一天没骑，心疼和遗憾都是有的，他的内心有一瞬间的矛盾，按理说，自行车在车摊丢的，索赔理所当然，可他看见蒋志一黑黢黢的脸，起丝挂缕的工作服，一双沾满油污的手紧抓着手套，一双老旧的军用胶鞋，就把脸转去自行车停放的地方。他没说什么，只是把刚买的链锁递给蒋志一，笑了一下说："得，这个也白买了。"

蒋志一应了一句："能退。"

大先生的嘴咧开得更大了——这一笑是发自内心的，他说："你留着吧。"

大先生转身要走，蒋志一哪里肯放，赶上一步，拦住大先生，问："多少钱，我赔你。"大先生说："算了，当初就不应该买它。"

大先生说的是实话，他决定买自行车，对价位是有思量的。他咨询单位的一个自行车爱好者，那爱好者说，在城市里骑两千块钱左右的足够了，他自己骑的那个一万多，如果某一个配件丢了坏了，都得去专卖店配，太麻烦。两千块钱左右，大先生认，带好钱，直奔自行车行。用心理医生的话说，大先生是一个有"心理洁癖"的人，他去了车行店，进门第一眼就看中一辆车，是挂在墙上的，绿搭蓝，十分养眼。老板是个精明的生意人，见大先生气度不俗，言语上就下了功夫，对这款车介绍得格外仔细。他赞誉大先生的话，大先生根本没有入耳，至于车子的功能，他听得也不十分认真，车子价钱在那儿呢，功能差不到哪儿去，主要是款式，就像他脚上穿的鞋，腕上戴的表，袋里的打火机，合心顺意，跟长在自己身上差不多。

他又看了看那些两千元左右的车子，怎么看都是中学生骑的，样子普通，甚至有点儿别扭，就像一只本来挺漂亮的手，意外长出了一个六指儿，收没处收，放没处放，只能听任它不尴不尬地存在，让人随意评说。顺着这个逻辑去想，大先生不费吹灰之力就把自己说服了，当即刷卡把这辆车归到自己的胯下。那一天，他刚好穿了一条深蓝的裤子，白上衣外面套了一个浅绿的摄影服，这一套行头和自行车搭配在一起，还真有赏心悦目之感。

说他有"心理洁癖"一点儿不假，骑着车子回来，在单位门口打了一个站，想一想，不放心车行老板的组装，直接到路口，把心底的顾虑交给了蒋志一。单位那天"打包"，许多同事都在把车库里的杂志往门前的空地上搬，所以，大先生风光乍显，大家都夸他年轻了好几岁呢。所谓"打包"，就是自己发运杂志，市内的大订户车送，外埠的自己填单，再交给关系可靠的邮局邮寄，如此下来，会省下一笔费用，月底转为大家的奖金和福利。在一般的单位开三五百元工资的时候，松城科技报刊社的人均工资就已经达到两千了。在整个城市的事业单位里，他们的收入是令人艳羡的。可以说，滕大阁调到这样一家单位工作，是经济上的最大受益者，他来的时候正接近月底，但是，报刊社不但给他补发了当月的工资，就连打包费也算上了一份，一刊一报，五次打包他都没有参加，但是五次的打包费他都领取了，加起来一千多元呢。他去问大先生，大先生解释说，刊是月刊，报是周报，月刊的一次打包费三百多，报纸每次打包费二百多，加起来可不一千多。滕大阁手里拿着钱，傻了一般。打包是体力活，可是，但逢到了打包的日子，单位的每一个员工都跟过节似的，打打闹闹，有说有笑，就连附近卖冰糕的老太太都摸熟了路数，在报刊社门口一站就是半天，一箱子雪糕像中了什么魔法似的，一层一层地融化在这群人的肚子里。大先生骑车回来，远远地就被滕大阁看见了，他高高地举起手，打出了一个胜利的手势，

大先生买了一辆漂亮的自行车，可惜只骑了一次就丢了。

蒋志一到单位来找自己，这是大先生没想到的，他把蒋志一让到自己

的办公室，沏了一杯茶水放在他的面前。两个人互通姓名，这一回算彻底认识了。蒋志一说明来意，表示要赔钱给大先生。大先生说："算了，都挺不容易的。买那辆车也是临时起意，本不该的，丢了就丢了，也许是天意。"

蒋志一从沙发上站起来，声音不自觉地提高了："那怎么行？这一码是一码，您信任我，把自行车交给我，我没看好，赔钱是理所应当的。"

大先生问："我说不用就不用，不让您赔不是好事吗？"

蒋志一急了，声音更大了，像喊口令似的："您我素不相识，没道理的事。"

大先生笑了，说："脸早熟了。以前咱们没说过话，今天，这话也说了，就算正式认识了，认识了就当个朋友处吧。"

大概是蒋志一说话的声音太高了，隔壁办公室的几个同事都跑了过来，以为大先生遇到了难缠的作者或读者，可一看蒋志一，都知道他是路口修自行车的，他和大先生没啥瓜葛，跑到这里喊什么呢？

那个骑行爱好者也在其中，他脑子反应快，问大先生："你的车是不是在他那儿丢的？"

大先生未答话。

蒋志一抢先应一句："对对对，是我给弄丢的。"

骑行爱好者问大先生："什么牌子的，花多少钱啊？"

蒋志一附和着："对呀，什么牌子的？多少钱？我认赔了。"

大先生摆了摆手，让大家回去，他对骑行爱好者，也是对蒋志一说："忘了，都忘了。"

蒋志一说："要不，咱们去派出所报个案吧？"

大先生生气了似的，说："不报了，就算找回来也不想要了，这件事过去了，您快回吧。"

赶巧，滕大阁上楼通知开会，大家一起散了，蒋志一只好"无功而返"。他心里琢磨不明白，这位李老师是什么意思呢？他又是怎么一个人呢？以前，他也弄丢过一辆自行车，那车主追着他要赔款，不但要，而且把价还抬高了，蒋志一口袋里的钱不够，他一步一随地跟到家里坐等，直到把钱拿到手了，才悻悻离去。李老师这个人怎么和别人不一样呢？他这么做究竟是为什么？

这样的疑问不仅他有，滕大阁心里也有，他问大先生："你为什么不让他赔呢？那车子我看了，价钱便宜不了。"

大先生说："人活着，不能让别人太为难。"

这是一个理，但滕大阁没听明白。

多年之后，他们在一起吃饭，大先生才坦承了自己的真实心理。当时的三四千块钱是他一个月的工资，可换到蒋志一的身上，可能大半年就白干了，一个月对大半年，哪头轻哪头重，哪头大哪头小，心里有数的人都能算明白。听了这番话，滕大阁一拍脑袋，对大先生又添了敬佩，一样的账，让他来算，他还真"有心"算不明白，这就是大先生高人一等的地方。蒋志一听了大先生的话，心里是热辣辣的，他没说什么，觉得说什么都是虚伪，任何的话都赶不上这份心思的重量，说了还不如不说的好。他定定地看了大先生一会儿，一只手轻轻地拍打了一下膝盖。

这些都是后话。

蒋志一找大先生还钱未果，所以一头扎进了派出所，从派出所出来又去了车行，这些都是无头苍蝇的乱撞。和黄晓萍的对话，实际上也是无计可施。隔了一日，他又去大先生单位，这一回是掐着钟点去的，在路口站到十点四十，才一头进了报刊社。依然先见到了滕大阁，他正在门卫室里翻查信件，蒋志一问："李老师在吗？"滕大阁点点头，蒋志一说："麻烦您打个电话，我请他吃饭。"不等滕大阁反应，门卫已抄起电话，拨打了大先生办公室的号码。

听说蒋志一要请他吃饭，大先生没有拒绝，他从抽屉里掏出一包烟，又看了一下自己的钱包，这才换了鞋，一路下楼。见了面也不多话，拉着滕大阁一起往外走。滕大阁手里拿着几封信和一沓汇款单，跟跟跄跄地跟了出来。他没什么精神准备，所以身子一直是倾斜的。

蒋志一问大先生："想吃什么？我请。"

大先生说："后边有一家鱼馆。"

那鱼馆蒋志一是知道的，但一次也没进去过，他听修车的客人说，鱼馆的东西很好吃，就是价格有点儿贵。他自己来鱼馆吃饭，那是万万舍不得的，今天听大先生说了鱼馆，心里得了百分的安稳，脚下的步子轻快，转过楼角，就闻到大铁锅炖鱼的香味了。

大先生说："老规矩。"

蒋志一有点儿蒙。

滕大阁知道，几个人几道菜，今天他们三个人，那一定是点三个菜，心里思忖要吃一道江白鱼炖土豆条，口内生津，喉头一下一下地涌动着。

大先生看见他手里的信和汇款单，问："又来了多少钱？"

滕大阁说："没细算，一百多吧。"

大先生说："够请客的了。"

滕大阁把手中的单子晃得"哗哗"直响，大声回道："没问题。"

蒋志一不知道他们之间的玩笑，抢着说："今天我请客。"

滕大阁说："没你的事。"

大先生说让滕大阁请客，的确是一句玩笑，滕大阁可以当玩笑听，也可以十分认真，他手中的汇款单和大先生有点儿渊源，正是大先生的一句提醒，让滕大阁平生第一次挣到了稿费。滕大阁调到报刊社来了，被安排在办公室，办公室人不多，主任由一位副社长兼着，员工除了滕大阁，就是一个打字员，一个司机和一个门卫。各司其职，只不过滕大阁的杂活多一点儿。整个报刊社上上下下三十余人，说滕大阁活多，也是相对而言，和编辑部、发行部、财会室比较，办公室的工作还是十分轻闲的。松城科技报刊社的一刊一报与外省的兄弟期刊和报社有交换，报社几乎每天都能收到大量的纸质读物，在这些读物里有一块"文摘"版，发一些生活常识与趣闻趣事，是调解版面用的，要为编辑记者们分担一些采编的辛苦。

大先生对滕大阁说:"这个活儿你能干,不妨试一试。"

滕大阁没理解上去,歪着头等大先生下话。

大先生说:"互通有无懂不?"

滕大阁摇头。

大先生从桌案上拿起一张报纸,剪下一则小故事——那故事说某地有一个猎人打猎,将一只黄羊逼到角落里,黄羊突然前腿着地给猎人跪下了,且眼中含着泪水。猎人仔细去看,发现这只黄羊怀孕了,黄羊是在乞求,放过自己和肚子里的孩子。猎人感动了,收起猎枪,放走了黄羊。就是这则小故事,大先生把它贴到稿纸上,在文后标明出处,又写下了滕大阁的名字和联系地址,然后装入信封投给了另外一家报社。

滕大阁还是没明白,问:"这是干什么?"

大先生说:"投稿啊。"

滕大阁瞪大了眼睛,吃惊地问:"我?投稿?"

大先生拍拍他,说:"对呀,你试试。"

滕大阁尝试着做了大概一个月左右的时间,终于收到一张十元的稿费单。

慢慢地滕大阁开窍了,自己不会写文章,却学到了一种赚稿费的方法,这让他大喜过望,一本稿纸,一把剪刀,一瓶胶水,让滕大阁变成了"另类文化人",他不但得了稿费,还得到了许多的知识,什么牙膏呀、白醋啊,除了清洁、调味,还能派上其他的用处,这些生活小窍门让他运用到厨房里,连吴明丽也不得不佩服他的聪明才智。

吴明丽问他:"你从哪儿学的?"

滕大阁说:"惠聪大哥教的。"

等他对吴明丽讲出了事情的经过,吴明丽就跟听了天方夜谭似的。

吴明丽说:"一样的事,他为什么自己不干呢?"

滕大阁想了半天,说:"他就是这么一个人。"

大先生是一个什么样的人呢?

就如蒋志一想的一样，这是一个什么样的人呢？

三个人进了鱼馆，大先生点了一个胖头鱼尾，滕大阁点的是江白鱼焖土豆条，轮到蒋志一，他拿起菜盘，连菜名都没看，直奔价钱，捡了一个最贵的，说："它。"

老板看了看菜，笑了，说："你们已经点了。"

蒋志一这才凑近了，仔细瞧瞧，原来他点的那个菜是整条的胖头鱼，乃本店特色，一条鱼一百多块钱呢。

大先生看出他的心思，对老板说："和以前一样，炒个花生米吧。"蒋志一还要点别的，大先生一手夺了菜谱，说："吃不了，都浪费了。"

有了这句话，老板转身离了桌子，不再听蒋志一多说一句话，他先上了酒，之后去厨房忙活去了。蒋志一直当文化人酸，不好接触，今天见了大先生和滕大阁的做派，悬着的心实实地落了地，身子也不再那么僵硬，脸上的笑舒展开来，就像自行车没丢之前，他和大先生的目光对上，礼貌地打了一个招呼一样，他觉得，他们早就应该认识。

喝上酒，蒋志一还是问："李老师，你得告诉我，那辆自行车到底多少钱买的？"

大先生说："今天能和你一起出来喝酒，就是把你当成朋友了，朋友之间不说外话，丢就丢了，再提就外道了。"

蒋志一说："那我怎么过意得去？"

大先生说："哪天去旧市场，百八十块钱一辆，咱们挑两辆，你拣好件给我装一辆怎么样？就算你赔我了。"

话说到这个程度，蒋志一无法再争讲，他给大先生敬了一杯酒。低声道："对不住了。"这一顿饭大先生要结账，滕大阁也要结账，蒋志一脸红脖子粗地叫了一句："二位给我点儿脸行不？"拧身找到老板结算清楚，对大先生和滕大阁拱拱手，回去守摊干活去了。

蒋志一一个人去了旧车市场，从百十余辆车中选了两辆，用了一天的工夫，真给大先生组装了一辆自行车，那把链锁也派上了用场，虽说是新锁配旧车，可因为蒋志一把车子擦洗得干净，一眼望去还真有点儿说不上来的气韵——这"气韵"一词是大先生说的，蒋志一听了，得了褒奖似的，把车铃按得"丁零零"直响。至于后来，他从滕大阁那里得知那辆丢失的自行车价位后，又动了赔偿的意念，大先生才又强调："你还拿我当朋友不？"

蒋志一收起钱，斩钉截铁地应道："当！"

第五章　夏至

　　王闽松说帮滕雅维补课，主要补的是数学和外语，而在这两科当中，又以数学为重。补课的方式多样化，涉及公式、原理、思路、方法，王闽松创造各种机会，面对面、一对一地和滕雅维说。遇到具体题目，他则语音、视频，无不用其极，在滕雅维的脑海里画出各种实线、虚线。王闽松的表达能力不亚于他敏捷的思维，他化繁为简的语言像一把手术刀，把滕雅维乱糟糟的思绪一根一根地剥离开来——"乱糟糟"，这话是滕雅维自己说的，她对王闽松讲，阅读的时候，外国名著中那些奇奇怪怪的人名，她一下就能记住，并可以在故事的行进中，不使其混淆；可是，这种能力一旦遇到数学问题，立马就变成博尔赫斯笔下"小径交叉的花园"，选哪条都是错误，选哪条都是歧途。

　　她说："我有时能把数学看成一条直线，它们瞬间缠绕在一起，左弯右拧，乱成一团。"

　　王闽松说："感性思维！数学也需要你这种感性思维，感性思维也存在悖论，最高级的感性思维都是有逻辑的，换一句话说，是最缜密的理性思维。"

　　那一天，他们去图书馆找一本名字叫《高中数理化》的杂志，找到之后，就一起研究杂志上提供的几道例题。这期间滕雅维去了一趟厕所，洗手的时候，水流过大，把上衣弄湿了一小片。天气转热，她穿一件白色的衣服，水渍的痕迹不甚明显，所以她没有仔细整理，用纸巾擦了手，又回到阅览室。那几道例题，王闽松都有了解题的思路，等候滕雅维回来的他，便故意摆了一个双手托腮的得意的姿势。他面部表情轻松，嘴角挂着微笑，黝黑的额头反射着阳光的斑点，粗密的短发上镀了一层淡淡的透明的金箔。看见王闽松在作怪，滕雅维的心里早有了分晓，她绕开一排书架，想转到他的后边去，以自己刻意的随意，给他泼点儿冷水，打击一下他"居高临下"的傲慢与自信。王闽松的傲慢与自信，滕雅维是喜欢并接纳的，并能从中获得力量与勇气，但是女孩子固有的娇嗔一旦被开掘，男孩子的傲慢与自信就变成了信号和暗示，让她们自觉不自觉地开始反击。少年维特们的烦恼都是一样的吧？女孩子的反击是征服，更是一种温和的依赖和趋近。滕雅维也说不清楚，自己是从什么时候开始变成这样的。她绕过书架的目的是明确的，可是，刚刚路过两排书架，她的思路就又发生了变化，她想起她和王闽松距离最近的那一天应该是谷雨，而不经意间今天已到了夏至。

夏至是一天中白昼最长的一天，从这一天起，夜空景象也逐渐变成了夏季星空，如果身处郊外，银河一定会化成宽宽的彩带，横亘头顶，照耀大地。对这样寥廓而又畅展的景致的想象，让滕雅维的心底升起一种格外的美，她情不自禁地背诵着："夏至，是二十四节气之一，在每年6月20日或21、22日。夏至这天，太阳运行至黄经90度，太阳直射地面的位置到达一年的最北端，几乎直射北回归线，此时，北半球各地的白昼时间达到全年最长，对于北回归线及其以外的地区来说，夏至日也是一年中正午太阳高度最高的一天……"

她想：夏至这一天日本和中国的白昼一样长吗？太阳一样高吗？

滕雅维的脸一热又一红，头不自觉地低了下去。她没有看见王闽松，也没有发现王闽松的目光正如太阳一样直射着她。走神儿的工夫，她已经绕到了书架的最后一排，而且已经转到王闽松的身后。其实，她隐身的一刹那，王闽松就已经揣度出她的意图，他镇定地坐在那里不动，时刻准备对滕雅维的小动作反戈一击。但是，滕雅维的脚步太慢了，早已超出了他的精准计算，在他心里所规定的时间里，滕雅维没有任何举措，他狐疑起来，托腮的手自然垂下，扭头向后观望，这一望，望出了意料之外的心跳。

滕雅维前襟的水渍渗得深了，胸衣的颜色暴露出来，王闽松的大脑回路直接和三岛由纪夫的《潮骚》对接了，精准无误。正是第四章中的一段："新治没有回答，脸上露出惊讶的神色。因为他发现身穿红毛衣的初江的胸前，横向划着一道黑线。"接下来是："初江意识到了，她看了看自己的胸前，方才靠在钢筋水泥护栏的地方，正好沾上了一道黑色的污线。她低头用巴掌拍了拍自己的胸脯。毛衣几乎把微微隆起的坚挺的胸脯隐蔽了起来，隆起物被胡乱地拍打着，微妙地摇晃起来。新治惊喜地注视着。在她拍打的巴掌中，乳房反而像嬉闹的小动物一样。年轻人为这种运动富有弹力的柔软性所感动。那条黑色的污线被掸掉了。"

两个出神的孩子，成了阅览室的一道风景。

像处在折叠空间，他们和阅览室里的其他人分置于两个世界。包括他们自己，他们的身体还在，但是他们的思绪已经到另外一个地方会合了。

不知过了多长时间，有一个读者从他们身边穿过，是个女孩儿，穿了一件红衬衫，女孩儿走路很快，宛若一道烈焰，炙热而迅急，在两个人的脑海里形成了更大的冲击波。王闽松反应更快一些，首先收回了目光，他庆幸滕雅维没有发现他的窥视，虽然这窥视不是有意的，但是他的额头也一下又见了汗。

滕雅维走过来，吃惊地问："你怎么了？出了这么多的汗？"

王闽松并不知道，滕雅维这样问，也是在掩饰自己的失态，他慌乱地坐正了身子，用手抹了一下脸，说："没什么，太热了。"

图书馆开着空调呢，怎么会热呢？

王闽松招手，让滕雅维坐下来，说："你看看这道题。"

滕雅维顺着他的手指观瞧，是她去洗手间之前看过的那道例题2——在四棱锥 P－ABCD 中，底面 ABCD 是平行四边形，M、N 分别是 AB 和 PC 的中点，求证：MN 平行于平面 PAD。滕雅维还在看题，王闽松已经在一张白纸上开始连线了，他给滕雅维留了足够的时间，看她轻轻点了点头，才小声问："有思路了？"滕雅维没有回答，原本舒展的眉头皱了皱，显然还在深思中。

王闽松说："这是一道典型的关于线面平行的问题，我们先理顺一下思路，一般来说，证明线面平行可以转化为证明线线平行……"

滕雅维抬起头，说："题目是要证明 MN 平行于平面 PAD，也就是可以转化为线段 MN 平行于平面 PAD 的一条线吗？"

见她有了思路，王闽松跟进说："真聪明！我们得借助辅助线来证明了。其实，立体几何的道理和世间的很多道理是相通的，世上的很多事情都存在千丝万缕的联系，这道题里的线段 MN 和平面 PAD，我们也需要通过辅助线把它们联系起来。"

滕雅维从座位上站起，盯着那道题想了一会儿，说："等等，我好像想到了，是不是取 PD 的中点？"

王闽松也站起来，样子像个将军，把手中的那张演算纸推到滕雅维面前，用铅笔轻轻地在上边敲打："对，其实我们只要证明四边形 MNEA 是平行四边形就可以了，这个简单吧？"

滕雅维有点儿兴奋，脑洞大开，说："线段 MA 和 NE 都平行于 CD，而且长度都是 CD 的一半，那就证明四边形 MNEA 是平行四边形了，这样问题就解决了。"

王闽松捶了一下她的肩膀，叫道："对喽！这样的话，就能推出 MN 平行于 AE，AE 属于平面 PAD，而 MN 不属于平面 PAD，所以 MN 一定是平行于平面 PAD 的！"

"耶！"滕雅维开心地笑了。

他们并没有意识到，他们的声音太大，已经影响到了其他的读者。管理员赶过来制止他们，他们竟还沉浸在解题的喜悦里，对管理员的制止置若罔闻。

"姑娘，小点儿声。"见自己的手势没有起到作用，管理员冲着滕雅维小声说。

二人的交流戛然而止，放目四望，才知道，他们已成了众矢之的。

他们和管理员道了歉，重新安静下来。按照刚才的思路，滕雅维把例题又证明了一遍，整个过程可谓酣畅淋漓，滕雅维终于体会到了数学如诗的那种感觉。趁热打铁，那天，他们用了一个多小时的时间，又证明了三道相对复杂一点儿的立体几何题，滕雅维的心头像开了一朵硕大的白莲花，她不但看到了数学的美，还闻到了一缕来自于数学的本质的芬芳。

她请王闽松去"米酒小木屋"吃了一次饭。

在滕雅维的生活中，请人吃饭的事情是没有的，不仅没有，在她的行止提示表中，从来就没有列入过。"棉裤女""饭盒妹"，学校女生们人前背后的戏谑她可以不在乎，可从小就养成的为父母省钱的习惯难以更改。她太了解自己这个普通得不能再普通的家庭，父亲的节俭，母亲无奈的计算，父亲凝眉苦思而见了她马上粲然一笑的酸楚，母亲情急之下的怨怒以及怨怒之后的自惭自悔……这一切都牢牢地刻印在她的心里。上一次，母亲对大学数学教授的那场迁怒让她十分痛苦，她几乎对数学绝望了。按说，她这个年纪，正在长身体，学习压力大，易疲劳，嗜睡，应该很少做梦，即使做梦，那梦境也会被随之而来的又一次深睡所掩盖。滕雅维也很少做梦，但是，只要她一做梦，就会梦见数学考试，厚厚的一沓卷子，题多字小时间紧，监堂老师在她身边来回游动，她的小腹有压迫感，总想上厕所，最后，又总是铃声骤响，老师收卷，而她还有一半的题目没有答完。这令她极度痛苦，又无计可施。

补课风波后，母亲又为她找了一个在校研究生，定期来家为她补习。那是个讲题很细心也很耐心的南方女孩子，说话和风细雨，对数学也十分通透。像进入了一个怪圈，这个女研究生给她上课的时候，她的思路是能理顺的，一旦人家离开，那些理顺好的思路又猴皮筋儿一样，脆生生地弹回来，一碗煮熟的米饭又夹生了。

滕雅维最大的痛苦还不限于此，另一种压力也深深地折磨着她，补课的研究生走了，母亲一定会跑过来问她："怎么样，听明白了吗？"

她不知该怎么回答。

她想实话实说，可下意识的导引总是令她点头，并且在嘴角挂上感恩的笑。

母亲说："真是没有教不好的学生，只有教不好的老师！还大学教授呢？还教微积分？连个研究生都不如。"

这话谈不上刻薄，是母亲填补自己内心虚空的，滕雅维不以为意，可考试成绩是欺骗不了任何人的，三天一小模，五天一大模，数学成绩停滞不前，母亲可以自欺欺人，滕雅维的心里不能没数。

母亲说："要我说呀，你就是紧张。按说，这课没少补，每次补的效果还不错，钱花到了，老天爷都得帮咱。人都一样，一紧张，脑子就乱，记住，下次千万别紧张。"

滕雅维不能说话。

见女儿低着头，吴明丽努力地绽出一个笑脸来，鼓励说："这么着，我让小老师加个课，把卷子再给你讲一讲。"

滕雅维的头皮都要炸了，但她不能反抗。

其实，谷雨后不久，王闽松就开始给他讲数学和外语了。

起初王闽松给她补课，她的注意力是难以集中的。这不集中有两个因素，一个是王闽松本身，他对自己好，她能感知到，但是这种好，她能不能承接，该不该承接，她全无主张和定数；还有，她和王闽松接触过密，同学们自然会风言风语，尤其那几个对王闽松早有觊觎的太妹行事的女生。滕雅维的担心与忧虑，王闽松似乎早就考虑到了，在学校，他与滕雅维正常交往，无事绝不多说一句话，如果需要交流，他所选择的地方是那些女生绝不光顾的，比如图书馆，他不会选省图、市图，这些地方那些女生不去，但其他同学会去；比如书店，他不会去"仁礼""同光"这样的热门书店，人多眼杂，学生真正去看书买书的少，而坐在咖啡馆享受甜点和果汁，才是他们的实际需求。王闽松哪会愚蠢到这种地步，他们常去的图书馆是一个区图书馆，房子老旧，没有什么现代化设施，依然保留着纯粹阅读的功能和氛围，追求时尚的高中生是不屑涉足这里的。他们也去书店，但这家书店是市内几家设计院联合创办的"建筑书屋"，三层，是卖专业图书的，只在三楼有一个小小的休息区，一台免费饮水机，五张小桌支撑了一个非常安静的空间。有时，他们会在这里遇到建筑专业的大学生，面孔熟的就点头致意，彼此之间无话。大学生以为他们是准备考本专业的未来的同行，注视他们的目光，温暖而和善，一副"有事您开口，没事互不干扰"的真诚。他们呢，尽量选择一个不影响别人的角落，声音放到最低，能够意会的绝不言传，一行字、一条线能解决的问题，更是劳烦不到嘴巴。

短时间的磨合后，滕雅维的顾虑渐渐打消了，王闽松带给她一种安全感。

有时她会想，如果将来王闽松选择当老师，一定是一个合格的老师。他不仅思维缜密，而且方法灵活，无论什么样的题目，只要摆在他面前，他很快就能从这块坚硬的钢板上找到一条缝隙。他和滕雅维做了一个游戏，他用大量的英文单词编写有韵律的顺口溜，朗朗上口，易学易记，这些顺口溜大多没有什么实际意义，有些过于蹩脚的编写让滕雅维忍俊不禁，但当这些俏皮的句子摆在她面前的时候，她一下子就接受了。

王闽松第一次向她展示自己的作品时，采取的是说唱的形式。那是一段小视频，王闽松穿了一件日本和服，脚踏木屐，不和谐的夸张表情和夸张动作，把和服还有木屐带给人的沉稳印象全都打破了。最为有趣的是，他还用墨汁给自己画了一撮小胡子，那样子活脱脱是一个中国京剧里的小丑。

"来来！动起来！动起来！"在小视频里，王闽松每说完一段，都会打出"请你上来"的手势，鼓动滕雅维参与到这种学习加运动的模式里来。这个模式让滕雅维非常开心。当然，像王闽松那样轻松而放肆的唱跳，她是不能也不敢表演的。她难以想象自己张牙舞爪的样子，摇头晃脑，摆臂踢腿，左突右冲，上蹿下跳，她捂住自己的嘴巴笑了，心里说："那又有什么不好的呢？"

她反复看王闽松的小视频，很快就把那些单词记下来了，枯燥的单词变得活灵活现，组成单词的字母也盛装登场，音符一样有力地跳动，带领手指在半空中追逐它们的足迹。

又一次模拟考试，滕雅维的数学成绩第一次突破了一百分，外语成绩也提高了近二十分，她的班级排名飙升，被她甩在身后的那些同学目瞪口呆，像中了一记魔法，都把目光集中在滕雅维身上，暗忖她几日不见，练就了何等神功。老师的表扬和刮目相看自不必说，吴明丽的激动几乎达到了要自爆的程度。她连着打了好几个电话，姥姥、姑姑、大伯嫂、舅舅、闺蜜，这都能让人接受，可按捺不住自己的她还想把电话打给单位的同事和小学同学，滕大阁哭笑不得地阻止了她。滕大阁的喜悦，不像吴明丽那样溢于言表，他只是在心里反复盘算吃饭的时候加两个什么菜。吴明丽有一个提议，想请那个研究生来家里，在她的概念中，滕雅维的进步和她的帮助是分不开的，所以，她要请老师吃饭，表达一下感激之情。说来家里是一时冲动，说完之后，她马上推翻，这么大的事怎么能在家里吃饭，太小气，应该去外边吃，找一个好一点儿的饭店，点几个过硬的菜，好好地庆祝一下。

滕大阁不反对。

滕雅维只是一笑，没有参言。

时间地点定好，一家三口高高兴兴地出发，没骑电动车，特意打了一辆出租车。研究生在学校的南校区，距离远，坐车转地铁，来回都不方便。于是，吴明丽用手机在研究生学校旁边订了一个专做湖南菜的菜馆，意在让研究生吃上一顿家乡菜。近几年，松城正在大力开发南部新城，车出老城区后，道路渐宽，绿树成荫，花木繁盛。一路的好风景，加之一路的好心情，让吴明丽又大念了一通房子经，对南部新城的房价一番感慨。他们到饭店的时候，研究生已经到了，并且点好了四种特色菜，只等他们来"叫起"呢。

研究生对吴明丽说："阿姨，谢谢您。今天这顿饭您不要争，一定由我来请。"

吴明丽哪里肯依，不等研究生把话说完，抢着先去吧台交钱。研究生拉住她，告知钱已经交完了，断没有退回来的道理。

吴明丽说："这成什么事了？不行，是我要请你，怎么可以变成你请我了？"

研究生抱住她的胳膊劝慰："怎么不可以呀？雅维的成绩上来了，我也高兴啊，庆祝一下是必要的，再说，一会儿我还有话要讲呢。"吴明丽还要起身，研究生接着说："阿姨，我比雅维也大不了几岁，在您面前，我也是个孩子，给雅维补课这段时间，您对我也没少照顾，您就让我表表心意吧。您看，我还是很实在的，我只付了饭菜钱，不知道叔叔喝什么酒，所以酒钱就让叔叔自己掏吧。"

吴明丽叹口气，说："要知道是这样，还不如在家里请你呢，你叔叔的手艺也不差，何苦跑出来乱花钱。"

滕大阁去吧台买了一瓶半斤的"二锅头"，问服务员他们那桌点了什么饮料，得知没有，就要了两扎现榨的果汁，交了钱，回到座位。要在往日，半斤的"二锅头"，一定会引起吴明丽的闲言碎语，但今天的日子太特殊，吴明丽心里也敞亮，她没有埋怨滕大阁，反而有点儿鼓励似的说："今天多喝点儿行，下不为例啊。"

滕大阁脸上有一点儿小羞涩，连连点头称是，这边已经把酒杯给倒满了。

菜很快就上来了，四道，红烧肉，萝卜干炒腊肉，剁椒鱼头，炒青菜，还都具湖南特色，红红绿绿，鲜香咸辣，让人一看就有了食欲。话说开了，大家也不必谦让，热火朝天地吃起来，额头脸上都是汗。吴明丽一边吃饭，一边和研究生谈起下一步补课的方案。她说得头头是道，谁知道研究生只是听并不应答。吴明丽过于兴奋，她没有注意到这个细节，等饭吃完了，到了告别的时候，研究生才说："阿姨，真对不起，今后我不能……"

吴明丽仰起头，瞪大眼睛，张着嘴，等研究生的下言。

研究生咬了一下嘴唇，接着说："学校安排我去国外交流，我不能再帮雅维补课了。"

一句话，如同晴天霹雳，打了吴明丽一个措手不及。

滕大阁喝了半斤酒，但头还未晕，他直直地问了一句："为什么呀？"

研究生说："叔叔，学校安排的。"

吴明丽沉默了半晌，终于冷静下来，她拉住研究生的手，脸努力地向前凑了凑，一字一句地说："姑娘，我们可以加钱。"

听了吴明丽的话，研究生的脸"腾"的一下红了，她从吴明丽那里抽出手来，连连摆动，急切地解释："叔叔阿姨，你们千万不要误会，我不是那个意思，真的不是那个意思。"

吴明丽彻底蒙了。

研究生说："阿姨，您听我解释，雅维她行的，即使我不在，她也是行的。"

滕雅维也过来劝，说："妈，你别着急，我……"

见是女儿来说话，吴明丽的怒气一下子就上来了，她强压着一股火，客气地和研究生道别，说了一句"谢谢"，兀自下楼，推了门出去，也不管东南西北，沿着一个方向直走，远远地把那父女俩丢在了后头。滕大阁追赶吴明丽，第二个下楼，余下滕雅维和研究生二人，相对无言，彼此点头。

滕雅维走了，研究生像犯了什么错误又得到原谅似的，长出了一口气。

吴明丽和滕大阁并不知道，研究生的辞课事件里有一个秘密。你道怎的？滕雅维在王闽松那里得到帮助，对外语，尤其是对数学有了深厚的学习兴趣，也逐渐地找到了一些有效的学习方法，她想了很长时间，决定给研究生打一个电话，电话里，她坦陈了自己的真实心境，并大胆地说出了王闽松的名字，她讲了研究生补课给自己带来的压力，也讲了王闽松带给他的轻松和快乐。

她说："姐姐，你知道的，我并不是针对你，也不是不感激你，我只是想，我既然寻到更适合我的途径，何必让家里再花一份钱呢？也许我的想法有些自私，但请你一定理解我、支持我。"

正如研究生自己所说，她比滕雅维大不了几岁，刚刚从那个时期摸爬滚打过来，焉能不知个中忧烦，她虽然是学霸型的，但那段心路是一致的，她如何怪罪滕雅维，又怎么能怪罪滕雅维呢？原本就是要辞课的，正巧吴明丽张罗请客，她便设下这一局，还滕雅维一个解脱。

回家的路上，吴明丽全然没有了来时的那份心情。她想说滕大阁根本说不着，转而想骂滕雅维，可人家成绩上来了，你有什么理由骂人家？想说那研究生不讲究，可是研究生哪里不讲究了？请你吃饭还和你说"对不起"，你根本找不出任何毛病。最后，她狠狠地摇下车窗，任微凉的风吹乱了头发。

到了家里，滕大阁想劝她两句，还没开口呢，吴明丽就抱怨了他一句："见了酒就没命，这是自己花钱，要是人家花钱你还不得喝一斤呀。"

此言一出，她胸口不那么闷了，脸也不洗，袜子也没脱，一头倒在床上，也不知什么时候能将此事放下。

滕雅维是一副完全放松的神态。

她拉了一下滕大阁的衣襟，说："爸，晚上多煮两个鹌鹑蛋，"说着，指指脑袋，"补补，疼。"

滕大阁觉得女儿今天的表现过于平静，此前又有点儿过于活泼。不善于思考的他想动动脑子，继而发现是白白浪费时间，他抬头看看墙上的钟，对女儿说下楼转转，实际上是想找一家小酒店，喝两瓶凉啤酒，冰镇一下自己律动的心。滕雅维抬了一下手腕，指指手表，滕大阁点头，轻轻关了门，掩入楼道的昏暗之中，

滕大阁和吴明丽不知道滕雅维的秘密。

滕雅维决意把这个秘密保守下去。

就在吴明丽担心不已，四处为滕雅维寻找新家教的时候，又一次模拟考试开始了，考试一结束，吴明丽就追着女儿问感觉，滕雅维说："感觉还行。"

吴明丽很紧张，问道："和上次比呢？"

滕雅维想了想说："差不多。"

吴明丽更紧张了，又追问一句："差不多是差多少啊？上差呀？下差呀？"

滕雅维突然抬起头说："成绩很快就会下来。"

几天之后，成绩发下来了，滕雅维表现稳定，上差没差出多少，下差也没差出多少，正应了她自己的话，"差不多"。老师很重视滕雅维成绩上的变化，她找滕雅维谈话，问她发现了什么窍门，可否在同学中间推广一下。

滕雅维的脸红红的，胸口猛烈地跳动，说："也没什么，就是课外补习，老师讲着讲着，一下就讲通了。"

有一刻，她想把王闽松推荐给老师，但犹豫后还是忍住了，她没有这个权利，这对王闽松既不公平也不尊重，至少在推荐之前，她应该征求一下王闽松的意见，问问王闽松同意与否。

老师也给吴明丽打了电话，吴明丽大诉苦水，从某到某，从某某到某某，除了老师的姓氏，其他的皆说不出个所以然。她对老师说这些，无非是表明课后，家长也做了大量的配合工作，学生成绩的提高，和家长的努力是分不开的。

吴明丽问滕大阁："补了这么多年都不见成效，怎么一下子就提高了呢？"

滕大阁说："石头蛋子也有开窍的时候。"

吴明丽认准了补习是正确的，正是她这么多年的坚持不懈，最终铁杵磨成针，量变达到了质变。她历数她和每一个老师接触、谈判最终达成一致的过程，其艰辛和委屈不胜枚举，她都忍下来了，不为别的，就为女儿将来能考上一所理想的学校。坐在厨房的矮凳上，吴明丽说着说着了，突然不说，她拿着滕雅维的卷子从头看到尾，又从尾看到头，最后盯住116分的成绩，眼泪夺眶而出。滕大阁有点儿措手不及，他历来没有什么太奏效的劝慰语言。吴明丽生气了，他说："别生气了，都是我不好。"这会儿，吴明丽哭，他又说："别哭了，都是我不好。"

吴明丽擦了一下眼睛，说："你有什么不好？这么多年还不是尽心照顾这个家，要不是你换了工作，涨了工资，我哪敢这么放手给孩子找家教？那都是需要钱的。你送孩子，每天给孩子做饭，准备饭盒，其实，你比我辛苦。"她抽出一块纸巾，把脸上的泪痕揩净，又说："我还是在想，咱们得趁热打铁，继续给孩子找老师，下坡容易上坡难，已经上了这个坡，不能再滑下去。"

吴明丽要找家教，滕大阁不反对，他们一起把计划讲给滕雅维，滕雅维坚决不同意。吴明丽纳罕，往日里的滕雅维对她是言听计从的，从来不提反对意见，现在翅膀硬了，在她这里学会拒绝了。她想发作，滕雅维说："妈，咱们打个赌吧。"

吴明丽迎上她的目光，发现那目光里孕育着一场暴风雨。她从未见过女儿的这种目光，自由无忌，为所欲为，白浪滔天，无法拦挡。吴明丽一下被朦胧不清的气流逼迫得喘不上气来。

她问："打什么赌？"

滕雅维似乎察觉到了什么，她急忙收起目光，低下头，很坚定地小声说："赌我的考试成绩。"

这话说到了要点，吴明丽挥了一下手臂，从巨浪和气流的交织中突围出来，脚后跟上提，问："怎么赌？"

滕雅维见母亲紧张兮兮的样子，"噗"的一声笑了，说："妈，你真赌呀？要是赌，可得愿赌服输。"不等吴明丽应答，她又说，"以这个学期为试验期，反正也就一个月了，我可以做出点儿牺牲的。这样，从下学期开始，我的模拟考试成绩稳定不下或稳中有升，都算你输；要是下滑严重，我输。你输了，就把找家教的钱给我，一分不少，就当我自己给自己补习了；如果我输了，生杀由你，你画个道，我走就是。"

这一场鏖战，时间短，气势大，吴明丽被逼得一屁股坐到沙发上，半天才反应过来。这是一场于她来说有百利而无一害的赌局啊，何乐而不为？她一拍沙发扶手，大叫一声："老娘豁出去了，我还怕你个小丫头片子不成？"

谁都能听出来，这是得了便宜又卖乖的叫嚣，她内心的得意溢于言表，滕大阁缄口不语，暗地里却为女儿下了大大的赌注。

滕雅维从书包里拿出一张纸，说："空口无凭，立据为证。"

吴明丽定睛观瞧，是一张协议书。她没想到女儿会来这么一手，不由转脸去寻滕大阁，滕大阁就在她身后呢，不失时机地加上一句话："签吧，这是好事。"

吴明丽有一种被胁迫的感觉，浑身上下不自在。

"签不签呀？"滕雅维问。

吴明丽不再犹豫，一把抓过滕雅维手中的笔，在协议书上签下自己的名字。签完之后，她发现，在协议书上，除了甲、乙两方，还有证明人的签字，而且证明人是三位，有滕大阁，有研究生，还有王闽松。吴明丽一声惊叫："敢情你们是串通好的！"

滕雅维收回协议书，解释道："没串通！本来是想让我爸一个人证明，可又觉得他的证明没有什么力度，所以，额外请了两个人，两个外人，这样才显得公平。"

吴明丽的神经敏感起来，追问："那个王什么松是谁，男生女生？"

滕雅维无比自然地回答："男生，我同桌，超级学霸，正义的化身。"见吴明丽还在狐疑，滕雅维又说，"你别往歪处想，人家是学霸。"

在滕雅维这里，"学霸"是挡箭牌，在吴明丽那里，"学霸"是心无旁骛、砥砺向学的标尺。她放下心来，又问研究生已经辞课了，如何又掺和进来？滕雅维说："妈，什么叫掺和呀？人家老师心可好了，她不但给我当证人，还退了一节课的补习费呢。"说着，扔出三百元钱，交到吴明丽的手里。

"怎么回事？"吴明丽问。

"老师去我学校了，当面退给我的。我见她来了，就让她当个证明人。"滕雅维说。

滕大阁强调："我是最后一个签的，我觉得，这是一个对咱们有利的不平等条约。"

他很少幽默，今天幽默一番，确实取得了不错的效果，一家人其乐融融，自不在话下。

女儿滕雅维的数学和外语成绩大幅度提升，他们这个三口之家出现了难得的和谐气氛。久违了，这样的幸福和欢乐。滕雅维读小学五年级之前，这样的幸福和欢乐是存在的，自从小升初，接下来初升高，这个家可谓捉襟见肘，狼狈不堪。吴明丽脾气急，性子烈，自从滕雅维的学习成绩转成了她的心理压力，她感觉自己的更年期都提前了，动不动就潮热汗湿，胸闷气短，五心发热，惊悸失眠，她以为自己会就此衰老下去，等女儿上了大学，或者还没上大学，她就已经满脸皱纹，两鬓斑白。这段日子，这种感觉没有了，她的呼吸变得顺畅，心情异常开朗，以前她不愿意和同事探讨孩子的学习问题，遇到同事夸赞自己的孩子时，她都会找个借口离开。她知道，当她大肆渲染女儿如何乖巧懂事不叛逆时，有些同事也会避开。大家的心理都一样。滕雅维的成绩首次逆袭的时候，她特别想在单位大肆地炫耀一番，但她忍住了，她懂得那种有意或者无意的喜悦带给那些"说者无心，听者有意"的人的伤害。第二次守垒成功，她的心情平适了，这个秘密对她来说是幸福而甜美的，她不想与任何人分享，这个秘密自己守得越久，幸福和甜蜜就越会发酵，像果子酒，不用喝，闻一闻就醉了。

母亲一个秘密，女儿一个秘密。其实，这秘密内核的分子结构是完全一样的啊！

有一个周末，吴明丽破天荒地把滕雅维从一堆练习题中揪了出来，她准备了一些吃食，要约她和滕大阁去看夜场电影。一家人看电影，这也是多少年前的事了，吴明丽的热情深深地打动了那父女俩。她给滕大阁准备了两罐德国啤酒，下酒菜是松仁小肚，和松仁小肚相比，滕大阁更喜欢吃"老昌食品"的儿童肠，吴明丽想买，又嫌儿童肠有香味，会影响邻座的观众。滕大阁不挑，松仁小肚挺好，切成薄薄的片，用舌尖慢慢地抿，唇齿传递着一波一波的惬意。那夜，回到家中，洗漱上床，吴明丽主动地依偎在滕大阁的怀里，望着窗帘上映射的路灯的灯光，无限感慨地说："一晃，我们结婚都这么多年了，孩子都长大成人了。"

吴明丽的话把滕大阁的鼻子说得酸酸的。

自从王闽松把欧洲的十四行诗介绍给滕雅维之后，她一下子迷恋上这种诗体。她不再满足于王闽松的顺口溜，尝试着用英文创作一些抒情诗，把课本中的单词最大化地运用其中，让它们在记忆里一遍一遍地浮沉。与其说创作，不如直接说是特殊的学习，滕雅维需要的单词量大了，她不得不借助词典的帮助，才能抓到一些合辙押韵的词汇，为她的诗歌涂上一层异彩。十四行诗的创作规律看似简单，可实际执笔创作，它的难度一点儿不亚于中国古典诗歌的"平平仄仄平平仄，仄仄平平仄仄平"，落到纸上，更需一番巧思奇构。她读莎士比亚，读华兹华斯，读勃朗宁夫人，读普希金，无论是朗诵，还是默诵，每当她读到"我是怎样的爱你／说不尽心中的万语千言／我爱你的程度／是那样的高深和广远／恰似我的灵魂／曾飞到了九霄与黄泉"，心中的热浪都会不停地翻涌，眼角的泪水扑簌簌地奔流。

滕雅维的十四行诗是不成熟的，这又有什么呢？王闽松支持她这样的创作，在自由的书写中，他们共同追求的一个目的达到了……滕雅维的英语水平不断提高，不仅仅是单词量，包括句式和语法，一些课堂上模糊不清的问题，在滕雅维的创作中得到了直接而有效的解决。

滕雅维说请王闽松吃饭，王闽松以为是饭盒里加料了，想都没想一口应承。等他知道滕雅维是要在"小木屋"请他时，他简直震惊了。"小木屋"他知道，价钱贵得要命的韩餐，别说滕雅维，他去吃一次也会感到心疼。他们两个人，连吃带喝，最节俭也得一百多块钱，一百块钱干点儿什么不好，没必要浪费在口欲上。他不去，滕雅维不答应，第一次在他面前说了"俏皮话儿"："就当学生请老师了。"

她的诚意感染了王闽松。为了避开同学耳目，他们分别离开学校，各自乘车去桂林路，偏居桂林胡同一隅，有一家不甚显眼的"小木屋"，那里聚集的韩国留学生多，滕雅维和王闽松他们学校的学生是很少光临这里的。"小木屋"一共两层，由居民楼改建而成，内部皆用原木，去皮刷漆，竹帘石路，力求原始。滕雅维和王闽松直接上了二楼，拣最里边的一张木桌坐下，他们点了一个香辣鸡翅，一个干锅板筋土豆片，彼此试探着、谦让着，又不谋而合地点了一罐米酒，有模有样地对饮起来。

他们很正式。

王闽松敬酒的时候，说了一首十四行诗——

> 好一个美丽的傍晚，安恬，自在；
> 这神奇时刻，静穆无声，就像
> 屏息默祷的修女；硕大的太阳
> 正冉冉西沉，一幅雍容的神态；
> 和煦的苍天，蔼然俯临着大海；
> 听呵！这庞大生灵已经醒悟，
> 他那永恒的律动，不断发出
> 雷霆般巨响——响彻千秋万代。
> 亲爱的孩子！走在我身边的女孩儿！
> 即使你尚未感受庄严的信念，
> 天性的圣洁也不因此而消减；
> 你终年偎在亚伯拉罕的胸怀，
> 虔心敬奉，深入神庙的内殿，
> 上帝和你在一起，我们却茫然。

是华兹华斯的《无题》。

滕雅维敬酒的时候，也读了一首十四行诗——

不羡慕拉丁姆幽林，它浓荫如盖，

使勃兰杜西亚泉水清爽阴凉，

这泉水低声悄语，一如在古代——

那时，塞宾的歌手曾为它吟唱；

不向往波斯的花木——四季常开，

植根于喷泉近边的湿润土壤；

不稀罕阿尔卑斯山雷鸣的湍漱，

它穿过璀璨冰桥——像白虹一样。

我来看故乡的河水，把河源寻觅：

你们好，群山！你好，清晨的晓色！

在这爽朗高阜上畅然呼吸，

胜似在睡乡，在梦境之间跋涉；

诗句呵，要纯净，鲜明，流畅，有力，

因为是吟唱达登河，心爱的达登河！

是华兹华斯的另外一首《无题》。

两个少年都把自己心中的诗献给了对方，他们举杯敬饮，不等那两盘菜吃上几口，笑颜中已出现了微微的醉态。

第六章　雨打芭蕉

夜空静而美。

二先生下午在小酒馆里喝酒的时候，碰到数学教授了，不知道是二先生忙，还是教授忙，反正两个人有小半年没见面了。数学教授不喝酒的时候很斯文，像数学一样严谨，一旦喝酒便有点儿狂妄，除了数学和数学家，其他的一切都不在话下。他喝一杯，说："不要弄坏我的圆！你知道吗？阿基米德，古希腊，那是神居住的地方。谁能如此精准？球的体积和表面积分别为其外切圆柱体积和表面积的三分之二。"你提出任何一位数学家，他都如数家珍，欧拉，高斯，欧几里得，笛卡尔，一堆一堆的，他能写下的定律、公式、定理，不分行地排下去，大概够得上一部中篇小说。他崇拜牛顿，因而偏爱苹果和微积分，他的书房里装满了数学家的传记，其中《牛顿传》就有二十几种之多。

二先生午睡醒来，听见姐姐在和老妈说话，知道姐姐来了，老妈吃饭有了着落，他也不和那母女俩打招呼，悄悄地穿上鞋，轻手轻脚地出了家门。自由南胡同在老城区，居民密集，附近又有机关和学校，所以，一条街上各色小吃齐全，店面一律不大，吃食各有千秋，二先生吃东西不挑，听见这家叫"金鼎饼店"的馆子里人声鼎沸，便一头扎了进来。进来就笑了，心里暗道："我说的呢，敢情这位在。"店内有三伙客人，数学教授独占一桌，此时正对另外两桌念数学经。另外两桌，一个桌仨人，一个桌俩人，被数学教授说得直支棱耳朵，筷子横放在碗碟边上，手端杯子，酒都忘了喝。

数学教授看见了二先生，忙起身招手，让他一并坐到自己的这桌上。老板机灵，主动把菜单递过来，二先生腹中饥饿，点了一个尖椒干豆腐、二两米饭、二两白酒，捎带让老板把数学教授吃剩的菜热一热。数学教授冲那两桌摆摆手，结束了自己的演讲，转过来和二先生说话，刚才演讲的激情丝毫没有减少。他们很自然地说到吴明丽和滕雅维，数学教授说："我当时什么都不好讲，只是不想再带那个孩子了。已经上了三次课了，一点儿效果没有，处处短路，你说我怎么教？你总不能让我从基础课补起吧？还有，那个妈妈，简直是迫击炮，那个脾气都可以乘立方了。我看你面子，少收补习费，不教了，主动退钱，我一直在开立方嘛，好家伙，差一点儿没有打我！"

那一幕二先生没有看见，可对吴明丽的脾气略有耳闻，听数学教授叫苦，只能代表滕大阁赔不是。数学教授有点儿贪杯，仗着和二先生太熟，一路拼着喝，他自己喝了七八瓶"青岛"，还连拉带劝，让二先生喝了白酒不说，又多喝了三瓶啤酒。

二先生有点儿醉了。

回到家里，姐姐已经走了，老妈吃过饭，正在看电视。老妈看电视不同于前人，只看影不听声。她耳朵有点儿背，二先生回来，她也不知道。二先生站在门厅的黑暗中看了她半天，眼皮突然发沉，就进了自己的小房间，趴在床上，人不解甲、马不卸鞍地睡下。

睡了多长时间，二先生不知道，现在醒了，微微有些头疼。看看身上的毛巾被，他知道老妈进来过，伸手去摸床边椅子上的水杯，温的，知道是老妈给倒的。他正口渴，一只胳膊撑起半个身子，把杯中的水一饮而尽，胃肠"咕噜噜"响个不停。仔细听，老妈的鼾声轻微响起，他看看门口，暗光频闪，一定是电视忘关了。二先生一脚轻、一脚更轻地关了电视，把老妈手里的遥控器放归原地，去卫生间小解，"哗哗啦啦"地一阵响之后，身体和意识全都清醒而通透。睡意没了，他就在床头靠着，一股忧伤蹿上来了，料定着是酒后抑郁症又犯了，抵挡不住，只能任其横流，换句实打实的话，不想抵挡，想抵挡的话，手上刚点燃的这支烟就不抽了。

初中毕业，二先生已经快十八岁了，他衡量了一下自己，除了语文、历史和地理，其他的功课一窍不通，上高中是白白浪费时间，不如安安稳稳地学门手艺。考大学，学习的阻碍只是一层，那时，大学尚未有所谓的"特教学院"，他身体这一关在体检的时候就难以通过，他自忖从小头脑不笨，双手灵活，学一门手艺糊口还是不成问题的。那时，姐姐已经考取一所中专学校，是学地质的，他初中毕业，姐姐正好要去北戴河实习。刚放暑假，再开学就要上高中，父母的意见很统一，想让他读完高中再找工作，和初中毕业生相比，高中生在社会上的地位，怎么也会高出一些。他不同意父母的安排，某一天吃饭后，直接和父亲说了，父亲坐在楼下的院子里，穿着一件露了窟窿的跨栏背心，手里摇着大大的蒲扇。父亲是一个讷言敏行之人，在那一辈的父母中是开通的角色。他了解自己这个儿子，性格倔强至极，有两件事足以证明。小时候，他偷听到父亲和邻居的谈话——邻居就是那位帮大先生母亲住院的医生，邻居说："如果不想让这孩子将来拄拐或坐轮椅，办法有一个，就看你能不能狠下心。"那办法是，把二先生的好腿锁起来，让他尽量锻炼那条害了病的腿，这样，病腿的肌肉不至萎缩，将来不依赖外物行走还是有可能的。这话被二先生听到了，不待父母决定，他自己找了一根行李绳，把那条好腿捆起来，结结实实地捆成了"粽子包"。母亲见状，眼泪当时就流下来了。可以说，二先生大部分的少年时光都是这么过来的，他尽量使用那条生病的腿，疲惫的时候就坐下来琢磨手边可以琢磨的一切事情。练字是从那时开始的，玩电，玩自行车，玩闹钟，玩半导体，家里能拆能卸的，他都拆卸过，实在没什么拆卸了，他就把仓房里的那些破方子、破板子翻出来，又锯又刨，叮叮当当，打桌子，打椅子，榫卯结合，涂油刷漆，锯木头时，正好病腿站立，好腿压住材料，"嗞嗞啦啦"，拽出一片声响。

让父母心疼不已的还有一件事。

他们全家"下放"到农村去的时候，粮食不够吃，度日本就艰难，姐姐又患上肺结核，为了让姐姐吃饱吃好，他常常为了逃饭不回家，一个人在野地里饿肚子。父亲不明就里，以为他不懂事淘气，不让大人省心，就用柳木棍子打他，打得满院子翻滚，他也不说一句实话。等父亲从邻家小儿的口中得知真相，悔痛交加，一个人坐在壕沟边哭，大风把脸都吹皱了。

二先生不想再读书，父亲问他："想干点儿啥？"

"修表。"二先生回答。

"修钢笔不行吗？"父亲又问。

"不学。"

这修表铺子和修钢笔的铺子都是街道办的，父亲的问话是有根由的。那时，戴表的人少，用钢笔的人多，学修钢笔，挣的工钱会比修表多一些。二先生拒绝，也有自己的道理，那修笔的师傅身上有流氓习气，他假意喜欢邻居家的小姑娘，总是抱人家，抱的时候，手脚又不老实，三来二去，孩子们的家长知道了，羞于理论，只嘱咐自家的孩子离他远点儿。这类事家长们可以闭口，却不能封口，孩子们一传俩、俩传仨，没多长时间，这一片的人都知道了，就连二先生他们学校的女生见到那铺子都绕道而行，至于修钢笔，那是想都别想的事情了。

父亲去找街道主任，又去找胡师傅，街道主任还没传达决定呢，胡师傅已经一口应下来了。二先生腿不好，但一双眼睛透着聪明。胡师傅让他伸手，见他十指修长，指尖如笋，韧力十足；又让他中指独立，顶在一块木板上，倾力下压，其他四指不颤不抖；再发他一把小镊子，让他从零件盒里往出挑最小的齿轮，不一会儿的工夫，二先生就挑出了一小堆，型号一样，不掺不混。胡师傅说了一句话："行，就这吧。"二先生就成了修表铺子里的学徒，一个月挣不到二十块钱。这一干就是两年。他学东西快，不到两年，已是几个师兄弟中技术最好的，如果不是那位张师兄来，他的人生中就不会有那么多的麻烦了。

他要去北京，姐姐第一个出来阻挡。说的也是，那么多身强力壮的人去北京，都不一定有个立足之地，何况他一个腿脚不好的年轻人呢？他从小对姐姐好，姐姐也是实心地爱护他。姐姐已经工作了，在家人面前放过狠话，弟弟将来有任何闪失，她会养他一辈子的。在乡下，她得肺结核的时候，是弟弟下河摸鱼抓蛤蟆，上山打雀套兔子，硬是把她的营养补上去了。世人都明白，肺结核是个"馋病"，只要吃得好，再严重的病都能去一半。现在，姐姐已经工作了，在地理研究所下辖的地质队，工资待遇不错，分出一部分养弟弟是没问题的，何况还有姐夫呢，双职工，有稳固的家庭经济基础，干吗要去北京折腾呢？

二先生说："这件事，我已经定了。"

姐姐一句话也不再多说，一跺脚，抹去脸上的泪，坐车去百货商店，内衣，外衣，帽子，围脖，皮鞋，袜子，牙膏，牙刷，香皂，统统装进新买的旅行箱里，余下的，就是做母亲的工作，劝母亲不用担心，相信二先生在北京定会有一番作为。

"他一个瘸身子，能有啥作为呀？"母亲不舍。

二先生却还是走了

临别二先生和师傅喝了一次酒，在修表铺子对面的饺子馆，他俩喝白酒，一口接一口，师傅的杯子是自带的，连着小锁链，端杯落杯一阵响，惹得其他桌都好奇地观看。师傅吃猪肉大葱馅的，二先生吃韭菜鸡蛋馅的，师傅往他盘子里放一个猪肉馅的，又从他盘子里夹回一个韭菜馅的。一顿饭，没说一句话，只是破了例，平时一盅，这次喝了两盅。饺子吃完了，师傅点上一袋烟，点烟之前说了一句："不修表，可惜了。"一袋烟抽完，在鞋帮上磕磕烟袋锅又说一句："外边的事我不懂，家里的事得提醒你，你那个师兄是山东人，有山东人的实诚、仗义，可也有小心思，犯小心思了，你得多让着，抛家舍业的都不容易。"

二先生称诺。

想起自己的师傅胡江海，带他的时候已经都是六十岁的人了，他是平凡得不能再平凡的普通人，对二先生的影响却不能说不大。胡师傅家的师娘也是个文疯子，为胡师傅生了一个女儿。生女儿坐月子时，受到一只狸猫的惊吓，突然就神志不清了，三十几岁，人长得也俊俏，邻居们却说白瞎了，纷纷叹息，说胡师傅命苦。胡师傅身上就一个劲儿，没事不惹事，有事不怕事，命中挡不住、防不了的，不推不躲，挺直了腰杆接着。胡师娘好的时候，知道给孩子喂奶，不好的时候，能把孩子放窗台外边。女儿一生日前，有岳母帮着照看，他还放心；女儿一生日后，他让岳母给他缝了一个能背上肩的兜兜，一直把女儿背到三岁上托儿所。按说，女儿一生日时，街道托儿所就可以帮着看的，可这女儿脾气大，按东北话说，能"作"——就是太闹的意思，胡师傅怕阿姨给气受，认可自己背着。

别人说他苦，他永远只回一句话："日子得这么过。"

胡师傅死的时候已经八十多岁了，临死前跟女儿交代了一句话："这辈子，我知足，我的念想就一个，得让自己好好的，得让你妈死我前边。"

胡师娘是早他三年去世的。

发送胡师傅的时候，师兄张富贵从北京赶回来，胡师傅没有儿子，一帮师兄弟都戴了孝，丧盆子也是张师兄摔的，灵幡指路，直把师傅送到墓地。张富贵想让二先生二下北京，和他一起做图书的营生，二先生不等他把话说完，就直接拒绝了。他这半辈子和人一起做过两回生意，从某种意义上说，第一次是他们骗别人，第二次是别人骗了他；下半辈子，他不想再沾生意上的事了。有机会，帮以前的那些个机关干点儿杂活，挣些零花钱；没机会，就安安生生地在家里陪老妈，娘俩儿说话、吃饭都简单，一个话题聊下去，半天过去了，又一个话题聊下去，另一个半天也过去了。老妈年轻时是中等人户的老闺女，属小家碧玉型的，爱听评戏，能喝两口，和老爸走到一起也算缘分，两口子一辈子没争吵过。老妈性子温和，二先生和姐姐都随了她，二先生的字，就是老妈给开的蒙，先学王羲之，后临褚遂良，一直写楷，别的书体从来只读不动。老妈有时也抄经，抄完一部经就让二先生送庙里去，有香客见了，觉得字好，就焚香净手，请回家去。后来庙里的大和尚知道了，双手合十，把老妈抄的经供到禅房里去了。喝酒，睡觉，陪老妈聊天，写小楷，这基本上就是二先生的全部生活。街道，后来叫社区，知道二先生字好，但凡有个活动什么的，都请二先生参加，写各种证书，给老年人讲讲书法课，这些多多少少都给一些报酬。等到再后来，社区给他办了个"低保"，他的生活便完全稳定了。

张富贵在松城住了几日，和二先生说了几次去北京的事，见二先生坚辞不就，便另辟蹊径，他对二先生说："你实在不去也行，但你帮我完成一个选题，我想出字帖，给小学生描红用，你楷书好，我想让你写，不白写，我付稿酬。"

这事二先生愿意干，问他怎么付费。

张富贵说："一次性买断，一本两千。"

二先生听他的下文。

张富贵说，二先生可以写唐诗，五绝，七绝，五律，七律，一页五个字或七个字，十首诗一本，先出二十本，如果市场好，接着出。

二先生数学不好，但账能算清楚，当下和张富贵签了合同，领了一万块钱的定金。

正事说完了，自然说到高燕妮的身上，张富贵二次进京打拼，风里雨里也有几年了，当年的事情早已风平浪静，无人再提，"皮包公司"这个名字在历史上留存为民间俗语，在正规的字典里既无列入，更谈不上删除，那些当事人能洗白的洗白，洗不白的都负了刑事责任，在越来越正规的经济轨道上，它们只是沉渣，腐烂了，弥散在空气中，无人再关注。二先生他们公司的那些人，除了老总还在国外，大部分人又聚集在北京，炒股的炒股，炒期货的炒期货，卖手机的卖手机，玩电脑的玩电脑，他们相濡以沫，不肯相忘于江湖，扑打着翅膀，不管有多大的力气，都高高低低地飞，每个人都在绘制着一幅属于自己的蓝图。

没有人再见过高燕妮。

有关高燕妮的最终信息就是那封信，她结婚了，和丈夫去了南方。南方太大了，上海，南京，武汉，重庆，广州，深圳，成都，海口，二先生在脑子里过地图，凡是他去过的城市，走过的街道，住过的宾馆，吃过的饭店，他都拼接成一幅又一幅影像，想在这些影像里找到高燕妮的踪迹。她在街上走，领着一个孩子，也许是男孩儿，也许是女孩儿，只要她给出一个定位，他就会伸手拉住她。中国的版图太大了，大到一眼望不到边际；人心的版图太小了，小到他只要迈出一步，就可以跨越万水千山。

和高燕妮一起过情人节，在那个飘了小雪的北京的2月14日，长安街灯火闪烁，每个胡同口都像礼花一样绽放出那么多的年轻人，他们笑着，互相依偎着，拖拉着，春雪化泥般的热吻，赖在某个男人背上的女孩儿的欢声，糖葫芦，气球，来回奔跑着推销玫瑰的小贩，当街流散的歌声和乐曲声，盎然向上的内心里的骄傲，构成了二先生顽强奔跑的真切的动力。

一个月后，北京天气彻底转暖，爬山虎沿着旧城墙、四合院的窗棂与门楣攀缘上升，冬青树的冷绿里生发出喜人的鹅黄，银杏树芽尖如针，木棉挺直了纤细的腰身，拴马桩上的兽头睁开了眼睛，居民家门口的石狮子趁人不注意打起了哈欠……一切都清新而明亮，扑面的东风，一遍又一遍地告诉行人：春天来了，春天来了。

高燕妮和二先生商量，一起去香山踏青。

二先生来北京之后，一头扎在业务堆里，北京的景区一个也没去过，只有一次路过雍和宫，在同事的指引下，远远地看了一眼红色的大门。踏青是雅事，二先生也想出去散散心，无奈公司事情太多，人来人往的，说不定什么时候就有主顾上门，他们这种倒买倒卖的生意，根本没有什么节假日，来人就得谈，就得忙活，钱收到手，货发到位，一切才算安生，大家都忙着计算别人皮包里那点儿钱，清风明月诗与酒，异域同天唱笙歌，陈年旧事了，哪有人关心？

二先生说："怎么走得出去？"

高燕妮一脸娇嗔一脸笑，拍拍手里的文件夹，说："全安排到晚上和明天上午了。"

第二天一大早，他俩奔牛街，买羊杂汤，又去市场买白洋淀红黄咸鸭蛋，买八宝咸菜，买甜面酱，买小葱，买千张，再买几个大馒头，红星牌二锅头，燕京啤酒。这些东西都由高燕妮一个人拎着，不让二先生上手。两个人坐公交车，一站一站量到香山。香山是燕京八景之一，二先生叹息，之于"西山晴雪"，他们来迟了，之于"香山红叶"，他们又来早了，这个时节来，能看什么呢？

高燕妮回了他一句话，说："香山的玉兰花开了。"

二先生的心里有一种莫名其妙的激动。

他去看高燕妮的脸，细细的绒毛如金丝、似胎发，一双黑眸闪着光，美艳至极，挺直而匀称的鼻子犹如象牙雕成，红唇掩映的牙齿羞煞了贝珠。他去拉她的手，好像一下子就拉疼了，高燕妮皱了一下鼻子，旋即又展开，"嘤"的一声偎进二先生的怀里，一团温热裹着"怦怦"打鼓的心。二先生怎么吻了她，她又是怎样地迎合，嘴唇的细润是彼此的惩罚，舌尖的缠打扬显着热烈中的不安。好半天，他们才醒过来，高燕妮红着脸打了二先生一拳，一个人小跑着往前去了。

二先生是北地人，平素看不见玉兰，因为玉兰生长的纬度到北京而止，出了关，便很难成活。在家乡时，二先生所见春花不外乎杏、李、梨、桃、丁香、玫瑰、蔷薇，像玉兰这样硕大的花朵让他惊讶、感慨，他沉浸在一片馨香之中，身体随风悠悠颤动。时间已至十点，太阳升得老高，高燕妮在一株玉兰树下铺了塑料布，塑料布上又铺了床单，浴巾为席，几张报纸为桌，那些吃食摆在上边，营造一片魏晋风格。大概刚才走急了，又有了布置野餐的劳作，坐在浴巾上的高燕妮解开了上衣的两个纽扣，白皙的脖颈露了出来。二先生说："韵友自知人意好，隔帘轻解白霓裳。"是明代沈周的诗，高燕妮并不知道，但诗中的意思听得懂三分，心里的美意却是七分。

那一天，他们相吻过多少次呢？十几次总有吧？太过甜蜜，让人都不忍回忆。

还有，高燕妮的那个小小的银质的十字架，每次二先生吻她的时候，都会调皮地从她的脖颈上跳跃开来。

高燕妮的家在平谷，离金海湖不远，母亲早亡，有一个哥哥已经结婚，她和二先生恋爱了，很快也有了夫妻之实，不小心怀了孕，就商量着结婚。高燕妮的父亲和哥哥特意从平谷进了一趟北京城，第二次见了二先生，不甚满意，但事已至此，只能顺水推舟。

父亲对哥哥说："黄花大闺女，又不是没人看上，嫁了个没有北京户口的，还是个瘸子。"

哥哥开通些，对父亲说："大妮子自己看上的，也错不到哪儿去，在公司是个中层，收入总少不了，过日子过什么，说来说去过的是钱，有钱怎么都好，没钱的日子想舒心都不成。"

父亲叹气："总觉得对不起你妈，就这么一个闺女。"

哥哥说："别那么说，我妈活着也挡不了。定日子，领证，咱们家，该送的送，他们东北人，讲究多，怎么操办，咱们随着。总之一句话，只要大妮子高兴，咱们没啥不痛快的。"

这些话，高燕妮都听见了，她不争辩，也不多解释，母亲活着的时候，给她缝了一红一绿两床被，绣了两对枕套、两对枕巾，她只想要这些东西，至于父亲和哥哥商量，要给她拿一万块钱嫁妆，她是说什么也不想要的。她和二先生说，现在住北京饭店，等结了婚，就在四合院里租个房，日子一旦过起来了，什么都好说。

这是高燕妮这边。

二先生给姐姐的单位打长途电话，和她说结婚的事。姐姐又惊又喜，又气又恼。怎么说结婚就结婚啊，才二十多岁，能支起门户吗？再说，新媳妇是谁呀？怎么也得领家里来看看，征求征求父母的意见。诸事无头绪，姐姐一夜之间嘴角就起了大泡，时不时地在丈夫身上撒气，弄得丈夫也哭笑不得。

二先生对姐姐说："你不能绘图吗？圆脸，杏核眼，白皮肤，中等个头，爱笑，爱吃酸的。家是北京郊区的，和我是同事。"寥寥数言，你就是给了姐姐圆规、格尺、铅笔、橡皮，她也无法把高燕妮从众多的女孩儿中分离出来。

　　姐姐说："没这个道理啊！又不是战争年代，你出去打仗多少年，音信全无，某一天冷不丁回来了，领一个女的，告诉我们这是你媳妇，你结婚了。"

　　二先生说："你就当是吧。我这两天就回去，开介绍信，取户口，你呢，什么也不用管，就等着吃北京大虾酥吧。"

　　这是二先生这边。

　　就在两家都忙活着筹划婚礼之际，二先生和高燕妮所在的公司倒闭了。说倒闭不如说是主动关门，老板"神通广大"，消息灵通，在许多皮包公司还观望等候的时候，他们老板携款出国了。跑得不是那么狼狈，甚至可以说"优雅"，每个员工多发了一个月的工资，大家还在一起吃了散伙饭，老板对自己的行为没有做过多的解释，只说想去海外考察，争取找到更稳定的项目和合作伙伴。大家吃过饭各自回去，老板却留下没走，他对二先生说了点儿实话，交代了那笔钱的来龙去脉，一再叮嘱他，拿到钱就不要回北京了，和以前的同事也断了联系。皮包公司的业务总是有诸多不规范，国家整顿也势在必行，老板第二天一早就飞走了，具体去哪个国家对任何人都没透露，包括二先生。

　　仓皇。

　　当时的情况用这个词形容最为恰当。

　　仓皇。

　　的确仓皇。

　　香山踏青之后又一个月，二先生陪高燕妮回了一趟平谷，平谷是桃乡，他们去的时候正值桃花盛开，百里桃花，灼灼其华，正应了一对热恋之人的种种情状，眼前的景色带给他们的除了希望还是希望。高燕妮家就有桃园十余亩，父亲和哥哥种树种菜，侍弄桃树，生活充实而富足。二先生来，他们并无误会，只道是高燕妮的上级，准备了酒菜，殷勤劝饮，那哥哥还答应二先生，等桃子熟了，去北京给他们送桃子吃。在金海湖的岸边，二先生还畅想将来在这里开一个山庄，接待北京来的顾客，自给自足，相安相乐。

一切都是眼前事，说破灭就破灭了。

高燕妮问二先生："你希望是个男孩儿还是女孩儿？"

二先生说："男女都一样。"停顿一会儿，又说："我家单传，如果是儿子，老爸老妈会高兴的。"

二先生的闪电出走，高燕妮的闪电嫁人，这之间有无必然的关联？那一年多的时间他们彼此是如何度过的，发生了什么，经历了什么，二先生没有任何渠道把自己的信息传递给高燕妮；高燕妮也是一样，二先生怎么走的，去了什么地方，情况如何，平安与否，没有任何一条邮路为她带来任何讯息。她给二先生留了一封信，所写也无特别的内容，只告诉他一个事实，那就是，她结婚了，勿念，迁居南国，一切顺好。思念之情，哀怨之意，字里行间没有一点儿流露，结尾的八个字却让二先生百感交集，怆然涕下。那八个字是：纸长笔短，匆匆不尽。这是她对二先生的一个交代，也是对他们那段不可谓不轰轰烈烈的情感的交代，这里边镌着玉兰纹，盖着桃花印，别人看不懂，自己也理不清。

月色更加明亮起来。

二先生醒来的那阵，月亮应在这栋居民楼的楼顶，这时，透过窗户，已经可以看见月亮的半张脸挂出了檐角，月华扩大了，路灯就没有那么招摇，一条街没有人声，也没有车声，偶尔一声狗叫或者一声鸟的呢喃，之后便只是凉飕飕的惆怅。

母亲起床了，二先生没动，他侧耳听母亲的动作，找拖鞋，下地，轻咳一下，叫亮声控灯，拉动厕所门，冲水。从厕所出来，母亲问他："醒了？脱了衣服再睡会儿，天说亮就亮了。"二先生诺了一声，母亲回卧室，自言自语："那美英多好的人，就这么拖着不办，为了啥呀？有美英在，我得少操多少心？"回到床上，母亲把声音提高了，"我老了糊涂了，家里的钱我把不住了，趁早交给你们，我也好放心。"

二先生不应声，母亲挺一会儿，窸窸窣窣地躺下。

月亮继续向西，启明星的亮度也在减弱，树影罩在玻璃上，像天使的巧手为二先生的孤寂装饰了窗花。不过十几分钟的时间，小吃店的灯亮起来，去早市的小贩把车轮转动得"吱吱呀呀"响。早市也改进了，不让"当街下寨"，全都汇集到居民小区附近的空场上，余美英想重振馄饨摊，苦于没有老妈的馅，没有余连魁那一份恰到好处的煮馄饨的手艺，双桥好走，独木难行，只好望洋兴叹。老妈说话嘴不利落，脑袋却明白得很，守家在地，摆地摊的营生就够赚了，人心不足蛇吞象，再多想就是挣命。余美英在家里受了抢白，到二先生这里找平衡，二先生也说："老妈说的对。你们老余家的馄饨只能'三英战吕布'，缺一不可，你想千里走单骑，过不了五关也斩不了六将。"

余美英说："你说话，我爱听，一套一套的，都是戏词儿。"

那一年，余美英约二先生去南湖野餐，她说出了自己的心里话，也听了二先生在北京的所有遭遇，二先生把她当成自己人，和别人不讲的话，对她和盘托出，她感到前所未有的幸福。一切爱的基础都是从信任开始的，有了二先生的信任，她知足，她不会一步赶一步地往前逼二先生，更不会花蛇精一样地纠缠二先生，她只想对二先生好，让他感知自己的存在，她想当一株开花的树，伫立在二先生后半生必经的地方。她这么想了，也就这么做了。她给二先生打毛衣毛裤，用针用线和家里人是一样的，过新年的衣服袜子鞋，多备出一份，后来是两份，连二先生的老妈都有了。她定期不定期地去二先生家，不问二先生，也不听二先生的，给老妈洗头，带老妈洗澡，给老妈做吃的，陪老妈说话，邻居知道的，这是他们家的朋友，不知道的，还以为是他们的儿媳妇呢。

余美英来过三四回，姐姐就看出门道了，她问二先生："怎么回事呀？

你们是不是恋上了？"

二先生不知道怎么回答。

后来，母亲也明白了大半，对二先生说："这个美英是实在人，对你是上了心的，我看在家里也是孝顺懂事的闺女，和别人不太一样。人家主动，你就别挑三拣四的，让人家心寒。知子莫过母，从小到大，你是什么性格，妈最知道不过，你那一出一出的，我没事就跟过电影一样，有的时候想笑，有的时候想哭。你心里能装住事，妈不问你。那一年，你在北京，说有一个姓高的姑娘要和你结婚，都准备回家来取户口本了，你爸和我热锅上的蚂蚁一样，处处无从下手。后来，这事不了了之，你在外边音信皆无，你爸一股火窝在心里，上下窗台都不走脑子，摔了，人就没了，临死交代不让留骨灰，我知道，那是心里埋怨你。我不埋怨你，我也想开了，只要你开心安稳，妈什么都过得去。你心里有事化不开，留着慢慢化，这辈子化不开，就下辈子化，总有化开的时候。只是这个美英，你若无意于人家，趁早和人家说，青春易老，你耽误自己不要紧，可别耽误了人家，让人家乌鸦大晒蛋，竹篮子打水一场空。"

二先生诺诺，还是不知如何回答。

那一日，余美英又来家里给老妈梳头。忙完了，老妈就拉着她的手让她坐下，余美英知道老妈有话问她，心里忐忑。

还真是她想的那样。

老妈说："美英啊，你就跟我闺女一样，我那闺女没做的，都让你给做了。你说，咱们要是能在一个屋檐下生活多好，我的日子一准的舒心。"

余美英爽朗地笑了，说："你可不知道，我也有犯倔的时候，倔起来十头老牛都拉不回来，真在一个屋檐下，说不定哪天就把你老人家给气着了。"

老妈说："你们家的情况，我拼三凑四的也知道个差不多，你离了一次婚，再没找。爸爸妈妈也都老了，妈妈又有病，挺不容易的。你有个弟弟，挺能干的，里里外外的，是个勤快的人。唉，我说这些干什么，像'盘道'

似的。"她握着余美英的手不肯撒开，嘴角扯动着，眼泪流下来，"按说，你和云海这一对，也是天配的，一根藤上俩苦瓜，一个瓜是苦，两个瓜扭到一起也许就甜了。大娘问你一句不该问的话，你问过云海的心思没？他对你到底有没有意思，他是咋想的？"

余美英给老妈擦眼泪，劝道："老妈呀，我问过他了，早几年就问过了，他心里有苦，说不出。且不说他，我也不妨给你吃个定心丸。我是认准二哥这个好人，结不结婚是一回事，我一门心思对他好，对你好，一切都是一样的。你就把我当个闺女，多个闺女不是好事吗？"

老妈的手抓得更紧，未语先瞪大了眼睛，问："美英啊，我也一直想啊，他和你说没，他心里到底装着什么天大的事情？"

美英遮掩道："他没和我说过，是我自己猜的。"

老妈犹豫着，还是问出来："他在北京的时候准备结婚，这事他说没？"

余美英开心地笑了，这不是假笑，是发自肺腑的，她清清亮亮地回道："说了。后来不是没结成吗？那个女的嫁人了，和老公去了南方。他们现在没什么联系。"

老妈疑惑道："那还能有什么事呢？"

余美英说："他在北京好几年，认识的人多，遇到的事多，兴许改了性子，兴许，就是没看上我。"

老妈慌了，刚才说话，她抓着余美英的手松开了一会儿，这下，又一把抓住，急道："这话他可没说过，他在我面前，说的都是夸奖你的话。"

余美英走了心，低声问："是吗？"

老妈连连说："是啊是啊。"

余美英情不自禁，抽了手，说："家里老妈该换尿不湿了。"一时电卷风驰，门响之后不见了踪影。

在南湖野餐那次，余美英坦白了自己的心境，说过"爱上你了，想和你一起过日子，横竖你言语，是死是活我都接着"的话，可是，二先生除了讲他和高燕妮的事，或横或竖的"言语"全没有，弄得余美英也没有死活。死是不现实的，只有活，往前活，活到天崩地裂为止。在外人看来，他们的事就这么不明不白地悬着，大先生、滕大阁、蒋志一他们都盼着有一个结果，那余家老妈岂能不是？天不遂愿，进了伏天，老妈突然表现不好，先是发烧，在家吃了药，烧退了两日，继而反复，又烧起来，比前一遭更加厉害，观察了一宿，不行，赶紧送医院。

二先生找了邻居那位医生，一切安排还算妥当，当日就住下了，完成一系列常规检查。那位邻居把二先生叫到一边，问他："说实话不？"二先生说："实在亲戚，说实话。"那邻居就说："老太太没有什么救治价值了，脑积水，心肺衰弱，肾功能也不好，好说半个月，不好说三五天的事。在这儿就得送重症监护室，干搭钱，结果是一样的，留不住了。"二先生喉咙里"咕噜咕噜"响半天，说："那实话实说吧。"于是，把余美英和余连魁姐弟两个叫到近前，将邻居刚才的话复述了一遍，转身又向邻居讨办法，不知他还有没有什么方案预备。

邻居说："临终关怀吧。"

余美英抢着问："什么临终关怀？"

邻居说："现在市内有几家医院，可以……"

二先生打断他，抢着说："在这儿就得开刀插管，老太太遭罪，不如送到这种医院，让老人家平平静静地走。"

余美英听愣了，半天喘不上气来，等一口气呼上来，劈手抓住二先生就打，骂道："敢情不是你妈？如果是你妈你也不救吗？"她先是打骂，后是一头扎进二先生怀里，死死抓住他的衣襟，把所有委屈倾泻在他的身上。

余连魁去拉姐姐，道："医生和二哥的话是对咱们好。"

余美英止住哭声，看看这个，看看那个，都是眼中含泪，无一良策。只好这么办了。他们经邻居推荐，把老妈送进仁心医院，条件一般，但干净卫生，医生护士在服务上无可挑剔。就这么安安静静地守护着，一家人在医院度过了最后四天的团聚日子，第五天的半夜，老妈合上了双眼。

这几日，二先生一直在医院里陪着，大先生他们也轮流着来，待老妈走时，是大先生、滕大阁、蒋志一、余连魁抬棺扶灵，一路送到火葬场。

出完老妈，余家备下了饭菜，可如今的习俗，除了本家的实在亲戚，一般的同事朋友都不留下来吃饭了，况且余美英和余连魁本就没有什么同事，整个葬礼来的不过二十几人。老妈的侄男侄女，都从老家来，送过老妈，着急赶车回去，草草吃点儿东西就散了，宽大的饭堂里只有大先生、二先生他们这几个人，他们劝余连魁节哀，自己也无限感慨。告别仪式上，余美英哭得死去活来，两次昏厥过去，告别仪式一完，就差人送回家去了。从老妈合眼，到存完骨灰，余连魁一直不说话，没眼泪，一个人痴痴傻傻的，像什么都没反应过来。这会儿，人都散了，他堵在胸口的垒块也有了缝隙，他喃喃地说了一句："我妈这一辈子，活得不容易。"一口痰呕出来，大大的一堆，他"嘤嘤"两声，突然大哭起来，那声音撕心裂肺，在场的几个朋友无不动容，大家陪着哭一场，相劝着回去了。

回去的路上，大先生问二先生："这么多年了，没好意思问你，你和美英的事差在哪儿了，成不成啊？再这么拖着都老了。"

二先生说："人生有些事放不下了，放下了，就什么都解了。你别操心了，美英她都明白。"

第七章　槭树在燃烧

黄晓萍今天想早点儿回去，因为蒋皓宇打电话说，晚上回来吃饭。有一段日子了，蒋皓宇不是在外边吃过饭再回家，就是回家的同时叫了外卖。他一直忙，忙得像一个陀螺，一鞭子下去，转个不停，旋转的速度刚要慢下来，又一鞭子抽来，转速又上去了。他原来的单位来通知，说上级有了新的规定，蒋皓宇要是能回来上班，最好回来上班，如果不回来，明年就得解除劳动关系。另外，"五险一金"的个人部分也应该交纳了，年底之前一次性交到单位，单位会把他请假期间的额度补齐。黄晓萍又动了让蒋皓宇回单位上班的念头，这念头像经冬的草根，给外边的风一吹，"滋滋啦啦"地吸足了水分，攒着劲儿想往上拱。

蒋志一见她又失眠，问："有心事啊？"

黄晓萍翻了一个身，把脸冲向蒋志一，说："你说，一边上着班，一边搞点儿业余爱好，两边都不耽误，是不是也挺好的？"

蒋志一把双手枕到头下，眼望着天花板，一动不动，他猜到了黄晓萍的心思，本不想主动往事上说，一直避着。他留心观察过儿子，对他停职后的作为及成绩也颇为关注，觉得他不是盲目的一时头脑发热，他所做的事情是有计划的。他登录了"指弹空间"的公众号，蒋皓宇发表的每一篇文章他都看，最让他增添了信心的，是上海乐器展期间，蒋皓宇写的两篇访谈。前一篇是写金之助的，后一篇是写德国的一个指弹演奏家，叫马尔拉夫，两篇访谈都获得了极大的赞誉。尤其写金之助的那一篇，文后留言无数，光打赏就有一百二十多人。他问过蒋皓宇，打赏是怎么回事，蒋皓宇说："就是读者喜欢你，给你发钱，奖励你。"

蒋志一觉得新奇，追问："赏多少啊？"

蒋皓宇没正面回答他，而是把他的手机要过来，点开"指弹空间"的公众号，又点开自己的那篇文章，找到"喜欢作者"一栏，轻轻一触，五元，二十元，五十元，八十元，一百元，二百元不等，还有"其他金额"，蒋皓宇点了一个五元，蒋志一的头像就出现在屏幕上。蒋志一疑惑地看着他操作完这一切，不知就里。

蒋皓宇说："你刚才赏了我这篇文章五块钱。"

蒋志一问："白给？"

蒋皓宇把手机还给他，得意地说："你看了我的文章，长了知识，长了见识，怎么能算白给呢？你去书店买本书不还得交钱吗？"蒋皓宇见他茫然，又说，"前几天，给你买了两条好烟忘了没？就是用打赏的钱给你买的。"

蒋志一不答话，脑子一直在转，他在计算那一百二十多人，按最低标准一人五元，还得六百多元呢，他瞠目结舌，心里一个劲儿地喊"妈"。半晌，他问："那你这一篇文章得的赏怎么分啊？"

蒋皓宇卖了一个关子，反问他："你猜猜怎么样？"

蒋志一连连摇头，说："我又不懂你们的规矩，怎么猜？"

蒋皓宇不想让他再着急，就说："一般的平台，会和作者分成，比例不一，全在双方谈。'弹指空间'不计较，打赏的钱都给我了。"

蒋志一拍着手机惊呼："两千多都给你？"

蒋皓宇笑了，为父亲心里的小狡黠，他站起身，故作不屑的样子，说："老蒋同志，你以为读者都像你那么小气？平台打赏一共收入了三千多。"

蒋志一坐在原地，半晌也没有起来。

捅破了这层窗户纸，蒋志一做下了一个毛病，无论是在家里还是在自行车摊，只要闲下来他就摆弄手机，黄晓萍问他什么话，他也是左耳进右耳出。他还找了一个小本子记蒋皓宇的文章后边的留言，但凡有经典句子他都认真地抄在本子上，对文章的打赏也十分上心，哪篇文章多少人打赏，保守收入多少，阅读量多大。这一记不要紧，记了一个信心满满。

蒋皓宇写马尔拉夫的那篇访谈，阅读量也有三万多，打赏八十多人，仅这两笔收入，就让蒋志一唏嘘不已。两种生活方式，两种思维状态，两个世界里的人，两个空间里的行走，蒋志一既为儿子感到由衷的骄傲，同时，也为自己和黄晓萍感到一点儿悲凉。社会在发展，人类在进步，不到四十年的光景，他们所面对的现实是那么让人不可思议，不可否认，也让人感到无比的欣慰和感动。

蒋志一成了蒋皓宇的头号大粉丝，平台每发一篇文章，他都仔细看——尽管有许多文字他并不懂，比如对一个曲子的赏析，看完文章看留言，看完留言就打赏，赏的不多，看懂的赏十元，半懂不懂的，赏五元，这成了他的一种乐趣。他像一叶溯流而上的小舟，一路捡拾着水上的睡莲和水下的奇石，心旷神怡，其喜洋洋者矣。他在等待一个爆发点，像他当兵的时候布雷，一个命令下达，迅速按下引爆器，大地怒吼着盛放出黑色的礼花。他也在寻找一个机会，和黄晓萍分享这种喜悦。不仅仅是分享喜悦，也是分享一种信心。他们的时代是艰辛而伟大的，他们的选择是光荣而充满希望的，那么，今天和未来一定要更加伟大，任何一代人的选择都不是盲目的决定。洪流，历史是一股势不可挡的洪流。这些体会和感觉，他也都一笔一画地记到自己的小本子上了。

黄晓萍和他说枕边话，他一时沉默。

黄晓萍说："老蒋，你的心里真的一点儿想法也没有吗？你真的认可他这么选择他的人生吗？"

蒋志一披衣起床，拧亮台灯，去另外的房间取来自己的小本子和老花镜，当然没忘了他的宝贝手机。黄晓萍不知道他要唱的是哪一出，下意识地坐起身子，把被头拉到自己的胸前。台灯的亮度不够，蒋志一回来时，顺便点亮了大灯，室内变得明亮万分。

"给你上上课！"蒋志一说。

黄晓萍不知道蒋志一的一系列在她看来十分突兀的举动意味着什么，但她隐隐约约感受到了蒋志一身上透出的那股年轻时才有的魄力和霸气。他们恋爱的时候，被黄晓萍埋怨不懂浪漫的蒋志一，在一次酒后，拉着黄晓萍跑进松城大学院里的飞行转轮下，一口气转了二百六十多圈，那气势，说把黄晓萍惊呆了，不如说把她吓呆了。

多么危险的事啊，现在想想都后怕。

蒋志一搬个小凳到床前，穿着睡衣坐在黄晓萍的身边，他打开手机放了一个曲子，指弹演奏的琴音驱散了室内刚刚还有点儿沉闷而紧张的气息。四分多钟，曲子播完了，安静的卧室里，尚能听见音符远去的脚步声。

蒋志一有点儿沉醉，他问黄晓萍："好听吧？"

黄晓萍看着他，未做回答。

蒋志一接着说："这是日本演奏家金之助弹的一首曲子，叫……"他把手指举到黄晓萍的眼前，"叫，这个名字。"那名字是一行日文，他和黄晓萍都看不懂，但在蒋志一的心目中，看了就代表其真实存在。他收回手机，戴上老花镜对黄晓萍解释："在这首曲子中，金之助充分利用了吉他指板不同区域所具备的不同声响效果。从 TAB 乐谱上所显示的左手指型上进行观察，这一点尤为明显；乐曲使用到的和弦指型大致均匀分布在 2—12 品之间，只有 B 段的四个小节是在 1—2 品外的高音区进行演奏的。"他停顿下来，凝视黄晓萍，老花镜反光，他的眼睛被镜片放大。他接着读："此外，大量的开放式和弦也使得空弦音的松弛感跟高音区音符的紧致感相互调和，为金之助的实际操作储备了充分的创造张力的空间，这也是不少听众在欣赏此曲的纯音频时误将它的定弦当作'特殊调弦'的原因。"

"你在说什么？"黄晓萍没有任何思想准备。

蒋志一拍拍她的腿，依然故我，说："据金之助的'指弹笔记'记载，这首乐曲的灵感来自于俄罗斯作家屠格涅夫的散文诗，《一个来自东方的传说》。音乐与文学同宗同源，而诗是文学的险峰，如果你肯花几分钟读一读这篇作品，或许更能在听觉之外体会到作曲的妙处。"

这一堂"音乐课"让蒋志一的额头见了汗。

他问黄晓萍："听明白了吗？"

黄晓萍摇头。

蒋志一说："听不明白，我也听不明白，但你不觉得分析得透彻吗？"他拉动手机，到这段赏析的最后，指"喜欢作者"几个字和下边的几十个头像，说："是的，我们听不明白，但他们听明白了。知道这是什么吗？读者的打赏钱，是鼓励，是赞美，是认同，是钦佩。知道打一个赏最少多少钱吗？两块，五块，这都不重要，重要的是关注，你发出了声音，人家关注你了，觉得你好，团结在你周围了，这叫什么，叫'养粉'，我就是'粉'，我才明白，年轻人为什么追星，狂热啊，情感释放啊！晓萍啊，我们是老了，但我们一定要学会接受新生事物啊，那是雨后春笋，是新生命的象征！"

蒋志一把自己的小本子打开，略过那些文字，直接把一排排的数字指给黄晓萍看，他把这些日子的心得、体会一股脑地讲给黄晓萍，黄晓萍听得傻了一般。蒋志一开导她，说："这还只是他的一笔收入，他还教课呢，有那么多人想跟他学吉他，这是最起码的吧。将来，他们也可以'策展'，也可以组织音乐会，可以开他们自己的演奏专场，他还想作曲，想干能干的事情太多了。"他还会给黄晓萍讲秦汉晋，"以前不了解儿子的那个老师，是个厉害的角色，被誉为指弹吉他北派的代表人物，业内口碑全是'赞'。"

黄晓萍觉得蒋志一文绉绉的。

事实胜于雄辩。蒋志一的一番分析、讲解，像一块生满绿苔的巨石，一时间压住了黄晓萍心中的千层浪。她去蒋皓宇的单位，替他交各种保险的费用，顺便去监控室取东西。还是那间虽有灯光，但仍显黑暗的地下室，二百多个屏幕闪映着小区里各色人等的进进出出，儿子曾经坐过的椅子破了一个洞，一个和儿子年纪相仿的小伙子一边"监控"着屏幕一边在玩手机。小伙子很懂礼貌，见了她还打招呼，问他蒋皓宇的近况，问完加了一句："我没有他那本事，有他那本事，我早辞职了。"

这样的话让黄晓萍又获得了一份心安。

今天，黄晓萍要早点儿回家，提前擦了一遍走廊，然后把这几天收拾的报纸、包装箱捆扎整齐。三点，文联楼后收购点的大车还没有走，她拎起这些废品下楼，穿过后门来到小街。饮料瓶子也存了不少，今天着急，没有拿。饮料瓶子早就论斤卖了，一丝袋子也卖不上几块钱。卖废品是黄晓萍的一个乐趣，以前她不曾体会，来到文联之后，给主席、副主席、秘书长打扫房间，他们总会指着一沓沓的废纸和旧文件、讲话稿，示意她拿出去，拿出去干吗？丢掉？太可惜了，于是她生出"回收利用"的念头。殊不知，保洁员卖废品，在文联早已是约定俗成的规矩，领导们的办公室是她往出收拾，其他科室和协会的工作人员，都是主动把旧书报往她的屋子里送，久而久之，徜徉其中的黄晓萍变成了一只勤劳的小蜜蜂，飞来飞去中给自己开辟了小小的花坛。黄晓萍仔细算过，每个月卖废品的几百块钱，足够家里人吃菜了。

蒋皓宇说："妈，做两个拿手的，馋了。"

这在黄晓萍是头等大事，也不问他缘由，心中自是畅快，道："拿手的多了，要吃哪样？"

蒋皓宇嘻嘻地说："排骨得有吧，凉菜得有吧，蘸酱菜得有吧，黄花鱼得有吧，两个毛炒，凑六个得了。"

黄晓萍正在整理报纸，不由得停下手，问："这么多，你能吃得完？"

蒋皓宇还是笑，一个劲儿地说："真馋了，也饿了，挺着呢，就等这顿饭呢，您老人家看着置办吧，小爷要是不爽快，永不回去吃你做的劳什子饭。"

这玩笑有点儿过，蒋皓宇在电话那端掩口，且不知电话这边黄晓萍笑个不停，不但不怪，还理短一般一连声地说好。

这边收拾了东西，将废品卖了四十几元钱，算一算，应该够买排骨，捡了多大便宜似的，快步去菜市场，买肉买鱼买菜，想着蒋皓宇爱吃山药片儿，挑匀称的买了一盒，想一想，又买了一盒豌豆粒儿、一根胡萝卜，两下搭配着用，味美而又充实。做法并不难，五花肉切丁儿，豌豆粒儿在开水里焯一下，开水里加点儿盐，保持豌豆粒儿的本色，然后，与切丁的胡萝卜一处急火翻炒，脆生生出锅。黄晓萍的耳边有锅碗瓢盆交响曲，一点儿不亚于蒋皓宇的指弹。五花肉一条是精选的，专为做鱼用，鱼是大黄花，三十九元一斤，冰鲜的，睁着眼睛躺在冰柜上，一副不甘心的样子。黄晓萍拣了一条长相好的，拜托卖鱼的师傅给收拾干净。市场大，跑来跑去的浪费时间，黄晓萍脚不停息，拿捏着尺寸，前前后后也用去四十余分钟。出了市场的大门，正遇一辆出租车，她不犹豫，一改往日"省钱第一"的原则，左右比画着让师傅往家开，一边指挥着，一边把一沓零钱提前准备好。

车行路上，她给蒋志一打电话，让他早点儿收摊回来，蒋志一手边没活儿，又因儿子回家吃饭，喜滋滋地归拢工具，动作比平日快了多少倍。黄晓萍先到的家，放下手里的东西，外衣都不脱，扎上围裙，摘，洗，切，配料，等蒋志一进屋的时候，前期准备工作已经做完了。

"怎么回事啊？弄这么大个阵势？"蒋志一去卫生间洗手，边走边问。

黄晓萍等在他身后，说："谁知道，兴许真馋了。"

蒋志一站在洗手盆边，望着镜子里的自己沉思，说："不对，一定是有什么喜讯，不然干吗要整六个菜呀？明摆着六六大顺。"

黄晓萍着急做菜，不耐烦地催他："什么喜讯不喜讯的，等他回来就都知道了。你完事没？完事让路，锅还烧着呢。"

平日里，黄晓萍做饭只起一灶，今天，两个煤气盘却都用上了，一个烧鱼，一个炖排骨，辣椒酱进屋就先炸好了，剩下的就是拌凉菜了。两个叫硬的菜正准备收汤呢，开门声"稀里哗啦"地响起来，知道儿子开了门就能进屋，蒋志一还是几步迎到门口，从里面把门拉开，一张笑脸灿若老秋菊。

黄晓萍在厨房里忙活，人没出来话却到了，声音里也满是喜悦，"回来了，大儿子！"

蒋皓宇高高大大地站在门外，听见母亲问话，也爽利地答了一句："回来了！妈！"一脚踏进屋里去，鞋架上找拖鞋，拿出来的却不是自己的，而是母亲黄晓萍的。

这时，蒋志一才真切地看见儿子身后还站着一个人，一个女孩儿，高挑的个头，长发过肩，脸上带着浅浅的笑，眉目含着怯怯的羞，身穿一件月牙白的长裙，手里提着方方正正的包装盒。女孩儿见了蒋志一，叫了一声："伯伯好！"

蒋志一一时愣着，竟没有回应。半晌，醒过气来，不招呼那女孩儿，只一个劲儿地冲着厨房喊："晓萍，来客人了！来客人了。"

黄晓萍火上正下着功夫，手脚不能相顾，更没想到儿子会带一个女孩儿回来，所以，只提高了声音，说："来客人了？请进请进。"一盘菜出锅装盘，端着往出走，埋怨道："臭小子，带客人也不先说一声，家里乱得什么似的……"猛地停住，手里的盘子险些撒了手。

女孩儿微微躬身，叫道："伯母好。"

蒋皓宇打了他们一个措手不及。

一时间，两口子搬凳子的搬凳子，收衣服的收衣服，脚步凌乱，狼狈不堪，末了，还瞧瞧自己身上的穿戴，上上下下都不合礼节。

黄晓萍暗骂："这个冤家！这个冤家！"

心里是这么骂着，脸上尽是春风，拉着女孩儿的手往屋请，指挥着蒋志一把茶盏端到桌子上来。

你道这女孩儿是谁？

正是大先生的女儿李艾艾。

李艾艾怎么会和蒋皓宇一起来家里呢？而且蒋皓宇还遮遮掩掩地让母

亲准备一桌子好菜?

上海乐器展归来之后,蒋皓宇请李艾艾和老师秦汉晋吃饭。这一次他特意选了一家日本料理,吃鳗鱼,吃刺身,还点了日本东坡肉和裙带菜。他们喝日本清酒,一人一壶。蒋皓宇选择日本料理,一定和金之助有关,他太喜欢也太敬佩这个老人了,吃日本料理也说明蒋皓宇对他怀着一份想念。他向老师和李艾艾讲他上海所见所闻的一切,某一把手工琴的精妙,某一个演奏家的独特指法,上海梧桐叶子和雨的交织,地铁上如河水的人流……当然,讲得最多的是金之助,直到这时,他才拿出那本"指弹笔记",郑重地放在老师和李艾艾的面前。一式两份,复印过的,给老师的那本,特意放大了字号。蒋皓宇给李艾艾买了一件礼物,用自己的稿费,这件礼物花掉了他稿费的四分之一,是他有生以来,除了吉他,消费最高的一次,这件礼物就是那件月白色的长裙。

秦汉晋坐在一边看着,嘴里不停地说:"噢,是这个样子啊!"

蒋皓宇和李艾艾都不好意思起来。李艾艾用眼睛瞅着蒋皓宇,似有催促之意,蒋皓宇恍然而醒,忙从包里拿出一个包装精美的礼品盒,恭恭敬敬地摆在桌子上。李艾艾终于变得有些调皮,她眨着眼睛看老师,问:"帮您打开?"秦汉晋笑吟吟地点头。李艾艾小心地拆去礼品盒外包装,再打开里边的小盒子,是红、黄、黑三个颜色三条"金利来"领带,还有一条黑色的"金利来"皮带。

"噢,是这个样子啊!"秦汉晋有点儿宣泄似的渲染着这个充满亲情的场面。

屋子里的光线十分柔和,空气凉凉的,壶中的清酒正温,何不好好地斟上一杯呢?

那段日子,蒋皓宇全力修润金之助的"指弹笔记",修润的当口,金之助的助理又把新的复印件邮寄过来,李艾艾成了蒋皓宇的第一读者。她虽然不懂日语,但在个别中文词汇的置换上也给了蒋皓宇太多的提醒和帮助。李艾艾在身边,蒋皓宇会分神,他心猿意马的时候,电脑屏幕上出现一连串的乱码,李艾艾站在他那里看稿子,手提裙摆,露出白皙的脚踝,风由窗入,她匀细的眼睫轻轻拂动。

"你二十岁了吧?"蒋皓宇十分冒昧地问了一句。

"二十一岁了。"李艾艾未加思索,顺口回答他。

"二十一岁了。"蒋皓宇自言自语,他从键盘上抬起手,倥偬间,仿佛遗落了他们相识这么多年的所有时光,还有时光里穿梭的影影绰绰的人影。他知道,其实从见到李艾艾的第一眼起,他就已经开始给自己挖陷阱了,爱的陷阱,越挖越深,挖到今天,足以把他一米八的个头全都陷落其中了。

这一天是星期日,大先生送女儿去补习,两堂课,均在一个地方。上午九点送去,下午三点接,吃饭就在补习班里,有老师照应着也放心。蔡秋芬在桂林商场找了一个当服务员的活儿,每天帮着老板卖衣服,起早贪黑,照应孩子的事,一并落到大先生的身上。大先生喜欢做这事,与这小女儿相处,像隔了一代人一般。

中午大先生是一个人吃饭。锅里有剩下的一碗粥,两个花卷,他打开冰箱,找出一根儿童肠,看看还有菠菜,就择净,用水焯好,加盐加醋拌一下,红是红,绿是绿,直勾着大先生想喝点儿酒。他把小桌搬到凉台上,享受着安宁的一刻。酒是小烧,有点儿土腥味,但压口,喝着舒服。喝了两盅,身上发热,他便脱了上衣往身旁的小柜上放,定眼看时,一本《水浒传》倒扣在柜盖的上边,伸手拿起来,正是"武松醉打蒋门神"那一段,看了一句"武松大踏步赶将出来",不由兴起,大声读道:"武松却好迎着,正在大阔路上撞见。蒋门神虽然长大,近因酒色所迷,淘虚了身子,先自吃了那一惊,奔将来,那步不曾停住,怎地及得武松虎一般似健的人,又有心来算他。蒋门神见了武松,心里先欺他醉,只顾赶将入来,说时迟,那时快。武松先把两个拳头去蒋门神脸上虚影一影,忽地转身便走。蒋门神大怒,抢将来,被武松一飞脚踢起,踢中蒋门神小腹上,双手按了,便蹲下去。武松一踅,踅将过来,那只右脚早踢起,直飞在蒋门神额角上,踢着正中，望后便倒。武松追入一步，踏住胸脯，提起这醋钵儿大小拳头，望蒋门神头上便打。原说过的，打蒋门神扑手，先把拳头虚影一影，便转身，却先飞起左脚，踢中了，便转过身来，再飞起右脚。这一扑有名，唤做'玉环步，鸳鸯脚'。这是武松平生的真才实学，非同小可！打得蒋门神在地下叫饶。"

念完了，大先生喝一大口酒，冲着窗外叫一声："端的好文字！痛快！"他叫痛快，还暗指着一件事。

孙寒捻滑耍赖，硬说他交与出版社的影印本原出日本，是他特意从日本求购回来的，也可以不买，想的是赔大先生一个人情，别起了间隙，坏了少年时的一段同学情。他说得头头是道，却不知早已漏洞百出。春末的时候，大先生去找他，原以为讨回自己家的那套旧版了事，不料想，孙寒拿出这么一套话来欺骗他，一时火起，起身告辞。回来后，和二先生及妹妹商量，要将孙寒告上法庭，惩戒顽劣，为自己讨回一个公道。律师是妹妹公司的法律顾问，听了他的情况，便研究着取证的事，出版社的证明算一份，二先生的证词算一份，律师说："如果能录一段孙寒撒谎的录音，那就更有说服力了。"

大先生说："他是急着找我呢，我再听听他怎么说。"

随后，大先生就给孙寒挂了电话，说这段日子太忙，一直没时间联系，最近有闲，是不是见一面，让《百喻经》的事告一段落。孙寒猜想大先生被他的话瞒过了，见他态度比上一次通话更和蔼，早就放下戒心，一口应承。

孙寒问："那影印本只要一套？我这边多得很，多拿几套送送人也是不错的。"

大先生沉吟了一下，说："也好，那你就各准备十套吧，我送朋友的孩子。"

孙寒讨好般地大笑，"惠聪，你是个君子，还跟小时候一样，客气。"

大先生也笑笑，说："这年头，哪有什么君子？"

他们约在自由路上的一家广东馆子吃饭，大先生带了滕大阁和蒋志一做旁证，准备了两支录音笔，自己怀里放一个，另一个放在给孙寒设定的座位后边的花盆里。孙寒也带了一个人，就是他的前小舅子，没开小车，开的是一辆搬家用的大货车。大先生在窗口站着，看着他们从车上下来，一时奇怪，孙寒开这么一辆车来干什么？孙寒胖了，走路却急，一路上楼，推门进来时已经气喘吁吁。

大先生指指滕大阁和蒋志一，说："俩人喝酒没气氛，特意叫了两个朋友，酒量都好，你今天可小心点儿。"说着话，把孙寒让到座位里。孙寒见自己坐了主座，起身谦让，让大先生稳稳地按住，随势坐到了他的旁边。

那小舅子也进了包房，虚着身子冲大先生点头，大先生招招手，示意他也坐下，唤服务员"叫起"，山珍海味地上了一桌子。

孙寒很兴奋，从包里掏出几张照片，直嚷嚷："瞧瞧，瞧瞧，我老孙可不是小气鬼，这些都是我特意为你挑的，送你的。"说着，把照片摊开摆在桌子上，粗胖的手指头，搓搓点点，介绍着，"这个，你喝茶用。白酸枝无束腰直足罗锅枨加矮老方桌，白酸枝是料，仿冒黄花梨最好的东西，罗锅枨和矮老，是行话，不和你解释，一两句话说不明白，你就知道这是一个方桌，好木头，给你喝茶用的。"他又指了一张照片，说："铁力木圆椅，坐它，喝茶，舒服得很。"又指一张照片，说："这个，这个是你专属，今后去饭店打包提着它，款式整个松城除了你我，再找不出第三个比这好的。这叫什么？告诉你吧，金丝楠提盒，古代，饭店跑堂的伙计往你家里送饭，提的就是这个。不过，他们提的，顶大天是个枣木的，提金丝楠木的，贾宝玉他们家吧。"一口气说完这么多话，像一趟厕所倒空了肚子似的，痛快得要命。孙寒随手掏出一盒极品"南京"，抽出一支点燃，余下的丢在圆盘上，让滕大阁和蒋志一他们也抽。滕大阁和蒋志一一摆手，各从口袋里掏出自己的烟，默默吸一口，吐出长长的两股烟柱。

酒上来了，大先生把杯斟满，和孙寒各干了一杯。孙寒放下酒杯，抓过酒瓶看了看，是"老白汾"，没说什么，抢着给大先生倒酒，小拇指翘起老高。三杯酒落肚，大先生和他说《百喻经》的事，孙寒又来了精神，把筷子重重地一放，口若悬河，自圆其说。他把那日大先生找他，他感慨万分的话又重复了一遍，说到动情处，"啧啧"有声，不明其中玄妙的人，必认定他是一个讲信义的人，只是滕大阁和蒋志一都事先听过他的故事，对他的一番演说除了佩服，也实在讲不出二话。那小舅子最会看眉眼高低，孙寒话音一落，他便把一个大蓝包袱皮解开，亮出里边整整齐齐的十二函的《百喻经》，十一函是中文的，一函是日文的，十二函布面很干净，用手去拂，上边不见一丝的灰尘。

该说的话说完了，大先生又故意问了一些细节，使得证据更翔实些。孙寒有问必答，话语之流利，听起来天衣无缝，想必是背地里做了不少的功课。大先生暗笑，直骂孙寒是一个聪明过头、机关算尽的蠢材。

孙寒还张罗着喝酒。

大先生突然说："你瞧我这脑袋，葛云海家就在这后边，还是老房子，你知道的，一直没挪窝儿，我们把他喊来吧，老同学正好见一面。"说着掏电话，就要给二先生挂过去。

孙寒和小舅子对视一眼，不约而同地看看表，说："改天吧，今天还有事，哪天再说。"说着话，收拾东西，双双往出走，走到门口，问大先生，"车上的家具？"

大先生说："我收拾收拾屋子再说吧。"

"也好也好。"孙寒和前小舅子相互拉扯着，走了。

那天孙寒走后，二先生就来了，他们添酒回灯重开宴，没忘了把余连魁也喊上，语气是命令式的，如若不来，那便怒了洒家，打将过去，红红白白，涂了一地。

想到这些，大先生有一点儿开心。

他把《水浒传》放回原处，叉着腰站起身，仰头一杯酒，叫道："好大雪——"

是夏日了呢，哪里来的什么雪呀！

第 三 部

　　今天也是一样，在自己最难的时候，他靠在自己的身边，不要她做任何表达，一句话，便让她心中的愁苦冰消雪化。

第一章　回旋

其实，从入了秋，蒋志一就再也没有出摊。一晃三四个月过去了，他变得沉默寡言。早晨起来，轻手轻脚地叠被子，依然保持着在部队时的良好习惯，那被子叠得有棱有角，相比之下，黄晓萍叠的被子就太松松垮垮。时间一长，黄晓萍也放弃了努力，到了近两年，她索性连叠也不叠了，一团被子蜷在床上，懒散地注视着"豆腐块"，像一个不听话的新兵蛋子。

蒋志一叠完被子，用淡盐水漱口，再喝一杯温开水，通便，净手，之后，在心里模拟一阵集合号，一二三四地下楼，端臂小跑，每一个拐弯都是九十度的直角，腰板又硬又直。他跑步回来，正式洗脸、刷牙，牙具摆回原位，坐到桌前吃早餐——他跑步的时候，黄晓萍已经把早餐准备好了。早餐吃什么呢？粥，鸡蛋，小菜，辣椒酱，馒头，牛奶——是蒋志一六十岁生日后加的，电视上说，老年人需要补钙。看着牛奶，蒋志一总会情不自禁地问自己："你是老年人吗？"他不承认，所以他不喝牛奶，为此，黄晓萍与他争执，那他也不从，再说多了，他就指着松城大学老校区的方向，说："不信咱再来一回！"

黄晓萍有点儿气恼，问他："来什么？"

蒋志一把胳膊袖子挽起来，拍着胸脯说："再来他二百圈，你看我和当年一样不！"

他是在说飞机转轮。

黄晓萍更气不过，伸手去端杯子，自己把牛奶全喝了。

从521高地往东走一千米，穿过人民街，便是衡阳街，衡阳街的街边正对着老运输队大门的地方，有一家抻面馆，叫"君再来"。这家馆子除了卖抻面，还卖烧卖和羊汤。经营者是夫妇俩，养了一个女儿，衡阳街早市开着的时候，他们的女儿上幼儿园，眨眼之间那孩子已经中学毕业。两口子是外县人，租这个房子快二十年了。初来松城的时候，他们是早晨八九点钟的太阳，现在，也是地地道道的中年人了。他家的抻面和烧卖都好吃，松城的出租车司机赶饭口都往这儿聚，一边吃面，一边交流各种信息，大到时政，小到家长里短，这馆子像一个情报站，只要你肯出耳朵，想听什么稀奇事都有。以前，大先生、二先生、滕大阁他们常来这里小聚，坐最里边的一桌，喝酒，吃小菜。那老板娘拌的辣白菜是一绝，脆生生的，除了辣，还有一点儿甜酸。他们喝白酒，让老板往抻面里加几片单算钱的牛肉，可劲儿吃大蒜，同时恋着辣椒油的那一勺糊香。大先生吃"韭菜叶儿"，二先生吃"二细"，滕大阁和余连魁都喜欢吃"特宽"，只有蒋志一喜欢吃"小细"，老板手艺好，细面能抻得和龙须一般。衡阳街早市黄了，他们来这儿的机会少了，但老板一直认得他们，偶尔有谁落单了，来这里吃面，进门不用招呼，老板一准儿把你心里想的端到你面前。

吃完了，结账走人，老板会指指门口的牌子，大家相视一笑，全都领会在胸。

"君再来"吗？老板随时恭候着呢。

那一日，蒋志一去松城大药房给父母开药，往回走的时候，正路过"君再来"，老板眼尖，隔着窗户喊他，他也是有意要往这里来，人还在五十步开外，应答声已经在街面上滚了三滚。十点多钟，没到饭口，店里人不多，听声音里面有一桌，至少三四个人。蒋志一坐在外间，安置好东西，去厨房夹小菜，打白酒。抻面馆的房子是改造过的，正面两道门，一

276

道算大门，进来便是走廊，走廊左边是押面的地方，走廊右边是蒸烧卖、煮羊汤的厨房，这两处作坊闲人进不得，想夹小菜、打白酒、拎啤酒，必须经过里间，从另一个门进去。走廊是 C 字形，整个半圆是相通的，蒋志一进去夹菜，就看见了那一桌的三个人，为首的是个瘦子，长头发，上唇留了一行短髭，还有两个背对着他，都剃了光头。那瘦子四十来岁，看着眼熟，却一时叫不上名字，应该就在这一片儿混营生，身上有一股乖戾之气。他们应该是从早晨就开始喝了，这一点从桌子上、地上和窗台上的空酒瓶可以推断。瘦子见到蒋志一点点头，嘴角扯出一丝笑，算是友好的表示吧，蒋志一也点点头，算是回礼。

面上来了，蒋志一闷着头吃，一杯酒喝得也快，两口就过了一半。他不想在面店里多耽搁，趁中午把药给父母送去，下午还可以出会儿摊。店里人少，说话的回音就大，里屋那三位喝得高兴，忽而盘黑道，忽而盘白道，你一言我一语，一般的人根本摸不着头绪。他们说话，蒋志一本不想听，可是，那三个人中有一个人问出一句话，一下引起了他的注意。

那人问："猴哥，你上次弄的那个自行车什么牌子？捷安特？尼古拉？"

显然，问话的人露怯了，那个被叫"猴哥"的人没有马上回答他。

问话的人有点儿急，追一句："什么牌子呀？"

"猴哥"哼了一声，说出一个牌子，他喝了酒，又说得太快，蒋志一没听清，但从他的口气里可以听出，那台车比捷安特、尼古拉还要好一些。

那人又问："弄了多少？"

蒋志一没有听到猴哥的回答。

那人的问话又顶了上去，"多少？七千？那你不吃亏了？"

另一个人插话，说："你懂个屁，出手快才能弄到钱。好几台高档车放一起，谁看见都好奇，说三道四走了嘴，整不好，一分钱弄不到，还给自己惹一身麻烦。"

蒋志一听出点儿门道，就佯装去取啤酒，又从里屋走了一趟，用余光把那三个人扫入眼底。蒋志一取了啤酒要回来，听那人喊："老板，再来两组啤酒。"他认定刚才说"露怯"话的是光头中靠里边坐的那位。接着，另一个又说："还能喝那么多吗？"他知道是光头中坐外边的这位。那"猴哥"一定是上首的这位了。老板没听见他们要酒，蒋志一趁机做了一个人情，抱起一箱六瓶的啤酒帮他们送过去，这一来，把三个人的面目看了个清清楚楚。

"猴哥"说："不好意思，谢谢啊。"

蒋志一摆摆手，取了自己的啤酒，回到座位上。

他还想听他们说自行车的事。

可那三个人换了话题，说话声音放小了，说的内容也变了，全是几十年前这一带地痞流氓的事，什么"华子""二青""四愣子""黄毛""面包"，讲的也都是打仗、盗窃的事，口气里有佩服，也有更多的不屑。

蒋志一把喝酒的速度放慢下来。

一过十一点半，一波一波的出租车司机涌进来，吃面，吃烧卖，吵吵嚷嚷地说会儿话，计算一天能拉多少钱，笑闹一阵子，再一波一波地离去。直到下午一点十分，里边的那三个人才结账走人，路过蒋志一身边的时候，"猴哥"还打了一声招呼，好像他们多熟悉一样。

店里有了片刻的安静。

蒋志一问老板："刚才那三个人认识啊？"

老板说："也就脸熟，家这片儿的，是老户。"

蒋志一说："他们是干什么的，挺懂自行车啊，说起来一套一套的，比我这个修自行车的都明白。"

老板笑了，冲着窗外看看那三个人歪歪斜斜的背影，说："没啥正经职业，充其量干点儿偷偷摸摸的勾当。"

"偷啥呀？偷自行车啊！"蒋志一问得很直接。

老板看看他，不搭话了。

结了账，去给父母送药，父亲快九十岁了，人已经有点儿糊涂，他见了蒋志一，第一件事情就问："皓宇军校毕业了吧？分到哪支部队去了？"

母亲抬抬脑袋，冲他摆手，他明白，就回答父亲："毕业了，分到导弹部队了，就是导弹军，最厉害的兵种。"

父亲拍手笑，笑声里还装着梦想，说："好！将来找个媳妇，生他一个班，都当将军，我当将军班的班长，你可以当班副。"

蒋志一立正，给他敬了一个礼，高声回答："是！"

他坐下来，和母亲交代那些药，把旧药瓶的卡片取下，套在新药瓶上，一日几次，一次几片，饭前饭后，卡片上都记得清清楚楚。那卡片是他自己做的，用硬纸板打孔，拴上结实的渔线。刚交代完，就见父亲捏着一团手纸去卫生间，他急忙起身，闪进父母的房间，直奔父亲的单人床，手脚麻利地从床沿和床垫下边掏出吃剩的油条、风干的馒头、发霉的香肠、碾碎的饼干，瞧也不瞧地装进手拎兜，轻轻地放到门外。

他冲厕所喊："爸，我走了，你服从我妈的命令，别惹她生气啊。"

两三年了，蒋志一每次回家都告诉父亲，上级下达了指示，母亲晋级了，比他大，是首长，他得听母亲的。父亲犟，说自己是团级，怎么能听老婆的。蒋志一就说母亲是师级，他必须服从，每次"教导"一回，父亲的气焰总会"一落千丈"几天，母亲的生活压力相对也就小许多。

蒋志一离开父母家没有去521高地，他又回到了抻面馆，一个人把着一瓶啤酒等待"猴哥"他们再次出现。可是，那个下午，除了出租车司机，那三位没来，老板忙着进货，忙着接孩子，没关注他的心事，他呢，就这么坐到天光放暗，黄晓萍打来电话，才悻悻地离开。

也就是从这一天起，蒋志一不出摊了，他暂时放弃了521高地，直接战略转移到"君再来"了。除了抻面馆，他还去派出所，曾经接待过他的警察，一眼就认出了他，他对警察说，他怀疑一个叫"猴哥"的是偷车贼，他们经常在衡阳街抻面馆吃饭，应该传唤他们，让他们来派出所把事情说清楚。

警察说："大叔，没有证据，我们是不能随便抓人的，这是法治社会，你怀疑人家是偷车贼，人家还能说你是诬告呢。他偷车，偷你的车了？你抓住现行了，还是拿到证据了？人证还是物证，纸质的还是录像？有目击者吗，有监控视频吗？"

蒋志一很生气，生气也没办法，警察说的有道理，他凭什么让派出所去抓人？不抓人可以，有事情总可以咨询吧？蒋志一还是三天两头地往派出所跑，这回整个派出所的警察都认识他了。他去派出所只问一件事，最近有没有丢自行车的，报案没有？跑熟了，警察都有点儿见怪不怪了，他们一见到蒋志一，基本就是两句话，一句是开玩笑的，"蒋叔，你都成我们局长了，又来检查我们工作吗？"另一句是认真的，告诉他："蒋叔，没有丢自行车的，没有人报案。"

现在丢自行车的基本上都是年轻人，丢了，骂一通，发泄发泄，又不是汽车，有几个人会来报案呢？

但蒋志一想报案，更想破案。

他去桂林路车行买了一辆"捷安特"，花了四千多。这不算太高档的车，但吊吊敌人的胃口应该还够。黄晓萍问他无缘无故地买辆车干什么？他想了想，说："腿有点儿发轴，活动活动。"明显撒谎的话，关节生锈，天天早晨还准时跑步，少跑一百米都嫌不过瘾。知道他和大先生的事，黄晓萍不再多问，只当他是给大先生买的，寻着时机送给大先生。可这理由黄晓萍自己也不完全信。当年，他给大先生装的那台自行车，大先生还骑着呢，不但骑着，还在他那里定期保养，大先生自己都说，这台老"永久"，拿一辆公路自行车都不换，那零件都跟接力似的，一茬顶一茬的过硬。黄晓萍更知道，蒋志一想跟你说的事，从来不隔夜，如果他不想说，你等一辈子也没用，了解他，最后埋怨一句："你就折腾吧。"说完，对那辆自行车再充耳不闻，视而不见。

滕大阁也问他："怎么想起买自行车了？"

他咬牙蹦出一个字："骑。"

他说的没错，是骑！每天早晨骑着自行车去"君再来"，一坐一小天，吃完再骑回来，手提肩扛上二楼，直接放屋里。他希望偷车贼盯上他的这台"捷安特"，最好是一眼就相中了，他也希望偷车贼早点儿下手，这样，他就可以用迅雷不掩其耳的一双手闪电一般地抓住他！

就这么守株待兔两三个月，"猴哥"和他那两个兄弟再没出现过。这一天，蒋志一又去派出所询问丢车的事，不承想迎面碰到了滕大阁。

他问滕大阁："你怎么到这儿来了？"

滕大阁一脸苦笑，说："一言难尽，走走，出去说。"

出去到哪儿说？两个人推着车进了抻面馆，难得一次见到两个熟面孔，又都是老主顾，老板说："怎么着？我这店里藏宝了，说不来，一两年不来，说来，好几个月不走，这回，一起来俩，怎么着，真有宝啊？在哪儿？告诉我们两口子一声。"说着话安排他们坐，人已经去了后厨，一"特宽"一"细"记得丝毫不差。蒋志一又问滕大阁，滕大阁一拍膝盖，讲了自己这几天的遭际。

松成科技报刊社的社长兼总编是个女的，再有不到一年的时间就退休了，那位管办公室的副职有可能提正职，空出办公室主任的位置，有意让滕大阁接。副职提正职，他空出来的副职，主管单位想安排给大先生，大先生百般推脱，找了一千个理由不干，上级没办法，只好另作他选。大先生不想接副职，却极力支持滕大阁竞争办公室主任的职位，别的不说，一旦定下来，工资能涨一大块呢。滕大阁回去和吴明丽说，吴明丽拍手称好，这几年，杂志和报纸的发行量已大不如从前，订阅数少，"打包"的那一份钱也减去很多，要是能当上办公室主任，工资上升一格，家里宽裕，将来真的按揭买房，压力就不那么大了。

吴明丽说："你是不是考虑考虑送点儿啥呀？"

说到给领导送东西，滕大阁就头疼，他说："现在都在抓廉政，谁敢收礼呀？"

吴明丽说："那就要看你怎么送，送得好送得巧一样。"

滕大阁心里发虚，说："那我得跟惠聪大哥商量商量。"

吴明丽笑他太过谨慎，自信地说："你问吧，你问谁也是这个理。人家凭什么提拔你呀？单位那么多人，说不定早有人把脑袋都削成尖了。"说到这儿，她恍然大悟，推着滕大阁，让他马上打电话，"快快快，现在就问，说不定现在就有人在你们副总家坐着呢。"

滕大阁就给大先生打电话，谁知大先生一听就恼了，说："送什么礼呀？八千一万的，你能看上眼儿啊？十万八万的你自己认呀！都什么时候了，还动这种心思，害人害己。"

大先生说话声大，吴明丽夺过电话，说："哥，我是这么想的……"

她话没说完，大先生就打断她，"不送！"

吴明丽跟滕大阁厉害，可大先生的话她不能反驳。

滕大阁像往常一样上班，干自己该干的活。

星期一的上午，单位事多，滕大阁有点儿忙乱，楼上楼下跑了十多趟。刚要喘口气，主管的副职打电话让他到社长那里去一趟，社长的保险柜打不开了，叫他带着工具，看看能不能打开，实在打不开就撬开。所谓的保险柜，就是老式的卷柜，带密码锁的那种。社长要退休，这段日子有时间就收拾收拾东西，该丢就丢，该往家拿的往家拿，三十多年，自己的东西放单位不少，不收拾不知道，一收拾，大大小小用了几十个纸箱子。滕大阁上楼，社长正着急呢，他走到柜子前，手把着密码锁，一边转，一边听，左转右转，转了几次，"咔"一声，卷柜打开了。社长乐了，从卷柜里拿出一条烟给他，滕大阁不好意思要，在场的几个人都起哄，说给领导送礼，领导不要那是觉悟高，领导给下属送礼，下属不要那是拒绝关心。推推让让中，滕大阁收了烟，直接去大先生的办公室了。

松城科技报刊社兴建于二十世纪九十年代初，那时，正是全国报纸和杂志的黄金时期，一份《松城科技报》发行量即可达二百一十万份，《金科学》杂志发行量最高时七十万份，三五年的工夫，他们就完成了原始积累，经上级批准，自己建了一栋大楼。这栋楼一共六层，平均每层十几个房间，建筑面积两千多平方米，是报刊社的家底。六层楼报刊社自己用了三层，四、五、六层经市里协调，租给了妇幼保健站，这笔收入可谓一本万利。和其他的单位相比，至少有近二十年的时间，松城科技报的人均收入是偏高的，偏高的工资养就了偏高的消费，报刊社员工骨子里的优越感和松散劲儿在这座城市里也是出了名的，用员工们早就流行的一句话，那就是："在谁的抽屉里翻不出千八百块钱来。"这话是老员工们年轻时就说的，传到今天，说话的口气没变，只是钱款的数目增加了。

就在滕大阁帮社长开卷柜一周之后，又一个星期一，松城科技报刊社的员工一上班，就听到一个消息——社长办公室失窃了！丢失的物件除了香烟、首饰、纪念邮票、纪念币等物品，还有两万元的现金，也被偷走了。小偷是从走廊门进来的，别的办公室没动，直接就把社长的屋门打开了。卷柜没有撬动的痕迹，门锁也没有损坏。马上报案，警察进入，经过一番勘查，发现二楼走廊窗户未关，小偷就是从这里翻进来的。警察开始调查情况，找了相关人员谈话，谈话的人除了社长、大先生、门卫、司机等也在其列，最后找到滕大阁，谈话的时间最长，询问的内容最细。警察问滕大阁："群众反映你帮社长开过卷柜？这手艺跟谁学的？会多少年了？"又问，"单位的安全防护是不是由你负责？是不是每间办公室的钥匙你手头都有一把？案发当晚你在哪里？有谁证明？"

问题很多，警察记了满满三页纸。

一开始，滕大阁有点儿紧张，警察问什么答什么，问来问去反复问，一下子把滕大阁问醒了，他反问警察："你们什么意思啊？怀疑我？"

他有一种被侮辱的感觉。

警察说："我们怀疑是内部人员作案。"

滕大阁说："问别人没有这么长时间，你们还是怀疑我？"

警察笑了，说："你观察还挺细的，别紧张，我们不会冤枉一个好人，也绝不会放过一个坏人。"

很快在单位就出现了这样一种传言，窃贼就在报刊社内部，下班前趁人不注意，把二楼的窗插打开，然后就在一个月黑风高的夜晚，由漏水管爬上雨搭，从外面打开窗户，潜入三楼，用钥匙打开社长办公室的门，熟练地解开密码，从卷柜里盗走他想要的东西。

有的员工说："这个窃贼也不聪明，如果聪明的话，周一早一点儿来单位，再把窗户插上，岂不更增加了警察的破案难度。"

马上有人反驳："不对，不聪明的是你，窃贼早早地来，那不正好暴露了自己！"

最有意思的是那个门卫，他遮遮掩掩、躲躲闪闪好几天之后，终于对滕大阁说了一句："滕哥，警察问我，我可什么也没说。"

滕大阁不知道是自己真的掩耳盗铃了，还是别人被一叶掩目了。

要说这小偷是真的猖狂！又一个周一，松成科技报刊社再次被盗，这次被撬门的是整个三楼办公室，社长、副社长、副总编的办公室，加上四个编辑室，统统被清洗了一遍，失窃的总金额一万多元，还有照相机等贵重物品。二楼走廊的窗插依然是打开的。但是，这一次门卫一口咬定，自从上次失窃之后，他的警惕性提高了百倍，窗户是重点，每天临睡前都亲自检查一遍。经过一番调查，警察认定窃贼是周五混入办公楼的，躲在厕所一直没出来，等到夜深人静时，出来作案，得手后从窗户逃走的。看手法，和上次作案的应是同一个人。

全员笔录，每个人都要写清周五下班后至周一上班前，人在哪里，和谁在一起，有谁可以证明。

关于监守自盗的说法波澜再起。

有人还拿市文联的一起案例加以说明。

市文联的编制和松成科技报刊社差不多，办公用楼也是三层。半年多的时间里，主席、副主席、秘书长的办公室被盗多次，失窃物品有烟，有酒，有购物卡、现金、相机、手机、钱包、手表、皮带等，失窃现金及物品估价折合人民币十几万元。前几次，被盗的只是领导的办公室，诸多原因，领导们都没报案，后来，窃贼胆子大了，偷上瘾了，接二连三，各协会的办公室也被清洗了一遍。市文联不像报刊社只在一楼安了监控器，他们是每个楼层都有的，且设备一直运行良好。报案后，警察查监控，发现一个规律，凡是失窃的日子，失窃的那个时间点，监控视频都是一团漆黑，于是，怀疑是内部作案。经过侦查、调查、排查，最后认定作案人就是文联的保安，他每次作案之前都拉下电闸，然后大大方方地翻箱倒柜。

他们传这些话是什么意思呢？

文联那起案子蒋志一知道，黄晓萍回家说过，那个保安是秘书长的弟弟，没有工作，就央求哥哥帮他安排安排，没想到鬼迷心窍，哥哥帮他，他反而害了哥哥。

这些猜测和传闻此起彼伏一个月，至今没有破案。亡羊补牢，单位做了两件事，一是在二楼和三楼也安上了监控，一是给所有的办公室换了门锁。安监控是领导的集体决议，换门锁是大先生提出来的。那天在小食堂吃过饭，大家都忙着回办公室，大先生满走廊张罗，问谁有塑料垫板，很快找到一张后，自己"咔咔嚓嚓"鼓捣门锁。有人问其故，他说钥匙落屋里了。他弄门锁，引起同事们注意，六七个人围着看。只见大先生把垫板从门缝插进去，轻轻地往簧舌上探几下，猛地向上一打，门锁"咔"的一声开了，众人齐呼："这么简单。""咱们这锁是只防君子，不防小人。"有好事的年轻人索去垫板，在自己办公室的门锁上试一试，均无障阻，只要用力得当，门锁无不应声而开。

大先生向办公室反映，这批门锁该换了。

于是，门锁全换了。

有了大先生这个举动，滕大阁身上的压力减少了许多。

滕大阁去派出所交报刊社员工的自证资料，不想遇见了蒋志一，两个人说着话，进了"君再来"，一边喝酒，一边由滕大阁详述了单位发生的这些事情。

蒋志一叹道："惠聪这个人有谋略，心地还纯善。"

滕大阁知道他在讲什么，心里也暖洋洋的，单位里会用垫板开门锁的不止他一个人，却只有他肯在滕大阁危难之机当众替他解围。滕大阁很委屈，凭什么就怀疑他呀！可是人世间的事，谁会为别人的事情深思熟虑、寻根考证呢？所以，大先生的所作所为更是弥足珍贵。滕大阁说完自己的事情，反问蒋志一，他去派出所又是干什么？蒋志一不想透露自己的计划，随便找个理由搪塞过去，两个人胡乱喝了一阵酒后，各忙各的事情。

光阴荏苒，转眼过了中秋，来到元旦。

雪下了两场，但都没有站住。冬天起，树叶落了一地，到年交，街道已经干净，不再是黄片纷飞，杂芜横地。街树也因除了绿衣，一枝一杈疏朗起来，远远看去，如同版面一般。蹲守在"君再来"的蒋志一，吃面已经吃得吐酸水了，可是，他盼望的那个场景迟迟没有到来，"猴哥"和两个光头像知道信儿了似的，再也没有出现在抻面馆里。

蒋皓宇这段日子也忙。

除了教课，他每天最大的投入就是翻译金之助的"指弹笔记"。关于《鹰与莺》这个名字，秦汉晋很欣赏，金之助很喜欢，金之助评价说，这个名字很日本化，既有日本文化的底蕴，又体现了日本民族的性格，蒋皓宇不简单，一下子就抓到了他的敏感神经上。秦汉晋攒了一个局子，请松城出版社的社长吃饭，让蒋皓宇和李艾艾同往。吃饭主说两件事。一件是社长的儿子想学吉他，托人找到秦汉晋，秦汉晋安排蒋皓宇和李艾艾带，吃饭见面，也是让社长放心，因为蒋皓宇和李艾艾可谓秦汉晋的得意门生。这另一件事情，就说到这本"指弹笔记"。松城出版社是全国二十几家城市出版社之一，社长是年轻干部，有魄力，投入巨额资金打品牌，出版业竞争越发激烈的几年来，松城出版社现在不但经济效益未受影响，社会效益也不断增加，让同行们赞不绝口。

秦汉晋把蒋皓宇的译稿发给社长。社长只用三天时间就看完了稿子，并为这部稿子定下大计方针，译完一本出一本，直至出完为止。报酬方面也给了相应政策，一反百分之八、千字二百等俗规，直接开出百分之十、开机五万册的"天价"，这在译界十分少有。

黄晓萍和蒋志一都不太明白"百分之十"是什么概念。蒋皓宇解释说：

"定价乘印数再乘百分之十。"看他们还糊涂，便随手拿起一本书，指着定价说："算法简单，你们看这本书的定价是二十元，它的百分之十就是两元，如果这本书发行一万册，作者就可得两万元的稿费，每发一本，作者就得两块钱，无限累加。"

这番话，让黄晓萍心里十分敞亮。

秦汉晋请社长吃饭的时候，社长又提出一个建议，能不能刻录一盘金之助演奏的曲子，配在这本音乐随笔的后边一并发行，这样一来，读者不但可以品味到文字所传输的艺术思考，同时也可以感受到大师名曲的魅力。

秦汉晋拍了一下桌子，叫道："好啊！"

蒋皓宇也想叫好，但有老师和社长在，他未敢造次。

吃罢饭，老师要回琴行，社长要回单位，蒋皓宇和李艾艾来之前就商量好，一起散散步，因为老师选的饭店离大通河很近，他们正好可以去堤坝上走一走。以前在一起说话，多半都是说琴与课程的事，而且李艾艾话极少，确定了恋爱关系，蒋皓宇才发现李艾艾不爱说话全是一种"假象"，现在，只要他们两个人独处，李艾艾总是要占据话语的先机。她要说的话太多了。她积攒了那么多年想要说的话，全都留给了蒋皓宇，蒋皓宇只管听，因为心疼她，从不打断。

回想那天，蒋皓宇正式地向李艾艾表白，李艾艾沉默了一会儿，问蒋皓宇："我的情况你全都了解吗？"

蒋皓宇"呼"地站起来，说："怎么不了解？你小的时候，爸爸妈妈就离婚了，你一直跟着妈妈，你懂事，你学习好，你温柔，你善良……"

李艾艾打断他，说："你了解得还不全面。"

蒋皓宇靠近一步，手扶着椅背，不相信似的，问："还不全面？"

李艾艾说："是。"她侧了一下身，抬头看着皓宇，"我爸爸和你爸爸是好朋友，你知道吗？我爸爸和老师是校友你知道吗？"

蒋皓宇大为惊愕，问："你爸爸是谁呀？"

李艾艾说："我爸爸叫李惠聪，朋友们都习惯叫他大先生。"

蒋皓宇"啊"了一声，想动一动，两只脚却好像钉住了一样，"李叔叔是你爸？"

李艾艾点点头，说："这些不是最重要的，你知道我家的情况吗？"

蒋皓宇的舌头卷起，哑了一般。

李艾艾又说："你知道抑郁症吗？情感低落，持久性的，抑郁悲观，闷闷不乐，这是轻的；重的痛不欲生，绝望自杀，不吃不喝，不言不语，不动不睡，不思不想，这叫'抑郁性木僵'；记忆力下降，注意力障阻，反应时间延长，生理失调，这些都是抑郁症患者的临床表现。说到刺激她的人或事，她会呕吐，或狂躁；吃药过量，她会幻想式疼痛，想哪儿哪儿疼，不能自控。"

蒋皓宇问李艾艾："你和我说这些干什么？"

李艾艾说："我妈有抑郁症，医生说是中度的，正往重度发展，她将来需要人照顾和陪伴。"李艾艾转回身去，面对桌案，"爱我的人必须接受这个现实，也就是说，得接受我妈。"

蒋皓宇感到自己真的不了解李艾艾，他想象不到眼前这个女孩儿瘦弱的身躯里，竟埋藏着这么多的伤痛。是啊！突如其来的现实摆在他的面前，他能和李艾艾一起担负起这份责任吗？

"艾艾。"他叫了一声李艾艾，重新坐回到椅子上，抓着李艾艾的手，陷入长久的沉默之中。

"能吗？"李艾艾凄苦地问他。

蒋皓宇沉默着，原因并不在于李艾艾的问话，而在于李艾艾的身世，他痛恨自己早干什么去了，为什么等到今天才表白？如果他能早一点儿站在李艾艾的身边，分担她的痛苦，那李艾艾的生活势必现在要开心快乐。

他复又站起身，说："我能。"

"为什么？"

"我爱你，是命运让我遇见了你，我义无反顾。我选择爱你的生活，那么，今天是我所选择的生活让我面对命运，我不会改变初衷。命运改变不了生活，生活却完全可以改变命运。人生如吉他，沉默和逃避，永远发不出美妙的声音，但只要你努力弹拨，尽力地奋争，一首好曲子总会在前边等你。李艾艾，你能面对的，我为什么不能面对，你能接受的，我为什么不能接受？你希望改变的，我为什么不能和你一起改变，你渴望创造的，我为什么不能和你一起去创造，我不想当一个肤浅的背德者，我要做你有月光的港湾。"

蒋皓宇拉着李艾艾的那只手用了一点儿力，李艾艾轻微地挣扎和反抗，可是这挣扎和反抗多么的不堪一击，像一个倾斜的堡垒，任何的外力都能让它坍塌——也许它早就渴望这种坍塌，只是外力深恐它的威严，从不敢蠢蠢欲动罢了；现在，这外力突至，它坍塌的轰然中有着无声的欢呼和愉悦。她眩晕了，一匹洗涤过的白纱般飘到蒋皓宇的肩头，触及那浑圆的肌肤的温润后，马上将其包裹，与他所传递出的呼吸还有心跳合二为一。

蒋皓宇抱着她，好像已经抱了一千年。

蒋皓宇感觉到李艾艾的手在他的脊背上攀爬，先是腰，随后沿着腰椎小心地上行，像笋尖破土。他听到自己体内发出的奏鸣。那手滑动出现的短暂的半音，最后在他的肩胛处停住，掌心合紧，慢慢地注力，前后贯通，让蒋皓宇的五脏六腑都跟跄起来。蒋皓宇体味着李艾艾的拥抱，身体不自觉地抖动，他托起李艾艾的脸，凝视她亮晶晶但蒙有水雾的眼睛，柔软地吻过去，夹带着一声呢喃："爱你。"

李艾艾贴在他的胸前，小鹿一般摇头。

"我们奔跑吧！"蒋皓宇说。

"奔跑？"李艾艾抬起脸，看他。

"对！奔跑！我们浪费太多的时间了，现在，我们需要奔跑！"

蒋皓宇拉着李艾艾，不由分说地抢出门去，他们向南，身边闪过成行的树木，向南向南再向南，学校南墙的栅栏，海浪一般浮动的斑马线，跳跃不停的红绿灯……很快，这些物体都不见了，都飘到了身后，飘出了视野，他们的面前是杂花遍地的荒野，是大河流水的舒顺，是蓝天，有白云几朵，是远山，有起伏的苍松。他们看见大通河了，与市内的河道完全不同，这里没有石板甬路，没有护河的栏杆，没有规整的绿植，没有亭榭和雕塑，有的只是野性的呼唤，比所谓的文明所包裹的内容更具想象，它的提示是那么的真切，那么的丰富，不必热心地讲解，你眼见了，耳听了，便是融会贯通，便是醍醐灌顶，是顿悟，可以抛去所有的繁枝缛节，你笑一下，就可以照亮一个空间，你喊一声，就能够震醒一个世界。

大通河闪烁着烈日的粼光。

风吹来了，它带走了蒋皓宇的心声——"李艾艾，蒋皓宇永远爱你——"

李艾艾奔跑起来，像一只终于亮翅的蝴蝶。

第二章　清寒

元旦一过，日子脚跟脚地往春节赶。松城科技报刊社搞福利，给大家分了代金券，有米有面，有肉有鱼，自己拿着券去指定店铺取，多取少取，丰俭在人。券是三个月的期限，可以用到早春。大先生和滕大阁商量，余家，蒋家，二先生家，这都是没福利的，怎么办？就得他们给发。滕大阁匀出点儿券给余连魁，大先生这份自然有蒋志一和二先生的，滕大阁的意思是两个人的券混在一起，平均使用，大先生说算了，他家人口轻，有点儿就够，余出来的，正好派上用场。二人不再争，一起去桂林路，分别选购，再各自去送温暖。

大先生先到的是二先生家，知道二先生在外边喝酒，也不打扰，直接上楼，给老妈提前拜了年。老妈撕撕扯扯地要给大先生红包，让他过年给孩子。大先生推托说不要，晃着身子躲闪，最后无奈，一把抱起老妈，送回到床上，大声说："心领了，谢谢老妈！孩子祝奶奶长寿呢！"

下了楼，大先生给蒋志一打电话，知道他在抻面馆，就一路赶过来，七荤八素地放在桌子上，冲着老板招招手。老板大睁了两下眼睛，他点点头。老板对老板娘说："韭儿菜叶一个，啤酒一瓶。"老板娘诺了一声，特意掀开窗帘看，见是大先生，拿啤酒时，把辣白菜也端了上来。

大先生问："孩子没放假呢？"

老板娘说："现在的孩子，哪有假呀？春节能放个十来天吧，还得留一大堆作业。"

蒋志一先于大先生吃了一会儿，桌面有点儿乱，老板娘一面收拾，一面把啤酒起开，给大先生满了一杯。大先生用手叩叩桌子，代谢，转头和蒋志一说话，问他怎么想起泡面馆了。蒋志一说："今年入秋，关节就不得劲儿，想着歇一歇，上了春，再'修筑工事'不迟。"

大先生没想到自行车那桩事，只当他的理由是真，说些劝解安慰的话，吃罢，嘱咐他照料好东西，走时别忘了拎回去，又和老板招呼一声，一脚往门外踏去。大先生这边走了，蒋志一猛想起什么，起身去追。大先生那边已打上一辆出租车行驶远了。

蒋志一是想和大先生说说孩子的事。

那一天，蒋皓宇领着李艾艾回家，打了他们一个措手不及，他们惶恐着，喜悦着，激动着，期待着，不知道这个姑娘是不是如他们心头所想，和儿子蒋皓宇已经确定下恋爱关系，他们能走多远？未来有何计划？是年轻人的一时兴致所至，还是已经有了长远的婚姻打算？这些都是他们想急切地了解和知晓的。对于他们这个三口之家，这是要面对的新问题，虽然他们知道这样的问题迟早要来，但是问题突至面前，他们才发现作为父母，他们还没有完全准备好。

黄晓萍是母亲，反应更机敏一些，她像少女一样羞怯，指着李艾艾手里的东西，说："放下吧，沉。"

蒋皓宇接过李艾艾手中的礼品盒，转交到母亲的手里，对李艾艾介绍说："我爸，我妈。"又指着李艾艾对父母说："李艾艾，我师妹。"

这个名字在蒋志一和黄晓萍的耳朵里太过熟悉，他们的焦虑有了一定程度的缓解。这个在蒋皓宇口中常出现的名字，像家里墙壁上贴着的画像，不曾见面，却也认识太久，今日见了，如同把画像揭了下来，平放到桌面上一样，凑近了看，眉眼全能对上，只是现实中的人物，比画像更美丽鲜亮十分。

蒋志一说："弹吉他的，吉他弹得好。"

黄晓萍推了他一下，说："什么弹吉他的，是大学生，大学生。"

自这一刻，黄晓萍的眼睛就离不开李艾艾了，她上看、下看、左看、右看、前看、后看、正式看、偷着看，心里跟灌了蜜一样，百般的舒畅，千般的通顺。她想嘱咐蒋志一，总也找不到机会，怕蒋志一乱说话搅扰了儿子的好事，正六神无主时，发现桌子上少了饮料，穿了鞋就往楼下跑。未出楼道门，她先给蒋志一打电话，那边刚接起，她就嘱咐道："别出声，听我说，多喝酒，多吃菜，不许讲话，不许乱讲话，听见没！"

蒋志一在电话里低吼："我怎么就乱讲话！"

真是怕什么来什么，黄晓萍一时气涌，急忙把电话关掉。

买了饮料回来，张罗着开饭，黄晓萍看李艾艾坐定，就把排骨和鱼这样的菜往她面前挪换，脸上挂着颤巍巍的笑。李艾艾拿着筷子，拦又不是，吃又不是，红着一张脸，只往蒋皓宇这边瞧。蒋皓宇夹了一块排骨，放她碗里说："我妈的手艺，蒋家第一美食。"说完，又给黄晓萍夹了一块，"妈妈辛苦！孩儿这厢有礼了。"最后，他敲一敲凉菜的盘子，对蒋志一说，"老爸，咱爷俩儿今天喝点儿，等会儿，你跟艾艾谈谈你对指弹的体会。"

蒋皓宇活跃着气氛，自己破天荒地倒了一杯白酒。

黄晓萍挨着李艾艾坐，不时地问一问家里的情况。李艾艾说："爸爸在报社工作，妈妈是小学老师。"她犹豫着，没把大先生和他们认识这层窗户纸捅破。

这一次来家里吃饭，是蒋皓宇的临时决定，他上午整理"指弹笔记"，头脑有点儿昏沉，临近中午，他不想吃松城大学附近的饭菜，便给李艾艾打电话，商量去外面找点儿东西。李艾艾下午无事，正想去街里买点儿东西，两个人一拍即合，乘车前往桂林路。桂林路向南一条小街是桂林胡同，档口云集，香气四溢，小店主们衡量着、计算着年轻人的口味，很快就把各地的小吃和松城人的习惯加以结合，制作出北方人易于接受的美味。牡蛎、扇贝、羊肉串、爆肚、牛杂、煎粉、臭豆腐，你能想到的，这里全能做出来，烤苞米、烤地瓜、烤土豆、烤肠、烤鸡翅、烤鸭头，一个摊位前取一口，不出十个摊位，主食副食，吃的喝的，一准儿填饱你的肚子。余美英考察过这些档口，想把老余太太鸡汤豆腐串推广进来，无奈寻不到空闲或出兑的摊位，忙碌了半个多月，打消了念头。

蒋皓宇和李艾艾就来这条小吃一条街上吃东西。

李艾艾说："每次来这里吃东西我都特别开心。"

蒋皓宇跟在她身后买单，听她这么说，问她："为什么呀？"

李艾艾晃一晃手里的紫菜卷，说："像家庭聚会。"

蒋皓宇的心里掠过一丝云影。

李艾艾问："你家阿姨做菜一定很好吃吧，你看你吃得脸都圆圆的。"

她用手比着蒋皓宇的脸，做了一个怪怪的表情。李艾艾最放松笑的时候，双目之间必然会出现两道细细的横纹，上边的一道有点儿弯度，下边的一道平直，不知道李艾艾自己意识到没有，那两道横纹好像岁月留给她的划伤。她冷静的时候，它们躲藏在皮肤的后面，她一旦高兴了，它们便出来昭示：这个女孩是有过伤痛的啊！一时间，蒋皓宇忘记了李艾艾就站在她的面前，他掏出电话，拨通了黄晓萍的号码，"妈，做点儿好吃的呗，我今晚回去吃。"

事情就这么定下来。

那时黄晓萍还不知蒋皓宇要带人回来，只当他是真的馋了，和自己撒娇。等见了李艾艾，她才恨自己没使出浑身的解数，十八般武艺用了不到一半，白白浪费了奠定未来和谐生活的机会。

她偷偷地瞪了蒋皓宇一眼，蒋皓宇故作看不见。

蒋皓宇和妈妈通电话时，李艾艾听得真切，她试探着问皓宇："你不是让我晚上和你一起回去吃饭吧？"

蒋皓宇点点头，说："为什么不！"

李艾艾的脸腾地一下子红了，火灼一般，她丢开手中残余的紫菜卷，紧紧地捂住面颊,大摇其头,连声叫道:"不不不!我不去。"

蒋皓宇扯开她的小臂,说:"丑媳妇难免见公婆,况且你又不丑,为什么不?你是不是没自信,认为自己很丑啊!"

李艾艾知道他在调侃自己,还是正色道:"我一点儿心理准备也没有,会很紧张的。再说,穿成……"低头看时,身上穿的正是蒋皓宇从上海给她买的裙子,不好继续往下说,又找别的理由。蒋皓宇捂住她的嘴,说:"择日不如撞日,今天就是个吉日,一会儿就是良辰,想走就走的旅行应该说有就有。"他上下打量着李艾艾,抓牢她的"破绽",说:"不然你穿成这样干什么?"

李艾艾无言以对。

余下的时间,他们紧张地挑选礼物,统一口径,最后的决定是,见蒋志一和黄晓萍可以,但先不要说破他们之间的关系。在李艾艾想来,蒋皓宇是一定要先见过她的母亲,然后再见大先生,作为父母,他们有权知道这件事,而且李艾艾也希望得到他们的认可和祝福。她无数次想象过这个场面,他们的对面坐着母亲或者父亲——其实,她更希望是他们的对面坐着父亲和母亲,是他们两个人,他们微笑着把慈爱的目光投注到这一对恋人的身上,李艾艾想让父母同时知道,她能迈出这一步是多么的苦涩和艰难。现在看,这个想法是不现实的。她能做的,是要对母亲公平,她不能背着母亲把自己交给任何人。她深知,母亲除了她,没有什么更现实的依赖了。外公和外婆年纪大了,终有远离的一天,她的舅舅因为舅母与母亲不睦,基本上不怎么和她们往来,母亲还能指望谁?父亲?想想这个问题,她自己都想笑,那是根本不可能的事,父亲已经有了新生活,有了完整的家,新的妻子,新的女儿,他怎么能够放弃她们而又回到原来的轨迹呢?现在,外公外婆和母亲住在一起,她不担心母亲的日常起居,母亲除了间歇性地有缘由或无缘由地暴怒,暴怒之下无法克制自己的语言,更多的时间,她是胆怯而沉默的,是怔愣而苍茫无助的。

"好的,我答应你。"蒋皓宇认真地点点头。

"至少要等到放寒假，这样我有机会和时间处理突发事件。"李艾艾的嗓子有点儿发涩。

"我答应！"蒋皓宇环住她的肩膀。

有那么一瞬，她疲惫地在他的肩头轻倚，但只是一瞬，马上抬起脸，看着前方，说："走，去买礼物。"

"俗礼，我爸妈最不在乎的。"蒋皓宇提醒。

"不行，第一次见面，我怎么能没表示呢？"李艾艾坚持。

"还是啊，丑媳妇难免见公婆。"蒋皓宇笑着先行了。

于是，他们进了桂林商店，从一楼到四楼看了一个遍，最后李艾艾给蒋志一买了两瓶"青花郎"，给黄晓萍买了一条丝巾——秋天已经来了，丝巾正好能派上用场。

在蒋家的那顿饭吃了很长时间，其间，黄晓萍总想把话头往"恋爱婚姻"上引，却被蒋皓宇及时地打断或岔开了。他们聊得最多的还是和吉他有关的事情，计划着未来的发展，似乎是为了证明李艾艾吉他弹得好，更似乎是为了让父母放心，蒋皓宇极力地推荐、怂恿李艾艾给蒋志一和黄晓萍演奏一曲。李艾艾不好推脱，就弹了蒋皓宇的那段没完成的《萍踪》，只不过在原谱上加了一些内容，这些音符的并入，是蒋皓宇不知道的，他也是第一次听到，那旋律十分舒缓，恰如盛夏傍晚的一缕和风。蒋皓宇激动了，他又取了一把吉他，在李艾艾的指导下，把刚才的那段重复了一遍，随后，向李艾艾示意，两把吉他的合奏充盈在小小的门厅里。

"你加的？"演奏完毕，蒋皓宇吃惊地问——这段残曲，他毕竟只和李艾艾说过一次啊！

"有点儿体会，就加了进去，不知道是不是莽撞了？"

这话说得过于客气，蒋皓宇抱着吉他，意犹未尽，说："哪里哪里，是锦上添花，更是雪中送炭。"

他们说话太正式，完全不是恋人之间的亲昵，这让蒋志一和黄晓萍十分恍惚，一时之间不知如何插言了。

事后，黄晓萍不止一次逼问蒋皓宇，他和李艾艾到底是什么关系？蒋皓宇嬉皮笑脸地说："朋友啊，师兄妹呀。"

黄晓萍说："你知道我什么意思。"

蒋皓宇更为夸张，"你也知道我的意思啊。"

黄晓萍又气又急，"我都快憋死了，你就直接告诉我，她是不是你的女朋友？你们是不是在恋爱？"

蒋皓宇故作神秘地说："找时间和你交流，现在不是说这事的时候。"

黄晓萍干着急，拿他一点儿办法没有。

她也追问蒋志一："儿子没和你透露点儿什么？以你的判断，你说他们是不是在恋爱？我问儿子，他不往事上说，语气呢，又像在故意躲着我。他们要不是在恋爱，怎么会无缘无故地带到家里来吃饭，还那么大张旗鼓？而且，那个艾艾还给咱们买了礼物，给你买的礼物我不说，单说给我买的，一条丝巾，就是只有女人之间才有的贴心，说明了，是婆媳两个人才有的默契，也是这世上的常理，最亲近的人才买实惠又当用的东西。那丝巾我看了，价钱可不低，至少也得七八百块钱，你说，她那么舍得为我花钱，仅仅是因为礼貌吗？对了，我查了一下你那两瓶'青花郎'，一瓶也一千二百块钱呢，两瓶就两个一千二百块，如果只是一般的朋友，能花这么多钱吗？"说到这里，黄晓萍又搓手又拍腿，"哎哟，你说我咋这么心疼呢！她一个学生，三千多块！哪儿出啊？现在的孩子个个抠门，这孩子这么大方，把钱用在咱们身上，如果不是和儿子好，一千个一万个不应该呀！"

其实，蒋志一也问过蒋皓宇，蒋皓宇对他的回答很简单，是男人之间的那种直接干脆，他说："爸，你能不能别像我妈妈那么八卦，如果确定了安稳的恋爱关系，能不和你们说吗？"

蒋志一纳闷，什么叫"安稳的恋爱关系"？难道他们在一起只是……往下蒋志一是不敢想的，如果真是那样，李艾艾买的两瓶酒是万万不能喝的，喝了就是对一种生活态度的认同，而这种生活态度他是不认同的，喝了酒，无异于触碰了他的道德底线，这一份担忧，他是不能和黄晓萍说的，他实在不愿意给黄晓萍的希望之火浇上一盆无法试温的冷水。就这么牵挂着、搅动着、飞旋着、游荡着，"猴哥"的出现，使蒋志一的思维重心转移到自行车上，他每天跑"君再来"，黄晓萍与他的交流变得惨淡而苍白。

在派出所遇到滕大阁是偶然，他们去"君再来"吃抻面，说滕大阁单位的新闻，慨叹一番之后，滕大阁问他："家里怎么样？皓宇怎么样？三十了吧？有没有对象呢？"

蒋志一挠挠头发，说："说不准，前段日子领了一个女孩儿回家，认认真真地吃了一顿饭，还给我和你嫂子买了礼物，挺重的，但问了儿子，他嘴里没实话，不好判断。对了，那女孩儿说他爸爸也是编辑，没说姓名，知道名字，也好托你们打听打听。"

滕大阁问："姓什么知道吗？"

蒋志一点点头，说："姓李。"

滕大阁问："那姑娘叫什么名呀？"

蒋志一说："叫李艾艾。"

滕大阁吃惊不小，按住蒋志一拿杯子的手，说："惠聪大哥的女儿就叫李艾艾，不会是她吧？"

蒋志一心头一喜，进而有点儿失措，他反抓住滕大阁的手问："他女儿叫李艾艾，会弹吉他？"

滕大阁说："是啊，吉他弹得还挺好呢！"说着话，就要给大先生打电话，被蒋志一拦下了。

蒋志一说："底线还没摸清呢，这么去问，太冒失了，不礼貌，对孩子也不尊重。"

滕大阁想想也是，但忍不住好奇，还是要打。

蒋志一再次说："别冲动，有机会我自己说，咱们瞎掺和，万一坏了孩子们的好事，吃罪不起。"话这么说，滕大阁只好放弃。蒋志一嘱咐，"先别和惠聪说，两个孩子真好了，什么时候说，怎么说，都不为过，如果是我和你嫂子敏感，就……"

滕大阁说："明白。"

大先生把福利送到抻面馆，蒋志一不知如何感激为好。说来这还是他一句话惹下的事端。有一次，赶上他们在一起说分福利的事，蒋志一说："有娘的孩子是个宝儿，你们看，有单位，就有依靠，有支撑，赶上年节的还分东西，像我们这种已经没了娘的孩子，幸福哪里找啊？"他当玩笑来说，大先生记在了心上，那以后赶上什么日子，大先生有了，他也就有了，多少不说，仅这一份心思就够暖人。

那日，大先生和他喝了一瓶啤酒，起身就往外走，人已经上了车，蒋志一才醒了似的，赶出去叫他，唤了两声，哪里听得到。他回到桌子前，有点儿落寞。

过元旦，蒋皓宇在家里吃饭，他问黄晓萍："妈，李艾艾给你买的丝巾你喜欢吗？"

黄晓萍说："喜欢啊，就是舍不得戴。"

蒋皓宇不甚关心这个，接着问："你们这个年纪的女人，不，女同志，不，还是女人吧，最喜欢什么样的东西？"

黄晓萍警惕起来，"怎么，你又要给我买东西？告诉你啊，我不要，我什么也不缺，不许你乱花钱。"

蒋皓宇把头一撇，嘴巴噘起来，说："你还真能自作多情啊！算了，不问你了。"

黄晓萍听出他话中有话，问："你耍什么鬼把戏？说！快说！不说我饶不了你。"

蒋皓宇扶住她，说："我想给李艾艾她妈买样东西，她给你买了，我不买有点儿说不过去。"

黄晓萍和蒋志一都欢喜起来，争着问："怎么样？定下来了？"

蒋皓宇再次摇头，说："你们呀，又来！真是！"最后，说什么也不再和他们讨论了。

有了这档事，蒋志一才突然想和大先生交流。

他知不知道李艾艾和蒋皓宇的事？如果知道，又知道多少？

大先生打了出租车，本是要回单位，可是，司机开车走神儿，一下把车开到"大回"线上来了———松城人有俗约，管出租车左转叫"大回"，右转叫"小回"，这俗约是什么时候定的，谁也说不清。司机走错了路，忙不迭地给大先生道歉，大先生笑着说无妨，让他到下一个路口调头。车转上自由路，车头正朝着东方，太阳斜挂在半空，明晃晃地直射挡风玻璃，再看远处，蓝天旷阔，无风无云，大地如洗，难得如此通透的天气，让人凛然一振。大先生转了念头，想去大通河的堤坝上走走，少年时和二先生所抵的河堤，正是眼前这一段，平日里乱忙，忽略了一些旧事，转瞬人至中年，百事尽哀，一时有机会触及这些纯净的回忆，"爱上层楼"的冲动从身体的最底层大力地弹蹦出来，如无防备，还会被唬得大跳。大先生对司机说："直行吧，去桥边。"司机疑惑。大先生重复了一遍，"改路线了，我想去桥边看看。"

司机一挺身，通过一组绿灯，直奔大通河而去，

几分钟的路，一脚油门就到了，大先生交了车钱，一个人往河堤上缓行。

这几年，大通河经过多次疏浚河道，市区段得到很好的治理，加之市政府启动了"百里水上公园"工程，计划两次投资近八十亿，改良大通河两岸的环境，绿植增多，各种设施配备齐全，所谓百里生态带，让河两岸的市民有了应心的休憩场所，"晓堤春柳"和"秋月红枫"成了"松城八景"中的两景，一堤二用，不单单体现了松城的季节分明，也大大地调动了市民健身、娱乐的积极性，一时间，萧疏了多年的"野河"再度焕发了青春，像病后初愈的少女，自为松城增添了一番不同于"初长成"的妖娆。现在是冬天，大通河已经封冻，一些有经营头脑的人在大通河上开辟了冰场，滑冰、狗拉爬犁、单腿驴、冰滑梯，北方冬天特有的冰上游戏让成年

人找到了重回童年的渠道，让孩子们体会到了在"雪地上撒个野"的快乐，天虽清寒，但大通河两岸却异常的热闹。大先生特别高兴，人已完全松弛下来，以往，无论怎的，总会定期不定期地产生压抑之感，这一刻，完全被眼前的景色洗涤干净，他初踏河堤的迟缓顿失，脚步不自觉地轻快起来。

大通河的堤坝是禁行机动车的，所以在堤坝上散步的人都很悠闲。在这些散步的人当中，老年人居多，他们三三两两，且走且谈，颐养之态，跃然随行。河道里有孩子们的欢笑声、尖叫声，河岸上的运动区、娱乐区均无空闲，每一组体育器械上都有人在锻炼，每一个演出广场上都有小型乐队在演奏乐曲，你追我赶，此起彼伏，前边的声音刚刚减弱，后边的声音接踵而来，如此热烈的欢乐场面，如此浓郁的生活气息，让大先生备受感染，他随着某一个熟悉的曲调唱起来，一只手横在胸前，顿挫着迎合拍节。

他的前边二三十米远是一个独行的老者——他哪里是独行，他的老伴在路的另一侧，两个人高声地交谈着，完全忘我的状态。他们是两夫妻吗？如果是两夫妻为什么不在一起走呢？也许是邻居吧？男女有别，走在一起一定要顾及别人的目光。大先生分神探寻着他们的关系，这是一种单纯的好奇，也是下意识的思考。突然，大先生觉得脚边有什么东西在动，他不由得低下头，细看时，是一只受伤的麻雀，一侧的翅膀扩展着，整个身体倾斜在一株灌木的根部。他停下脚步，向后移动了半尺，慢慢蹲下身去，更近距离地观察着这个脆弱的小生命。他小心地伸出手，麻雀惊恐地闪避着，它的闪避是那么的无助且无力，大先生已经把它捧在了手心。大先生的想法很简单，他要把它送到更安全的地方，如此，它至少可以避免那些无意的脚步的二次踩踏。

大先生挺了一下腰，想就地站起来。

就在这时，他看见自己斜对面的老妇大力地招手，让她前边的老翁向她靠拢，随后他听到摩托车震天的轰鸣和音箱里传出的巨大声响。那老翁的身影像风一样模糊，老妇发出长长的尖叫。空气在凝固，时间已静止，大先生眼前，原来老翁站定的地方，一个钢铁塑造的奇特组合凌空飞起，大力地撞击在路边的一棵早柳上，一声短促的闷响，一块树皮横飞着落到惊叫不止的老妇的脚下。音乐骤然一停，随即比刚才更加肆意地扩散开去，大先生像失去了控制一般，身子轻飘飘地进了绿化带，那只麻雀被他顺手放在另一株灌木繁密的枝杈间。

人群在向那棵柳树聚拢，指指点点地说着什么，大先生回到堤坝的马路上，所见情状惨不忍睹。那是一个人，骑在摩托车上，他的头盔已经碎了，分成几片散落在周围，摩托车在一米开外横躺着，后轮还在飞快地旋转，再靠近些，可以看见鲜血正沿着额角流淌，地上干枯的杂草已经被染红了一片。那人的头，有三分之一是在胸腔里面，一只手压在身下，另一手脱离身体一样延伸出一米多。

"死了吗？"有人问。

"不知道啊。"有人答。

大先生反应过来，出车祸了，地上的这个人骑摩托车撞到树上了，现在躺在那里不知死活。

那个老者说："疯了一样，眼见着就过来了，我都吓傻了，如果不是她紧着喊我，躺在那儿的有可能就是我。"

听得出来，老者的声音里带着哭腔。

"打电话吧。"大先生说，"我们都是目击者，大家别走，做个证明。"他掏出电话，拨打120，又提醒老者，"大叔，110。"

很快，120到了，急救人员跳下车去，手提着各种器材，奔到那人身边。也很快，医生站起身，摇摇头，说："已经没有抢救可能，报警吧，给家属打电话。"

110到了，他们向大先生和老者了解了情况，记下了他们的电话号码，就去处理后续事宜了。人们还在议论，大先生听见有人说："从大坝那边上来，就一直没减速，跟疯了一样，一边骑车一边喊叫。"也有人置疑："兴许是酒驾吧？要不就是毒驾，不然，人怎么会这么兴奋呢？"

出于职业习惯，大先生对警察说："我是记者，能留个联系方式吗？关于……"大先生指指死者，"也许，我们要做个采访。"

警察拿着他的记者证，犹豫了半天，留了一个电话，不是手机，是一部座机。

等人群散尽，天已是正午，大先生全无了刚上堤坝时的好心情，一口气闷在胸前，拔了几次都没有拔出去。他向回走，走了十几米又回去，他想看看那只受伤的麻雀怎么样了。可到了灌木边，却不见麻雀的踪影。他围着树上上下下地找，又前前后后地转了几个圈，麻雀的确不见了，不知藏到什么地方去了。他的情绪有点儿败坏，胃里一阵翻腾，险些没吐出来。一个好好的家庭，前一分钟还存留着那么多的梦想，后一分钟，所有的梦想怦然破灭。他提了提外衣的领子，快速地穿过树林，走上堤坝下的一条新街，不辨方向地过到马路的另一边去。大先生仿佛又回到了现实的生活里，但他不确定自己现在的样子是不是常态，他的步履有点儿沉重，脚底像灌了铅一般。极度的疲惫能把隐约可见的神经崩断，他的恐惧像一把刚刚磨过的刀。他提醒自己：我这是怎么了，怎么如此脆弱不堪？他看到街边的一张供路人休息的长椅，赶紧扶着椅背坐下来，椅子上有尘土和雪污，他顾不上那么许多，身体后倾，死死地靠在那里。

他想到自己的小女儿，她就出生在这样的季节里，她的到来于他是一个意外，却也意外地给他带来那么多的惊喜，生命与生命的接力，让后浪助长了前浪不停翻滚的勇气，前浪要给后浪筑一道保护墙，即使最后被拍到沙滩上，也要为后浪荡去前行的阻碍。他得承认，是小女儿的到来，延缓了他的衰老，让他和那些年轻的爸爸妈妈们一样，不断地接收新的事物，同时也不断地学习。他对小女儿倾注了爱，从她出生到现在，几乎没有离开过他的视线，他包揽着小女儿从生活到学习上的一切事情，大到上幼儿园、择校、课外班，小到一支铅笔、一块橡皮、一个发卡，他为小女儿所付出的点点滴滴都让他感到幸福，但伴随着幸福的，又是深深的内疚。小女儿在她的脑海里一直是有两个影像的，或虚或实，或实或虚，他像一个太空旅行者，内心渴望着陆，却又惧怕陆地在自己的脚下连成一片。他的陆地是分散的，难以聚合，他每一次想着陆的时候，都无法判断踏上的这块土地，能否承载他的重量。他是因为内疚才爱自己的小女儿吗？显然不是，可为什么他为小女儿做得越多，他的内疚便积压得越厚？而当他想大胆地承认这内疚的存在，内疚又无以复加地注入他爱的核心，变成他对小女儿的爱所产生的内疚的内疚，这种几何级数似的增长，让他变得懦弱，就像一根溺水的稻草，总也无法衡量此岸到彼岸的距离。

这种内疚的根源在哪里？

他自己再清楚不过。

有的时候，大先生特别希望滕大阁直接问他：他的第一场婚姻究竟存在什么问题？他为什么离婚？从生活本质的意义上讲，他的第一场婚姻是不是真的失败？而第二场婚姻是不是真的成功？这些都是他平时总想弄清楚又逃避去弄清楚的问题。假设滕大阁真的问他了："惠聪大哥，你和艾艾他妈究竟为什么呀？"他说："性格不合，受不了吵架，精神暴力，强迫症。"他这么回答合格吗？问话的一方能接受吗？前妻怀孕，直到她生下艾艾，再到艾艾一生日，他们的生活是混乱的，无秩序的。前妻由埋怨到歇斯底里，他由解释到沉默，导致冷战，从冷战到分居，说起来就这么简单，在两夫妻的世界里，到底哪一方是对的，哪一方是错？这是上帝都不愿意接手的官司，任何人听了，都会无奈地摇头，一笑了之。那么，他应不应对这场婚姻负责？自己是否也是一个强迫症患者？如果从那场无休止的战争中后退一步，那么，战争的结局又会是什么样的？

女人都是有第六感的吧？

"小四川"的生意最红火的时候，大先生和前妻的婚姻也最为紧张。那天上午，他买菜回来，张罗着让蔡秋芬和后厨的改刀一起择菜，准备中午的同学宴。他大学同寝室的一个室友从外地回来，张罗十几个同学来他店里吃饭。这个同学是做医药生意的，一副土豪的口气，酒是提前送到店里来的，清一色的"茅台"，菜单是师傅列的，拣的都是最贵的食材。看到这些东西，大先生就想笑，和他合伙的那个同学有着四川人的精细，让师傅列菜单明显是要宰东道主一刀。

请客的同学还说："没事没事，多来几刀，得杀出血，不杀出血，绝不罢休。"

店里生意好，蔡秋芬也替大先生开心，人的心情舒朗，行色就会挂在脸上，听见大先生喊自己去择菜，蔡秋芬随手抓起一件围裙，小跑着到大先生面前，甜甜地叫着："哥。"转个身又说："帮我把围裙系上。"

大先生给她系围裙，手下力气大了一点儿，蔡秋芬用肩膀靠了他一下，说："轻点儿。"

就是这一幕场景。

这种场景在谁看都有一点儿过，只是过得还有分寸，不至于拿到人前说三道四，更不至于看在眼里就记在心上。比如，那后厨的改刀，他就没事人一样大手大脚地把要择的菜分成几堆。冤家怨不得路窄，大先生帮蔡秋芬系围裙，蔡秋芬表现出来的小亲昵，却被一个人撞个正着，先是一声骂："臭不要脸！"一步抢进来，劈手就打了蔡秋芬一个嘴巴。这个人就是大先生的前妻，在学校上完课，心里憋屈，追到饭店找大先生，原来就要撒火，不想让蔡秋芬把炮仗点着了。

前妻骂道："我当是怎么一回事，原来外边找到卖的了，开的什么饭店，家里见不到一分钱，原来都填了你这个无底洞。敢情，我以为不回家是和我置气呢，有你这么一个狐狸精勾着，还要什么家，要什么孩子，要什么安生日子，都是骗人的鬼话。真不要脸，满嘴的仁义道德，一肚子男盗女娼，明里是开饭店，实际上是窑子窝。"骂着骂着，她又去撕扯蔡秋芬，被众人拦下。

这个时候大先生的同学也陆续到店里了，眼前的一切让他们进退两难。大先生的脸是苍白的，气头上一句话也说不出来，蔡秋芬早已吓得面无血色，人堆在角落里，除了哭，唯有瑟瑟发抖。那些同学里有几个和前妻熟一些的女生，说着劝着把前妻推到门外，穿过围观的人群，在街边站住。

前妻冷静些许，知道自己刚才掀了桌子，惹得旁边几个店的人出来看热闹，大家正向她这边投来好奇的目光。这里是他们学校的学区，不少她教过的孩子住在此处，那些围观的人里说不定还有学生家长，自己的失态总归不是什么光彩的事情，想到这一层，她才把头低一低，咬咬牙，跺跺脚，一拧身离开，和任何人也不打招呼。

中午这顿同学宴吃得怎么样？可想而知。

大先生的胸口像压了一块磨盘，嗓子眼儿被铁丝箍住一般。

之后的事情都顺理成章。

大先生和前妻离婚，一个人搬到"小四川"，而此时，蔡秋芬不堪羞辱，和大先生也未打招呼，趁着夜黑，离开松城，开启了自己的另一段生活。这另一段生活是什么样呢？除非蔡秋芬自己说，大先生从来不主动探问。离开"小四川"之后，大先生去她的老家寻她一趟，她父母说，她打电话回来，具体去了什么地方，并没有说，也托付大先生，一旦有了她的消息，一定要通知一声。事实大致是这样的，蔡秋芬去茶艺馆当了一段茶艺员，后来又去义乌打了一段工，在宁波结了婚，生了一个男孩，后来又离婚，男方争取了孩子的抚养权，她自己一个人又回到了松城。她没有给大先生打电话，是大先生的同学在自家楼下的花店里遇见了她，觉得眼熟，随便闲聊，对接了一段往事，掠影了一段春秋。

那同学给大先生打电话，对他说："你猜我碰到谁了？"

大先生手边忙事，没在意，问他："碰到谁了？"

同学说："蔡秋芬，你饭店的那个服务员。"

大先生手持电话，沉默了。

大先生打车去蔡秋芬的花店，那是一个筒子型的十分逼仄的小门市，长有十米，宽仅三米，好像一个废弃的旧楼道，有幽深之感。门口亮，显得里边暗，虽然点着灯，也使人迷乱。当时花店里有三四个人，且都是女人，花影交错，分不清人脸，大先生就在门口站着。大约二十分钟，花店里的客人散了，他才看清一个人影，和蔡秋芬有几分相像，他犹豫着进不进去，进去说什么，不免有一点儿挣扎。里边的蔡秋芬却一眼认出了他，移步到门口，叫了他一声："哥。"

大先生有点儿慌，说："路过，想买一束花。"

他要买一束什么样的花呢？

蔡秋芬的店里忙，大先生坐了一会儿就走了，他们留了联系方式，但很长一段时间互相之间也没有联系。大概一年多以后，大先生和滕大阁吃醉了酒，说起蔡秋芬的事，一定要去看看她。滕大阁就用自己的电动车驮着他，两个人穿越了大半个城市，到了蔡秋芬那里，已是夜里十点钟的样子。蔡秋芬正准备关门，不想一出门就见大先生坐在路边的一棵树下。大先生让滕大阁回去，自己买了六罐啤酒，和蔡秋芬对饮，皓月当空，六罐啤酒他喝了五罐，把自己从迷醉中喝醒了。

他对蔡秋芬说："咱们结婚吧。"

这个岁数，又经历过婚姻，结婚无须大张旗鼓。滕大阁帮着他收拾房子，把水电检查一遍，上下水换件疏通，卫生间换了手盆和坐便，厨房的旧炊具丢掉——只留了一个大勺，大先生用惯的，是"小四川"的旧物，多年来一直跟着他，家具没动，只给蔡秋芬买了一个新式的梳妆台，纯实木结构的。

大先生想自己和蔡秋芬的婚姻，是自我救赎，还是蔡秋芬所认可的那种"拯救"？婚后的蔡秋芬对他言听计从，全无一般家庭主妇的绝对强势，他们婚姻的十几年中，没拌过嘴，没吵过架，甚至连脸都没红过，和前妻相比，蔡秋芬是另一个极端的人，这使得习惯于冷战的大先生都有一点儿寒战了。蔡秋芬依然经营那个小小的花店，平均一个月有四五千的收入，这个花店不用大先生操心，有一个服务员帮衬着，每个月结了账就把钱存到一个存折上，那存折就放在梳妆台的收抽里，显示的都是存入记录，从来没取过一笔。那个存折，像一个信物，也像一个凭证，静静地躺在那里累计着寸寸时光。

小女儿到现在也不知道她还有一个姐姐，大先生自己都有点儿迷惑。

他从未有过刻意的隐瞒，但确定没有提过。蔡秋芬却是刻意地回避——对于这件事，她是保持沉默的。他们这样做，是为了保护小女儿，还是自私到不忍碰触过去的伤痕？至少现在，大先生的内心充斥的是前所未有的颓败，他不得不承认，有一种阻力在他的体内是真实存在的，这种存在令他恐惧？

大先生"哇"的一声吐了。

第三章　冬雪

　　三十多年前，二先生离开北京的时候，给未婚妻高燕妮留了一封信，信上的内容十分简单，一是告诉她自己要去南方出差，二是叮嘱她把肚子里的孩子打掉。这之前，他们去过王府井，去过香山，去过平谷，对未来的生活有过美好的设计，现在，这些设计如同没有根基的海市蜃楼，展现出来的图景变得那么虚幻。关于孩子的问题，高燕妮曾正面回答过他，就算一个人，她也要把这个孩子生下来，并且把他养大。她的话像雾霭中的森林，为二先生在人世间留下一幅朦胧的剪影。

　　罪恶的渊薮是自掘的陷阱，二先生本就不甚利落的脚步，从此更加踉跄与蹒跚。

　　离家若干年后，二先生回到了松城，二次进京打拼的张师兄主动联系上他，转来高燕妮的信。高燕妮嫁给了自己的同学，双双去南方发展，所谓黄鹤不返，白云悠悠，他们从此失去联系，那个孩子成为二先生心头的一件悬案。这件事情，母亲和姐姐都不知道，二先生不想再为她们的生活平添忧烦，他也没有告诉大先生，这杯苦涩的羹汤他想一个人独品，他不能再拉着任何一个人进入到这支离破碎的精神苦寒之地。

　　余美英是一个例外，也正是这个例外，给了二先生一种感觉，他的梦境有了一丝缝隙，遮蔽森林的雾气，得到了些许的释放。

冬天的雪飘下来了，虽然疏略，但那洁白的色泽更改不掉，三十年过去了，与外埠联系甚少的二先生又接到了一封信——现在的人哪还有写信的？这封南方来信装在一个快递口袋里，如黄鹤的一片翅羽，看似缥缈，却把二先生原来就不平衡的生活，扇起一柱冲天的巨浪。这封信是高燕妮写来的，很简短，一个电话号码，一行字：孩子病了！见字速联系，切切！二先生看见信，整个人被冰封了，他的心是热辣辣的，比翻滚的油锅还要沸腾，他的肢体却是冬天的钢铁那样寒凉，碰触一下就会粘连，就会疼得刺骨。他的感官与外界隔绝了，别人喊他，他听不到，别人推他、打他，他没有感觉，他看不清任何物体，他闻不到医院急诊室里浓浓的消毒水味儿。时间静止得太久！他终于醒了，模模糊糊地看见了几张面孔，辨认半天才看出是大先生、滕大阁和余美英，他结结巴巴地问："这是哪儿，我怎么了？"

余美英哭着告诉他："这是医院，你刚才跌倒了。"

二先生撑着胳膊要坐起来，头和半个身子肿胀又麻木，他问："我跌倒了？我怎么跌倒了？"

余美英不回答他，去扯他手里的信——那信他握得死死的，信封上尽是褶皱。余美英还是哭，"这上面写的啥呀？你在家楼下摔了，手里拿着这封信。"

二先生醒了，他一把抓住余美英，绝望地喊："信！对！信！孩子！对！孩子！"又去抓大先生和滕大阁，嘴里的话依旧，"信！孩子！孩子！"

余美英抹了把眼泪，又去抢那封信，

二先生不松手，怕一松手就失去了希望。

"孩子来信了？"余美英还在用力。

二先生突然放了手，喃喃一句："孩子病了。"

眼前的一幕把大先生和滕大阁都弄糊涂了。

医生说，二先生休克了，至于是缺氧性休克，低血糖导致的休克，还是心脑等其他器官变化引起的休克，这得入院通过一系列仪器检查后才能确定，根据他目前的状况，建议住院观察，以免发生意外。医生说得玄乎其玄，大先生和滕大阁都有点儿担心，商量着，是否马上就办入院手续。那边余美英火爆爆地顶了一句："什么这个那个的，他就是急火攻心了。走，找个地方，我请你们。"

大先生拦住她，说："美英，这可不是开玩笑，我们还是听大夫的吧。"

不待余美英答话，二先生自己下了地，说："听美英的吧，这话说来长了。"

二先生早晨九点多接到邮递员的电话，让他下楼取快递。那邮递员一看见他就乐了，说："幸亏您是老户，我们知道您，不然，这封信就退回去了。"

二先生本就疑惑是谁给他发快递——最大的可能就是张师兄，其他人其他事犯不着以快递的方式沟通，听邮递员话有蹊跷，就问："为什么退回去？"

邮递员说："一看就知道，寄信的这位和您有年头没联系了，写的是您家的老电话，早拆了吧？现在谁家还用电话啊？我刚才去了一趟社区，找了您的手机号，够尽责吧，您别忘了给我一个大大的好评啊。"

二先生一边点头，一边拆信，拆了信，站那儿半天不动，突然"啊"一声，接着就摔倒在地。幸好旁边小饭店的老板和服务员认识他，一呼而起，一拥而上，七手八脚地把他送到了附近的医院，又在他的手机里找电话号码，通知了大先生和滕大阁。

二先生问余美英："你怎么也来了？"

余美英说："是惠聪大哥给我打的电话。"

大家回到自由南胡同，找了一家小店坐下，这小店的老板就是刚才那些好心人中的一个，二先生连连致谢，千般感激。时至正午，他们点了几个简单的菜，一边吃一边听二先生简要讲述了事情的经过。话不超过百句，里外都听明白了。二先生当年在北京处了一个对象，怀了孩子，准备结婚，因故搁置。女方和别人结婚了，现在确定那个孩子生下来了，如今病了，找二先生求助。这孩子一定是二先生的，不然人家怎么会找他求助呢？诈骗的可能性几乎为零，是不是二先生的骨肉，一个亲子鉴定就可以证实，没必要在这种事上做手脚，如此设套太过愚蠢。是二先生的孩子病了，一定不是小病，不是小病是什么病？大家都紧张了起来。

余美英又去看那封信，掏信封时，碰到了一样东西，是二先生方才没注意到的。那是一张照片，一个中年妇女和一个男孩儿的合影，那妇女余美英不认识，可那孩子余美英只看一眼，眼泪就止不住了，说："是你的儿子。"

众人去看，是呀，照片上的男孩儿简直就是二先生年轻时的翻版，不用亲子鉴定，所有人的肉眼都能认出来。照片最后传给二先生，他拿着照片，手不由得颤抖起来，破碎的心正被藕丝缝合着，那种酸痛是一定要扯拽出一行又一行的泪水的，酸痛和泪水都不由己，那是岁月打磨出的浆汁。

大先生说："我们在这儿感慨什么用都没有，现在要做的只有一样，赶快联系，把情况弄清楚。"

余美英说："对对，快打个电话吧，问问到底怎么回事。"

二先生调整一下自己的情绪，缓缓地按动了号码。

电话拨通，只响了一声，一个急切的声音就传了过来："明海，是明海吗？我是燕妮，妮子。"

略有变化，但还是当年的那个声音。

二先生把电话贴在耳边，说："是我，我是明海。"

双方确认了彼此，突然间就没了话语。沉默了一会儿，高燕妮又叫了一声"明海"，剩下的就是电话里撕心裂肺的哭声。

电话没挂，那哭声成了桌上的一员，大家都有些压抑，和二先生一样忍受着情感的折磨。他们静默着，不再端酒杯，菜已经凉了，阳光也开始向西偏移。高燕妮停止了哭泣，开始诉说，说着说着又哭，再说，再哭，一个多小时过去了，终于把事情说完。高燕妮最后告诉二先生："明海，我订最近的航班，马上飞松城去找你。"

二先生紧握着电话，答应着："我等你，我去接你。"

大家把目光齐刷刷地定焦在二先生的身上。

二先生说："那孩子叫远雾，用了葛家的排辈：文振德明远，他是远字辈。那雾字取自《诗经·邶风》中的《北风》，'北风其凉，雨雪其雾'。"

大先生说："其虚其邪？既亟只且！"

他们的对话，滕大阁和余美英听不懂，但知其中必有典故。

二先生说："临别的时候，我的一声感慨罢了，难为她记下了，查到了，还用在了孩子的名字上。"

大先生说："她没做人工流产，给孩子起了这么个名字。"

余美英坐不住了，她站起来，冲着二先生说："你们就别在这儿说皮影戏了！那孩子，那远雾到底得的是什么病？能治不？"

滕大阁也急了，"是呀，二哥，孩子得的什么病啊？"

二先生说："白血病。"

大家都明白了，高燕妮这么急着找二先生，是要做配对，看看葛氏一族的亲属中有没有能和孩子配上的。

余美英说："这么一来，也没必要更不可能瞒着老太太和大姐了，这毕竟是你们葛家的大事。"

刚才大家都高度紧张，谁也没有留意余美英的表现，从决定是否住院到张罗吃饭，到她和二先生的对话，她完全站在一个知情人的立场上，急二先生所急，想二先生所想，现在，事情水落石出，大先生第一个反应过来，问她："敢情你早就什么都知道？"

余美英脸上一热，说："就知道他可能有个孩子，其他的什么也不知道。"

听着二先生说孩子的病，滕大阁着实担心，不敢言语，刚刚听了余美英的回答，不禁问了一句："怎么是可能？"

大先生说:"生没生,养没养,我们不都刚刚知道吗?"

众人在这里再没什么好议论的,都催着二先生快点儿回家,这事不是可以瞒的,赶快知会老母和姐姐,商议一个方案出来。余美英的心思不同于别人,二先生起身,她也跟着,意思是一同往家里去。二先生踟躇着,左右为难。

大先生说:"你让美英去吧,要不她心里也放不下,多一个人,多一个思路。我们就不上去了,电话开着,有什么事情,招呼一声,人马上就到。"

事出紧急,都是悬着心的,主张不定,无话多说,有大先生的劝慰,他二人摇摇摆摆地离开。

二先生和余美英走了,大先生和滕大阁没动,触景伤怀,各自忧伤。

单位刚刚做完年终总结,一把社长宣布退休。机构调整方案早就定下来,人事部门也来报刊社搞了民主测评。原来的副职接正职,空出来的副职提拔了一个发行部门的老科长。这些都是人们意料之中的。意料之外的是滕大阁没有接上办公室主任,主任一职仍由副职也就是原来的老科长兼任。关于滕大阁的任职,职工们没有什么议论,一个个都有点儿心虚似的,见了滕大阁,要么假笑,要么躲着走,好像走近了,滕大阁一把就可以揪出他们的阴私。大先生知道一点儿内幕,有人向上级单位反映了办公室失窃一事,至于是否某人渎职,某某人监守自盗,上级没调查,没说法,采取了最稳妥的方式,把人事工作平稳过渡下来。滕大阁有点儿不平衡,和大先生发牢骚,大先生没有过多地劝解,只是说:"不计过去,不畏将来,人生都是走过来的,也得这么走下去。"

滕大阁也学会了自我安慰,可不就是,和在阀门厂比,他现在已经在天上了,当上主任更好,没当上,也不必委屈,人世间的事情如果都能尽可着自己,那日子过得也就没有什么滋味了。他和吴明丽说自己的心态,吴明丽百般不愿听,她的观念还是那样,事情不差在什么地方,如果差就差在没有送礼上,如果当初送了礼,情况绝不会如此。

滕大阁问她："如果送了礼，还是没当上呢？"

吴明丽白了他一眼，说："拿人钱财，与人消灾。事没办成，钱自然要还回来。"

滕大阁说："那你还是太不了解这些文人了。"

在吴明丽听来，滕大阁说的"文人"是个贬义词。

前一阵子，滕大阁还有一点儿心绪不定，此时，事情完全结束了，他倒感到一种轻松，像身有泥垢，突然有机会洗了一个热水澡，走出浴池的一刹那，清风明月两相随。

大先生和他说自己的梦，一个如影随形、挥之不去的梦。

《松城科技报》是从来不报道与科技无关的新闻的，所以，大通河堤坝上的"摩托车撞柳树驾驶者当场身亡"的消息见报与否，和他的工作没有关系。他留警察的电话，是因为那个老者自诉事情经过的时候，一再强调："不是为了躲我，大老远的，就看见他开始画龙了。"也有目击者说："就这位，从大坝那头一上来就'哇哇'地喊叫，那摩托骑得，如离弦的箭一般。"

大先生想：他不是为了躲老者，那有没有可能是为了躲我？

他就要了警察的电话，与其说是职业习惯，还不如说是敏感神经的习惯性反应，让他下意识地做出"我心匪鉴"或者"我心匪石"的对证。当天，他从路边的长椅上起身，先到学校去接女儿，之后回家，草草为女儿做了一顿饭，便早早地和衣在床上，昏沉沉地睡去。蔡秋芬回来晚，他听见她在督促孩子洗脚，遂放了心似的，除去外衣，疲倦的羔羊一样蜷进单人床，把被子蒙在自己的头上。他感觉自己病了，浑身被抽空了一般。他做梦，一遍遍做梦，相同的梦境反复出现，时而模糊不清，时而真实无比。他驾着摩托车，张牙舞爪地飞驰在大坝上，四周白茫茫一片，除了树影，什么也看不见，突然，他看见了老者，正张着没牙的嘴在傻笑，他按响喇叭，老者快速地闪开了，喊道："你不是为了躲我！不是为了躲我！"接下来，他看见一个人蹲在地上，根本没注意到他的存在，他心中暗叫不好，急忙打方向盘，一切都来不及判断，他只听见"咚"的一声响——不，是听到了一半，之后，"啊"的一声醒了。

大先生说："就这么一个梦，闭上眼睛就出现。"

滕大阁说："你心思太重了。"

关于"摩托车撞树驾驶员致死"的后续报道，媒体已经播出或刊发了。死者男性，三十一岁，驾车当天和工友喝了酒，抄近路回家，不想在大坝上车毁人亡。报道中，死者作为反面例证，再次印证了酒驾的危害，在电视"松城都市"频道，大先生看到了一则"深入调查"，对摩托车驾驶员的身后事作了追踪。这位三十一岁的小伙子，家住松城下辖的十岗县农村，十几年前，高中没毕业就闯荡松城。他在松城无亲无友，全靠自己打拼，最初是推车捡破烂，后来在松城劳务市场蹲活儿，当力工。日子长了，心眼活泛起来，他便联合几个会水暖、懂电、能刷大白、有瓦匠和木匠手艺的"散兵游勇"，组成了一个小集体，统一承揽建筑、装饰等活计。在这群人中，他文化算高的，大家就推举他出面和外边谈大小项目，几年下来，每个人的钱包都鼓鼓的。在乡下，他订过一门婚事，到了年龄，双方家长主持着把婚礼给办了。一切顺理成章。乡下的家里只有老妈一个人，身体不是太好，结婚后，他在市郊租了一个平房，把老妈和媳妇都接了过来。日子平平淡淡地过，生活却难以处处是歌，也就两三年，见了世面的媳妇心气儿高了，不知怎么勾搭上一个小老板，自己划拉划拉家底和人家私奔了。现在的家只有三口人，他和老妈，还有一个刚上小学的孩子。要说这小伙子也算好样的，不抱怨，不气馁，带着老妈和孩子依旧往前奔。他样样都好，就一样不令人佩服，那便是好酒。老妈劝他多次，他都用话敷衍过去，从来没往心里去，就这么大大咧咧的，总抱有一丝侥幸，结果到了今天这步田地。他一走，家庭的主要经济来源断了，老妈和孩子坐吃山空，情况可想而知。酒驾固然有错，祖孙更需同情，电视台设立了捐款热线，希望广大市民能为这个落难的家庭奉献一点儿爱心。

大先生和滕大阁在小馆里说话，二先生和余美英这边已经到了家。往家走的路上，二先生就给姐姐打了电话，让她无论如何回来一趟，说有要事相商。姐姐不知细情，还笑着说："什么要事啊，搞得一本正经的？"

二先生说："快点儿回来，到家就知道了。"

听他说话的口气严肃，姐姐不再怠慢，马上收拾东西，一路回赶。二先生和余美英先进了家门，老妈见了余美英，精神头一下子就足起来。她下了床，一把拉住余美英的手，一个劲儿地往自己的屋里拽，眉眼之间扑闪的都是笑意。

老妈说："歇了班不在家里躺着，又往我这里跑，你叫我这心里怎么过意得去？是闺女，是媳妇，也就算了，偏偏都不是，我欠你的教我怎么还得起？"

这话老妈是挂在嘴边的，余美英都听惯了。老妈说，她就笑，归到底一句话："孝敬你是我的福分。"

老妈拉着她，眼泪就在眼窝里打旋儿，"你家我那个老妹子，到了我们也没见上一面，你说，要是我们老姐俩也会会，坐一坐，唠唠嗑，该多好！可是阎王不等人，到日子说收走就收走，我这也说不定是哪一天……"

老妈哽咽了，泪水滴在余美英的手背上。

姐姐的单位离家不远，打上车十分钟就到，她人未进门，声音先传过来，问二先生："什么事呀？还开家庭会议？"进门看见余美英，她不觉笑了，心里想：还真是家庭会议。想是想，却不能挂在嘴上，她把鞋放好，和余美英打个招呼，顺势坐在老妈身旁。

二先生从自己的小屋里走出来，手里拿着那张高燕妮和葛远雾的照片。他先把照片递给姐姐，姐姐举着照片看了半天，叹了口气，问："北京？"

二先生点点头。

老妈要过来照片，伸手去摸老花镜，余美英眼尖，把花镜递给她。老妈颠来倒去，远远近近，眼睛离不了那孩子，脑子里一团糨糊，她问二先生："明海啊，这到底是怎么回事啊？这是咱们葛家的孩子啊，怎么，怎么……"一时气涌，老妈昏倒在余美英的怀里，嘴唇一直颤抖着。

姐姐和二先生抢着要打 120，却找不到手机放在哪儿了，正慌乱着，老妈长长地呻吟了一声，微微地睁开了眼睛。

　　二先生坐下来，又把当年北京的事讲了一遍，说到最后，把孩子的病情告诉大家。他说："燕妮可能明天就到，我得安排一下，订宾馆，去机场接她。"

　　二先生说高燕妮，老妈和姐姐的目光却都看向余美英，在余美英面前这么大肆地谈论这件事，似有不公，她们不可以这样让她独自承担压力，默默受苦。

　　余美英感觉到了老妈和姐姐的好意，便不想造作，她轻轻地咳了一下，说："二哥，我想说两句话。"也不等二先生回答，接着说："老妈，大姐，这么多年了，我的心思你们都知道。十年前我就认识了二哥，也认定了二哥，他是一个我喜欢的男人，能担当，有肚量，我把自己交给他一百个放心。这层意思，我也早就和二哥说了，正因为说了，他才把高燕妮的事告诉我，我一听就明白了，他心里悬着一桩事，不能稀里糊涂地和我过，最后两头不安生。按说，他应该去找高燕妮，把事情弄个清楚，可他不能去，他没这个脸，换句话说，他不敢，怕一切都是真的，又怕一切原本就不真，无论真假都是他难以承受的。我理解，一百个理解，所以，我认等，什么一纸婚约，什么夫妻之实，我不在乎，我只在乎这个人，我能看着，他在，他好，他不烦我，不厌弃我，这在我，就比什么都强。现在，孩子出事了，高燕妮找来了，不论他们的结果如何，我都高兴，如果高燕妮的话是假，她没结婚，只是一个人带着孩子过，那咱们看二哥，他想破镜重圆，咱们就一股劲儿地帮他把孩子的病治好；如果就像高燕妮信中留的话那样，人家确定结婚了，日子过得还好，只是现在遇到难处了，找到咱们了，咱们还得帮，不说远雾是咱葛家的孩子，就是别人家的孩子，该尽力也得尽力呢。结果怎么样，咱们先不去预测，人家是一家完整的人家，二哥你也别再做痴念，了却这桩心事，咱们结婚，重新打鼓另开张，把后半辈子过敞亮了。所以，老妈，大姐，你们不用担心我，怎么说我也是这一头的，我和二哥能成，我是媳妇，不成，我还是闺女、妹妹呢，先紧着眼前的事来吧，不用在我这瞻前顾后的。"

这一番话掷地有声。

老妈和姐姐以手拭泪，哽咽不止。二先生愣愣地看着余美英，好像从前就不认识她一般。

老妈说："美英啊，你可叫我说什么好啊！"

余美英说："老妈，咱们先管孩子，孩子好了，说什么都好。"

这一年过得太快，余连魁还没觉得怎么样呢，春节又在眼前了，想一想，去年的这个时候，他在蒋哥那儿喝完生日酒，并没有直接回家，而是拐了一个弯，去了玉姬足道。当然，和每次去一样，他不进屋，只远远地站着，看室内的灯火，还有按摩师闪动的身影。这些身影他不甚熟悉，如若他熟悉的身影出现，他是一眼就能认出来的。现在，玉姬足道的管事人叫安安，性格活泼，喜欢说笑，对余连魁也十分客气，偶尔撞见他，也唤他进屋。余连魁本就有些矜持，如遇这样的状况自是回避。什么事情都是，时间久了便成习惯，这么多年，余连魁不进玉姬不在的足道，慢慢对他成了一种道德约束，仿佛他背着玉姬进了足道，就是对玉姬的不尊重，也辜负了自己内心里对玉姬的一份真情。他们之间的事情并没有正式说开，说白了，并没有公开化、透明化，他们各自守在一层窗户纸的后面，等待一股破竹般的力量捅破这不是阻碍的阻碍。可又为什么，一个又一个春天过去，初生的笋尖却没有获得这刀锋的赐予呢？哪怕一个暗示也好，那样，不要说窗户纸，恐怕整扇窗都会被捅破吧？

那个女子是叫安安吧？他记得不甚清楚。

玉姬刚去韩国不久，安安站在足道门口嗑瓜子，见了他远远地便叫："傻哥，过来呀。"

余连魁只是憨笑，并不承认"傻哥"这个称谓。他问："怎么，玉姬有消息了？"

安安撇了一下嘴，说："怎么，她没联系你呀？"

余连魁心里失望，摇了摇头。

安安说："她到韩国了，见到她女儿了。"

余连魁眉梢一动，急切地问："怎么样，那孩子肯和她回来吗？"

安安说："乱哄哄的，她没细说，好像事情有一点儿难办。"

余连魁向近处走一走，问："怎么个难办法？"

安安瞅瞅他，"噗"的一声笑了，不管他的话，却问他另外一个问题："我说傻哥，你对我们家玉姬姐到底有没有意思？你是不是爱上她了？"

这话在余连魁听来过于大胆，他的心"咚咚咚"地跳得厉害，遂红了脸，小声应着："你说什么呢？"

安安笑得更厉害了，说："上一回，玉姬还问你来着。"她故意不往下说，拿眼睛直瞧着余连魁。余连魁果然上当，"问我什么？"安安说："我可不告诉你，要想知道，自己问去。现在通讯多发达呀，QQ，短信，你们直接联系多好呀，又不是没有电话。"

余连魁心里急，表面却不能再问出什么。

有时余连魁也有些按捺不住冲动，想把那条早就编辑好的短信发送出去，可事到临头，他又犹豫不决。在爱情面前，他是有着强烈的自卑感的，他从各方面分析自己，家里就一处房子，还是二十世纪七十年代的大板楼，走廊在外侧的那种，是筒子楼的改进版。两居室的房子，进门就是厨房和厕所——下水总坏，尤其是到了冬天。之后就是大屋——原先住着他和父亲、母亲，现在是他和父亲，连接着的是小套间——姐姐一个人住，后来母亲病了，便是她们两个人住，便于姐姐服侍老妈。因为是一楼，入房处搭了一个简易的砖瓦结构的棚子，用于装杂物，也使厨房得以扩大，一些关于买卖的作业都在这里完成。这房子有多大呢？五十平？四十五平？大概也就是这个样子，一家人挤在一处，绝对谈不上宽敞。这是住的条件。再查点一下自己的经济条件，他自己有三十万的存款，是父母能给他的全部。父母手头几乎是不留钱的，尤其是母亲病后，她把财权全都交出来了，趁着人清醒，话说得很明白，家是普通家庭，日子是普通日子，可规矩不能是普通的规矩，她告诉余连魁，他这个姐姐虽然是外嫁之后，如今又回了娘家，但是和未出阁一个样，她自己就这一双儿女，没啥可争抢的，什么儿子女儿的，撇了那些俗理，凡是家中现有的，无论钱和物，一人一半，一家人做了这么多年小买卖，存有六十几万，姐俩一人三十万，老两口留点儿过河钱，将来他们百年，这房子谁住就分另一个应得的房钱，不偏不倚，到时姐俩也必须不抵不赖，如是，才不负四个人把日子顺顺当当地过到今天。那余美英和余连魁根上就是本分人，又极孝顺，哪有不依的道理？只是余美英觉得自己多贪占了，想再多分弟弟一点儿，余连魁百般推却，差一点儿没哭出来。三十万，在以前是个好数目，可在今天，怕是连一间小户型也买不起了。他摘下镜子，一双手捂住自己的脸，上下揉着，右眼似乎存了水，咕咕直响，眼睑到面颊硬邦邦的有一点儿酸痛，下颌也是，不碰还好，一碰就像有火一般，"咝咝"地直冒凉水，向后摸，颈椎两侧如同石块垒砌的一样，硌得手指都疼。里里外外这一副皮囊，如何与玉姬这样一个美丽的女人谈情说爱、谈婚论嫁呢！再说，玉姬还没有离婚，虽然他们的婚姻存在着问题，但是，自己现在搅和进去，无论怎么说，都是第三者插足，是要让人瞧不起，让人耻笑的。

这样想来，他的勇气尽失。

白天烤苞米和地瓜的时候，余连魁会不自觉地出现幻听，他总以为自己的手机会响，而这样无来由的响，一定是玉姬从韩国打过来的。他正称着秤呢，会突然把秤盘一丢，伸手去口袋里掏手机。买主诧异地看着他，他一个个地和人说"对不起"。说"对不起"，人家也纳闷，这个人突然掏手机干什么？实际上什么也不干，只是看一眼，看一眼之后，惶惶然的样子，让人更猜不出头绪，问他："还卖不卖？"他像被惊醒了似的，四处去找秤，最后还得买主提醒他，才又恢复了原本的秩序。他怔怔地想，玉姬如若给他打电话会说什么呢？实在想不出会说什么，他想让人家说的，他自己都说不出口，怎么能在意念里强迫人家完成呢？说白了，还是自己的私心太重吧。

那一日，因为停电，余美英回来得早，恰巧他往家里打电话，问家里还有没有饮料了，余美英去查看，说有，随后便给他送到摊位上。摊位在树荫下，有一股格外的阴凉，余美英坐在板凳上，和他说起二先生。二先生喝了酒上楼，一不小心腿磕了，磕的又恰恰是那条坏腿，怕出现骨折，这一惊，便在医院查了一天，幸好没有什么事情。

余美英感叹："这人说老就老了，初认识二哥的时候，他才四十多岁，这一晃过五了，人都说男人一过五，五十奔五十五，还有日子可想，一过五十五，到六十那几天，跟决堤溃水一般，稀里糊涂就过去了。"她摇摇头，兀自怜怨，"我这一辈子，大概就这样了，我一直在想，无论怎么着，你也得找一个合适的，不能真的一辈子打光棍呀！上次给你介绍包子铺的阿莲，你说死也不去相看，人家大方，暗地里来看你，也真相中了你，你怎么就不干呢？"

姐姐说这话时，余连魁满脑子都是玉姬，姐姐说完了，他也不知该怎么答好。

姐姐又问："你是不是嫌人家是农村的？"

余连魁说："都什么光景了，还城市农村的，不是那么回事。"

余美英问："那是怎么回事？"

余连魁从地上拾起一片树叶，在手里不停地搓着说："是我心里的人，我能千个万个对她好，可不是那个人，在我这儿日子是怎么也过不起来、过不下去的。姐，你说人的一生不就是较个劲儿吗？爸妈较劲儿，拼了命地把咱们养大，你较劲儿，和前姐夫离了，和二哥也是这么耗着，你们不把事挑明了，又是为了什么？一定也是有你们的道理。我也一样，个人条件一般，可也要找一个自己喜欢的人，不然，不如就这么单着，心里是苦了点儿，可忧愁也并不那么多。"

余连魁说了这个道理，让余美英这个当姐姐的很吃惊，他什么时候一口气说这么多话，而且没有间断，难不成他心里也种着一朵花，暗恋着一个什么人？这么一想，多少有一点儿心疼，不想再触了浮萍带出菱角，掸掸身上的灰尘，一个人回去了。

余连魁和安安之间有电话，有微信，他却从来不主动和安安联系，但有一点是不忘的，那就是元旦和春节，他都会问一声"新年好"。问了"新年好"，安安自然会回复，有时回复的简单，有时回复的"复杂"，要是"复杂"了，余连魁就会得到一些有关玉姬的信息。赶上安安忙了，她会火烧火燎地叫道："有客人，一会儿给你打过去。"一句话，余连魁便开始魂不守舍，直到那个电话来了，把想听的消息尽收了，才卸了重负，两个肩膀松弛下来。

这么些年，安安都和他说过什么呢？

玉姬是一个明白人，她初去韩国的时候，是让安安帮她打理足道，她每年给安安一定额度的年薪。安安自己干活，她该拿的分成不变，玉姬的盈利里，是把安安的年薪单列出来的，所以安安在这里，是一身二职。后来，玉姬有事耽搁下来，一时半会儿不能回来，她就和安安商量，让安安以技术和管理入股，占股百分之四十五，每年可以从玉姬足道分走近一半的利润，安安成了玉姬足道名副其实的股东。玉姬究竟是因为什么事耽搁在韩国了呢？安安没说，若余连魁问及，她也是搪塞过去，再问，就还是那句话："现在通讯多发达呀，QQ、短信都嫌磨叽费劲，直接微信就好了，还能视频，视一下，不就什么都好了。"

余连魁噤了声，他依然没有勇气按下那个视频键子。

后来，余连魁问起玉姬的事，安安便躲躲闪闪地说："还能怎么样？就是那个样子呗，家家都有一本难念的经，自己的苦自己担着呗，指谁能指上啊？指不上也就算了，别把命搭进去就好，说一千道一万，你们男人啊，真是没有一个好东西。"

她这是骂谁呢？总不会是在骂自己吧。余连魁想。

近一二年，安安说得最多的话就是："活着，活着，还是活着。不活着，难不成去死啊。"实在不耐烦了，便草草回一句，"好长时间没联系了，不知道最近在干什么。"

口气之冷淡，好像受了谁的教唆，又好像受了谁的委托。

终于有一天，余连魁忍无可忍，他闭着眼睛一咬牙，把那短信发出去了，发出去之后，心里像装了二十五只老鼠，忐忑不安。那短信上的内容他是可以背下来的："你在韩国怎么样？一切还顺利吗？孩子肯和你一起回来吗？你回来时请联系我，我有话想对你说。总之，挺惦记的，如方便，报个平安。"没什么过分的话，但意思再明了不过，这绝不是一般朋友间的关心和问候，心有灵犀的人，一点就什么都会知道。可以确定，玉姬的手机没变，这一点他问过安安，手机没变，也就是说，无论时间长短，这条信息她是能看到的，看到了，礼貌也好，敷衍也好，总应该回复一条吧！但是没有。一天没有，十天没有，一个月没有，一年过去了，余连魁从玉姬那里连一个字也没得到，他的心有点儿凉了，他的自我分析是对的，玉姬是按摩师不假，她也当过陪酒女郎，但她像余连魁想的、确定的一样，是干净的，是高傲的，她怎么会看上他这样一个摆地摊卖烤苞米、烤地瓜的城市走卒呢？自己无论如何是配不上人家的，不管怎么说，玉姬还支撑着一家店，和她相比，自己原有的那一点儿抱朴守拙的小小的自信在实证面前不堪一击，不必熏风吹荡，便已土崩瓦解。

他自嘲般地把那条留存太久的短信删掉了。

曾有一小片如花的田野，他以为自己有机会坐在那里小憩，现在，那田野被无形的手围上了无形的栅栏，虚掩的门也被链条锁紧了。花还在开着，开了会落，落了又开，印证着四季的更迭，可是，看花的人和花一点儿关系也没有了，他准备的水壶、铁铲统统失去了作用，除了在意识的行走间"叮当"作响，其余的都是浮光掠影，看得见，却摸不着。心情低落的时候，他还会从这里走、这里过，为的是寻求白天的安慰，即便这安慰会更加刺痛自己，也总比一味地空虚下去要让人好受得多。余连魁再站在远处看玉姬足道，心里多少有一点儿茫然。

安安看见他，还会打招呼："傻哥，今天不忙啊？"

他有时回应一声，有时会调转身子，无声地离开。

前几天，这情形有了令人意想不到的变化。安安给他打电话，让他到店里来一趟，她有话对他说。安安这么急切地打电话还是第一次，至于要说什么事，是一定见了面才肯告知的。安安说："哎呀，你别磨叽了，电话里说不清楚，你来了就知道了。"

余连魁收拾了东西，提前回了家，顾不上父亲和姐姐余美英的提问，闷声闷气地往下一条小街奔，心里急，脚下更急，原本十分钟的路，穿墙越壁般说到就到了。安安见了他，一把拉进屋里，嘴里喘着粗气，胸脯一鼓一鼓的。多年没进这屋了，最大的变化是伽倻琴没有了，不知是收起来了，还是被人带走。

余连魁愣眉愣眼地盯着安安，等她下言。

安安说："傻哥……"

余连魁不知道自己为什么一定要打断她，他说："我不是傻哥，别叫我傻哥。"

安安想哭，眉头都凑在了一处。

她说："你就是傻哥，我叫你傻哥还叫错了吗？啊？叫错了吗？"她又喘了一口气，十分艰难似的，接着说，"其实，有一件事我早就该告诉你，可是，可是玉姬姐一直拦着我，不让我说。"

"你说什么？"余连魁木讷着。

"其实，玉姬姐早就回国了，她也知道你对他的心思，可是，一切都变了呀，她不想连累你，所以，就不让我告诉你。另外，你那年给她发的短信，她也收到了，她是故意冷淡你，不给你回信的。"

"这又是为什么？"终于有了玉姬的消息，余连魁的情绪波动起来，他抓着安安的手，问，"她怎么了？她在哪里？"

安安说："你别急，听我跟你说，玉姬姐，玉姬姐，她现在残疾了。"

第四章　以后的事

　　滕雅维突然想起从春天就开始发生的一幕一幕。

　　那天好像是小满前后，她比往常早出门几分钟，公交车上的人少了许多，相隔只一班，下一班车就该人挤为患。滕雅维找了一个靠后的位置，冲还站在窗外的父亲挥了挥手。父亲笑了，很开心的样子，那条支在地上的腿略一弯曲，车把向右侧倾斜，身子顿了两顿，"突"的一声走了。父亲该剪头了，滕雅维想，看见春天的风把他的衣襟撩起来，不由在心里感慨一声。父亲的这件风衣穿了十几年了，她还没上小学呢，这件风衣就存在了，现在它的样式早已过时了，再说，街上有谁还穿风衣呢，大概只有父亲一个人吧？这早晚还会有一点儿料峭的春寒，因为有了风衣的遮挡，能给父亲带去一点儿怀旧般的温暖吧？悄然间，一首小诗在脑海里形成了，她赶紧拿出随身的小本子，用铅笔把它记录下来。

　　　　小小的风衣的纽扣，

　　　　不经意间

　　　　落在了地上。

我小心地拾起它，

像拾起一朵

月光下的干花。

干花的颜色还在，

它不肯凋谢

那些岁月的温暖。

干花啊，

你为什么要在

我的泪水里盛开呢？

　　说到风衣，王闽松也有一件的，只不过，他穿的风衣比父亲的短，所以，和人搭配起来更显精神。那件风衣是米色的，比父亲身上这件藏蓝的亮，走动起来，像一株随风起舞的小杨树。王闽松是充满活力的，头脑异常灵活，他会突然静止在那里，把一根手指顶在脑门上，顺时针滑动，口中念念有词："不要着急，不要着急。"再一会儿，眼睛一亮，大叫："看我的。"看到他调皮的样子，滕雅维就很快乐，仿佛回到了童年，无忧无虑的，她眼前的，就是那个无所不能的聪明的一休，而她呢？就是无论什么都要一休哥来帮忙的小叶子。

　　王闽松原定是要过完暑假才回日本的，但是因为母亲要参加日本的一个水电项目设计，所以计划提前了。新学期开学，要集中把高三的课程讲完，尤其是数学，这种拔据点式的学习，其强度可想而知。王闽松一直在为滕雅维紧锣密鼓地赶制一种复习模式，基于母亲工作的突然变化，这个模式被提前启动了。王闽松借用了一本日本推理小说的内核，为滕雅维编织了一个有情节的数学罗网。主人公小野五郎是一名大学的数学教授——王闽松把小野的名字改成了那位为滕雅维补课的大学教授的名字，这有点儿不太礼貌，但王闽松觉得，如此更换，可以激发滕雅维的"复仇"意识，从而使她的进攻可以更猛烈一些。滕雅维暗笑，她根本不恨那位老师，反而对他还存有愧疚和同情。在王闽松这部大量借用数学常识的小说里，什么集合、函数、空间几何体……都成了活生生的道具。

现在，滕雅维过得紧张又轻松，这种紧张不是无序的、杂乱的，而是完全落地的感觉，也正是因为这种有序，她像一个有着良好训练基础的登山运动员一样，心理上是没有一点儿压力的。她前进着，一直前进着，不似以前那样，总需要回头看看或者捡拾一些并不重要的东西——现在她发现，这些她曾经认为不可丢弃的东西，实在是她学习上的负累，坛坛罐罐的，打碎也就打碎了，并未像她担心的那样，给她的生活造成这样或那样的损失。她感到轻松，还有一个不可忽视的因素，那就是母亲的脾气大有改观。这种改观直接表现在母亲对父亲滕大阁的态度上，多年不撒娇的她竟从后边抱住父亲，让他做一份加量的圆葱炒肉。这一幕被滕雅维无意间撞见，结果三个人都支支吾吾地扭捏，一个慌乱中去了卫生间，一个险些把圆葱撒到地上，还有一个呢，借口去倒垃圾，慌慌张张地跑出门去了。

吴明丽遵守约定，真的把补课费交给了滕雅维。一样是花钱，这样把钱花出去，在吴明丽那里是一万个心甘情愿。说实话，把钱给补习老师，她不心疼。但花了钱，滕雅维的成绩却上不来，这时，那些钱的边角都变成了锋利的刀片，只要一想，她的心尖就会出血，这种疼是外人不能体会也无法体会的。每次把钱给滕雅维的时候，她都要排好号，什么尾数为五、六、七、八、九的，都在她的备选之列，五五、五六、六六、七七、七九、八八、八九、九九之类的号码，是一定要留存起来的，她的脑海里都是一些光明而又鲜亮的意向，福、顺、起、发、久，这些祈祷和祝福被她寄托在纸币上，担负着神圣的职责和光荣的使命。

滕雅维又是怎么想的呢？

有一次，滕雅维对王闽松说："爱美之心，人皆有之，我又不是一个没情商、少智商的人，鲜衣美食，当然是欲念之先，见之倾之，谁又有多少自控力呢？我也没有多少，但我必须控制，这一方面缘于我的家庭，我的父母不是什么能人，他们很普通，也很朴素，能够给予我的，几乎已经是他们的全部，我不能向他们流露出一点儿对物质的艳羡，那样不但会扎他们的心，也会因为他们扎心而扎了我自己的心。整洁，是我最基准的审美追求，无论如何，我必须是一个干净的女孩。还有一点，我讲了你可能不相信，在我的观念里，真、善、美、勇、健，是占着主导地位。像我的父亲，他真实、真诚，他善良，这对我来说是很重要的，你对他去讲'三观'，他一定做不出概念上的回答，他爱这个家，努力工作，不投机取巧，有点儿害羞和胆怯，甚至也有一些小毛病，但你不能说他的世界观、人生观、价值观不存在、不正确。他给我最大的影响，就是要安安稳稳地生活。说回刚才的话，我想穿得时髦一点儿，漂亮一点儿，像学校里有些女生一样，但我绝不羡慕所谓的时髦和漂亮，一个人能勇敢地生活，永远对未来充满信念，这才配得上更现实的生命。"

王闽松问："我说过你什么吗？"

滕雅维说："没有啊。"

王闽松说："怎么这么像文综的答卷？"

滕雅维说："不是，真的不是，我可能说得没有条理性，但心情是真实的，归结到一个古老的哲学命题，我真的觉得，作为一个人，其内在美高于外在美。"

王闽松说："但是，内在美兼有外在美，不更好吗？"

"那是自然。"滕雅维说，"对了，在你给我补课之前，你也知道我的成绩真够令人失望的，但是，那时我也想过，实在不行，我就去考技校，学习一门手艺，将来找一份踏实的工作，努力干好它，这一样可以体现一个人，一个社会人的价值。"

王闽松说："嗯，你这话有机会可以和我妹妹讲一讲，她可是一个极爱臭美的小丫头。"

滕雅维笑了笑，说："两回事。"

"有两类作家，"王闽松说，"我想，把两类作家放在一起阅读，组合起来的人生才立体而真实吧，比如，奥斯特洛夫斯基和川端康成。"

"是吗？"滕雅维说，"川端康成的书，我还只读过《伊豆的舞女》。"她想了想，"还有几篇很短的东西，《厕中成佛》《父母心》，还有……"她看了一眼王闽松，"还有《伞》。"

王闽松突然有一点儿感伤，说："是呀，我们也应该去照一张相吧，如花的中学时代马上就要过去了。"

两个少年，因为男孩儿要举家迁至很远的地方，和女孩儿约好去照一张合影。外面下着雨，他们合打着一把雨伞，每个人都湿了半边身子。到了照相馆，照相的师傅指挥着他们，靠近点儿，再靠近点儿。两个少年的头轻轻触在一起。离开照相馆，两个小小的身影依旧在一把伞下，只是那伞真的像一朵花，把他们完全遮住了。

是川端康成小说里的故事。

但在现实中，未必就不会发生。

王闽松提议，想和滕雅维照一张合影，滕雅维也觉得有此必要，她掏出手机做出自拍的准备。

王闽松打断她，说："不是这样的，我是说我们去影楼照，可以留作纪念。"

滕雅维想到他们刚才说的川端康成的小说，脸上有了一抹羞怯。

她说："影楼很贵的。再说，也没合适的衣服。"

王闽松扯了一下校服，说："就穿校服照，这样才有纪念意义嘛。"

一见面时，滕雅维就觉得王闽松和往日不太一样，现在才惊觉，平时很少穿校服的王闽松，今天穿了全套的校服，头发也修剪得十分精致。他的校服过水少，穿在身上和新的一样，如此反衬，滕雅维的这一身倒显得有些拖沓。

"你也太帅了吧。"滕雅维小声说。

王闽松像很执着，他伸手叫车，不由分说地把滕雅维推到后排座位上。

其实可以步行去，距离并不是很远。

可王闽松像怕滕雅维中途反悔似的，催促着司机，三拐两拐地到了影楼。

现在的影楼和过去的照相馆大不相同，摄影棚就好几个，摄影器材更是不可同日而语，前台服务员着装时髦，时季还在早春，她们已经是花枝招展了。两个摄影师一高一矮，一胖一瘦，都留着过肩的长发，如果光看背影，根本分不出他们是男的女的。有一个服务生，见了他们，快步迎过来，带他们到美容区落座，手捧着厚厚的相册向他们推荐着服务的种种区别与价格。

王闽松说："我们只想照一张合影。"

服务员脸上的笑容没有了，但他还是极力地推荐着："可以做一个小相册的，才888元，打过折扣的，很便宜。"

王闽松再次强调："我们只想照一张合影。"

服务员有点儿失望，无精打采地站起身，冲着高个摄影师喊："约翰，两个学生，照一张合影。"

王闽松和滕雅维的心里是怀着一股激情的，所以，他们对服务的态度并不在意，王闽松抢着去收银处交钱，滕雅维则很快地在摄影棚里选了一幅盛开的樱花树作背景。约翰指了指试衣间，告诉他们可以选一套衣服去换的，但是王闽松和滕雅维同时摇了摇头。约翰问他们是要全身的还是半身的，见他们犹豫，就推荐道："照两张吧，一张全身的，一张半身的，象征性加点儿冲洗费就行。"

他们对视一眼，同意了。

王闽松问约翰："有松城的背景吗？"

约翰做了一个"OK"的手势。

半身的合影是在樱花的笑脸之下，全身的那张他们选择了大河湾——朝阳下的大通河的抛弯处。上有蓝天，下有碧草，他们在心里把自己扮成了两株树，一株是橡树，另一株是木棉，枝丫连在一起，组合成生命森林的一部分。

离开影楼，他们不知不觉地走到了自由路，谁也没说话，只是默默地向前缓行。过马路的时候，走在前边的王闽松向后伸了一下手，滕雅维默默地把小拇指搭在他的手掌里，命若琴弦一般，王闽松小心地牵着滕雅维的手指，迤迤逦逦地穿过车流人流，一直到斑马线的折弯处，他们准备过人民街，继续向东行进。变灯了，王闽松依然牵着滕雅维，一直到了马路的那端，跨上人行道，他才把手松开。不知为什么，王闽松哭了，这个很少流露哀伤情绪的男孩儿，从牵到滕雅维的手指的那一瞬起，泪水就从眼眶里奔涌而出，他的心像被高压气团挤压着一般，沉闷而酸楚，他使劲地吞咽着津液，想把泪水憋回去，可是，他的吞咽并未起到有效的作用，反而像催化剂一样，让泪水流淌得更迅速了。

过了马路，王闽松放开自己的手，他像发现了什么，向前跑了几步，摆动手臂的同时，把脸上的泪痕擦干了。他站在原地等着滕雅维，待她走到近前，才绽开一张笑脸回头看她，不等滕雅维问，他抢着解释说："我以为迎春花开了。"他指了指路边的矮株灌木，那上边挂着一丝明黄色的包装布，大概是哪个淘气的孩子，一时打闹，失手丢在这里。王闽松把它扯下来，轻轻送进垃圾箱里。王闽松以为自己遮掩得很好，哪知道滕雅维早就发现了他的异常，他那有规律抽搐抖动的肩头，在他们牵手的一瞬就完完全全地出卖了他，也是这一瞬，滕雅维平生第一次真切地体会到了那两个字——心疼。

"我们这是要去哪儿呢？"滕雅维问。

"大通河。他们说，大通河已经开河了。"王闽松直接回答她。

"去大通河呢。"滕雅维自言自语。

"去大通河！"王闽松坚定地说。

王闽松的心里涌起了一股波澜，他觉得自己有责任、有义务保护这个女孩儿，她那么信任他，跟随着他穿过马路，把自己那么坦率地完全地交给他。这是松城最为繁华的十字路口之一，他们潜行在人流里，像浮动在水面的两枚小小的春花。

四十几分钟后，他们来到了大通河的河畔，向一个遛弯的老人打听大河湾。老人的手向南一指，说："远啊，有十几公里呢，走着去可是太费时间了。"

王闽松用眼神询问滕雅维。

滕雅维用力地点点头。

他们谢过老人，快步下了堤坝，拦下一辆出租车，一路向南疾驰。阳光高照，大通河在他们的视野里时隐时现，透过树木的疏朗的枝条，大通河像一幅水墨长卷。因为地气的上升，杨树和柳树已经抽完花，正因为树叶初展，树带呈现出朦胧的鹅黄色。堤坝下，岸边的河水是银白的，河道中间开冰的地方勾连成一条墨绿的细线。河水平静，不在近处，看不出流动，可是，春天那"吱吱呀呀"的呢喃是抵挡不住、笼罩不了的，用心捕捉，风声、鸟鸣声、冰隙进一步的开裂声、浅浅的虫子拱动泥土之声，这些声音合在一处，很快就让你的耳廓变得葱郁。一座桥掠过去，又一座桥掠过去，飞架两岸的桥梁默默地挺起脊骨，诚心诚意地传递着这座城市腾越的信息。王闽松把车窗摇下一半，任凭春风在车窗的边缘随意进出，刚才的酸楚荡然无存了，他的身体里流动着一条赤热的红线，每至一处，都让神经末梢倏倏地颤动。

大河湾到了，这里的视野何其开阔。他们现在身处河的东岸，身后是新开发出来的湿地公园。候鸟们还未归程，但他们的视野里仿佛已经看到了候鸟的影子，白的，灰的，褐的，土黄的，在这片尚未开垦的处女地上，春天的脚步变得更为坚实。大通河的两岸，新开发的楼盘拔地而起，大概在半个月前，工地即已开工，机器轰鸣，马达欢叫，工人们忙碌的身影穿梭着，崭新的旗帜迎风飘扬，生活是多么的充实啊，它们和大通河一样，用最热切的希望绘制着奔向未来的图景。

太阳照在大通河上，大通河甩弯处粼波闪闪，云影在天上浮动，不断地变换着身姿。

"我还是那样想。"王闽松说。

"嗯。"滕雅维知道他要说什么。

王闽松说:"下决心吧,报考日语专业,将来做中日文学比较,也可以在业余时间把优秀的日本文学译介到中国来,当然也可以把中国的优秀文学介绍给日本的读者,让更多的年轻读者因为我们的努力而享受到东方的文学盛宴。"

"嗯。"滕雅维接受了他的建议。

王闽松走到河边,对着大通河甩弯处的两座小岛大声朗诵着——

> 新的课本,
> 放在新书包里。

> 新的树叶,
> 长在新枝头上。

> 新的太阳,
> 挂在新的天空中。

> 新的四月,
> 是快乐的四月。

"是谁的诗?"滕雅维受到感染,欢愉地问道。

"是金子美铃的童谣,名字就叫《四月》。"王闽松冲着河对岸大声地喊道。

滕雅维的耳边荡漾着层层的回音,那回音仿佛镀了金一样。是呀,即将到来的日子一定是快乐的日子,因为到了那时,满树的繁花就会一丛一丛地开了。

......

这些都是春天时的事呢！滕雅维低下头，仿佛要把这些再好好地复习一遍。

其实，关于她和王闽松的种种细节，她又何止复习了一遍呢？

星期六中午，蒋皓宇和李艾艾如约来到紫荆花酒店的二楼包房，进门时，迎宾员就告诉他们客人已经到了，正在楼上等着他们。李艾艾很自然，蒋皓宇却感到有一点儿紧张。李艾艾想起他"强迫"自己去家里吃饭的事，不由开心地笑了，有一种"报复"的快意喜上眉梢，挑衅似的催促道："走啊，怎么，怕过不了关啊？"

不说还好，她这么一说，蒋皓宇的额头还真见了汗珠。

他跑到酒店大厅的消防栓前，冲着镜子梳理一下自己的头发，又不自信地看看手拎袋，确认里边的东西还在，并没因为慌乱而丢失。手拎袋里两条香烟静静地竖在那里，他低头看时，香烟的外包装纸上也倒映出他的脸型，不甚清晰，像罩了一层雾气。

他问李艾艾："不乱吧？"

李艾艾扬了一下手，说："不乱，精神着呢。"

蒋皓宇这才跺一跺脚，冲着楼梯口扬起了脸。

在短短的一个月时间里，这样的紧张心境出现过两次了吧？

第一次是春节前夕，连降两天的雪，麻雀成群地飞过，"叽叽喳喳"地叫着，一棵树刚被惊扰，另一棵就把枝条全都立直起来。因为下雪的缘故，空气里似乎有霾，行人边走边四下张望，而清雪车一辆接着一辆地排在路边待命，只要风雪一停，他们便和变形金刚一样，"轰轰隆隆"地开到街上去，从南到北，从东到西，清除雪花在路面积成的障碍物。天气不好，出租车格外繁忙，蒋皓宇和李艾艾一路走，一路叫车，希望可以早一点儿到家，可是每一辆出租车上都挤满了人，司机礼貌而无奈地摆手，迟缓地从他们身边驶过，车轮压在积雪上，发出沉重的喘息。

为了翻译金之助的手稿，蒋皓宇想寻求一处安静的地方，李艾艾便主张把他们的音乐教室收拾一下，将原来的沙发处理掉，在网上订购一张沙发床，白天可以坐，到了晚上，放平了就可以休息。卧具也都是李艾艾买的，为了保暖，她还买了一个电热毯，窗帘选择了咖啡色，为的是让蒋皓宇视觉舒适。其实，李艾艾自己更喜欢米色的，但真正决定的时候，她还是毫不犹豫地选择了咖啡色，这样的窗帘挂上去显得更有"学术"气息。所谓"学术"气息，也是一闪念的事，李艾艾觉得把这个词用到蒋皓宇身上很合适，至少，在他勤勉地为这部音乐手稿付出的时候。想着手稿的第一部即将付梓，李艾艾的心头变得温暖而甜蜜。

　　学校没放假的时候，蒋皓宇的三餐都是李艾艾从学校食堂买来的，她陪着他一起吃。学校放假了，他们便约定在学校附近的一家小店吃中餐和晚餐，早餐随意一些，只要蒋皓宇能起来，就自己去街铺解决。

　　放了假，李艾艾就回家了，她要多陪陪母亲，同时地缓解一下姥姥姥爷的精神压力。关于她和蒋皓宇的事，她是先和姥姥姥爷说的，姥姥听了后，便落下泪来，她抱着李艾艾，一个劲地用手比量，嘴里不停地叨念："这么大，这么大，还没有板凳高啊，一晃都要找婆家了，苦命的孩子，摊上这么一对爹娘，可怜见的，都是自己管自己，有谁真正心疼过？"

　　李艾艾给她擦眼泪，说："我挺好的，挺好的。"

　　姥姥急着打听蒋皓宇的情况，李艾艾就拿出手机，一张照片一张照片地给姥姥讲解，他们是怎么认识的，她是怎么观察他、考察他的，他是怎么努力的，现在如何，将来又会如何。这番话把刚刚还泪水婆婆的老太太讲得心花怒放，连连说："苦命的孩子早当家，你看看，你看看，对自己的事还真上心，还观察人家，一观察、一考验那么多年，还真沉得住气。这个男孩子我喜欢，要是再有个正式工作，有个保障，就更好了。"

　　说到这件事，李艾艾拉住姥姥，嘱咐道："这话千万不要说出去。"

　　姥姥警觉地向四下看看，连连点头。

　　她理解李艾艾的担心。

李艾艾说："他的养老保险、医疗保险，我们一直买着呢，这一点你放心，饿不着，冻不着，怎么也得超过你和姥爷，你和姥爷还有退休金和医保呢，我们怎么也不能被你们比下去吧？"她竖起大拇指，"放心，一定超过你们！"

姥姥的心宽慰许多，勾起中指在她脸蛋上划，羞她说："八字还没一撇呢，就我们我们的，知道心疼小女婿、保着小女婿了。"

李艾艾撒着娇，一头拱在姥姥的怀里。

在别的女孩子那里，和长辈撒娇是常态吧？

可对于李艾艾，撒娇几乎是没有的事。

和蒋皓宇确定了恋爱关系之后，她学会了和蒋皓宇撒娇，不但学会了撒娇，还学会了任性，有些时候，明明蒋皓宇的决定是对的，她偏偏要提出一个不合理的方案，纠缠着，吵闹着，按照她的错误路线执行。当蒋皓宇顺从她了，她又胆怯似的问道："你没生气吧？真的没生气吧？"

蒋皓宇摇头。

她凑过来看蒋皓宇的脸色，再次确认："你真的没生气？"

蒋皓宇用手指扯着嘴巴，舌头打着乱儿，说："没有，这回看清没？"

她很认真地点头。

这样的状态真的持续了一段时间呢，直到有一天，蒋皓宇说："你就找补吧，什么时候找补够了，告诉我一声。"

她大大地松了一口气，完全恢复了常性，稳重，收敛，度势，忍让，从前的那个李艾艾又回来了，只是她对蒋皓宇的关心和照顾更周到了。

打不到车，他们就在雪地里走，好在路程不远，若不是脚下发黏、滞涩，这几站地的距离，还真不够恋爱中的人消磨。像电影镜头，他们路过"君再来"抻面馆的时候，没有留意到蒋志一的自行车，而坐在店里的蒋志一看见了窗外的每一个行人，却没有认出这一对行进在风雪里的年轻人就是他的儿子和未来的儿媳妇，生活在相对的空间里画了两条虚线，只是，这两条虚线既没有意义，也没有重合，它们平行着去往两个方向，目的地在彼此的心目中异常清晰。

带蒋皓宇回家见母亲之前，李艾艾和姥姥做了大量的渗透工作。这一道道伏笔让母亲首先知道女儿有男朋友了，人很好，年纪轻轻就要出书了；后来又了解到他的家庭，父母恩爱，都已退休，又各找了一份兼职，家庭负担不重，是正经过日子的人家——这一点很重要，因为母亲不止一次说过，将来女儿找对象，绝对不找离异的，不找单亲的，一定要是一个团团圆圆的人家。

母亲也看了蒋皓宇弹琴的照片和录像，这个帅气的男孩儿给母亲的直观印象不错，她每次看完，都会说："找了个同行。"

姥姥说："是呀，同行好，有共同语言。"

母亲说："是呀，有共同语言。"

姥姥强调："个子很高，和艾艾很配的。真好，我快要四世同堂了。"

母亲长时间地望着窗外，自言自语："怎么都好，就是别吵架，将来别离婚。"

姥姥一般不接这样的话，她拿着纸笔一行行地记录自己要采购的食材，一边写，一边念给母亲听，母亲只在最后说："别做太多，吃不了都剩下了。"

蒋皓宇去李艾艾家，入大门，上楼梯，姥姥和姥爷都站在门口迎候着，这让蒋皓宇很过意不去。蒋皓宇随着李艾艾叫了一声"姥姥姥爷"，平时话少的姥爷，连着说了几句："瑞雪盈门，瑞雪盈门。"

蒋皓宇被让进屋里，他一眼便看见了李艾艾的母亲，她的个子很高，微微有一些驼背，穿着居家的便服，腰间加了一个蓝布的碎花围裙，短发，右耳边别了一个发卡，眉眼和李艾艾相似，皮肤很白，少皱，看上去比五十岁的年龄要小，手里执了一把刀，就那么一脚门里一脚门外地站着。

看见蒋皓宇，她问了一句："来了？"

蒋皓宇点了点头，问候道："阿姨好。"

李艾艾的母亲笑了笑，示意蒋皓宇去屋里坐下。

餐桌原来在小方厅里，现在被抬到了大卧室，一桌丰盛的佳肴正等着客人品尝，蒋皓宇紧张的情绪得以放松。

　　很快就开饭了，姥爷特意准备了白酒。蒋皓宇平时是不喝白酒的，可今天的日子特殊，他破例喝了一杯。饭桌上的气氛很融洽，大家说着家常话，姥姥更是抢着问了一些她急于知道的问题，蒋皓宇一一做了回答。

　　一餐饭下来，李艾艾的母亲很少说话，可当蒋皓宇介绍到父亲蒋志一的时候，李艾艾的母亲突然问了他一句话："读过《水浒传》吗？"

　　蒋皓宇愣了一下，点点头，他读过《水浒传》，但只读了上、中两册，宋江招安之后的故事他不喜欢，所以，草草翻过就放下了。他不知道这算不算读过，更不知道李艾艾的母亲问这句话的目的。李艾艾的母亲起身走到小书架的旁边，很快地抽出一册《水浒传》，站在那里，兀自读起来。她只随手一翻，就找到了她想读的那一段，可见这一段她多么熟悉，以至于这一页相对的书脊都有点儿折了。

　　"妈。"李艾艾轻轻地叫了一声，

　　李艾艾的母亲没有理会。

　　"妈。"李艾艾站起身。

　　姥姥一把拉住了她。

　　李艾艾的母亲读道："且不说卢俊义引众还山。却说李逵手持双斧，直到寿张县。当日午衙方散，李逵来到县衙门口，大叫入来：'梁山泊黑旋风爹爹在此！'吓得县中人手脚都麻木了，动弹不得。原来这寿张县贴着梁山泊最近，若听得'黑旋风李逵'五个字，端的医得小儿夜啼惊哭。今日亲身到来，如何不怕！"

　　"若素！"姥爷低低地叫了一声。

　　李艾艾的母亲还是不理会。

　　她接着读："当时李逵径去知县椅子上坐了，口中叫道：'着两个出来说话，不来时便放火。'廊下房内众人商量，只得着几个出去答应，'不然，怎地得他去。'数内两个吏员出来厅上，拜了四拜，跪着道：'头领到此，必有指使。'李逵道：'我不来打搅你县里人，因往这里经过，闲耍一遭。请出你知县来，我和他厮见。'两个去了，出来回话道：'知县相公却才见头领来，开了后门，不知走往那里去了。'李逵不信，自转入后堂房里来寻，却见有那幞头衣衫匣子在那里放着。李逵扭开锁，取出幞头，插上展帽，将来带了，把绿袍公服穿上，把角带系了，再寻朝靴，换了麻鞋，拿着槐简，走出厅前，大叫道：'吏典人等，都来参见！'众人没奈何，只得上去答应。李逵道：'我这般打扮，也好吗？'众人道：'十分相称。'李逵道：'你们令史祗候，都与我排衙了便去。若不依我，这县都翻做白地。'众人怕他，只得聚集些公吏人来，擎着牙杖骨朵，打了三通擂鼓，向前声喏。李逵呵呵大笑。又道：'你众人内，也着两个来告状。'吏人道：'头领在此坐地，谁敢来告状。'李逵道：'可知人不来告状。你这里自着两个装作告状的来告，我又不伤他，只是取一回笑耍。'公吏人等商量了一回，只得着两个牢子，装作厮打的来告状。县门外百姓都放来看……"

"若素！"姥爷放了筷子，低斥了一声。

"爸，你让我读完，就读完了！"李艾艾的母亲并未抬头，"两个跪在厅前，这个告道：'相公可怜见，他打了小人。'那个告：'他骂了小人，我才打他。'李逵道：'那个是吃打的？'原告道：'小人是吃打的。'又问道：'那个是打了他的？'被告道：'他先骂了，小人是打他来。'李逵道：'这打了人的是好汉，先放了他去。这个不长进的，怎地吃人打了？与我枷号在衙门前示众。'李逵起身，把绿袍抓扎起，槐简揣在腰里，掣出大斧，直看着枷了那个原告人，号令在县门前，方才大踏步去了，也不脱那衣靴。县门前看的百姓，那里忍得住笑。正在寿张县前，走过东，走过西，忽听得一处学堂读书之声。李逵揭起帘子，走将入去。吓得那先生跳窗走了。众学生们哭的哭，叫的叫，跑的跑，躲的躲。李逵大笑出门来……"

戛然而止。

李艾艾的脸通红通红的。

李艾艾的母亲说："有这么横踢马槽的吗？有这么蛮不讲理的吗？有这

么瞎胡闹的吗？他就是李逵的后代！”

很显然，这个"他"，是指大先生李惠聪。

饭桌前的人都屏住了呼吸，拿眼睛看着李艾艾的母亲。她平静了一会儿，把书放回去，笑了一下，说："算了，咱们吃咱们的。"

蒋皓宇能感觉到，李艾艾的眼泪就在眼圈里。

从李艾艾家出来时，外边的风雪已经停了，临近年关，外出采购的人很多，路上的行人多半提着这样那样的东西，花花绿绿的包装盒也把沉闷的空气染亮了许多。母亲的行为虽然失当，但她并没有像李艾艾担心的那样，对蒋皓宇的出现横加阻挡，大加指责，她对蒋皓宇的接受，使得李艾艾的内心十分宽慰，李艾艾挽着蒋皓宇的手臂，歉意地说："对不起。"

蒋皓宇所答非所问："忘了点赞了。刚才那一桌好菜是谁的手艺？妈妈的还是姥姥的？"

李艾艾说："姥姥的。"

蒋皓宇说："这门手艺你得学，将来用得着。"

这个将来有寓意，设计得太远，李艾艾听出弦外之音，把头抵在了蒋皓宇的臂弯里。

轻松地闯过一关，蒋皓宇的心里有一点儿小小的得意，人一得意了就会忘形，这会儿，他猛地夹紧艾艾的胳膊，带着她在马路上奔跑起来。

李艾艾放声地叫了一下。

蒋皓宇"哈哈"大笑起来。

今天的见面会是一个什么样的场景呢？见完面，自己还能像那天一样开心大笑吗？蒋皓宇志忑着，迈动了脚下的步子。

无疑，他们今天要见的人，是大先生。

紫荆花酒店是松城市的高档酒店之一，小包房很少，如果不提前预订，是很难排得上号的。大先生把见面的地点定在这里，可见他对这件事的重视。蒋皓宇和李艾艾上了楼，直奔219号房，知道大先生早到了，蒋皓宇礼貌地敲了敲门。

"请进。"里边传出一个熟悉的声音。

这个声音不是大先生的。

李艾艾和蒋皓宇对视了一眼，用目光互相询问着。

"请进。"那个声音再度响起。

他们有点儿不敢相信自己的耳朵，小心地把门推开，没错，他们的老师秦汉晋坐在主宾的位置上，正笑吟吟地看着他们。他们再放眼去看，屋内除了老师、大先生，蒋志一也赫然在座，三位像捉迷藏一样，饶有兴趣地看着蒙在鼓里的两个孩子，欣喜之色，溢于言表，只差手也舞之，足也蹈之了。

原来，李艾艾打电话给大先生时，大先生就打定了主意。一年多前，当秦汉晋和他说起蒋皓宇时，他就把这桩儿女事记在了心上，只是，那时他还没有从女儿李艾艾的口中得到认证，所以一直三缄其口，对任何人都不曾提及。女儿的心思重，这等终身大事，如若不是女儿自己对他言及，他是绝对不能贸然行事的。对于蒋皓宇以及他的父母、他的家庭，大先生是一百个放心、一百个认可的。他没见过蒋皓宇，但平日里从蒋志一夫妇的口中，对这个孩子也有了多年的了解，加之秦汉晋的态度，以及自己暗中对他的询查，品质、学识、生活态度，在一班同龄人中是佼佼者，女儿李艾艾交到这样的男孩子手里，他是尽可放心的。

李艾艾打电话，他谨慎地问了一句："那男孩儿叫什么名字？家是哪儿的？"

李艾艾说："家是本市的，叫蒋皓宇。"

大先生问："就是你那个会写文章的师兄？"

李艾艾点头，说："就是。"

大先生长长地"哦"了一声。

放下女儿的电话，大先生就和蒋志一联系上了。蒋志一在押面馆喝酒，蹲守着自己的执念，听到大先生的声音，一个劲儿地喊他过来。

大先生说："我可等不及过去，在电话里先说了吧，你知道你儿子和我女儿的事吗？"

这一句话把蒋志一说兴奋了，嗓门不自觉地提高了，他叫着："哎呀我的妈呀，都快憋死我了。艾艾已经来过我们家了，我们对这个儿媳妇没挑的，一百个满意，就等你们的意见呢。我也是纳了闷了，这两个孩子够沉得住气的，他们定是知道咱们的关系，怎么就能保得住密呢！"

大先生说："稳重，认真，我喜欢。"

蒋志一长出一口气，说："我们也喜欢。"

这边和蒋志一通了话，大先生又迫不及待地找秦汉晋，秦汉晋竟比他们任何一个人都冷静，说："这个事呀，我早就知道了。怎么样，在这场喜剧里，我怎么也得扮个媒人吧？这正合了父母之命，媒妁之言，天造地设，美满姻缘，就看你们俩亲家怎么谢我了。"

这话不用秦汉晋说，谢他是自然的。

就这么着，他们也保着密，把时间和两个孩子约下了。

这番场景，和蒋皓宇所想的百般不一样，他的心花怒放了，给三位长辈深深地鞠了一个躬，大声说："老师好！叔叔好！爸爸好！"

第五章　相见时难

　　三十年没见高燕妮，她会变成什么样，自己还能认出她吗？尽管手头有她的照片，可二先生还是不能相信自己。他早早地来到机场，站在宽敞的到达厅里，目不转睛地注视着每一个从他身边走过的人。他不能控制自己，心里异常的复杂。他没有喝酒，本来已经倒了一杯，但端杯的一刹那意识到什么似的，又把杯子放下了，起早去理发店理个头。他坐在理发店的镜子前，看自己鬓边的白发，眼角的皱纹一直延伸到发丝里，本来就消瘦的脸，又被突来的感伤削去了一条，下巴很尖，微微前翘，颧骨突兀出来，他的神情更加憔悴。身上的西服很新，但样式很旧，细想起来，这是当年在北京订制的，准备结婚时用的礼服，不想，做完之后一直没有机会穿，今天穿在身上，不知是不是有点儿不伦不类。但是，二先生决意要穿，这印证着他心里的一个仪式，这个仪式存在脑海里几十年了，也许到了该了断的时候。天气预报说这几天松城一直有雪，二先生担心飞机落不下来，所以赶了早班的民航大巴来机场等候，好像他的这份诚意可以感动上天，让高燕妮的航班不要出现什么差错。二先生觉得自己一直在扮演着一个虚幻的角色，有千千万万无形的观众在黑暗的地方观赏着他的表演，他算不上什么实力派演员，只是一直唱着独角戏，他是一个男人，为什么会像《一个陌生女人的来信》里陌生女人一样，把一种近乎病态的考量安置在灵魂的祭坛之上，这样的祭坛到底是麻木不仁，还是为内心的痛苦保存一点儿挣扎的能力，他想不清楚，更表达不明白，那么好吧，真正考验自己的时刻到了，情感的折叠空间出现了，他究竟是在悲怆的自白里坚守沉默，还是在不可争辩的现实面前清除不安？

就在头一天晚上，他虔诚而小心地给他那位做医生的邻居打电话，向他询问有关白血病的问题，因为一知道远雾的病情之后，包括老妈在内的每一个亲人都焦虑万分，老妈最关心的问题是她自己能不能也去配对，如果她的骨髓可以救孙子，她会毫不犹豫，毫不吝惜的。

那位医生邻居不知道二先生是在说自己的儿子，所以讲话毫无遮拦，他说："我不是这方面的专家，只能说个大概。这个病很讨厌的，治愈率不是很高，常规的治疗无非化疗、放疗、靶向药物，还有干细胞移植什么的，这个干细胞移植就是你所讲的骨髓移植，有治愈率，但愈后复发的也很多，就算很成功，也会出现并发症，真的很讨厌。你问供者的年龄，应该八九岁到六十岁为最好吧，八十岁就得找专家问一问了。"

二先生问："治这个病很费钱吧？"

那位邻居语气夸张，说："何止是费钱，简直是烧钱一样，五六十万，百八十万，一二百万都是它，就算是骨髓移植成功，后期治疗也是要跟上的。"

二先生又问："这个骨髓提供者好找吗？亲属配对的成功率高吗？"

邻居说："这个白血病难搞，就是难在供者这个问题上，不好配。"

二先生手持电话，半晌不说话。

他找邻居，无非是想得到一点儿心理上的支持。邻居所讲的那些，他已经上网查了无数次，那些文字是冰冷的，他不相信，他很想从邻居那里听到不同的声音，哪怕一句"没什么大不了的""希望还是很大的"，也会让他的内心鼓起勇气。可是，邻居太轻描淡写了，他的"能活五年、十年甚至二十年"像一把锋利的刀子，一寸一寸地剐去了他的希望。

老妈问他："你去医院打听了吗？"

二先生点头，说："打听了，都行。"

他无法对老妈说"不行"。

大概是听了自己也可以参加骨髓配对，老妈的心情大为好转，她双手合十，口中念念有词。她一共知道几位菩萨的名字呢？这会儿，一准都念叨了。她是真心祈祷自己的骨髓能救孙子一命，三十岁，人生才刚刚开始啊，不能就这么稀里糊涂地被一点儿小小的磨难轻易夺走生存的权利。尽管知道白血病的可怕，但她还是把它称之为"小小的磨难"，可见她的心底栽种了怎样的希望，而这希望足以暂时压制住任何突如其来的恐慌和不安。她在脑海里一个一个地点数着亲人的形象，先是直系的，儿子、女儿、外孙，自己的侄子、侄女，她觉得他们的头上都有一轮救命的光环，只要去医院，每个人都能配对成功，用不着真枪实弹地冲锋陷阵。

她给侄子和侄女打电话，非常复杂地把这件事转述了一遍。

侄子和侄女都表示理解和同情，也一再保证自己可以配合她去医院，但孩子们就不必了，一是这样的远亲配对的成功率几乎为零，二是他们都刚刚结婚不久，他们的另一半的意见是远远大于任何人的，所以……

老妈根本没有听出侄子、侄女的弦外音，自信地打断他们，"有我老太太在，用不上他们。"

侄子和侄女当然支持她的想法。

二先生并不知道母亲会给舅舅家的人打电话，这是他的疏忽之处，他并非对表哥表姐们不信任，而是不想对普通人之于"骨髓移植"的认识发出挑战，这不是科学的正确的判断可以解决的问题，面对未知的恐慌和怀疑是会让许多人因为摊上此事而昼夜不宁的。二先生心中悲苦，但他不能指望别人，这种绝望的自我暗示，从事情一开始就弥漫在他的身体里，即使进入榨汁机也无法完全挤压干净；与此同时，他又是那么期盼着他和他的亲人们都能获得世界的支持，如果有谁在此时大步走到他面前，大声对他说："嘿！放心吧，我就是一个合格的供者！"二先生会毫不犹豫地匍匐在他的脚下，无论男女，无论远近亲疏，无论老幼，他都会俯下身去，对他的慷慨无私表达自己由衷的感激。

他就是处于这样一个矛盾体中，在阒无人踪的荒野，呼唤着人群如期地蜂拥而来。

第一个对他的呼唤做出应答的是余美英。余美英给他打电话，告诉他自己在医院呢！二先生迷迷糊糊的，一时没反应过来，问她去医院干什么，余美英说，她人就在血液科，已经和医生咨询过了，她要给孩子做配对，不管成不成功，她仍要努力一下，这一步如果不迈出来，她的心灵上势必会蒙上一道阴影。

她说："二哥，你知道我不能给自己留下这个阴影。"

听了余美英的话，电话这端的二先生痛苦难耐，他一边呜咽着，一边祈求似的呢喃："谢谢你，谢谢你。"

他的发音太含混了，余美英根本听不清，她叫着："二哥，二哥。"

可二先生已经承受不住这情感上的哪怕一片羽毛的轻，无力地靠在那里，再发不出一丝声音。

高燕妮和二先生通过电话不久，又给他打了一个电话，告诉他，她订了两天后的飞机，一是天气原因，飞松城的航班不确定，二是主治医生要和他们商量下一步的治疗方案，她不能马上动身。这个电话通了一个多小时，高燕妮主述了孩子的病情，还有他们现在的生活状况。他的先生姓卢，和他是中学同学，上学的时候就对他表示过好感，只是那个年代，她不能对这种好感做出相对的回应。后来她就来了北京，后来她就遇见了二先生，后来二先生突然就离开了北京，没有任何联系，又后来，她的肚子一天比一天大了，她的同学说，不嫌弃她，要和她结婚，她思虑再三，答应了。三十年前，一个单亲妈妈是无法一个人面对社会和现实的压力的。先生人很好，是中国最早一批做证券的，婚后他们去了深圳，后来定居上海，这么多年，先生就是深圳、上海来回飞，初做是为了公司，后来辞职自己做，是改革开放初期依靠正当手段先富起来的人。先生也炒期货，二十世纪九十年代，一单麦子生意和一单黄豆生意，让他挣了一笔数目不小的钱，从此便急流勇退，买了最好的摄影器材，天南海北地玩起摄影来。至于孩子，一直都很健康，小学、中学、大学，一路走过来，安安稳稳的，没有什么让人操心的地方。研究生是在浙江读的，学桥梁设计，很令人艳羡。就是入了去年秋天，突然流鼻血，初始没当一回事，拖拖拉拉几个月，今年初突然就晕倒了一次，去医院检查，查出这个毛病。

二先生问："这些年还好吧？"

这几乎就是一句废话。

"你也还好吧？"

高燕妮的问话，二先生不知该怎么回答。

"你，结婚了吗？"高燕妮问。

"没有。"

二先生这么回答了，再往下的话就没法说了，个中滋味，如鱼饮水，是冷是暖，也只有自己知道。

沉默着，就这么沉默着。

二先生似乎听到了高燕妮在电话那端的低泣。

他问："孩子治病还差多少钱？"

这更是废话中的废话。

高燕妮说："我和先生是不缺钱的，钱的事你不用操心。"

二先生的心又被刀子剜了一下，但是他已经感觉不到疼痛，这刀子像固定他决心的一根钢钉，反而让他的心里有了那么一点点安慰。那天，他回到家，口气那么坚决地问母亲，问她那里有多少钱，他要用。母亲揉着眼睛，从枕头底下取出一个蓝布小包，轻轻地也是重重地推到他面前，告诉他，她已经自己偷偷去银行把钱取出来了，一共二十一万，是他和孩子的爷爷一生的积蓄。她对二先生说，这里还有他姐姐和姐夫送来的十万，总共是三十一万，希望可以救孩子一命。她相信，这些钱也一定能救孩子一命。二先生的手紧紧地抓着那些钱，整个人都完全倒在了母亲的怀里，他不知道自己昏过去了，等他醒来时，姐姐和余美英都围在他身边，他向左右看看，马上发现了吊瓶，发现了自己身上白色的被子，他一下子明白发生了什么，身上猛地迸发出一股无穷的力量，他一把就把针头拔了下来，翻身起床，穿鞋下地。

大先生和滕大阁冲过来，死死地按住他。

大先生问他："你要干什么？"

二先生声嘶力竭地喊道："都什么时候了？我躲这儿装什么死？！我得找，我得找孙寒去，我得让他把骗我的钱还给我，连本带利。"

大先生苦笑一下，说："孙寒刚刚输了官司，正气急败坏地要上诉呢，你现在找他能干什么？能干成什么？你也知道，他当年坑了你六七万块钱，今天就算你连本带利地要回来，不也是杯水车薪。这么多年你都放下了，是孩子的事让你血迷心了。"大先生把二先生扶坐到床上，安慰他说："明海，你心里清楚，我们现在面对的不是钱的事，而是供者。说到钱，我们几个也凑了十万，这还不算美英单给孩子准备的。这些年，你写字帖，总也有一些。这么多笔钱放在一处，你尽可放些心了吧？这么两天你都晕两次了，不彻底检查一下行吗？你冷静地想一想，如果你就是最佳的供者，但是你的身体出了问题，不允许你去负这个责任，你怎么办？你怎么办？"

关于二先生和孙寒开公司被坑骗的事滕大阁也知道一些，只是平日里二先生不提，他也不便做更多的交流。孙寒的那个装潢公司二先生是入了股的，初始的几年生意挺红火，后来因为种种原因，生意越来越不好做，孙寒见势不妙，就假托有一笔大买卖，让二先生再投入几万块钱，并说这一次不但生意好，回款也快，不做实在可惜。二先生没多想，去银行取了六万八千块钱，一分不差地交到财会那里。谁知，时隔两个月，孙寒哭丧着脸通知二先生，他们被骗了，公司账上没钱了，员工开不出工资不说，投出去的钱也打水漂了，他咬牙切齿地又要打官司，又要找讨债公司，归到底，公司倒闭，人员遣散。

那时，此类故事几乎每天都可以听到。

二先生是见过世面的人，心里明白怎么回事，孙寒和他小舅子做个扣，把他给骗了。他很气愤，但他不想生事，一是这件事如果闹得沸沸扬扬，必然瞒不过母亲，他不想让母亲在他的身上再有一点儿忧烦，那样太对不起她老人家；二是他投进去的钱，也是从公司里挣的，他的本金不失，如同竹篮打水，水不见了，竹篮还在，他不过是白费了时，白费了力，白费了工，就当锻炼身体了，好在几年的流水，他吃穿不愁，算来算去，也真算不出什么太大的损失，况且，他生性豁达，动动手，此事翻篇儿了。

今番突然又提及，也真是急在了孩子的病上。

滕大阁说："二哥，你得听劝。还有我们呢，我们商量好了，都去医院做检查，多一个人多一份希望。"

"是呀，二哥。"余美英也来扶他。

听了大家的话，二先生的心绪平复了许多，大家说的话，大家做的事，他心里眼里都有，如果再继续犟下去，就辜负了众人的心意。他叹了一口气，慢慢地躺回到床上去。

二先生在床上躺了一周，做了全面的体检。这个全面体检是必需的，不但他，所有人皆如此，姐姐，姐夫，大先生，滕大阁，余连魁，余美英，蒋志一，他们如果要参与其中都得遵循原则。他们选择了松城最权威的医院，全心全意地为这个他们从未曾谋面的孩子努力着。

站在机场的候机大厅里，这些片刻的回忆不自觉地划过他的脑海，如天上的白云，让他眼前一闪一闪地发亮。他本来可以坐下来等候，但他不想坐下来，在他想来，只有站着，就这么站着，才对得起这一切，对得起高燕妮，对得起葛远雾，对得起他的这帮朋友以及他身边的每一个亲人。

广播里不停播报着航班起落的消息，每一次播报，二先生都会下意识地看一眼墙上的大钟，为了确认似的，看完大钟，还要看看腕上的手表，两个时间对准了，他才放心一般换一个站立的姿势。

透过机场透明的玻璃窗，二先生看见一架架飞机交替着起落，像银燕，像鸽子，在蓝天的映衬下，祥光一片。二先生焦躁的心情得到了缓解，他原本有些僵直的抱着大衣的手臂自然下垂。从早晨起来他就觉得自己心热，心热带动着体热，衬衣，西服，领带，下身是西裤和皮鞋——就如他当年在北京的打扮一样，在冬天里，这身穿着很单薄，可是他一点儿也不觉得冷。赶往机场的路上，大巴车里，抵达到达大厅，这件灰色的大衣他一直夹在臂下，在别人的眼里，他夹的不是大衣，而是一件装饰品，许多人好奇地注视他，可他却视而不见，他匆匆穿过一条条目光的河流，一心盼着河流彼岸的船只快点儿靠岸。

"明海！"一个声音从人流里传出。

二先生定睛去看，一眼便认出了高燕妮。

"妮子！"他也高声喊着，但人定在那里一动也不能动。

"明海！"

"妮子！"

高燕妮丢开手里的箱子，飞快地向他奔来，一头扑进他的怀里，用力捶打他的后背，泣不成声地说："救救孩子！救救孩子！救救孩子！救救孩子！"

就是一年前的冬天，余连魁去"玉姬足道"，还只是在门外徘徊，因为玉姬不在，他不想进去，人去楼空的滋味，并不好受，何况从前有那么多的欢声笑语呢！可是今年的今天，他拉着滕大阁一路小跑着来到安安的面前，不住声地对安安说："你说，你和他说！"

滕大阁蒙了，从小到大，他好像从来没见自己的老同学如此激动过。

于是，安安便从头到尾、一五一十地把余连魁和玉姬的故事讲了一遍。

安安说，其实玉姬也是喜欢余连魁的，只是她尚未离婚，余连魁又是如此老实的一个人，她不能糊弄他，她想让自己变干净了，再利利落落地走到余连魁的世界里去。她去了韩国，把店里的大小事情都交给了自己，这一去经年，定是发生了太多的故事。可这些故事哪里是一时半晌能讲得清楚，说得明白的呢？

安安简要地讲了玉姬在韩国的遭遇。玉姬去找女儿，女儿——从父亲那里听到了另外的说辞——说玉姬身上太脏，早已不配做自己的母亲，她要留在韩国，留在亲生父亲这里，如此，她才可以摆脱以往那些阴暗的生活。这样的逻辑，玉姬怎能接受，她一次次去找女儿，不料想，女儿主意已定，几番争吵，最终母女反目成仇。

这还不算。

玉姬和丈夫谈离婚的事，丈夫回答说："你出手续我签字，但让我回国出庭我是不去的，我们已分开这么多年了，法律有明文规定，你可以单方面起诉，法院一样会判的。"说这话时，丈夫正喝着小酒，吃着牛肉，一脸的不耐烦，他用纸巾捂着鼻子说，"如果方便，坐远一点儿好吗？"

玉姬没明白怎么回事。

丈夫说："你身上的味道让我有点儿恶心。"

玉姬愤怒了，冲过去掀翻了丈夫的桌子，两个人厮打在一处，本来是夫妻谈事，最后演变成众殴，丈夫的新欢带着一群人冲进来，玉姬成了俎上的鱼肉。

安安说："玉姬姐残疾了。"

滕大阁问："伤在哪儿了？"

其实这话余连魁那天就已经问过，可安安摇头，说："不知道，我真的不知道。我也问过，可玉姬姐不说，她回国后直接回了延吉，连店里都没来过，嘱咐我把能卖的东西都卖掉，然后把店盘出去。"

"不能盘！"余连魁斩钉截铁地说，"盘了，她吃什么？你吃什么？咱们一个正经人家正经店，这么多年都干下来了，为什么要盘？不许盘！"

余连魁的这番"爷们儿"话，把滕大阁和安安都说愣了。余连魁俨然一家之主，让安安把玉姬的住址给他，并一再告诉安安，坚持住，一定要等他们回来，一切等他们回来再说。滕大阁和安安这回听得明白，余连魁所说的"他们"应该是他和玉姬两个人。

"你要干啥？"滕大阁问。

"我去延吉接玉姬，把她接回来，我等她等了这么多年了，豁出去了，我得娶她，我得娶她！"余连魁把自己的胸脯拍得"啪啪"直响。

安安张着嘴巴，半天才缓过神儿来，她问："傻哥，你说啥呢？你说的是真的？"

"真的，今晚就走！"

安安"哇"的一声哭了。

她跑到里屋抱着一个琴盒子出来，平复了半天才说："傻哥，玉姬姐说，啥都可以卖，就这琴不卖。有一天，店盘出去了……"她又"哇"的一声哭了，断断续续地说："让我，把琴送给你，留个念想。"

眼前的一切让滕大阁万分感动。

把一段感情深埋这么多年，连他这个可谓至交的人都一无所知，余连魁内心深处所承受的林林总总，绝非常人可以想象。他怎么也按捺不住自己，奔出门去，给大先生打了一个电话，将事情经过讲了一遍。大先生二话没说，打车就赶过来了。

多余的话不必再重复，剩下的只是安排。

大先生说："事都赶一起了，明海那边是那样，你这边是这样，只是我们大家都知道，你从小就没离开过松城，眼睛又不好，怎么放心让你一个人走？"

余连魁说："放心吧，没事，顺去安归，一个都不能少。"

大先生说："我的意思是，让大阁陪你走一趟吧，这样我们大家都放心。"

余连魁很坚决，一边让安安给他订票，一边说："一定是我自己去，现在不比从前，处处都方便，钱带足，又有卡，还有微信，什么都难不倒人。"

安安说："要不，我陪你去。"

余连魁摇头说："那玉姬还要我干什么！"

大先生和滕大阁对视了一眼，也觉无话再说，遂起身，拉着余连魁便往外走，他们一路送余连魁到松城火车站，看着他上车，挥手而别。回来的路上，大先生和滕大阁都沉默着，谁也不去触及这个话题。他们承认，余连魁是好样的，是条血性汉子，有情有义，这辈子没白交往一回。他们二人并不知道，二先生是和余连魁来过这里的，只是二先生口风紧，在不明就里的情况下，决不肯乱说或妄下断言。何况，自那年春节之后，余连魁再未提起此事，他自己或他和余连魁也未再去过"玉姬足道"，曾经的宿醉洗涤了记忆，"玉姬足道"在二先生的记忆里，也许早就成了空白。

玉姬去了韩国，这件事更是烟消云散了。

恍惚间，滕大阁想起那次余连魁换眼镜的事，其异常，其慌乱，是不是和这个玉姬有关呢？那时，他还不知道玉姬的存在，更没有见过玉姬本人，这段传奇故事更是无从知道结果，但聪明如二先生，恐怕也不能把二者联系到一起吧？

虽然是冬天，松城的夜色依然灿烂而辉煌，看着街头的人流和车流，滕大阁忽然想明白了一件事，一件和生活息息相关的事。吴明丽不就是想换一个大一点儿的房子吗？这个要求又有什么过分的呢？贷款就贷款吧，有压力就有压力吧，人生谁没有压力，大先生，二先生，蒋哥，连魁，尤其是连魁，连他都有如此勇气和魄力去追求未来，自己还有什么可缩手缩脚的呢？

他轻轻地摇下车窗，深深地吸了一口窗外凛冽的空气。

滕大阁想着自己的心事的时候，大先生的思想也剧烈地波动着，他想到李艾艾，想到她的成长，想到她如今的成就，也许在别人的眼里，一个大学生的努力谈不上成就，但在他这个从小就没在女儿身边生活过的父亲来讲，这不是成就又是什么？通过秦汉晋，通过蒋志一，他近段日子不断地得到大量的有关李艾艾的信息，这些信息远远大于他前半生所获得的关于女儿的信息总量，他必须重新审视这个对于他来说完全陌生的女孩儿，他真的是自己的女儿吗？真的是李艾艾吗？自己以前的那些所谓的物质上的满足是她真正需要的吗？自己和王若素——艾艾的母亲之间的矛盾，一定要转嫁到一个孩子身上吗？自己是多么的自私啊，王若素，那个因为他喜欢《水浒传》就骂他是"贼配军"的女人，她完全错了吗？

大先生不敢再往下想，再想，他会想到蔡秋芬，会想到李一诺，这些面孔突然都在他的眼前浮现出来，让他心生愧疚，不敢正视。

见司机要抽烟，大先生破天荒地在出租车里点燃了一支烟，大口大口地吸起来。

他自言自语地说："想喝点儿。"

滕大阁说："我也是。"

于是，他们让司机就近停车，随便找了一家馆子，拣了靠窗的位置，相对着坐下。没点菜，只是要了酒，依然没话，一杯接一杯地干。三杯酒下肚，大先生耐不住似的，随手抄起手机，分别给蒋志一和余美英打了电话。他虽然喝了酒，但他没有给二先生打，任谁都知道，此时此刻给二先生打电话是最不合适的，那般痛苦的相聚，也不应受到任何人的打扰。

大先生不是莽撞的人，夜半时分打电话，定是有什么急事，蒋志一和余美英都没有多问，放下电话就往这店里赶，前后脚进屋，云里雾里地傻站着。

半晌，余美英发现了异样，问："大魁呢？"

大先生招手，示意他们坐下。

这回要了酒，另要了两个小菜，算是消夜。当然，也有对打扰店主正常休息的一丝歉意。店家不说什么，只是赔着笑脸安置吃食，随后退到柜台，盘点一天的"流水"。

"怎么了？"蒋志一问。

喝了一杯酒，滕大阁把先前所发生的及他所知道的一一道来，实在也是把后来的二位惊着了。这么一场暗流汹涌的爱情发生在他们的眼皮底下，他们全无知晓，可见他们在平日里是多么忽视余连魁。他们都不愿承认，但又谁都真实地认可，余连魁有严重的自卑心理，他是一个没有能力料理自己情感的人。就在今夜，这些认知像一个外表坚实的泥塑一样，"啪"的一声自行爆裂，碎片四下纷飞，散落一地，让人目瞪口呆，哑口无言！

余美英用纸巾擦拭着眼睛，喃喃地说："如今想起来，我这个傻弟弟哪是不懂感情的人啊，他对我爸我妈，对我，包括对大家，分分寸寸，枝枝丫丫，心里都是有数的，你说他不懂这些事、这些话，跟你们可以不好意思说，和我这个亲姐姐，有啥不能说的呀？说了我去办，我去跑，我去求，也不至于……"

她说不下去了，趴在桌子上，双肩耸动，抽泣不停。

夜色如无尽的忧伤一样潜入到每个人的心底，像一层抹不去的黑雾，但是不知为什么，谁也不愿把他们驱赶，就任由它们伫停着，不管枯草能否重新生长，也不管蝼蚁会不会四处爬行。

余美英说："也不知道大魁现在怎么样了？我真担心他啊！"

是啊，余连魁怎么样了？

火车在山地里爬行，除了必停的车站，车窗外见不到星点灯火。这是余连魁的第一次远行，他的心里只有一个信念，那就是接玉姬回家，回他早就应该拥有的家，他的家，他们的家。如今这一步走得还不算晚，他坚信自己能够把她顺利而安全地带回来。此时，他并不知道姐姐和他的三个好朋友正惦念着他，正像玉姬不知道他千倍百倍地惦念着她一样。余连魁很享受窗外的一片漆黑，因为他知道那漆黑的背后是曙光，是他的双眼可以注视的所有地方；他也很享受车轮与铁轨相轧时的铿锵声，尤其是火车一次又一次穿过山洞的"咣咣咣咣"的声响，那么有力，那么步调一致，他的双脚也是踏在铁轨上的，节奏和车轮相同，一心向着设定的目的地。

窗外一团漆黑，但山的轮廓还依稀可辨，它们像阻隔黑暗的神，恪尽职守，寸步不离，无论黑暗怎样地包围它，它的内质都不会有丝毫的转变，头接高天，脚踏大地，就算风雨雷电把剧烈的疼痛劈面摔来，它也不会低下它伟岸而高傲的头颅。

余连魁笑了，突然笑了。

在他充满了暖意的微笑里，延吉车站到了。

夜色依然没有散去，但水银般的灯光把站前广场照得白昼一般。出租车在招揽着生意，各家店铺的门已经敞开，鼎沸的人声加上一团团浓浓的蒸气，让车站更像一个集市，一下子把余连魁拉回到衡阳街上。他安静下来了，安稳下来了，到了家一般，启程前的那纷纷扰扰、杂乱无章的相思之苦落地了，取而代之的是空前绝后的饥饿。

　　余连魁绝对是钻进一家名叫"金花"的小饭馆的，一碗狗肉汤，一碗大米饭，两碟朝鲜族小咸菜，三两白酒，如同和他约好了一样，这些吃食奔踏到他面前的小桌上，整整齐齐地蹲守在那里，等待他的享用。他享用了这些东西，"享用"中多加了一碗米饭，近桌的那些只顾喝酒的顾客，用朝语议论他，这议论也许是夸赞，也许是嘲讽，无论哪样，均与余连魁无关，他付了酒饭钱，大踏步出门，迎着太阳红彤彤的半张脸，舒心地大笑了一声。

　　他已经知道，玉姬现在住的是她老师家的房子，除了这里，她已经无处可去。曾经的婆家和现在的娘家都不应是她的选择，明智之举就是一人独居。老师和他的爱人已经离世，玉姬早早就买下了他们的房子。当初买房子，并未想到能有今天，真实的目的是给他们一些钱，让他们养老、治病。也是善心终有善报，玉姬本人也不会想到，韩国遭难之后，这里会成为她的一处归宿。

　　去找她吧!

　　余连魁在心里大声地告诉自己。

　　余连魁叫了一辆出租车，直奔玉姬的住处。

　　太阳越升越高，阳光射向田野的雪地上，铺金撒银一般。那雪，时而是红的，时而是蓝的，时而是黄的，时而是粉的，但终归是白的。洁白的雪绵延成一片，一会儿流线一般抖动，一会儿如扇面似的打开，不需你细看，它们前呼后拥地追随着你，你快它比你快，你慢它比你更慢，你如果停下来，它就踏踏实实地钻到你的脚下，用尽全身的力气把你抬起来。多么美妙的感觉啊，阡陌纵横，去年的稻秸还立在田野里，群鸟齐飞，又轰然落下，余连魁所坐的这辆出租车，像一只扎了彩的箭，紧贴着地面，直直地向前迅飞。

到了！

这是一个不大的村落，家家户户都在弄炊，白胖胖的炊烟直升天际，很快就和从远处飘来的云彩汇成一处，偶尔有一声犬吠。余连魁站在院门外，没有喊叫，也没有进去，他出神地望着那半开半关的门，仿佛从门的缝隙里就已经嗅到了玉姬身上独有的纯洁的香气，他有些忘我，也有些陶醉，他知道，玉姬马上就会从那道门里走出来。

是的，玉姬出来了，她双手端着一个铜盆，轻盈地走到栅栏边，把盆里的水倒掉。余连魁的眼睛不好，但是他看清楚了！他真的看清了，一眼就看清了！玉姬的脸上有一道长长的伤疤，她的左手少了一根手指，右手少了两根手指，除此之外，还有什么呢？什么也没有，她完好如初！

"玉姬！"余连魁轻轻地叫了一声。

玉姬转回头，手里的盆"咣"的一声落在地上。

玉姬笑了，问："你怎么来了？"

余连魁也笑了，大声说："娶你回家。"

第六章　欲火的群山

大先生知道自己做梦了，那梦境如此真实。

他独自行走在海拔三千米的高原上，空气略略有一点儿稀薄，但绝不至于呼吸不畅，他像一个苦行僧一样，手里拄着一根木棍，一路跋涉。他的身右是褐色的土地，寸草不生；他的身左是浅浅的江流，江的对岸蓝天如洗，苍鹰在低空飞行。没有道路，只有先行者留下的脚印，脚印有大有小，每个脚窝里都是斑斑的苔痕。

他仔细观察那些褐色的土山，山体上不均匀地分布着许多椭圆形的洞穴，他隐约觉得自己还在那里住过，很暖，像躺在一匹母马的腹腔里。这是梦中之梦吧？不确定。他在江边洗了洗脸，想让自己的头脑清醒一点儿。江水清澈见底，凉如冰雪，手是绝对不能在里面长放的，不然那股扎心的寒冷会让人瞬间昏倒。

他不知道自己从哪里来，是坐火车，还是乘飞机？是谁，又是什么样的机缘，让他置身在这无人的高原荒野？是谁，又是什么样的机缘，能令他甘守这寂寞之旅？漫无目的地前行。他没有任何情绪，喜怒哀乐，酸甜苦辣，甚至连所谓的"平静"都不存在，他像一个透明的人，随着空气的流向漂泊。

太阳高高地悬挂着，他能看见空气如烟地蒸腾和抖动。

昨天自己在哪里？一个人烟稀少的镇子上，还是只有镇子而没有人烟？街道上有许多黑白的狗，懒懒地趴在每一个角落，它们腰身细长，目光低垂，小心地注视着自己脚步的移动，意念里丝毫没有对饥饿的乞怜的追随。那镇子上有一个巨大的舞台，座椅早已落满灰尘，但是，舞台上的篝火余烬还在，如果靠近一些的话，那热度可以灼伤任何物种的触觉。一场没有观众的演出，一场没有演员的炫舞，有的只是缺失太多的斑驳的记忆，还有支离破碎的盲文一样的欢乐的预感。

他想找一家寺庙，但没有寺庙，没有神，也没有任何的塑像。他的影子披了一件白色的长袍，拖拖拉拉地跟在他的身后，有一刹那，影子停下了脚步，看着他一个人往前走，看样子想要抛弃他。他发现时，他和影子之间已出现了长达十米的虚空，他站在这里，影子躺在原地，他们之间是白亮亮的路面。他有些吃惊，但并未害怕，只是想，人没有影子是不行的，就一步一步量回来，把自己的脚跟和影子的脚跟重新连在一起，然后沉重地迈出相连后的第一步。

又是梦中梦吧？

梦里他根本无法想清楚。

还是如此，右边是布满椭圆形洞穴的褐色土山，左边是无声的江流。

他想：我的大脑还在吧？

在！

于是，他开始默记他曾读过的句子——

"我生平最精彩的搭车旅行即将开始，一辆卡车驶来，后面的平板上趴着六七个小伙子，司机是两个明尼苏达州的金发的年轻农民，路上随便见到谁都乐意带上。那一对是你希望见到的最和气、最愉快、最漂亮的乡下人，两人都是虎背熊腰，穿着棉布衬衫和工装裤，遇到任何人和任何事物都笑脸相迎。"

他能记住，这个是《在路上》。

他想：我的大脑还在吧？

在！

于是，他开始默记他曾读过的句子——

"在我看来，这一切都只能是遥远的事了，感觉迟钝的人们若不流血，也就不会变得狼狈。然而，一旦流血，就已经是悲剧终结之后了。不觉之间，我早已昏昏欲睡了。等到醒来，我被大家遗忘在这里，周围小鸟鸣啭不已，朝阳径直射进红叶底部枝条的深处，白骨似的建筑，从地板底下，承受阳光，仿佛又获得了生机，沉静、自豪，将那座空中佛堂捧上红叶闪烁的山间溪谷。"

他能记住，这个是《金阁寺》。

他想：我的大脑还在吗？

在！

于是，他开始默记他曾读过的句子——

"你是谎言，你是我的一种疾病，你是幻影？我只是不知道怎样才能把你消除，明白我必须忍受你一个时期，你是我的幻觉。你是我的化身，但只是我某一方面的……思想和情感的化身，而且是最卑劣最愚蠢的一个方面。从这一点来讲，你甚至对我来说是很有意义的，只要我有工夫和你混。……"

他能记住，这个是《卡拉玛佐夫兄弟》。

本来，他还要往下默记，可是，他发现那些脚印里的苔痕发生了变化——每个脚窝里的苔痕都连成一片，像一个绿色的毛茸茸的鞋垫，指示牌一样昭示着他必往的方向。道路出现了雏形，地面上也出现了野花的倩影，虽然不多，但明艳万分。高原的缘故，花的颜色极纯，没有杂色，蓝就是蓝，黄就是黄，看着扎眼，不能过长时间地凝视。

这世界有了色彩，自然也就有了声音，原本静止一般的江水突然发出轰响，如此突然，让人防不胜防。土山也有了变化，出现了大块岩石，土与石的连接部很短，等你发现了，山已经变成了悬崖陡壁。只转过一块屏障般的巨岩之后，一片崭新的天地便出现在他面前，松杉相依，银杏成排，山上有飞瀑垂直而下，水花映出的彩虹重复叠加，大的，小的，长的，短的，完整的，半截的，尖锐地拥挤在一起，制造出一幅人间难得一求的奇景。

一道铁索桥横在眼前。桥上的木板略有些残破，但一块也不缺失。桥下是峡谷，宽不到十米，却深不见底。谷底的流水因为过于拥挤而更加湍急，左突右冲，上挤下压，其喧响若地宫之鼓，一旦擂响，难以停歇。寒气更重了，他的身上起了一层又一层的鸡皮疙瘩。他鼓足勇气，手扶铁索，一步一挪地过到桥的那端，双脚早已被冰得发麻。

他嗅到了花椒的味道。

放眼去望，无边无际的花椒树呈现在他的眼前。他是从来没有见过花椒树的，但是，从这浓郁的气味里，他理所当然地可以做出正确的、理性的判知。为了证实这判知的准确与否，他从那树上摘下一粒圆润的果实，放在嘴里细细地品尝着，是的，是的啊，是花椒，是那种可以让人食之上瘾的堪称低级毒品的东西。

他为这气息而沉迷，不自觉地将头后仰。

这一仰不要紧，又一番他平生未见的景致摄住了他的灵魂。

大雪山！连绵起伏的大雪山！

初看大雪山，他以为是遇见了天宫的白象，它们温顺而安静，并不发出一丝的声响，微笑着耸立，认真地聆听。可当他转过神来，明白自己所面对的是雪山时，雪山所散发出来的巨大能量，一下子就包裹了他。那种力量是有温度的。不是寒冷，而是一波接连一波的温流，温流围绕着他的身体旋转，不温不火，不急不躁，挥之不去，召之不来，不受任何意识的支配，完全凭着规律运行。

他发现，真正的大雪山的雪不是白的，也不是任何文字和影像所记录的钢蓝、绯红，大雪山的雪根本就没有颜色，它不在任何色系之中，即或世界上顶级的绘画巨匠，也无法用手中的画笔描绘它，只能望山兴叹，掷笔而泣。

大雪山是一扇扇门，开合任意。

大雪山是一道道屏障，但绝不遮挡任何人的视线。

他还发现，大雪山的顶峰上是有火焰的，火焰沿着山峰漫步，宛若大雪山匀称的呼吸。

他哭了，泪水悄然漫过他的面颊，每一粒泪珠里都有火焰在跳荡。

……

大先生承认，是大雪山把他从梦中，从梦中之梦中引出来的，就在他流泪的一瞬间，大雪山轻轻地向前一拥，他便飞旋着回到现实之中。他睁开眼睛，无力地看着天棚，床头灯亮着，昨夜喝剩的半杯菊花茶发出凉凉的叹息。

门开着，他可以听见蔡秋芬和女儿李一诺的呼吸，甚至可以听清蔡秋芬的呓语，蔡秋芬的呓语是那么的悲凉而又无助。

大先生想，他们分床也有几年了。

这么一想，心里不由一惊，他把自己的梦境平铺在床上，然后披衣起身，赤脚走到蔡秋芬和女儿的卧室，把自己的身子搭在床边的空当里，复又安然睡去。

闹铃响了，蔡秋芬伸手去开台灯，当她发现大先生躺在她身边的时候，思维和手臂都定格在那里。

大先生也醒了，他说："做了一宿的梦。"

蔡秋芬问："什么梦？"

大先生说："像一部蒙太奇电影。"

蔡秋芬不知道什么叫"蒙太奇"，但她手臂已恢复了知觉，她习惯性地用食指触摸台灯的按钮，温润的灯光立刻刷亮了整间卧室。

大先生说："我可能走丢了。"

蔡秋芬问："怎么走丢了？"

大先生说："在梦里走丢了，还可以回来，如果在现实里走丢了，恐怕再想回来就难了。"蔡秋芬没听明白。

大先生坐起身，顺手拉了一把蔡秋芬，说："那个消息我看了，我想，我陪你去把孩子接回来吧。"

"你说什么？"蔡秋芬的声音颤抖。

大先生握着她的手，说："我是说，我陪你去宁波，去把孩子接回来，自己的孩子不能交给别人养。"

空气凝固了。

半晌，蔡秋芬才猛醒过来，她低低地从唇齿间迸裂出一个字，"哥。"语罢，她便死死地抱住大先生，两只手抓住他的衣服，攥着，攥着，锁死了一般，久久也不能放开。

人世间的事，到哪里能说清楚呢？

两天前，微信朋友圈里一条消息"刷屏"了——一个男子留下一封遗书，然后，选择了自缢。遗书是死者生前自己发的，发完之后十分冷静地选择了死亡。

人们都在议论，那封遗书写得十分明晰而冷静，看不出一点儿错乱不安、惊惶失措，这么一个条理清晰的人，为什么要走上这样一条道路呢？可见，这样的想法在他的脑海里生存不是一天两天了，到了瓜熟蒂落的时候，结局也是必然。

那男子在遗书中说，自己深爱这个世界，但也深觉被这个世界所遗弃，他善待他人，回报却是冷眼与恶语。他早就想走，之所以未走，是因为父母在，孩子尚小，自己身上的责任与义务未尽。现在时机成熟了，父母已经走了，孩子也上了中学，他已了无牵挂，唯希望孩子可以自立，勇敢地面对生活，争取一个光明的未来。

这条消息滕大阁看了，他来问大先生。

大先生也看了。

滕大阁说："这么明白的一个人，不应该呀？"

大先生没有应答。

大先生知道这个男子就是蔡秋芬的前夫。

大先生还知道，他们的孩子小时候，曾偷偷地跑出来找蔡秋芬——当然没有找到，结果被他发现，打得遍体鳞伤。

大先生还知道，自从离婚之后，他拒绝蔡秋芬去看孩子，他几次搬家，甚至南下广西、贵州、云南，其目的只有一个，那就是断绝孩子和蔡秋芬的来往。

十几年了，这是蔡秋芬的一块心病。

面对这样一封遗书，大先生又能评价什么呢？

大先生轻轻地拍了一下蔡秋芬的手，示意她该给孩子准备早饭了。他不知是受了触动还是突发兴致——前者更为主要吧，给滕大阁打了一个电话，问他早上做的什么。滕大阁说昨天晚上煮了一块牛肉，他正用牛肉汤炖白萝卜和胡萝卜呢。

大先生赤脚站在地上，问："你总说的那个荷兰豆怎么炒啊？我也想试试。"

滕大阁在电话里"叮叮当当"地说："荷兰豆掐尖去丝，发好的木耳洗干净，两根小腊肠切片儿。"

大先生转头问蔡秋芬："家里有荷兰豆吗？"

蔡秋芬摇头。

大先生又问："木耳呢？发好的。"

蔡秋芬摇头。

"小腊肠呢？"

这回蔡秋芬点了点头。

大先生又问滕大阁："只有小腊肠怎么办啊？"

滕大阁说："鹌鹑蛋煮熟去皮，和小腊肠回锅同蒸。"停顿一下，反问："我做这些菜还是向你学的，你今天怎么反问起我了？"

大先生说："手松了，怕弄不好，证实一下。"

电话那边传来滕大阁和吴明丽两个人的笑声。

大先生的头脑和手脚同时灵活起来，他不让蔡秋芬动手，一个人准备一家三口的早餐。他的手又和菜刀灵活地组合在了一起，那刀在他的手里翻着十字花，像一个玩杂耍的孩子，听任师傅的摆布。

　　大先生的本意是让蔡秋芬回到床上去，再休息一会儿，不消片刻，和孩子一起来享用丰盛的早餐。可是，蔡秋芬又怎能舍得这份温馨呢？她安静地坐在方厅的椅子上，目不转睛地看着大先生。

　　大先生抓了一把绿豆，洗净后放入小锅里，加火慢煮。之后他又淘好大米，配以去年秋天冷藏的玉米粒，一并倒入电饭煲，只等绿豆开花，插电熬粥。他打开冰箱，取出一包五根的小腊肠，上案改段，整齐码盘，盘子顶端放了两块红方，下端放了三瓣大蒜——大蒜是用刀拍过的，裂而不碎，恰似白玉微瑕。之后，他又取了榨菜和里脊肉，分案切丝配以青红辣椒丝、葱丝、姜丝，入勺翻炒，明火一起，香气就溢满整间屋子。

　　蔡秋芬想起那一年，自己还是个少女的时候，父母来逼婚，大先生就是这么个风风火火的样子，三言两语就把自己的困苦给化解了。今天也是一样，在自己最难的时候，他靠在自己的身边，不要她做任何表达，一句话，便让她心中的愁苦冰消雪化。她笑着，但眼里含着泪，透过泪光，她看到大先生舞动的身影，还像年轻时那么干净利落而又轻盈洒脱。

　　二先生请高燕妮和她的丈夫吃了一顿饭，就在他们抵达松城的那天傍晚。高燕妮的丈夫姓卢，是一个很儒雅的人，他和高燕妮同岁，比二先生小，他不能像高燕妮那样直呼二先生的名字，所以每当他说话的时候，总是先看高燕妮一眼。

　　其实，他的话也不多，只说了一个心思。

　　他说："这一次我本不应陪燕妮来，可又实在放心不下。说到放心不下，我是两边都放心不下，这边是她，那边是儿子，现在你们见面了，我尽可以放心，可儿子那边又不行，无论谁在他身边，总不如我和他妈妈，所以，今晚的夜航，我是一定要赶回去的。这个时候，儿子离了我们是不行的。"

366

说完这番话，他就礼貌地告辞了。二先生也看了一眼高燕妮，留也不是，走也不是，就那么一只手扶着椅子，眼见着高燕妮的丈夫穿好了外衣。酒菜刚好上齐，却一筷子也没动。包房不大，是个六人的小间，这一团热气扰着，让二先生的额头很快就见了汗。

高燕妮嘱咐丈夫："路上小心，落地了来个电话。"

丈夫说："没事的。诸事顺愿。"

高燕妮默默地点点头。

二先生的脸上赤热，尴尬半天，讷讷地说了一句："谢谢。"

这"谢"字是从哪里来的呢？

说完，他就后悔了。

高燕妮送丈夫出门，二先生不便跟着，他只将人送到门口，用力地握手道别。看着他们进入楼梯转角，二先生那条小儿麻痹的脚开始不停地抖动起来，怎么也控制不住，他勉强地扶住桌沿，慢慢地坐回到椅子上。他坐的这把椅正对着窗户，冬天的缘故，才五点多一点儿，天就已经完全地黑了下来，路灯和酒店的探灯都亮着，他可以看见街树疏离地颤动，也能听到因道路拥塞而引发的阵阵的汽车鸣笛。他的心里又是一阵难受，身体被掏空了一般。他怕自己晕倒，就下意识地大口大口喝水。他的嗓子眼儿像一道大开的闸门，"哗哗啦啦"响个不停——这种粗陋的声音是他从小所不齿的，可是，此时他却无法控制它。

其实，高燕妮完全可以和丈夫一起回上海的——她留在松城没有任何的实际意义，所有人，松城这边所有参与筛选的人，他们的检查结果，每一组数据都会及时而准确地传至上海，一旦出现合适的供者，供者也必须前往上海，在那边再做一轮更细致的复检。

可是高燕妮坚持要留下来。

她的丈夫也不反对她留下来。

二先生有点儿莫名的紧张。

二先生不知道自己为什么会紧张，同时自己又觉得紧张是合理的，也是自然的。这段日子，他的注意力总是集中不起来，周围的一切都变得发白。他好像患上了一种精神类型的疾病，医学用语应该叫谵妄，或者幻听。他一想到葛远雾这个名字，脑海里马上会出现一个声音，那个声音空洞又响亮地说："白血病，白血病。"而当他去想白血病这三个字时，那个声音又会说："血癌，血癌。"有时，那个声音会说："好治，好治。"他痛苦至极。另外，他试图把他和高燕妮的过去连成片梳理一下，但是无论他的思绪从哪里切入，那个切入点就会瞬间变成断点，往上续不上，往下接不下，他的两只手攀在山涧的两端，整个人悬空着，神经一刻也不能松弛。每每这时，他只能选择喝酒，再多喝一些酒，喝多了，他就会醉死过去，那样，他就可以暂时从这种痛苦里得到解脱。

能吗？

纵使喝醉了，第二天总还要醒过来。醒过来又将面对什么呢？空虚和自责。望着曙光照进窗口，二先生努力地从自责中挣脱出来，他又开始鼓励自己，痛苦有什么用呢？想一点儿积极的事情吧，自己就是孩子的一根救命稻草，跌倒了就爬起来，爬不起来就匍匐前进，毕竟还有那么多的事情等着他去完成。

就这么自我否定着，又肯定着。

二先生觉得自己刚才有点儿荒唐，他对高燕妮的丈夫说了一声"谢谢"，自己究竟要谢人家什么呢？谢他收留了高燕妮母子，谢他让孩子保留着葛姓，还是谢他在孩子的关键时候，尽到了一个父亲的职责，还是……

二先生暗骂自己：太过浅薄了。

他正这么苦思乱想着，走廊传来了脚步声和说话声，门响处，高燕妮和余美英双双出现在他的面前。他吃了一惊，慢悠悠地从椅子上站起来，一只手伸出去，左右来回摇动着，那意思是问：你们怎么会在一起？

余美英说："都糊涂着呢，坐下说吧。"

大家重新落了座。

余美英对二先生说："说来也巧，在门口碰上的，我往里来，他们往外走，听他们提起远雾的名字，便知道是燕妮妹子他们两口子。就这么，我就跟上来了。"

高燕妮说："是啊，大姐一问我是不是高燕妮，我还吓了一跳。"

余美英笑了一下说："不是一家人不进一家门。"

二先生看到余美英放到桌子上的两个小盆，更加不解，问她："你怎么来了？"

余美英说："我原本说不来，可扛不住老太太一遍一遍地央求，她的一片心意，在我这儿拂了不应当的，这不，就硬着头皮来了。"说着话，把两个盘分别打开，说："上车饺子，下车面，两样都是老太太亲手做的，说远方来客了，不知道请到家里礼不礼貌，方不方便……"

"是我不周到。"高燕妮抢过话头。

原来，老妈知道高燕妮夫妇今天到，一心想见个面的，当面问一问孩子的情况，可二先生牙口缝没吐，显然没有这层意思，她干着急，又说不出口，情急之下，给自己出了这么个主意。先让大姐送，大姐推托说心里虚得慌，怕送不好，又让美英送，美英说太唐突，老太太置起气来，嚷着要自己送，美英无奈，接了这份差使。

余美英说："我想了想，也没啥不能送的。"

"是呀，是呀。"高燕妮答道，脸却有些红了，停顿一下，又补充一句，"只是，太劳累大娘了。"

沉默一会儿，二先生突然又想起什么似的，忙向高燕妮介绍余美英。这种介绍一句话两句话说不明白，于是，牵扯出衡阳街早市，牵引出大先生、蒋志一、滕大阁、余连魁一干人等，一一都略说了故事，好像在高燕妮的面前画了一排的脸谱。

女人都是有第六感的。高燕妮见到余美英第一眼，听她第一句问话，心里就明晓，这是一个和明海有着千丝万缕联系的女子，这么想来，心底生起过一刹那的泛酸的感触，但这种感触又一刹那被扫涤一空，代之而起的是释然和欣慰。不管如何说，自己是有了归宿的，如果明海也有了一个好的归宿，那不也正是她心里所希望的吗？

"有这样一帮朋友在你身边，真好。"

高燕妮由衷地感慨。

"听说孩子病了，大家比我还上心。"他指了指余美英，说，"美英已经去医院做过检查，其他的朋友这几天也会去，大家还帮我，帮，帮我们凑了一些钱……"

二先生喉头发哽，一时无语凝噎。

高燕妮听着这些话，定定地坐着，反应和二先生刚才是一样的，身上抖个不停。

余美英说："没事的，都是应该应分的。"

高燕妮说："谢谢。"

余美英也说了一声"谢谢"。

是啊，除了"谢谢"两个字，还有什么语言算是有力量的呢！

高燕妮不知道，二先生不知道，甚至连余美英也不知道。

于是大家发了狠似的开始喝起酒来，余美英陪二先生喝白酒，高燕妮喝不了白酒，就一杯一杯地喝红酒。喝白酒的，"每当风生竹院，月上蕉窗，对景怀人，梦魂颠倒"。至于二先生，颠在高燕妮身上，还是倒在余美英的怀里，除去他自己，别人说不清楚。而余美英，自然是心系一身，无怨无悔，今日这番情景落定，对她来讲也算是一块巨石着了地。那喝红酒的，则"无一字无来历，无一语不生动，无一篇不警策"，半对从前恋人，半对自己，是"心机震撼之后，灵魂透及而通"。

三个人都不再说话，只是一杯接一杯喝酒。

喝了多长时间，谁也不记得，直到服务员上来问，还加不加菜，后厨的师傅们要下班了，他们才从梦里乾坤回到现实当中，齐齐摆手，放服务员下去。这时，高燕妮的电话响了，是她丈夫卢先生打来的，告诉她，飞机安全着陆，他已回到医院，儿子睡觉了，问过值班护士，一切还好，不必惦念。随后问她这儿的情况，高燕妮只答了一句："还在饭店，大家尽着力呢。"

放下电话，高燕妮觉得头有点儿晕。

二先生问："妮子，没事吧？"

高燕妮摆摆手。

余美英说："不喝了，咱们送燕妮回酒店吧。"

高燕妮也不推辞，各自检查身边的东西，确认收好无误，便一前一后地下了楼。酒店离饭店很近，过了十字路口就是。余美英挽着高燕妮，像一对儿相识很久的姐妹。二先生一歪一歪地跟在后边，脚步略有一点儿散，路灯把他们的影子拉长、分散，饭店的地灯又把他们的影子缩短、重合。冬夜的风起于脚下，树篱缝隙里的雪被吹出来，或线或面，贴着地皮儿划过去，在某处墙角重新聚合，紧紧挤在一处，沉默无言。

到了酒店，余美英一心送高燕妮到房间，高燕妮拒绝了，她站在电梯口，看看二先生，笑了。她对余美英说："回去吧，不早了，路上小心，你多照顾他。"

余美英还未答话，高燕妮已经退进电梯里了。

电梯门关闭，像关闭了从前的世界。

二先生和余美英不约而同地盯着电梯的显示牌，灯在五楼停下，证明高燕妮已经下了电梯。又等了一会儿，见电梯回至一楼，料想高燕妮已经进了房门，他俩就双双转身，往酒店门外走去。余美英走得快，二先生走得慢，到了旋转门处，余美英停下脚步，等二先生先进了旋转门，她才紧贴着跟进去，一挪一挪地到门外，中间那门停顿了两次。

下台阶时，余美英挽着二先生，二先生很顺从地往她身边靠了靠，余美英侧着身子，像一堵保护墙，相形之下，二先生显得有点儿瘦小，但肩架不散，眼睛注意着脚下，顺利地到达平坦的地方。以往遇到这种情况——但这种情况在他俩之间从未发生过——下了台阶后，余美英把手松开，即使她不松，二先生也会故作无意地把手臂抽出来；可是今天，美英就那么死死地抱他的右臂，唯恐丢失一般，二先生也不挣扎，好像那条手臂期待这样的搀扶已经很久了，就算他的大脑发出命令，手臂也不会执行，何况，他的大脑里并无这样的指令，手臂落得个心安理得。

二先生抬头看看幽碧的天空，说："真快啊，又要过年了。"

余美英说："是呀，我们也是'奔六'的人。"

二先生停下脚步，面对着余美英，仔仔细细看了好半天，从上到下，从左到右，仿佛他们第一次见面似的。他的目光很沉静，也很凝重，眸子一闪一闪的若星子，紧抿的双唇棱角分明。

余美英问："怎么了？"

二先生说："我们明天去把证领了吧。"

余美英一时没反应过来，追问："什么证？"

二先生说："照相，领结婚证。"

二先生说话的声音并不高，但在余美英这里却雷鸣一般，她脚步不稳，六魄倒有三魄丢去了九霄云外。丢是丢了，静默间就接连着回转，"噼噼啪啪"地定牢了她的身形。

她不相信自己的耳朵，再问："二哥，你说什么？"

二先生抓住她的手，死死地握住，说："结婚。"

前夫，自己蜗居的家，衡阳街早市，母亲永远自信的脸，大大小小的十字路口，沈老头包子铺的蒸气，银行的存折，南湖的草地，自己鬓边的白发，日渐松弛的乳房，早已失去规律的月经，风，白酒，牛肉，化验单……

余美英以为自己会哭，但她突然变得更加坚定、顽强。

她重复着二先生的话："结婚！"

从未体验过的幸福感电击一般传遍她的全身。

他们相携着过了马路，直到二先生家楼下。所有的窗户都亮着灯，灯光就像是一簇一簇新生的力量。老妈一定未睡，正等着二先生归来，这种等待不是恳求，而是对希望，哪怕最为脆弱的希望的一种承诺。

余美英问二先生："不打算让燕妮来家里见见老妈吗？"

二先生摇头。

"为什么？"

"空添忧伤和烦恼的事情，除了伤心，就是伤心，没有什么意义。等一切都安定下来，安定下来，才是最后的交代。"

二先生上楼去了，余美英又在原地站了一会儿，直到二先生的身影映在窗帘上，她才默默地转身，顺便擦了一下眼角情不自禁流下的泪水。

第七章 但愿人长久

王闽松是在高三开学前离开松城去日本的，掐指算来，他这一走也有半年了。五个月的时间不长，可对于滕雅维来讲，却不算短。学校里的气氛越来越紧张，贴在教室前边的大日历，每天都会被老师扯下一张脸皮，日历疼不疼，滕雅维无从体会，但她周围同学们的长吁短叹却是可知可感的。她想，如果没有王闽松的鼎力帮助，她现在也应该被划入这长吁短叹的行列之中吧。每一次王闽松的模样出现在她的脑海里，她都是尽可能地用演算和背诵将其驱逐，她记着分别时，王闽松留给她的那句话——我们一定要在日本相见。

以前，滕雅维学习最大的困难就是数学和英语，现在，这两块绊脚石被她和王闽松联合击碎了，她异常轻松。王闽松教给她的学习方法被她运用到其他功课上，可谓无不奏效，就连政治题，她也能变成五言或七言口诀，加之若干首长诗便胸有成竹了。

今天中午阳光很好，又逢雪后，滕雅维吃过饭——依旧是那个保温饭盒，爸爸给她做的炸刀鱼，白菜片炒干豆腐，大米饭里加了麦仁儿，格外香甜。滕雅维把这些东西都吃光了，饭后还消灭了一个苹果。在饭量这个问题上，班级里的许多女生都背地里笑话她，这些女生关注瘦身大于关注学习，滕雅维的顺其自然是她们课上课下不可缺少的谈资。对于这些闲言碎语，滕雅维从来不往心里去，她知道，健康的身体才是最后冲刺的强大后盾，就像对穿着的一贯认知，干净、合体就是最好的选择，至于时髦与否，和她当下最重要的任务无关。所以吃过饭后，她独自一人步行前往南湖散步，走的依然是她和王闽松走过的路线。到了湖边，她便停伫下来，望着开阔的湖面和天空发一会儿呆。就是这一会儿的发呆，有助于她排空体内、脑内的各种杂芜。然后，她沿着湖堤慢行，一边走，一边背诵日语单词。每背一个日语单词，她还会对照一下英文单词，这些符号充满在她的脑中时，主管记忆的那根脑神经便开始欢乐地跳舞了。

是的，滕雅维开始学习日语了。

换一种说法，这种学习也等同于预习。

她已经做出决定，报考松城大学日语专业。

还是夏末秋初的时候，王闽松已经收拾好了行囊，只等妹妹惠子来松城，他带她玩两天，然后，便一同回日本父亲那里。他的目标早已确定，报早稻田大学，他对自己的成绩做了预估，感觉当然是十分良好。

他对滕雅维说："如果你决定将来从事中日文学比较研究，早稻田大学也是你的首选。你的研究生应该来这里读，博士更应如此，在这几年的时间里，你会零距离地接触日本文学。你记住，无论多么好的文学翻译，对原著都是有伤害的。只有零距离接触，你才能体会到大师的叙述主旨。"

"可是……"

"没有什么可是。可是半年前你的学习状态还在一片混沌之中，那么今天呢，豁然开朗，柳暗花明。只有努力。努力了，有可能不成功，不努力，那一定是没有成功。不能给自己留遗憾。"

滕雅维自己也不知道，为什么王闽松总能帮她树立信心。

进入高中之后，母亲吴明丽无数次地为她设计过未来，什么考警校，将来当个户籍警；什么考财贸学院，将来当个会计；什么投靠亲戚，去某大学在大连的分院，宁可花点儿钱，亲戚可以帮着安排工作；什么考一个大专，学营养学，将来当个专业营养师……林林总总，如同天女散花。在她成绩不理想的时候，母亲甚至还让她学绘画，实在不行考个艺术院校，要么学件乐器也行。总之，能走上就行，这么多年的心血不能白费，说什么也得对得起那些补课的费用。

滕雅维能反驳什么呢？

后来滕雅维的学习成绩"莫名其妙"地攀爬上来，而且，居高不下，她的光明和希望为她拧了一道大大的光环。母亲开始查清华，查北大，查浙大，查南大，查武大，每天拉着父亲计算分数，一次次比，一次次加，恨不得往成绩单里再注点儿水，让那些分数快速膨胀起来。

滕雅维哭笑不得。

现在，滕雅维有了自己的目标，也为自己吃了定心丸。她不想远走，只想考松城大学，原因很简单，一是离家近，费用上可以节省——这是她真心为父母着想；二是松城大学的日语专业在全国名列前茅。

滕雅维心中的第一志愿就是松城大学。

在这一点上，她不想和任何人商量，包括她的母亲和老师。

王闽松曾给他讲过一个故事。

有一天，王闽松问她："你读过美国作家雷·布拉德伯里的小说吗？"

滕雅维在自己的记忆库搜寻了一下，摇摇头。

王闽松说，雷·布拉德伯里有一个小短篇，名字叫《恶龙》，讲的是两个骑士决定杀死一条恶龙的故事。他重复着小说里的一句，"这条恶龙，他们说它的眼睛是火，呼吸是白色的毒气。你能看见它燃烧着横穿黑暗之地，它乘着硫黄与雷鸣奔走，照亮草地。"对付这条恶龙，正如小说里所讲，"多少骑士曾来对付这头怪物却铩羽而归"，但是，这两个骑士还是选择了和它决斗。结果可想而知，他们失败了。因为他们与之战斗的不是什么恶龙，而是急速奔驰的火车！

王闽松问滕雅维："你怎么想？"

滕雅维说："真可怜。"

王闽松说："不！我不这样认为！人人都可以嘲笑他们愚蠢，但我佩服他们勇气可嘉。不要怕铩羽而归，这一枪刺出去了，粉身碎骨也心甘！"

滕雅维明白王闽松的用意。

滕雅维的心一下子更加踏实起来。

与一年前的寒假相比，现在的这个寒假她轻松多了。就像今天，她漫步在雪后的南湖湖畔，想起一年前的那个晚上——大风雪的那个晚上，先是一脸无奈的数学老师——他真是无辜啊，然后是母亲的愤怒和自己的羞愧与委屈，再然后是父亲小心翼翼，那只飞走了又破碎的酒杯——也陪伴了父亲很多年，大概还没有自己的时候，这只酒杯就存在了吧？那种景象用"往事不堪回首"来形容，可以说一点儿也不为过。到了开学，一切都发生了变化，进入高二下学期，学习越来越紧张，当王闽松主动要求给她补课的时候，她还对他的话和他的这些话能够"制造"出来的前景表示怀疑。但是，她真正开窍的那一天，或者说那一瞬间，她的世界由黑白两色变得七彩纷呈，她完全不能相信她以前的学习生活竟是那般的不堪，令人难以理解，更难以相信。

她想着这些事，嘴角流露出一丝浅浅的笑意。

因为有白雪的覆盖，南湖的湖面显得更加开阔，游船码头上的各种船只已经被拖到岸上，有的被铁链连在一起，有的兀自倒扣，船底的漆均已斑驳，斑驳中又留存着夏日里种种欢乐的记忆。湖心岛像一只沉睡的乌龟，连接环岛步行路的曲桥更是像极了它伸出的一只爪子，懒洋洋的，动也不动，憨态可掬。湖心岛的那侧是著名的白桦林，此时望过去，心中不免有一点儿小小的遗憾，她和王闽松同学一年多，也来过南湖一两次，为什么就没有想到去白桦林看一看呢？秋天的白桦林，金黄一片，是松城不可缺少的一道风景，令多少市民流连忘返。

转眼一年过去了，如果说高二上学期，她还是一只努力寻找逃离困境方法的迷途羔羊，那么到了高三上学期，锁闭她于困境之中的那道石门被敲碎了、打开了。

她真想对着空旷的湖面高喊一声。

但是少女的矜持还是让她马上打消了这个念头。

王闽松临走之前，他们又去了一次大河湾，是骑共享单车去的，经济又环保。是夏末，大通河"百里水上公园"的一期工程已经完工，大河湾作为重中之重，无论是滨河路还是绿化带，以及堤坝上次第分布的花花草草，都使大通河焕然一新。大河湾就更不必说，两座小岛被一桥飞跨，岛上的各种设施一应俱全。是下午，大通河两岸散步、休憩的人不多，加之不是周末，这里更像是世外桃源。王闽松和滕雅维没有去岛上，他们把自行车支在大通河的甩弯处，坐在长条椅上，看野鸭子在河边游弋。河对岸传来正在施工的工地的一阵喧嚣，几只白色的水鸟从草丛中振翅而飞，它们的体形不大，但飞翔起来，翅膀却十分修长，像即将起舞的风筝，又像一条素清的飘带，五七只排成一串，在河中心做天女散花状，有两三只落回原处，余下的几只在半空中犹豫着，不知是要溯流而上，还是顺水而行。

"那是什么鸟呀？"雅维问。

"鱼鸥。"王闽松回答。

滕雅维歪着头看了他一眼，感叹道："我就是想不通，你怎么什么都知道。"

王闽松笑了，露出一颗小虎牙说："遗传，别忘了我是混血儿，别人不都说混血儿聪明吗？"

"仅仅是基因吗？如果照你这么说，我爸爸是个电工，妈妈是宾馆的服务员，以他们的基因，我的学习成绩恐怕永远不会提高了。"

王闽松说："你这过于教条了，环境和方法对人的后天发展也起着重要的作用啊。"

滕雅维笑了，看着后面的几只鱼鸥落下去，说："总之说不过你。真的，你不去当一个老师太白瞎了。人们常说，没有教不好的学生，只有教不好的老师。我想，无论什么样的学生，摊上你这样的老师，都会学有所成的。"

"这一点我不反对。"王闽松压抑着胸腔里即将爆发的笑声，呛了风似的说："你，你不就是个，很好的特例吗？"

滕雅维瞪了他一眼，不再说什么。

王闽松说的这一点，她在心里是承认的！

阳光白亮亮地照着，就在他们又一次沉默下来的时候，一对老夫妻从远处蹒跚地走来，走过他们的身边，又在离他们四五米远的地方不约而同地站下。他们转过头来，那么坦荡地、那么无私地注视着这一对少年。不遮挡，不修饰，目光里没有形容词，没有灰尘和雨水。他们是一对夫妻，但岁月把他们磨蚀得太像一对孪生兄妹——皱纹把眼睛快掩埋了，但他们凝视某件物体的时候，那眼睛一眨也不眨，两腿弯曲，又细又短，这使得裤管十分空洞，风可以随随便便在里面进出；双唇已经不存了，代之是坍塌的两腮，下巴被提升起来，脖子上的皮肤自然下垂……在常人眼里，这样的面容谈不上美，可有一点儿令人心生感动，他们在笑，一直在笑，笑容里没有丝毫的杂念，就像那白亮亮的无声无息的阳光。

两组塑像，如此鲜明的对比。

一组是古铜的，一组是汉白玉的。

如果两组塑像可以形成一个组合、一个整体，是否可以取名为《永恒》呢？

两个老人走了，步履依旧蹒跚，很快，他们的身影和斑驳的树影融为一体，成为那片风景中不可分割的一分子。他们是相视一笑之后才离开的，离开后再也没有回头，但是，滕雅维和王闽松的目光被无限地拉长了，聚焦点在他们谁也无法判定的地方。是无法判定，却又不可动摇，神圣，任何的外物都难以审定、更改。

突然，滕雅维说："老师曾问过我成绩快速提高的原因。"

王闽松平静地问："你怎么说？"

滕雅维说："我当时有点儿害怕，有点儿担心……"

王闽松说："其实没必要的。因材施教，自古都是如此，方法也不是放

379

之四海而皆准的，它是一种技术，不代表真理。"

"那你的意思是……"

王闽松又笑了，露出小虎牙，说："没有任何意思，只要你轻松就好。"

滕雅维终于放肆地把双手托在嘴边，踮起脚，冲着天空，冲着大河湾，全心全意地叫了一声："啊——"

她觉得，自己的肺活量好大啊。

那之后不久，王闽松的妹妹惠子来松城了。她皮肤红润，像一朵初绽的海棠花，如果说王闽松开朗，那惠子除了开朗之外，就只能用"格外活泼"来形容了。她有点儿胖，喜欢照相，喜欢美食。那一日，他们三个人去了桂林路步行街夜市，由滕雅维做东，请他们兄妹吃小吃，一来为惠子接风，二来为王闽松送行。他很快就要回日本了，再相见就不知道是什么时候了。松城离日本不远，飞机不过两个小时的航程，但对于滕雅维来讲，这样的别离还是第一次，她的心里隐藏着一种说不清的痛。王闽松说，松城也是他的家，毕竟妈妈生活在这里，说回来就回来的，可是，时间，地域，生活，岁月，这些不可知的变数，如何能够安抚一颗鲜活如星子般闪烁的心呢？

惠子是无忧的，对于滕雅维来说，她还是个孩子，可孩子的话也未必都是天真的。

惠子说："姐姐，哥哥说你很会作诗呢，何不趁此出口成章，让我这个一听说诗歌就头疼的美少女领略一下……"她故意歪起头，看看哥哥王闽松，说："那个什么，什么'不带走一片云彩'。"

王闽松伸手去拧她鼻子。

惠子机敏地躲开了。

滕雅维的脸微微一红，她按捺不住胸中激荡的情感，脱口而出——

    总以为是白云告别蓝天
    实际上蓝天永远存在

380

飞鸟的翅膀震动着空气
却不知空气就是身边永恒的风
……

　　他们说好的，临别不送，不互留什么纪念品，更主要的，谁也不许哭，因为他们会再见。滕雅维不知道王闽松做没做到，她只知道自己没有做到。她为他留了纪念品，那就是她尝试着用英文创作的小诗，她把它们抄在一个漂亮的本子上，提前就在礼品店打好了包装。她没去机场送他，却默默地站在街角，看着他和妈妈还有妹妹先后登上大巴车。她哭了吗？记不住了，但此时，在这样一个新年之后的雪霁的湖畔，她的眼角滴落了串串晶莹的泪珠……

　　她想：是啊，再有几个月，她的高中生活就该结束了，她一定不会像其他同学那样，把书本和卷子尽情地撕碎、扬撒，甚或投入火膛。她不会，她会把它们好好地收存起来，作为自己青春岁月中弥足珍贵的纪念。

　　她冲动了。

　　她把双手拢在嘴边，大声喊："松城大学，我来了！早稻田，我来了！"

　　上海乐器展之后，在翻译金之助手稿的过程中，蒋皓宇养成了一个习惯，那就是记日记，是常言道的"正儿八经"的日记，而不是少年时东一榔头、西一扫把的"三分钟热血"，也不是人生最为苦恼的那几年的"任意发泄"，他去文具用品商店选了一种适于书写的无格白纸本子，然后严格地按照日记的标准与要求，每天记下自己的生活轨迹和感受。可以说，在翻译手稿的过程中，他从这位已经九十多岁的老人身上学习到了太多的东西。比如说文学，在金之助的笔记里，除了他对音乐的感受，那种独有的经过岁月洗练过的艺术审美及认知，也不时地加入了他对其他艺术门类的心平气和的品评，他说芥川龙之介，说他的自杀，叫"毫无意义的封琴"，这一比喻多么的贴切呀。他也说到叶赛宁对邓肯的痴迷，也用过两个字，叫

"断弦"……诸如此类。

李艾艾知道他记日记，只说了一句话："向学者型转化呀？很流行呀。不过，能持之以恒并最终完成的人很少呀。"

蒋皓宇明白，这是李艾艾对他独有的鼓励方式。

金之助的"指弹笔记"，首卷顺利译完了。在翻译的过程中，出版社采取了跟进式的出版方式，也就是说，蒋皓宇每译完一部分，他们就排版、校对一部分，目的只有一个，那就是配合金之助和秦汉晋，当然也包括蒋皓宇和李艾艾完成一个活动档期。"中日指弹艺术友好交流会"将于春季举行，而这个交流会的第一站就是中国松城，主演当然是秦汉晋和金之助，而作为助演之一的蒋皓宇和李艾艾，其兴奋和紧张可想而知。更主要的是，作为交流会第一站的一个不可或缺的内容，那便是金之助新书的首发式，是金之助的新书，当然也是蒋皓宇的新书，作为唯一的翻译者，蒋皓宇的心境是难以用任何语言来形容的。

说到他创作的那首曲子，经过了李艾艾的丰富，已经基本完成，他在翻译之余，也一遍又一遍地对之进行着修改和深度考量。令他不能料知的是，这首曲子的最终落幕，却是在那样一种情形下水到渠成，原来是"尔来四万八千岁，不与秦塞通人烟"，现如今，完全变成了"飞流直下三千尺，疑是银河落九天"。

新年伊始，金之助就来松城了，他要和秦汉晋商量交流会的具体事宜。他此行从简，只带了助手和生活秘书。他来松城之前，就提出要见一见蒋皓宇和李艾艾，并明言，要以他个人的名义请这对金童玉女吃一顿大餐。当然也有条件，条件就是——他的那把琴不能白送给蒋皓宇，作为助演之一，蒋皓宇也得用这把琴带给他一点意外的惊喜。

蒋皓宇和李艾艾的心中已经明了，蒋皓宇创作的事情，老师已经透露给金之助了，金之助作为前辈，势必会也对这首曲子有所期待，而这种期待在某种程度上讲，也是对蒋皓宇的一种认同吧。

金之助来了，谈完正事之后，便在他下榻的饭店请客。这家五星级饭店有三个餐厅，一大二小，大的在一楼，可应付会议、婚礼、升学之类的庆典，小的呢，一个是"韩餐"，一个是"日料"。金之助所选的正是"日料"。蒋皓宇依约把"月光"带来了，金之助把玩着琴，上下左右地看，又用手试了一下弦，很满意的样子，对着蒋皓宇微笑着点点头。

他说："是这个样子啊。"

李艾艾不由自主地对着蒋皓宇点点头。

蒋皓宇也试了一下弦，把琴抱在两膝之上。

一共四个人，坐在酒店的一个小包间里，菜一碟一碟地摆上来，气氛也随着"獭祭"酒的开启而变得有些活跃。长辈们说话是自然的，李艾艾和蒋皓宇面对面坐着略有些局促，本来他们两个是要坐在一侧的，可是，调皮的金之助硬是让李艾艾坐在自己的身边。

他连连眨着眼睛说："年轻人，给老家伙一点儿机会吧，这么漂亮的女孩儿坐在谁的身边，谁的心潮都有些澎湃呀。"

秦汉晋"哈哈"地大笑起来。

菜上齐了，金之助亲自执酒，给每个人都倒了满满的一杯，他逐一打量桌上的人，然后，平端起酒杯，微微屈身，深深地喝了一大口。别人且不说，李艾艾平日里是不饮酒的，对酒也谈不上丝毫的兴趣，但是这一杯酒，她跟随自己的老师还有蒋皓宇，饮了个满盏。李艾艾很小的时候就见过金之助，当时她还是个孩子，饮酒这种场合是不参加的，今天坐到一张桌子上来，对她来说也是第一次，加之她年龄又最小，余下的斟酒布菜诸事宜，自然而然地落到她的身上，她也殷勤备至，很快，酒桌上的气氛就变得活跃起来。

金之助说："我知道你们中国的规矩，叫'七十不留饭，八十不留宿'，我呢，百岁之躯，也应该有自知之明。可是，今天的情况特殊，'老夫聊发少年狂'，我小小地喝一点儿，大家不必阻拦，更不必担心。"

众人皆笑。

秦汉晋回了一句："那就'西北望、射天狼'。"

三杯酒下肚，大家的话题自然而然地回到了指弹上，金之助问起蒋皓宇的那曲《莲踪》，他把双手扶在膝盖上，一副洗耳恭听的态度，早已断掉了蒋皓宇的"后路"。秦汉晋和李艾艾也都热切地看着他，目光中充满了巨大的鼓励。蒋皓宇稳定心神，抱琴在怀，调匀呼吸，眼鼻一线，手指拨弄处，淙淙琴响，一下子洒满了小包房的每一个角落。

　　在琴声里，蒋皓宇看到了自己与李艾艾的第一次见面，看见了二人对坐"爬格子"，看见了咖啡馆里灯影中李艾艾象牙白的额头，看见了她递到他手中的教案，还看见了小琴室里的每一堂课，送李艾艾回学校的夜路，李艾艾为他准备的采访提纲，怒目而视的面容，步行街上可爱的吃相，家中的小坐，雪地上的自由奔跑，深夜校对译稿的身影……他忘我了，整个人和琴合而为一，融为一体。

　　一曲终了，四周阒静。

　　好半天，秦汉晋用征询的目光望向金之助，金之助微微颔首。秦汉晋不再多话，从蒋皓宇的手中接过琴，把他刚才演奏的《莲踪》弹了一遍。每一个懂琴的人都可以听出来，在秦汉晋的演奏中，加入了原曲没有的但又不能缺少的元素。秦汉晋弹完琴，把琴递给了金之助，金之助也不推却，郑重地接琴在手，也弹了一遍《莲踪》，这一曲下来，在场的人都惊呆了，他让《莲踪》在怀想之中多了一点儿苍劲，让某些过于"丰腴"的音符多了一些"骨感"。

　　琴音绕梁，完全覆盖了大家心中的掌声。

　　蒋皓宇和李艾艾都因为过于激动而变得更加平静。

　　……

　　这样的回忆是让人心绪难平的。

　　蒋皓宇此时站在窗前，注视着大街上的人来车往，在心里不停地重复着前不久在《松城日报》上读过的两句诗——"我不再惧怕黑暗，和黑暗中的梦影。"暗生的力量让他因兴奋而舒展的眉头更加舒展。他记得，这首优美而深富哲理的小诗是一个叫宜修的诗人写的，一共是一组三首，他刚才默诵的这两句出自第一首，他记忆深刻。他深信，所谓的生活中的"黑暗"都是虚假的，是虚张声势的，只要你在心中燃起火炬，那么，光明就会照亮大地，同时，也可以照亮人生。

他习惯性地拿出一支烟，但没有点火。

因为，他已经戒烟了。

金之助"指弹笔记"的付印稿在他的手上，慎重起见，出版社希望他最后校阅一遍纸样，不让这部珍贵的音乐稿本留下不必要的遗憾。他一夜未眠，终于在天蒙蒙亮的时候读完最后一页。他很满意，感觉伴着这部书，他整个人不但在成长，而且还变得更加成熟了。

工作的关系，他的手机一直处于关机状态。天亮了，他喝了一杯热茶，看看时间，应是吃早餐的时候，所以从床头拿起手机，准备开机给李艾艾打个电话，不想正是这时，急促的敲门声响起，伴之而起的是李艾艾焦急的呼喊。

"皓宇，皓宇，快开门！"

蒋皓宇奔过去，把门打开。

李艾艾一脸惊慌地站在门口。

"怎么了？艾艾，出了什么事情？"蒋皓宇拉李艾艾进门。

李艾艾挣脱了他的手，说："快，快走，去医院，你爸爸让人扎伤了，正抢救呢！"

蒋志一是在"君再来"抻面馆外面受伤的，确切地说，是在衡阳街向北的小十字路口。早晨，他和往常一样起床，整理内务，然后扛着自行车下楼，"一二三四"地向"君再来"跑去。路人都会奇怪，跑步晨练的人见过，骑车晨练的人见过，像蒋志一这样推着自行车跑步锻炼的，谁也没见过。认识蒋志一的老街坊都打了招呼，而那些早行的年轻人，便只把他当一个怪物议论。蒋志一不在乎这些，打招呼的，他笑迎，议论的，他当耳旁风，他是一个"兵"，自行车是他的"枪"，当兵的和枪在一起，天经地义的事，自己的心里有谱呢。

天寒，帽子和脖套很快就上了霜。他对自己说，六十一岁了，一甲子又加了一年，是不是真的老了？像这样的习惯还能保持多少年？由秋入冬，母亲的身体一天坏似一天，父亲也已经完全糊涂了。那天，他回父母那里帮他们收拾屋子，准备除旧迎新，不想在父亲的床垫下翻出了发霉的油条、馒头、蛋糕、糖饼，那股气味实在让人难以忍受。他想，哥哥弟弟们都忙，无论退休的，没退休的，都有一番事业要做，相比之下，他算是个闲人，不行 521 高地不守了，战略转移吧，保姆之类的父母断不会接受，那就由自己去身边尽孝吧。这也算老有所终。这么思索着，"君再来"抻面馆到了。

蒋志一把车锁好，一挑门帘进了屋。他来得早，店里客人不多，就选靠窗的位置坐下，以便随时可以留意街面。自行车停在门口的一棵大杨树下，长长的锁链，把车和树连为一体，晨阳抖着精神，条条光线透着明亮，树下有积雪，蓝黄相间的车体有一点儿耀眼。蒋志一把目光放远，看见了动植物园里散养的骆驼，两匹交颈而立，寒风吹动它们身上脏兮兮的长毛。骆驼的眼睛很大，略显迷茫地打量着栅栏外边的世界。

因为是熟客，老板和老板娘也不招呼，一份小碗的"小细"，外加五块钱的牛肉，二两白酒，一头大蒜，一并上桌之后，才问候他："早啊老哥哥。"

蒋志一笑笑，说："你也早。"

以前，蒋志一不喝早酒，自从蹲守"君再来"之后，添了这么一个爱好。说是爱好，其实他自己最清楚不过，喝酒是为了消磨时间，不然，一个人空占着一个位子，怎么说也影响人家的生意。

大约是早上九点多的时候，蒋志一在窗子里看见那几个混混了——他是在心里早就认定他们就是偷车贼了，所以，他们几个一出现，蒋志一脑子里的那根弦就绷得紧紧的。他放下筷子，密切地关注着外边的情况。那几个混混在门口游荡片刻，便有一个人大摇大摆往店里来，门开处，即大呼小叫，喊着要吃面，嚷着喝啤酒，一边叫吃食，一边站在门口跺脚。余下的两个，胖的那个双手插在大衣口袋里，背对大楼，四处张望，而被他们称为"猴哥"的那位，闪电般蹲下身子，从腰间抽出一把道钉锤，对着自行车链锁的锁头猛力一敲，之后拽出链锁向旁边一丢，飞身跨上车子，想在第一时间逃离现场。

蒋志一看得真切，发了力的一声吼叫，不等门口想当屏障的那个贼反应，便从他身边滑了出去。门外的胖子用身体来撞他，他侧身闪过，却没忘了脚下使一个绊子，那胖子早一个狗抢屎，直接横到地上。他这一横，让屋里奔出的那个来不及反应，跌翻在马路上，险些被赶来吃面的出租车压破脑袋。

夺车而走的那位"猴哥"更惨，他说什么也没想到，蒋志一每次锁车之后，都会用一条"勒死狗"在隐蔽处把车链子勒紧——所谓"勒死狗"，是一种塑料包装扣，一旦锁死，单凭人的两只手是无法把它解开的。车链子被勒住了，自行车还能骑吗？所以，"猴哥"飞身上车的同时，自行车一个前挑后撅，他被惯性抛出去三四米远。

蒋志一冲过去，死死地按住了他。"猴哥"不肯就范，拼命反抗、挣扎，厮打当中，他一刀刺向蒋志一的小腹，趁势脱身，想和同伙一起逃跑。此时衡阳街已经人流如织，那些来此吃面的司机师傅也是有江湖气的，同声呐喊，奋力合围，三个混混眨眼之间就被众人制服了。

救护车来了。

警车也来了。

认识蒋志一的那几个警察，帮着医护人员把蒋志一送上救护车，经常和他开玩笑的那个小警察还用力地握了握他的手。

……

这便是事情的全部经过。

抻面馆的老板第一个给大先生打了电话，大先生又给黄晓萍打，然后又给李艾艾打，他们找蒋皓宇，可是蒋皓宇关机了，于是，大先生和黄晓萍直奔医院，嘱咐李艾艾设法通知蒋皓宇。

大先生也是一大早就出了门，孙寒的赔偿金到位了——原来大喊大叫着要上诉的，不知为什么"蔫退"了——他思来想去，还是拿出了一万块钱作为捐款。他本来想把这笔钱亲自交到那祖孙手里，可又怕自己担不住那一份凄惶，于是，设法找到给他留过电话的那位警察，又通过警察联系了广播电台，他和电台负责捐款事宜的主播，约好早晨七点半在广电大厦的一号门见。他们见了，做了简单的交接，主播让他留下名字，大先生说不必了，只要这钱能给老人和孩子提供一些帮助，他的心愿也就满足了。回来的时候，他特意去了一趟大通河堤坝，远远地冲着堤坝上的柳树拜了拜，心中哀悼一句：愿在天堂一切安好。然后，伫立一会儿，默默地转身离开。人行道上的雪尚未清除干净，踩踏上去"吱吱呀呀"响，大先生感到一种安适和充实，笑容伴着阳光一起铺洒在他的脸上。

他是决意多走一会儿的，可就在这时手机响了，不等对方的电话说完，他便打车直奔医院。

现在，大先生、黄晓萍、蒋皓宇和李艾艾，还有后知道消息的滕大阁都赶来了，大家一边安慰黄晓萍，一边紧盯着手术室的指示灯。

中午的时候，手术室的门开了，蒋志一被推了出来。大家围过去查问情况，主刀的医生很幽默地说："比我下刀还准。"

大家都没有听懂他的意思。

医生用手比量着，进一步解释："这一刀，往上一寸，往下一寸，往左一寸，往右一寸，他都没命了，别说我，就是扁鹊、华佗、孙思邈、李时珍在世，也绝无回天之力！"

众人松了一口气，又转身去看蒋志一，只见他迷迷糊糊地伸出两个手指，做了一个"胜利"的手势。黄晓萍哭了，可是，其他人都笑了。

尾声　不是尾声的尾声

　　世间事往往如此，你心想往东时，结果偏偏在西；你急于向南时，目标往往在北。谁会料到，二先生一家，包括大先生他们一干人等都去医院做了比对，结果出来时，却只有余美英最符合条件。众人皆说是缘分，老妈独说是天意，她拉着余美英的手久久不放，一个劲儿地说："就是我们家的人，就是我们家的人。"

　　余美英红着脸，低头不语。

　　二先生和余美英准备去上海复检，如果没有问题就直接把手术做了，如是，余美英也算得上是远雾的又一个母亲了。高燕妮和她的先生几乎天天来电话，一再嘱咐什么都不要带，机票他们都订好了，人来就好，他们那边把一切都准备好了。

　　大家也张罗着给他们送行。

　　这日天气挺好，众人约好了似的互致电话，三下五除二就把饭店定下来。余连魁和玉姬也双双回来了，借此机会正好和朋友们正式见个面。还有，就是蒋志一顺利出院，没留下任何后遗症，精神状态依然透着犟劲儿。大家掐指算算，滕大阁和吴明丽决定买房子，蒋皓宇的译著付梓，可谓五喜临门，哪有不庆祝的道理？

这一大桌人，该到的都到了，略让人"陌生"的，除了玉姬，还有大先生身边的一个半大的男孩子，他个子不高，单单细细的，眉眼间有蔡秋芬的影子，大先生摸着孩子的脑袋说："我儿子。"

大家开怀地笑了。

席间，按照松城喝酒的规矩，每人都要提上一杯，说一句祝福或感恩的话，自然声声温暖，句句真诚。蒋志一年长，本应提第一杯，可是他刚刚出院，医嘱不让喝酒，所以，他自谦是"以水代酒"，没资格，最后再提。真等他提酒时，他问了一句话，是问余美英和余连魁的。他问："你们姐俩都准备什么时候办啊？等你们办的时候，我高低得喝点儿，到时候可别心疼酒，每个新娘子都得陪我喝三杯！"

他的话把在场所有的人都震撼了！

而他们这一桌继而响起来的掌声，把酒店里所有的人都震撼了！

……

2020 年 10 月 24 日一稿，历时一年半

2020 年 12 月 17 日二稿

2021 年 1 月 16 日三稿

2021 年 8 月 1 日定稿